KB250506

강물처럼 흐르는 봄 I

저자 비려 휘(飛麗 煇)

강물처럼 흐르는 봄 I

초판 1쇄 인쇄 2012년 7월 10일
초판 1쇄 발행 2012년 7월 17일

지은이 | 비려 휘(飛麗 輝)
펴낸이 | 손 형 국
펴낸곳 | (주)에세이퍼블리싱
출판등록 | 2004. 12. 1(제2011-77호)
주소 | 서울시 금천구 가산동 371-28 우림라이온스밸리 C동 101호
홈페이지 | www.book.co.kr
전화번호 | (02)2026-5777
팩스 | (02)2026-5747

ISBN 978-89-6023-929-6   04810
ISBN 978-89-6023-928-9   04810 (SET)

| 에세이 작가총서 427 |

저자 비려 휘(飛麗 煇)

강물처럼 흐르는 봄

I

ESSAY

차 례

1. 시골 생활의 시작

봄은 사람들의 따뜻한 생각과 마음속에서, 그리고 연인들의 사랑하는 가슴속에서 생겨났다. 희망을 버리지 않고 사는 사람들의 손끝에서도 생겨났고, 행복을 찾아 나서려는 사람들의 발부리에서도 생겨났다. 봄은 원래 그렇게 사람들에게서 생겨난 것이었다.

봄은 해마다 다시 생겨났다. 희망과 행복을 찾으려는 사람들의 따스한 마음과 사랑이 해마다 새로 생겨났기 때문이다. 봄은 생겨나자마자 천지 사방으로 흩어져가면서 천 배, 만 배로 불어났다. 그리고 온 세상을 송두리째 자신의 기운으로 덮어버렸다.

봄은 늦을 새라 눈이 채 녹기도 전에 뒷산에 생강나무 꽃, 산수유 꽃을, 개울가에는 버들가지를 다투어 틔어내었고, 동구마다 개나리 천지로 만들었다. 그러고는 마침내 앞산 뒷산 할 것 없이 산이란 산은 온통 다 붉은 진달래로 뒤덮어버렸다.

봄은 헐벗은 나뭇가지로도 옮겨 붙었다. 겨우내 모진 눈보라를 건디며 지내던 여린 눈[芽]들을 금세 새순으로 펼쳐냈다. 새순들은 성큼성큼 자라났다. 처음에는 아기 손톱보다 더 작고 가녀린 싹에 불과했으나, 삽시간에 녹음으로 성장해갔다. 새잎들은 비가 온 후에는 한층 더 푸르고 기고만장해졌고, 작은 바람기만 있어도 하나같이 일어서서 우쭐우쭐 일제히 봄 춤을 추었다.

봄은 추위를 피해 땅속에서 웅크리고 있던 푸른 싹들도 잊지 않았다.

봄은 모습을 드러내자마자 눈이 빨리 녹나 싹을 빨리 틔워내나 경주를 시키며 푸른 싹들을 순식간에 쑥쑥 뽑아 올리고, 마침내 온 세상은 푸른 풀숲으로 완전히 덮여버렸다. 새들 또한 그때를 놓칠세라 식구를 불리느라 여간 바빠지는 게 아니었다. 무성하게 자란 풀숲에 새로 보금자리를 틀면서 소란스럽게 짝들을 부르기 시작하고 있었다.

봄은 바다 위에서도 마찬가지였다. 칼처럼 매섭고 단말마처럼 급하던 바닷바람과 파도소리소자 부드러운 손길로 감싸버렸고, 하늘을 나는 갈매기들의 날갯짓 역시 한결 여유롭게 만들었다. 춥고 어둡던 겨울 바다가 밝아지기 시작하면서 배의 수효도 하루가 다르게 늘어가고 있었다.

이민우(李敏于)는 이곳 H 면으로 온 후 벌써 겨울 두어 달을 다 보내고 있었다. H 면은 경북 동쪽 끝에 위치한 Y 군의 작은 면으로, 동해안을 끼고 있는 소도시였다. 서울 J대 병원에서 인턴을 마쳤으나, 레지던트로 진급하지 못한 나머지 이곳 성당병원의 관리의사 자리를 찾아온 것이다. 물론 그건 일부러 그렇게 한 것이 아니었고 경쟁자에게 밀려났기 때문이었다.

서울 인턴 시기에는 층층시하의 고달픈 수련생활이기는 했지만, 윗사람들의 지시만 따르면 되었고 책임질 일도 없었다. 그러나 H 면에서의 생활은 독립된 의사로서의 위치였다. 더구나 전혀 연고도 없는 객지인데다가 그 혼자서 모든 것을 결정하고 책임져야 하는 것이 아닌가? 중환자나 경험해보지 못한 환자가 오면 어떻게 할지 우선 근심부터 앞섰고 몹시 긴장되었다.

이삿짐이라고 해보아야 입은 옷 빼면 여름 겨울옷 각 두어 벌씩과 내의 서너 벌 그리고 세면도구뿐이라서 작은 트렁크 하나로도 충분했다. 서울에서 포항까지는 고속버스를, 포항에서 H 면까지는 제비가 그려진 울진 행

직행버스를 탔는데, 창밖으로 흘러가는 경치만큼이나 서울 생활은 점차 멀어져가고 있었고, 이젠 어떻게든 새로운 환경을 당당히 맞이해야 할 것이었다.

과장은 그를 보내면서 순진한 초년의사가 범하기 쉬운 예를 구체적으로 거론하며 방어 진료의 요체를 열심히 가르쳐주었다. 그러고서도 걱정이 되었던지 바이탈(혈압, 맥박, 체온)이나 예감이 이상한 환자가 오면 반드시 의국 선배인 3년 차 현 선생에게 물어서 결정할 것을 신신당부했다.

버스가 해안도로로 들어서자 시원스럽게 탁 트인 동해가 한 눈 가득 들어왔다. 눈이 시리고 고개가 아팠지만 드넓은 바다로만 줄곧 눈길이 갔다.

누가 바다를 푸르다고 했던가? 하얀 물거품을 몰고 끝없이 밀려오는 파도 너머의 너른 바다는 하늘보다 더 푸르른 나머지 오히려 초록빛으로 보였다.

H 면 도착 당일부터 그는 바다로 가는 길을 찾아 헤맸다. 병원 뒤를 돌아 나가면 마을로 가는 농로가 나오고, 그 농로를 따라 들길을 잠시 걷다가 숲 속의 오솔길로 들어서면 금세 파도가 넘실거리는 해안이었다. 그리고 그 후로는 하루도 거르지 않고 그 해안까지 와서 한동안 바다를 바라다보며 해바라기를 하다가 병원으로 돌아갔다. 그런데 그 사이에 벌써 두어 달이 후딱 지나가 버린 것이다.

어쩌면 이런 습관을 갖게 된 것은 따분한 시골생활 때문이라거나 청년기의 정열을 이기지 못했기 때문인지도 몰랐다. 아니라면 수련을 계속할 수 없게 된 불행감에서 아직 헤어나지 못했기 때문이라거나…….

그렇지만 사실은 그것만이 아니었을 것이다. 오히려 거기에는 아무런 이유도 없었다는 것이 더 옳을지 몰랐다. 바다를 만난 그 순간부터 그는 혼을 송두리째 빼앗겨버렸고, 뭐라고 설명할 필요조차 없이 광활하게 펼쳐진 푸른 바다가 무조건 넋을 잃을 정도로 좋기만 했기 때문이다.

　4월의 따스하고 부드러운 바람이었다. 기분 좋은 새벽 바닷바람을 맞으며 오래도록 한자리에 앉아 있던 그는 뒤편의 숲을 돌아다보았다. 완연한 봄이었다. 봄은 한 치 어김도 없이 또다시 찾아와 한껏 제 시절을 살고 있었다.

　그러나 이상하게도 그는 봄이 지나서야 비로소 봄을 느꼈다. 온통 세상이 초여름의 녹음 천지가 되어야 비로소 봄을 느끼는 것이다.

　이렇게 된 연유는 사실 그의 특이한 개인적인 가족사 때문이었다. 그는 어렸을 때부터 늙은 조모 밑에서 홀로 자랐다. 그 밖에는 세상천지에 피붙이라고는 없었다. 전쟁이 끝나갈 즈음해서 갑자기 들이닥친 밤손님들에게 부모를 비롯하여 조부, 삼촌, 고모까지 온 집안 식구들이 한꺼번에 떼죽음을 당했던 것이다. 다행히 그는 할머니와 출타 중이었기 때문에 극적으로 살아남을 수 있었는데, 그건 순전히 운이었다. 조모가 때마침 집에서 20여 리 떨어진 늙은 친정집 제사를 맞아 그를 데리고 함께 가 있었기 때문이었다.

　맨 먼저 소식을 전해준 사람은 같은 동네에 사는 먼 친척 형이었다. 그와 할머니 그리고 소식을 전해주러 온 형, 이렇게 세 사람은 앞서거니 뒤서거니 거의 달리다시피 해서 집에 당도하였다. 그러나 그때는 이미 모든 것이 다 끝난 뒤였고, 처참한 광경만이 정지된 화면처럼 그들을 기다리고 있을 뿐이었다.

　유년시절, 그는 밭일을 나가는 할머니를 자주 따라나섰다. 밭 위쪽 구석은 식구들이 묻혀 있는 묘지였다. 할머니는 일하면서도 가끔 허리를 펴고 서서 무덤들을 올려다보며 슬프고 구성진 가락으로 옛 노래를 흥얼거렸다.

그러면서 한사코 어린 그에게 일러주었다.

"창 꽃이 으째 북녘 꽃이고, 반란군 꽃이기만 허겄냐마년……. 봐라! 요 때 아니면 여름철이고 가을철이고 간에 은제 산에 창 꽃 낭구가 저로코롬 많은지 으째 알것냐? 반란군도 저렇코롬 보통 때넌 읎는 것 같다가도 즈그덜 시상이 왔다 허면 사방디서 불거져 나오는디……. 그래서 온 동네가 죄다 반란군 천지가 돼야분단다."

온 산을 모조리 다 불태워버릴 듯이 피어나는 진달래꽃이라는 사실은 이처럼 반란군과 같은 속성을 가졌다는 것, 그래서 진달래가 피는 시기는 진정한 의미에서 아직은 새봄이 아니라는 것, 희망의 새봄이란 응당 한참을 더 기다려야 하는 법이라는 것을 할머니는 그에게 이처럼 누누이 설명하곤 했다.

"을만큼 지달리면 봄이 와? 지끔이 다 봄이라는디."

"아녀, 모도덜 몰라서 그려. 쪼께 더 지다리면 존(좋은) 봄이 올 것이여. 암먼! 영락없이 올 것이다!"

그러나 희망적인 설명과 달리 할머니의 입에서는 그런 말끝마다 으레 연이어 한숨이 터져 나왔다. 어떤 때에는 할머니 눈에서 눈물까지 터져 나와 어린 그의 마음마저 심란해져버렸다.

"꽃이 종게 될 수가 없제. 새 잎사귀는 가을까지 있심스롱 열매나 맺게 허제. 그렇제만 꽃이야 어디 그러겄냐. 인자 피면 곰방 떨어져버리제. 이 할매처럼 말이다. 이 할매가 워디 꽃에 비허겄냐마는 한참 전에는 젊었제. 그라고 그때는 꽃이었고……. 그런디 인자 생각해봉께 다 예전 이얘기로구나. 허지만 너사 새 잎사구제. 저 낭구같이로 무성허게 될 것잉께. 암먼! 암먼! 꼭 고럭코롬 되야야제. 암먼, 암먼! 꼭 고록코롬 될 것이다. 인자 참으로 존 시상이 되었다고들 허니께 말이여."

말을 마친 할머니는 자기 말에 취한 듯 딱히 건너편 어디인지도 모를 곳을 망연자실 마치 넋이라도 나간 사람처럼 한동안 바라보며 서 있다가 겨우 다시 일을 시작하곤 했다.

그 후로는 꽃이란 곧 지는 속성을 가진, 마치 노인이나 겨울 같은 것이고, 새잎이 커다랗게 나와야만 봄이 확실하게 온 것이라는 것을 그는 믿어 의심치 않게 되었다.

할머니에게는 다른 또 한 가지 이상한 습성이 있었다. 진달래나 개나리가 피는 이른 봄철에는 언제고 창을 꼭꼭 막고 살았다. 행여 잠든 얼굴에 봄밤 달빛이 비치면 악몽을 꾸게 된다는 것이 그 이유였다. 창이란 창은 모조리 다 꽁꽁 막아놓은 채로 할머니는 밤새껏 장죽 담배까지 쉴 새 없이 빨아대었으므로 답답한 것은 고사하고 연기 때문에 숨이 막혀 죽을 지경이었다.

"함머니! 왜 요로코롬 봉창을 꽁꽁 막아? 답답해서 잠도 못 자겄구만."

그때마다 할머니에게 항의했지만, 아무런 소용도 없었다.

"달빛이라는 기, 영락없이 미친년 맹기는 겨. 알겄냐? 아, 얼매 전에 요 앞에 모실떡집 메누리 안 봤냐? 달밤에 홀려서 귀신 따라가다가 죽을락 했닥 안 해? 너머 달이 밝어도 꿈자리도 사납고 괜시리 귀신만 불러디려 흉사가 나는 벱이여."

엄마도 죽었으니까 귀신이 되어 있을 것이다. 그렇지만 귀신 엄마라도 좋으니까 어떻게든 다시 한 번 만나보고 싶었다.

"함머니! 그래도 나넌 어메가 귀신이락 해도 좋고, 으찌 딱 한 번만 봤으면 진짜 좋겄어."

"니가 할미하고 요로코롬 잘살고 있는디, 죽은 니 에미가 멋 헐라고 올라디야? 인자 너넌 그만 잠이나 잤으면 씨겄다."

사실 할머니 역시 꿈속일망정 죽은 자식들과 영감님을 만나보고 싶었을 것이다. 그래서 죽어버린 식구들과 부둥켜안고 실컷 울어보기라도 하고 싶었을 것이다. 그러나 식구들의 꿈을 꾸어보는 것은 말 그대로 희망(꿈)에 불과했다. 할머니나 그 둘 다 꿈속에서조차 고통스러웠다. 항상 무언가에 쫓겨 다니다가 넘어지거나 낭떠러지로 떨어지면서, 아니면 비탈에 있는 풀뿌리나 잔가지를 붙잡으며 간신히 벼랑에 매달려서 꿈을 깼다.

아무튼 달빛이라는 것은 할머니 말대로 귀신을 불러들이는 무대장치쯤이나 되는 것으로 알았다. 마치 물속에서만 물고기들이 살 수 있듯이, 달빛이 있어야만 귀신이 살 수 있는 줄로만 알았던 것이다. 그래서 엄마가 보고 싶다거나 알 수 없는 슬픔으로 목이 멜 때면 언제고 그는 뒤란이나 삽짝 가로 가서 달빛 속에 몸을 담그고 쭈그려 앉았다. 그러고는 몇 시간 동안이고 한 자리에 그대로 쭈그려 앉은 채로 엄마의 얼굴을 땅 위에 그려보고 또 그려보았다. 그러나 생시에는 아무리 달빛이 훤히 비추더라도 엄마는 결코 혼령으로서라도 나타나주는 법이 없었다.

새벽녘에 오줌이 마려워서 잠을 깨어 보면 할머니가 자던 자리는 늘 비어 있었다. 그럴 때마다 그는 더럭 겁이 났다. 할머니조차 잃어버린 것 같아서였다. 오줌 눌 생각도 하지 못하고서 부리나케 밖으로 뛰쳐나왔다. 그러고는 사방을 휘둘러보면서 할머니를 불러댔다. 그때마다 할머니는 으레 집 앞 강변에서 아슴푸레한 모습으로 자갈밭 일에 골몰하고 있었다. 자갈을 캐어 수쿠리에 담아 강심 쪽에 내다 버리면 그게 모래땅일망정 밭이 되어 가는 것이다.

그러나 할머니는 늘 뿌연 안개 속에서 형체로만 간신히 보일 뿐이었다. 혹시 할머니조차 귀신이 되어버린 것은 아닌지, 아니 그보다 지금껏 귀신 할머니인 줄도 모르고 살아 있는 사람으로 오인하고 함께 살았던 것은 아닌지 더럭 겁이 날 때도 있었다. 할머니를 소리쳐 부르면서 한달음에 내달려갔다. 살아 움직이는 할머니 곁에 이른 그는 그때서야 비로소 안도의 한숨을 내쉬며 마음 놓고 오줌 줄기를 내갈기면서 엉뚱한 소리를 내질렀다.

"할머니! 새벽에넌 달 떠도 귀신 안 나와?"

"오야, 걱정하지 말고 가서 더 자그라. 인자 곧 날이 샐 티니께 귀신들도 즈그덜 집 찾아가니라고 여간 바쁠 것이다."

마을 사람들 역시 그런 할머니를 보면 그냥 지나치질 못하고 저마다 한마디씩 했다.

"워따메! 세월떡! 쪼매 쉬어감시롱 허쑈잉. 몸땡이가 먼 쇳덩어리리요? 에린 민우 봐서라도 몸 좀 애께감성 해야제, 글다가 세월떡까정 죽어불면 우짤라고 그라요, 잉?"

그렇지만 할머니는 묵묵부답으로 자기 일만 계속할 따름이었다. 그러다가 사람들의 참견이 더 계속되면 할머니는 마지못한 듯 소쿠리를 내던지고 반쯤 허리를 펴고 일어났다. 그러고는 가는 허리께를 왼쪽 주먹으로 툭툭 두들기면서 매양 똑같은 대꾸만 했다.

"내가 어디 이러고 싶어서 그러것소? 멋이라도 허고 있씨면 다 잊아뿌러서 종께 그라제……. 그란디 먼노메 새복이 이러코롬 질께라우? 후유~"

"워따메! 그렇다고 걱다가 밭 맹글면 금 나것소? 물이 댕게야 뭣이라도 심어 보제……. 원! 모래밭에서 머가 날꼬?"

사람들은 마침내 혀를 차면서 가버렸다.

그러던 할머니! 그토록 힘겹게 살았으면서도 끝마무리가 아직도 많이 남았다면서 죽는 순간까지 눈을 못다 감으신 할머니는 지금 어디에 있는 것일까……. 불교에서 말하는 대로 이미 다시 좋은 세상에서 태어나셨을까? 아니면 교회에서 말하는 대로 천국이나 지옥을 헤매고 계실 것인가?

아아~ 할머니……

그는 새삼스럽게 '할머니'라는 익숙하기도, 너무나 생소하기도 한 오랜 옛적 이름을 혀끝으로 되뇌어보며 파도에만 망연자실 눈길을 주고 앉아 있었다.

절망과 희망이 반반씩 섞인, 아니 어쩌면 절망도 희망도 아니고, 정말로 아무것도 아닌 파도는 하얀 물거품을 몰고서 확실한 모습으로 연속적으로 다가왔다가 육지의 턱에 닿는 순간 형체도 없이 순식간에 사라져버렸다. 그러나 바다는 이에 굴하지 않고 끝없이 새로운 파도들을 만들어서 쉬지 않고 내보냈다. 마치 우리 인간세상에서 한 세대 뒤에 다음 세대가 나고, 계속해서 또 그다음 세대가 나듯 바다 역시 같은 공간에서, 같은 방법으로, 같은 경로를 거쳐서, 같은 파도의 세대들을 단속적으로 쉬지 않고 내보내는 것이다.

저 파도처럼 사람의 세대도 세상이 존속하는 한 끝이 없겠지. 태어나서 죽고, 다시 새로 태어나고, 또 죽고……. 끝도 없이 연속적으로 이어지는 세대의 속성!

그렇지만 세대나 연속적인 파도와는 달리 인간 개개인은 어떤 생활을 했다 할지라도 결국 한순간에 형체도 없이 사라져버릴 단 한 차례의 파도에 불과할 것이다.

세상이라는 공간 안에서, 백 년 내외라는 시차 내에서, 인간이라는 한계 안에서 생을 살다가 결국 마감하는 것으로 본다면 도토리 키 재기 같은 것이 이 세상살이이겠지만, 개개인의 생김새나 처지, 역할 그리고 희로애락과 수명 등등은 천차만별이 아니겠는가? 죽은 식구들은 너무나 빠르게 한 세대를 살고 가버렸다는 생각에서 그는 한숨만 길게 내쉬었다.

"너는 아매도 조항에서 났쓰꺼시다. 니 에미가 니 퇴맹(태몽)으로 물꾀기럴 봤다니께……. 나도 너 날 임시에 물꾀기덜얼 아조 떼로 봤더니라."

"퇴맹이 먼디?"

"사램이 날라면 퇴맹이라는 꿈을 꾸는 거신디, 고걸 말허는 거시제."

"물고기는 왜 조항에서 나? 조항언 머야?"

"용궁이라고 하지 않더냐? 조항이라고도 허는 거신디, 지푼 바대 속에 있다드라."

"에이…… 어쩌꾸롬 물꾀기가 사램이 돼?"

"너넌 부천님 말씸도 못 믿는 거여? 사램이 죄럴 지면 다음 시상에는 짐성이 되는 벱이고, 짐성도 공덕을 쌓으면 사람이 되는 벱이여. 그랑께 사램이 죄를 지으면 안 되는 거시제. 시상 삼시로 죄럴 짓고도 벌을 안 받는다고 모도덜 좋아헐 것이제만, 으디 그렇코롬 되겄냐? 죽으면 반다시 벌을 받는 법이제……. 고런 사램덜 벌을 안 받으면 아모라도 다 저 허고 싶은 대로 다 죄만 짓고 살겄제……. 안 그러겄냐? 그란디 고것은 고렇코……. 바닷 짐성도 다 웽이 있고 신해가 있고 허는 벱일 거인디……. 너는 큰 괴기였이니께 아매도 왕재였을 꺼로만……."

할머니의 말로는 그가 태어날 때 커다란 물고기들이 떼를 지어 육지로 올라오는 꿈을 꾸었는데, 엄마 역시 태몽으로 사람만큼 커다란 잉어를 보았다는 것이다. 아마도 왕자 물고기가 사람으로 환생하게 되어서 신하 물고기들이 배웅하느라고 그렇게 물고기들이 떼를 지어 보였으리라는 게 할머니의 설명이었다.

그 때문이었을까? 바다를 보면 그 자신 생각으로도 이상하리만큼 넋이 빠졌다.

눈앞에서는 여전히 파도가 하얀 물거품을 일으키며 열심히 육지를 핥고 있었다. 도대체 저 파도는 어디에서부터 시작되어 온 것일까?

용궁? 사람들은 왜 바다 깊숙한 곳에 존재한다는 용궁처럼 터무니없는 존재를 믿고 싶어 했을까? 어째서 현실세계에서는 도저히 존재할 수 없는 그런 신화를 만들어내야 했을까? 달나라의 계수나무나 항아 아가씨, 토끼 같은 신화도 결국 모두 같은 맥락일 것이었다.

사실 옛사람들은 그런 것들을 믿고 싶은 정도가 아니라 아마도 실제로 현실이나 다름없이 믿고 행동했을지도 몰랐다.

왜 그랬을까? 혹시 각박한 현실에 대한 심리적 보상을 받으려는 의도는 아니었을까? 현세는 힘들더라도 내세에서는 잘살 것이라는 기대심리! 그 기대심리 때문에 생겨난 게 결국 그런 신화가 아니었을까?

그러다가 꼭 그렇게 신화적인 것만이 아니라 하더라도, 그가 어렸을 때 현실에서도 그런 일이 수없이 많았다는 것이 생각났다. 하는 수 없이 동물을 죽이게 되더라도 그 시체는 꼭 태우라는 것, 그러면 부처님 세상에서 다시 환생하게 될 터이므로 죽인 사람에게 원한을 갖지 않게 된다는 것, 닭 볏을 먹고 자라면 고관대작이 된다는 것 등등……. 현실이 어렵고 힘들수록 마음속으로나마 벗어나고 싶은 의도로 생겨났을 수많은 전승과 금기사항들…….

할머니 역시 그 때문에 그에게 한사코 닭 볏을 먹였을 것이다. 볏을 먹고 자라면 나중에 어른이 되어 벼슬을 살거나 고관대작이 된다는 전승은 할머니의 확고한 신앙이었고, 반신반의하면서도 그는 그대로 수용했었다.

할머니 소원도 그랬지만, 그 역시 어떻게 해서든지 높고 훌륭한 사람이 되어야 한다고 생각했다. 이야기책에서 나오는 것처럼 고관대작이 되면 고운 옷을 입고 좋은 밥을 먹게 되는 것도 좋은 일이었지만, 그보다는 그가 훌륭한 사람이 되면 죽은 엄마나 가족들이 한을 벗고 천국으로 가서 잘살 수 있게 된다는 할머니의 설명 때문이었다.

장죽에 담배를 꾹꾹 눌러 재는 할머니에게 물었다.

"한이 뭐야?"

"사람이 지명을 못 살고 죽으면 고거이 다 한이 되는 거제, 멋이겄냐? 민우 니가 열심으로 공부해서 훌륭헌 사램이 되면 모다덜 한을 다 풀 것이다."

"공부만 잘허면 돼야?"

"그렇제."

"지금도 공분 내가 젤 잘하는디……."

"높은 사램이 돼야제."

"공부 잘허면 높은 사램이 돼?"

"하먼. 열심으로 공부럴 해서 높은 사람이 돼야제!"

어머니…… 어렸을 때에는 어머니가 미치도록 보고 싶었다. 죽어서 어머니를 만나볼 수만 있다면 열 번이라도 죽어보고 싶었다. 사실 꿈속에서는 그 역시 가끔 죽어서 죽은 엄마를 만나보기도 했다. 그러나 그때마다 엄마는 죽었기 때문인지 아무 말도 하지 못했고, 팔을 벌려 그를 안아주지도 못했다.

마찬가지로 그도 죽어 있어서 그런 것인지 그토록 그립던 엄마를 만나고서도 안겨보지도 못했고, 엄마라고 불러보지도 못했다. 서로 작은 냇가를 사이에 두고 마주 선 채로 바라보기만 하는 때도 많았다.

야속했고 억울했다. 그래서 다음번 꿈속에서 다시 만나면 원도 없이 엄마를 꼭 불러보고 그 품에 안겨서 마음껏 통곡하리라고 마음을 다져 먹곤했다. 그러나 꿈속일망정 엄마는 좀처럼 다시 나타나주지 않았다. 그리고 다시 나타났다고 해도 역시 마찬가지였다. 예전처럼 서로 멀거니 마주 서서 바라보기만 하는 것이다.

어머니……

다 자라 어른이 된 지금까지도 그리운 건 마찬가지였다.

초등학교 때 그는 예외 없이 꼭 상을 받았고, 그런 때는 죽은 엄마가 더욱 그리웠다. 물론 그가 상을 받아올 때마다 할머니는 입을 함지박만 하게 벌린 채로 기뻐서 어쩔 줄을 몰랐다. 그러나 할머니가 엄마일 수는 없었다. 할머니는 할머니고, 엄마는 엄마였다.

초등학교 졸업식 때였다. 다른 아이들의 엄마들은 모두 곱게 차려입고 향기로운 분 냄새를 풍기면서 자기 아이들 졸업식장을 지켜보고 있었다. 물론 엄마가 없는 그 혼자만 외톨이였지만.

엄마가 사무치게 그리웠고, 자신의 처지가 생각할수록 초라하고 슬펐다. 어디로든 남의 눈에 띄지 않고 재빨리 숨어버릴 수만 있다면 얼마나 좋을까? 상을 받는다는 기쁨보다도 상을 받으려면 여러 사람의 주목을 받으며 연단으로 나가야 한다는 것이 더 겁나고 슬픈 일이었다.

그렇지만 다른 한편으로는 아무려면 다른 날도 아니고 졸업식 날인데 아무리 죽은 엄마라 해도 혼령으로라도 분명히 여기 왔을 것이라는 생각도 들었다. 혼령이라서 보이지는 않지만.

만약 그렇다면 엄마가 슬퍼하지 않도록 어떻게든 꿋꿋하고 의연해 보여야 할 것이었다.

무슨 요술을 부리면 죽은 엄마를 다시 이 세상에 데려올 수 있을까? 죽은 엄마가 절대로 다시 살아날 수 없다는 것을 너무나도 잘 알면서도 그는 그 사실을 그토록 받아들이기가 어려웠다.

언제고 엄마는 분 냄새와 함께 왔다. 꿈속에서조차 엄마는 향긋한 분 냄새를 풍기며 다가왔다. 향긋한 분 냄새는 곧 엄마가 되었다. 할머니가 분을 바르는 일은 한 번도 없었다. 분 냄새란 원래 엄마들만 가지는 것이었다.

그러던 것이 시간이 흘러갈수록 웬일인지 엄마의 모습은 가물가물해져서 아무리 기억을 떠올리려고 애를 써도 도무지 떠올려지지 않는 것이다. 그건 날이 갈수록 더욱 심해졌다. 마침내 어느 때부터인지 어머니는 숫제 막연한 이미지로서만 머릿속에서 존재할 뿐 눈이 어떻게 생겼고, 코나 입이 어떻게 생겼으며, 웃을 때는 어떤 얼굴이 되는지 전혀 생각조차 나지 않게 되어버렸다.

그러나 할머니는 정반대였다. 뇌리에 각인이나 된 것처럼 시간이 흘러도 여전히 또렷하고 생생하게 되살아났다. 어머니를 잃은 것이 네 살 때였고 그 후로는 줄곧 할머니하고만 살았으므로 이것은 어쩌면 당연한 일일 수도 있겠으나, 한편 달리 생각해본다면 그렇게 당연한 일이라고도 할 수 없었다. 왜냐하면 그동안 한시도 엄마를 잊고 살았던 적은 없었으므로 기억 속에 분명히 남아 있어야 할 것이기 때문이다. 그런데도 마치 모래 위에 그려두었던 그림이기나 한 것처럼 어머니의 모습은 어느 한순간 파도에 밀려서 사라지듯 송두리째 스러지고 말았다. 세월 탓인지, 아니면 이제 엄마를 떠나보낼 수 있을 만큼 자라버린 탓인지…… 알 수 없는 일이었다.

피우던 담배를 손가락으로 힘껏 바다를 향해 퉁겨내었다. 입술에게 버림받은 담배는 불씨를 바람에 날리며 벼랑 아래 바다를 향해 곤두박질치며 떨어졌다.

오랫동안 바위 위에 앉아 있었기 때문인지 엉덩이 께가 저렸다. 시장기가 들고 힘도 쪽 빠졌다. 저편 하늘에 할머니가 투명한 형체로 떠 있으면서 그더러 어서 집으로 돌아가서 밥부터 먹으라고 손을 휘휘 내젓고 있는 모습이 보이는 듯했다.

민우는 남도의 C 대학 의과대학을 졸업했다. 그러나 의사고시에 달랑 합격했을 뿐, 재산은 물론이고, 가족조차 없는 악조건이었다. 무엇 하나 똑똑한 게 없었고, 모든 게 다 불안한 처지였다. 그래서 치열한 경쟁을 뚫고 대학병원 수련의사로 들어간다는 것은 솔직히 거의 불가능한 상황이었다.

물론 어떤 병원에서는 인기 없는 과의 레지던트 충원을 위해서 아예 처음부터 그 과를 하겠다는 각서를 받고 인턴으로 뽑아주는 데도 있다는 말도 있었다. 그러나 그 말 역시 의사가 아주 드물었던 옛날 호시절의 전설일 뿐 실제로 그런 곳은 어디에도 없었다.

시대가 바뀌어 교육수준이 올라가고 주머니 사정이 좋아지게 되면서부터 사람들은 점차 일반의사보다는 전문의사를 선호하게 되었다. 의사 수효도 기하급수적으로 불어났다. 그럼에도 수련 자리는 한정되어 있었으므로 수련 지원자는 해마다 불어날 수밖에 없었고, 수련을 받을 상황이 못되면 일단 군에 입대하고서 기회를 엿보거나 재수하듯이 몇 년이고 기다려야 했다. 물론 아예 처음부터 포기하고 일반의사로 그냥 개업하는 사람도 많았다.

그러나 학교만 갓 졸업했을 뿐인 그로서는 개업 역시 말도 안 되는 소리였다. 더더구나 가족도 재산도 없으니 당장 비빌 언덕조차 없었다. 그렇다보니 가장 현실적인 것은 그나마 수련 자리를 구하는 것인데, 그게 어렵다보니 난감해도 보통으로 난감한 처지가 아니었다.

그러나 기를 쓰고 쫓아다닌 끝에 다행히도 마침내 서울 J 대학병원 인턴 자리를 가까스로 얻어들게 되었는데, 물론 이것은 천우신조라는 말 이외는 어떤 다른 말로도 설명할 수 없는 가히 기적적인 일이었다.

수련의 선발은 해당 병원에서 출제하는 시험을 통해서 이루어진다. 그러나 실제로는 선발시험이라는 것 자체가 무의미한 일종의 요식 행위인 경우도 많았다. 즉, 시험을 보기 훨씬 전부터 학연, 배경, 돈, 기타 등등에 의하여 이미 내정자가 결정되어 있는 경우가 대다수였던 까닭이다. 내정자는 시험문제와 면접 시의 질문까지도 미리 다 알고 있었다. 그런 사정인데 내정자가 아니라면 어떻게 합격할 수 있겠는가?

그 점은 J 대학병원에서도 예외는 아니었다. 그러나 우연히 분위기를 살피려고 시험장에 들어온 내과 과장의 눈에 그가 띄게 되었던 것이다. 그러니까 결국 그의 운이라거나 운명인 셈이었다. 만약 그렇지 않다면 모처럼 찾아온 행운의 여신 덧이라거나 ……

그가 답안을 쓰는 동안 곁에서 꼼꼼히 지켜볼 정도로 내과 과장은 그에게 깊은 관심을 나타냈고, 일이 되려고 그랬던지 이미 인선이 되어 있던 친구가 워낙 점수를 못 받았는데, 사정과정에서 내과 과장이 그를 적극적으로 밀었던 것이다. 아니, 사실은 그게 아니었다. 과장은 점수 차이가 너무 현저한 이상 아무리 내정자라 할지라도 그렇게 해서는 안 된다는 주장을 했을 뿐이다. 그러나 결국 그 말이 그 말이었다. 그래서 처음에는 과장과 민우가 개인적으로 미리 짜고 그런 줄 알고 다른 과장들이 오해한 나머지 분위기가 여간 험악하게 돌변한 게 아니었다. 그러나 결국 병원장의 중재 끝에 과장이 판정승을 거두었고, 그렇게 해서 내정자가 아니었는데도 합격이 된 것이다.

그러나 합격이 되고 나서도 또 한 번의 힘든 과정이 남아 있었는데, 그것은 다름 아닌 신원보증서였다. 임용 필요서류들은 대개 학교나 동사무소에서 얼마간의 수수료만 지불하면 쉽게 해결되는 것들이었으나, 단 한 가지 신원보증서만은 그렇게 간단하게 되는 게 아니었다. 누군가가 그를 보증해주어야 했다.

그는 염치 좋게도 과장을 찾아가 간단한 내력을 설명하며 또 한 번의 은혜를 청했다. 처음에는 다소 황당했던 모양인지 과장은 그를 한동안 말없이 바라보기만 했다. 그러더니 한순간 너털웃음을 터뜨리고는 서류에 도장을 찍어주며 말했다.

"관계는 그냥 친척이라고 쓰게. 자네, 내 체면을 생각해서라도 근무 잘해야 하네."

마침내 서울 J 대학병원에 주소를 둔 유일한 서울시민으로서 수련이 시작되었다. 그러나 세상일은 모두 다 산 넘어 산이었다. 인턴생활, 그중에서도 특히 내과 인턴은 고달프기 짝이 없는 자리였다. 엄청나게 자질구레하고 잡다한 일이 기다리고 있는 곳이 바로 다름 아닌 내과 병동이었고, 그러면서도 일하는 보람도 없이 끊임없이 욕만 먹는 곳이 바로 그곳이었다. 욕만 안 먹어도 잘한 것으로 치부해야 했다. 병동뿐만이 아니었다. 응급실로도 쉴 새 없이 불려 다녔다. 다친 환자가 아니라면 무조건 모두 일단 내과로 배정되기 때문이다. 그래서 낮이고 밤이고 도대체 잠잘 시간조차 없었다. 환자와 윗사람들에게 끝도 없이 시달리면서 오로지 병동과 응급실을 다람쥐 쳇바퀴 돌듯 돌았다.

그래서 인턴으로서는 가장 고달픈 자리가 바로 내과 인턴 자리였다. 내과 인턴을 한 달만 돌고 나면 누구나 본앤스킨(뼈에 살이 없이 곧바로 가죽만 입힌 상태)이 되었다. 오죽했으면 내과 인턴을 두 번 하라고 하면 차라리 자살하겠다는 농담 아닌 농담까지 나왔을까?

원래 인턴이란 정해진 과가 있는 것이 아니고, 한 달 주기로 각 과를 돌아가면서 근무하는 법이다. 그런데 말이 대학병원이지 신설 단계라서 비어 있는 과가 많았다. 그런데 그 해의 인턴은 총 여섯 명에 불과했고, 과가 몇 안 되다 보니 6개월이 지나자 모두 메이저 과(내과, 외과, 산부인과, 소아과)를 한 달씩 돌고 난 후가 되었고, 결국 그 고달프고 힘든 내과 인턴 자리를 다시 한 번씩 돌아야 했다.

여기에서 문제가 생겼다. 내과를 다시 하겠다는 사람이 있을 턱이 없었기 때문이다. 그렇다고 해서 내과 인턴 자리를 비워둘 수도 없는 일이었다. 마침내 인턴 회의가 소집되었다.

인턴들은 이구동성으로 내과 레지던트를 하고 싶은 사람이 있으면 그더러 아예 남은 6개월을 계속해서 스트레이트로(연속으로) 내과 인턴을 하게 하던가, 그럴 희망자가 없다면 제비를 뽑든가 해서 어하튼 재수 없는 사람을 결정하자고 했다. 그때 그가 분연히 일어서서 자원했다. 내과 레지던트 자리를 주기만 한다면 마다치 않겠다는 것이었다. 다른 다섯 명의 인턴들은 그의 말에 환호성을 질렀다.

그는 약속했던 대로 후반기 6개월 동안 곤욕을 치르며 내과 인턴 자리를 끝까지 지켜냈다. 이제 내과 레지던트 자리는 그의 차지가 된 셈이다. 그런데 그게 아니었다. 인턴이 끝나고 레지던트로 진급하는 시기가 되자 문제가 발생한 것이다. 내내 편한 과로만 전전하던 유 선생이라는 사람이 난데없이 민우 자리를 가로채려고 했기 때문이다. 고아였기 때문에 군 복무가 면제되었고, 졸업과 동시에 인턴으로 들어올 수 있었던 그와는 달리 유 선생은 졸업 후 월남에서 군 복무를 마치고 인턴으로 들어온 만큼 산전수전 다 겪은 선배였다. 그리고 민우가 J 대학병원에서 근무하는 의사 중에서 K 대학이 아닌 유일한 타교 출신인 데 반해서 그는 어디까지나 다수인 K대 출신이었다.

결정적인 순간이 다가올수록 민우에게는 불리한 상황만 늘어났다. 사람마다(모두 K대 출신 아니면 그 동조자들이었지만) 선배인 유 선생에게 양보해야 하는 게 아니냐고 수군거렸고, 노골적으로 욕하는 사람도 있었다. 나중에는 어찌 된 셈인지 과장조차 그에게 자리를 양보하라며 설득하기 시작했다. 시골에 있는 다른 병원에 있을 만한 자리를 소개해주겠고, 내년에는 자기가 책임지고 J대 병원의 내과 레지던트로 다시 받아주겠다는 이야기까지 곁들이면서.

그러나 말이 좋지 그것 역시 문제점이 많았다. 과장의 말로는 예년과 달리 올해 따라 갑자기 둘이던 정원이 하나로 줄었기 때문에 문제가 생긴 것이니 만큼, 내년에는 틀림없이 정원이 둘 나올 것이므로 걱정도 하지 말라는 것이었으나, 당장 내년부터는 본 대학인 J 대학 출신 1기생들이 쏟아져 나오므로, 정원이 둘이든 셋이든 올해와는 상황이 판이할 판이었다.

그동안 스트레이트 내과 인턴으로서 온갖 고생을 도맡아서 했던 것도 억울하기 짝이 없는 터에 출신학교가 다르고 로비를 하지 못했다는 이유로 해서 유 선생에게 밀려난다는 것은 말도 안 되는 이야기였고, 바보같이 일방적으로 당할 수만은 없었다. 그리고 이것은 손익을 떠난 자존심 문제이기도 했다. 그는 한사코 고집을 부렸다. 과장은 그런 그를 자기 방으로 불러들여 설득을 계속했다.

"이 사람아! 아무 말 말고 내가 시키는 대로 H 면에 가서 근무해. 도대체 지금 자네는 내 말을 알아듣고 있는 거야, 아닌 거야?"

과장은 마치 천지분간을 하지 못하고 날뛰는 버르장머리 없는 막내에게 나이 든 장형이 이르듯이 상황을 차근차근 설명해나가다가 막판에는 얼마나 화가 났는지 평소와 달리 감정이 잔뜩 실린 사뭇 흥분된 어조로 쏘아붙이기까지 했다.

"자네 말대로 인턴들끼리 약속했던 일도 있고, 자네가 남보다 조금 더 힘들게 지난 일 년을 보냈다고 하세. 그런데 그게 어떻다는 것인가? 앞으로 수련을 마치고 대학에 남지 못한다면 개업해야겠지. 그러자면 돈이 좀 필요하겠어? 또 그러기 전이라도 당장 (레지던트) 2년 차가 되면 병원 숙식이 안 되지 않는가? 당장 병원에서 보따릴 싸서 나가야 한단 말씀이야. 그럼 학생 때처럼 몇 사람씩 재우는 방에서 하숙하겠어? 방 한 칸이라도 얻어 들어가야지! 안 그래? 그러니까 이 한심한 친구야! 자네로서는 이게 얼마나 다행스럽고 좋은 기회난 말이야. 월급도 현재 자네가 받는 돈의 꼭 여섯 배야 여섯 배! 그리고 말이야, 내 이런 이야긴 하지 않으려고 했는데……. 내 봉급이 얼만 줄 알아? 자네 받을 돈의 절반이 겨우 넘을까 말까 해, 이 사람아!"

모든 걸 다 떠나서 유 선생에게 자리를 양보하는 게 마땅한 일이었다. 하늘같은 과장마저 그렇지 아니한가? 버티는 건 한마디로 어리석기 짝이 없는 일이었다. 그러나 그는 막무가내로 과장의 말조차 듣지 않았다. 과장은 그의 똥고집에 어쩔 줄을 모르겠다는 표정이었다.

사실 정상적인 가정에서 정상적으로만 자랄 수 있었더라면 이런 멍청한 객기는 부리지 않았을 것이다. 또한 오기를 세워주거나 위로해줄 사람이 이 세상에 단 한 사람만 있었더라도 그는 이렇게까지 하지 않았을지도 몰랐다. 그러나 오기를 세워줄 사람도, 위로해줄 사람도 오직 자기 자신뿐이 넓은 세상 천지에 단 한 사람도 없었다. 아니, 사실은 그것 때문만도 아니었다. 가장 중요한 것은 재산이라고는 쥐꼬리 인턴봉급 모아둔 몇 푼이 전부였고, 불확실한 미래의 일에 관해서 누구의 말도 믿을 수 없었기 때문이다.

새벽 라운딩을 하면서 병실을 나오던 미스 정[鄭珠璃]이 복도에서 마주친 민우를 보고 물었다.

"시골로 간다면서요? 여긴 언제까지예요?"

"중순까지는……."

달리 할 말이 없어서 중얼거리듯 말하고 나서는 그만 입을 다물고 말았지만, 그녀는 다시 집요하게 물었다.

"그렇더래도 2월 말까지는 근무를 해야 하는 거 아니에요?"

그녀는 그가 떠나감을 섭섭해하는 유일한 사람이었다. 고마웠다. 지난 일 년 동안 숱한 밤을 지새우며 함께 근무했던 병동에서의 일들이 마치 유년시절의 아련한 추억처럼 떠올랐다. 아쉽기만 했다. 그녀의 눈빛을 살폈다. 그러다가 밤새 한잠도 못 자고 동동거리며 뛰는 그녀들의 눈빛이 어쩌면 이렇게 맑을 수 있을까 하는 경탄에 가까운 엉뚱한 데로 생각이 모아졌다.

젊은 여자들의 눈빛을 보면 그는 항상 고통스러웠다. 미스 정도 예외는 아니었다. 그녀의 눈빛은 항상 너무도 맑고 고왔다.

아마 미스 정도 '산스타' 아가씨인지도 모르지. 산스타란 원래 눈 혈관을 축소해서 알레르기 반응의 증상을 개선해주는 안과 약이었는데, 일시적이긴 하나 눈빛을 맑아지게 하는 데는 최고였으므로 데이트 직전에 사용하는 여자들이 많다는 것을 그도 잘 알고 있었다.

그러나 그건 절대로 아니었다. 그녀는 누구나 다 알아주는 대단한 미인이었다. 늘씬한 체격에 얼굴뿐만 아니라 목소리도 고왔다. 얼굴이나 팔아먹을 데로 가지, 뭐 하러 간호사가 되어 병실에서 알아주지도 않을 힘든 일을 하고 있나 싶을 정도였다. 그러나 정작 본인은 그런 건 전혀 모르는 척 아랑곳하지 않고 오로지 자기 일만 초연히 하고 있었다.

바지 입는 사람들은 너나없이 그녀를 보면 쉽게 지나치지를 못했다. 그건 입원해 있는 젊은 남자 환자들이나 보호자들도 마찬가지였다. 그녀에게 말이라도 한마디 더 걸어보고 싶은 나머지 괜히 쓸데없이 불러대는 경우도 많았다. 그러나 그녀는 그런 줄을 뻔히 다 알면서도 별로 화를 내는 기색도 없이 적당히 웃어넘겨 버렸다. 정말로 그녀는 심성 곱고 속 깊은 여자이기도 했다.

민우 역시 처음 인턴 일을 시작하면서 여러 사람의 도움을 받았지만, 특히 그녀의 도움은 지대했다. 이론적인 실력으로야 어디 그녀가 민우를 따라올 수 있겠느냐마는, 실제의 경우에는 어림 턱도 없는 노릇이었다. 나이와 실력을 떠나서 그녀는 몇 년간의 병실 경험이 있었지만, 민우야말로 수습생을 면하지 못한 아직 풋내기 초년생 의사가 아니던가?

그가 직접 주사를 들고 병실에 들어서기라도 하면 환자들은 기겁했다. 차마 연습용이 되기 싫다는 말은 할 수 없었던지, 갑자기 화장실을 가야 한다는 둥, 급한 전화가 있다는 둥 주사기를 들고 오는 그를 보면 후닥닥 자리를 걷어차고 일어나버렸다. 물론 아주 중환자라서 그럴 수 없는 경우에는 그 보호자들이 또 가만있지를 않았다.

"우리한테 실습할 생각은 마세요."

척하면 삼천리였다. 그가 주사기를 들고 나타나기만 하면 보호자들은 하나같이 표정이 싸늘하게 변해버렸다. 그럴 때마다 그녀는 말없이 그를 대신해주어 위기를 모면시켜주었다. 그녀가 나타나면 아픈 환자들의 얼굴에서조차 웃음기가 돌았다. 그녀는 정말로 대단한 존재였다.

간호사들은 새로 들어온 인턴 길들이기를 하느라 법전 속에서나 존재하는 알량한 의료법조항을 내세우며 '주사 놓는 일이 어디 우리 간호사가 할 일이냐? 당연히 의사인 너네들이 할 일이다. 그러니까 죽이 되건 밥이 되건 우린 모르겠다.'고 하면서 한사코 실제 경험이 전혀 없는 인턴들에게 주사 놓는 일을 떠넘겼다. 그러고는 병동 근무실에 둘러앉아서 인턴들과 환자들 간의 실랑이나 실수담을 주제로 해서 끝도 없이 재잘거리며 웃어댔다. 그런 식으로 어떤 간호사라도 개인적으로는 절대로 인턴을 돕지 못하게 해놓고서 인턴들을 슬슬 길들여가는 것이다.

그러나 미스 정은 달랐다. 그건 민우뿐만 아니라 다른 인턴들에게도 마찬가지였다. 인턴들이 혹 실수해서 혈관을 터뜨리거나 쩔쩔매면 곧바로 달려와서 대신 해주었다. 고맙다는 말을 하면 그녀는 당당하게 말했다.

"조금 지나면 금방 익숙해질 텐데 그때 가서 하세요. 우선은 자신 있는 경우에만 하시고요……. 어디 환자들이 실험용 재료라도 되나요?"

병이 나서 입원한 사실만으로도 억울하고 고통스럽기 짝이 없을 노릇인데, 간호사와 인턴 간의 주도권 싸움의 대상으로까지 만든다는 것은 용납할 수 없는 일이라고 했다. 그러면서 만약 당신의 부모 형제가 입원해 있다고 가정해보라는 것이다.

너무나 자명한 사실이었고, 백번 옳은 말이었다. 자기 가족이 입원해 있는데도 그들을 담보로 해서 주도권 다툼이나 벌이고 있을 바보 멍청이가 세상에 어디 있겠는가?

그렇지 않아도 그녀는 미모와 심성만으로도 동료의 질시의 대상이 된 터였다. 그런데 그녀의 천사 같은 실천철학의 알맹이는 쏙 빠져버린 채 말만 그대로 전달이 되었던 모양인지 마침내 병동의 모든 근무자는 하릴없이 모두 다 바보, 멍청이에다 천치, 백치가 되어버렸다. 그래서 그녀는 상급자들이나 동료에게 한동안 따돌림과 함께 숱한 박해를 받기도 했다. 그러나 그녀는 묵묵히 자기 일만 할 뿐이었고, 변명조차 없었다.

민우처럼 그녀 역시 본교 출신 간호사가 대다수인 병원에서 소수의 타대학 출신이었다. 다수 틈에서 고군분투해야 하는 소수민족으로서의 동질감 때문이었을까? 두 사람은 꽤 친밀하고 가깝게 지냈다. 남녀 간의 연애감정까지는 아니었으나, 둘은 늘 죽이 맞았다. 마치 다정한 오누이가 함께 소꿉장난을 재미나게 하듯이 보이기도 했다. 그래서 두 사람을 못마땅하게 여기는 입들이 있었고, 잘 알지도 못하면서 이러쿵저러쿵 말들이 많았다.

생각다 못해, 어느 날 그는 간호사들이 아침회합을 하는 병동 앞으로 가서 엄숙하게 단도직입적으로 물었다.

"제가 사적인 일로 여러분께 드릴 말씀이 있는데 지금 이 자리를 빌려도 되겠습니까?"

"사적인 말씀이라고요?"

수간호사 이하 여러 간호사는 그가 뭔가를 따지러 온 줄 알았던 모양인지 표정들이 갑자기 굳어지며 순식간에 비호의적으로 변했다.

"그렇습니다. 어디까지나 사적인 문제입니다. 그렇지만 개개인께 말씀드리기보다 다 모여 있는 이런 자리가 더 좋을 것 같아서요."

이런 때에는 수간호사가 왕이다. 그녀의 결정에 따라 모든 것이 결정된다. 민우를 포함해서 그 자리에 있던 모든 사람의 시선이 일제히 수간호사에게로 쏠렸다. 그 자리에는 마침 미스 정도 있었다.

"그렇게 하시죠."

수간호사는 의외로 선선히 대답했다.

"감사합니다. 제가 말씀드리려 하는 것은 다름이 아니라…… 최근 들어서 저와 미스 정에 관하여 여러 가지 가십거리가 있는 것으로 알고 있습니다……."

'아, 그 얘기로구나.' 벌써 감을 잡은 간호사들은 말하는 민우보다 미스 정이 더 궁금했던 모양인지 일제히 미스 정에게 눈길이 쏠렸다. 그러나 미스 정은 평상시의 표정 그대로 민우를 멀거니 바라보기만 했다.

"그러나 그건 전혀 사실무근입니다. 저는 업무 이외의 일로 미스 정과 단 한마디 말도 나눈 적이 없습니다. 아마 누군가가 넘겨짚고서 무심코 했던 말이 커지고 커진 것으로 알고 그에 대해서는 더 이상 말씀을 드리지 않겠으나, 아무튼 여러분 모두의 협조를 부탁합니다. 여러분 모두 여자분들이므로 저보다 더 잘 아실 것으로 생각합니다만, 결혼 전의 무고한 루머로 인해서 행복해야 할 결혼생활을 혹시라도 망치게 된다면 어떻게 되겠습니까? 이것은 저 때문이 아니고 여러분과 같은 여자분인 미스 정 때문에 드리는 말씀입니다. 감사합니다. 말씀드릴 기회를 주신 데 대해 수간호사님과 또 여러분……."

말이 채 끝나기도 전에 다 알았으니 자기네 회합을 더 이상 방해하지 말고 그만 나가달라는 표정을 애써 감추며 수간호사가 먼저 박수를 쳤다. 그러자 간호사들 모두 그 박수에 가담했다. 하지만 분명한 사실은 그의 친절한 마음을 순수하게 받아들이며 페미니스트적인 그의 발언을 호의적으로 받아들인 사람도 몇 있었던 반면, 대다수는 다 아는 처지인데 무슨 개뼈다귀 같은 소리냐며 박수와는 영 거리가 먼 떨떠름한 표정들이었다.

"감사합니다."

여자들은 박수를 치면서도 여전히 미스 정의 낯빛을 재미있다는 듯 살피고 있었다. 하지만 정작 그녀의 반응은 의외였다. 자기와는 전혀 무관한 이야기라는 듯이 민우의 말이 다 끝날 때까지 표정 하나 흔들리지 않은 채로 앉아서 듣고 있다가 시선을 눈 아래의 서류로 돌려버렸다.

그뿐이었다. 그래서 일이 그렇게 끝나나 싶었다.

그런데 그렇게 되지 못한 것은 순전히 미스 황이라는 신참 간호사 때문이었다. 그녀는 가끔 황당한 발언을 잘해서 '미스 황당'이라는 별명으로 불리기도 했는데, 황당하고 엉뚱한 주장을 잘했다.

"잠시만요, 닥터 리!"

그녀는 그렇게 그를 돌려세우고 일어서더니만, 만좌를 둘러보며 거창하게 말을 이어나갔다.

"이 자리는 오로지 환자를 위하여 공적인 회합을 하는 병동 간호사들의 신성한 회의 자리입니다. 닥터 리가 잘 아시다시피 이 자리는 환자를 위하여 논의하는 자리이지 그따위 개인적인 해명을 듣는 시간이 절대 아닙니다. 그럼에도 닥터 리가 이렇게 당당하게 와서 회의를 중단시킨 것을 보면 그동안 우리가 닥터 리를 잘못 알고 있었거나 우리 간호사들이 평소에 닥터 리를 포함한 모든 수련의에게 너무나 관대했기 때문일 것입니다. 지금은 우리의 존경하는 수간호사님이 너그럽게 양해를 해 드렸으므로 그대로 넘어가겠지만 다음부터는 이런 일이 절대로 없도록 해주십시오. 엄숙히 경고합니다."

실로 가당찮은 과민반응이었다. 순간 간호사들은 어느 경우가 옳은 것인지 헷갈리는 모양인지 잠시 침묵이 흘렀다. 그때 분연히 미스 정이 일어서서 말했다.

"본의야 어떻든 여러분께 심려를 끼쳐 드리고, 더구나 미스 황의 말씀처럼 회의 분위기까지 어지럽히게 한 당사자의 한 사람으로서 매우 죄송하게 생각합니다. 많은 양해 바랍니다. 이상입니다. 그럼 다시 회의로 돌아갔으면 좋겠습니다."

사실 미스 정은 민우가 접근해오기를 은근히 바라고 있었다. 물론 그렇게 해서 당장 무얼 어떻게 하겠다는 것도 아니었지만, 어쨌든 만약 그가 적극적으로 대시해온다면 기꺼이 수용할 생각이었다. 그러나 어찌 된 셈인지 그는 도대체 그 방면으로는 숙맥이나 다름없이 행동했다. 그는 세상 남자들 중에서 그녀에게 치근대지 않은 유일무이한 사람이었다. 더러 어떤 때에는 의도적으로 상당한 눈치를 주어보기도 했다. 그러나 아무런 소용도 없었다. 고집스럽게 일정한 간격을 지키기만 했다. 틀림없이 무언가 심상치 않은 사연을 갖고 사는 것이 분명하다는 직감이 들었다. 그래서 그런지 오히려 그런 그가 더 신선해 보였다. 그래서 이상한 루머에도 그녀 자신은 긍정도 부정도 하지 않고 지냈던 것이다.

그러나 사실 그녀가 그에게 연연했던 보다 더 근본적인 이유가 하나 더 있었다. 점괘가 바로 그것이었는데, 다분히 주술적이기는 했지만, 그렇다고 해서 무시해버릴 만한 것도 아니라는 생각이었다.

그렇지만 그녀 편에서 나서기도 뭐했다. 그런데 이제 병원을 떠나면 그만일 터에 루머였을 뿐이라고 꼭 공개까지 해야 하는지 그런 그가 상당히 섭섭했다. 그리고 또 한 가지는 솔직히 말해서 자존심이 몹시 상했다. 하지만 그녀로서는 어떻게 할 수도 없는 노릇이었다. 꿈을 받치고 있던 기둥 하나가 갑작스럽게 떨어져 나가며 굉음을 내는 소리가 오래도록 가슴 속 한가운데에서부터 울려나오고 있을 뿐.

아무도 없는 늦은 밤이었다. 주리는 스테이션에서 나이트에 들어갈 주사약을 재고 있었고, 민우는 그녀에게서 조금 떨어진 작업 책상 앞에 앉아서 다음날 치 의사 처방전을 쓰고 있었다.

이브닝만 나오는 주리야 그리 피곤할 일도 없겠지만 진종일 일에 지친 민우는 일하면서도 입이 찢어져라 연신 하품만 계속하고 있었다.

몹시 피곤하기는 한 모양이었다. 그러나 눈뜨고 일하고 있는 이상 그 역시 들을 건 듣고 볼 건 다 볼 것이었다. 그를 건너다보면서 그녀는 난데없는 질문을 하나 던졌다.

"닥터 리! 꿈은 현실의 연속일까요? 아니면 반대로 현실이 꿈의 연속일까요? 어떻게 생각하세요?"

조용한 볼륨으로 음악이 흘러나오다가 아나운서의 일상적인 멘트가 나왔는데, 시청자 여러분은 어떤 꿈을 믿고 있느냐는 것이었고, 그 말끝에 그녀가 물었다.

"글쎄? 둘 다 맞는 말 아닐까?"

"점은요?"

"무슨 좋은 꿈과 점괘가 나왔어요?"

물론 어떤 대답을 듣고 싶었던 것도 아니었고, 그녀가 난데없이 워낙 엉뚱한 질문을 했기 때문에 그냥 인사로 물어본 말이었다. 하지만 그녀는 대답 대신 거푸 질문만 했다.

"사람의 성격이나 개성에 따라서 별명을 하나씩 붙여본다면 닥터 리는 무슨 동물에 가까울까?"

건성으로 말대답만 하고 있던 그는 워낙 생뚱맞은 질문이라서 비로소 차트와 처방전에서 눈을 떼고는 시선을 돌려 그녀를 쳐다보았다.

그녀는 주사약 병을 책상 앞에 수북이 쌓아놓고 자기가 했던 말보다 훨씬 정신을 집중해서 약병마다 열심히 주사기로 증류수를 넣어 용해하고 있는 중이었다. 손이 여간 빠르고 능숙한 게 아니었다.

그녀는 얼굴만큼이나 손가락도 희고 길고 예뻤다. 그녀의 곱고 흰 손과 여린 듯 수려한 목선 그리고 서양 인형처럼 이목구비가 뚜렷한 얼굴을 새삼스러운 눈길로 감탄스럽게 바라다보았다. 측면에서 보아도 그녀는 완벽하고 조화로운 아름다움 그 자체였다. 배경과 의상만 바꾼다면 한 폭의 미인도가 분명할 것이었다. 당 현종이 사랑했다는 양귀비가 주리만큼 예뻤을까?

"갑자기 왜 또 나야? 그건…… 자기 자신은 잘 모르고 살아가는 게 아닐까? 내 생각에 미스 정은 장미꽃 아니면 모란꽃일 것 같은데."

"그건 식물이잖아요? 동물 말이에요, 동물!"

"그럼 이쁜 꽃사슴이겠지?"

"농담하지 말고요. 닥터 리는 혹시 가물치가 아닐까?"

"뭐? 가물치? 하하하!"

"그래요. 위급하면 물 위로 뛰어올라 공중을 날아서 도망쳐버린다는 가물치 말이에요."

"내가 언제 위급상황에서 그렇게 대처를 잘했지? 아닌데……. 그건 그렇고 미스 정이 말하는 것은 가물치가 아니고 갈치에 대한 동화 아니에요??"

"난 지금 동화를 말하는 게 아니거든요. 닥터 리에 대한 느낌을 말하는 거지."

"진짜요? 왜죠?"

"이유를 설명할 수는 없지만 어쨌든 그런 생각이 들어요."

갑자기 그의 태몽으로 꾸었다는 조항의 물고기 떼나 커다란 잉어가 생각났다. 그녀는 꿈을 꾸는 듯 눈까지 가느스름하게 뜨고 그를 바라보고 있었다.

"이왕 별명을 붙여주려면 가물치가 뭐야? 백상아리쯤으로 붙여주어도 시원찮을 판에."

호기스럽게 말을 마치며 그가 소리 내어 웃자, 그녀 역시 그런 그를 보며 깔깔깔 소리 내어 웃었다. 마침 다른 간호사 하나가 스테이션으로 들어오고 있다가 두 사람의 웃음소리를 듣고는 몹시 궁금하고 의심스럽다는 눈빛으로 둘을 번갈아 바라보다가는 상을 찌푸리며 외면해버렸다.

유 선생은 상당한 속물근성이 있었는데, 민우는 그런 그가 늘 싫고 못마땅했다. 월남전을 겪고 돌아왔고, 나이가 많기 때문이라고 생각하기만은 어려울 정도로 그는 속되어도 너무 속된, 구제불능의 치사한 인간이라는 생각이었다.

자기 이익과 안녕을 위해서라면 체면이고 양심이고 뭐고 없었다. 그리고 촌지가 없는 환자들은 비럭질하다가 들어온 비렁뱅이 취급하기 일쑤였다. 그래서 같은 자기네 동문까지도 그가 없는 자리에서는 대놓고 그를 비난했다.

그러나 어찌 된 셈인지 그는 위기에 몰릴 때마다 재빠르게 해결을 잘하는 기막힌 처세술도 함께 갖고 있었다.

수련의들끼리 병원 근처 등심 집에서 회식하던 자리였는데, 민우는 난데없이 월남전 때 한국 군인들이 죄 없는 양민들을 학살했다며 파월군인들을 강하게 성토하기 시작했다.

그는 그날 우연히 한국군에게 무차별 살해된 베트남 양민들에 대한 주간지 기사를 읽었다. 그러고는 무의식적인 일종의 피해의식이랄까, 동병상련이랄까 종일토록 우울했고 괜한 분노가 일었다. 더구나 모처럼 술까지 마셨으므로 그는 혼자 흥분해서 파월군인들에 대해 쌍욕을 섞어가며 성토했던 것이다.

그러나 그건 기실 그 혼자만의 엉뚱한 생각일 뿐이지 그 자리의 누구에게도 상관없는 이야기라서 화젯거리가 될 수도 없었다. 또한 월남전에 가본 일도 없고 말만 들은 그로서는 사실 흥미본위의 주간지에 난 기사만으로 자기가 하는 말이 얼마나 확실한 것인지 전혀 알 수도 없는 상황이 아니겠는가?

사람들은 민우가 하는 말보다 최근 그와 라이벌관계인 유 선생의 눈치부터 살폈다.

유 선생은 고개를 숙인 채 잠시 민우의 말을 듣고 있다가 갑자기 그의 말꼬리를 싹둑 자르며 말했다.

"어이, 지금 자네 설마 나 들으라고 하는 소린 아니겠지? 생명을 걸고 전쟁터에 나갔다 온 적도 없는 개새끼들이 간혹 하는 소리라서 말이야. 어쨌든 자네가 좀 알아야 할 게 있어."

그러고는 보통 때와 달리 그는 눈에 힘을 주며 어금니를 씹는 발음으로 이죽거리듯 말했다.

"그리고 이건 월남 이야기만이 아니야. 약한 놈은 밟힐 수밖에 없고 그건 당연한 거야. 그건 세계 공통적인 현실이야. 현실은 현실로서 인정하는 게 좋아. 힘없고 돈 없고, 하다못해 집안 빽조차 없는 놈은 하는 수 없는 거야, 안 그래? 인간이란 강해야 해. 강하지 않으면 이 세상에 살아남을 수 없어. 그런 놈은 국가를 위해서라도 천 번 만 번 일찌감치 죽어주어야 해. 개인이 됐건, 국가가 됐건 약한 놈은 서러워도 어쩔 수 없는 거야. 세계에서 제일가는 나라, 미국을 봐. 거기는 감정이 아닌 합리성의 냉혹한 세계야. 그들이 강하다는 것은 그만큼 합리적인 철학을 갖고 있다는 게 아니겠어? 씨팔! 힘없고 못난 새끼들일수록 뒷구멍으로 지랄들을 하는 거지만 말이야……."

그는 의도적일 정도로 자신의 더러운 속물 처세를 한껏 미화하고 있었다. 그리고 어떻게 들으면 민우에게 설교하거나 욕하는 것 같기도 했다.

사실 그는 자기 가족이 당했던 참상에 대해서 확실히는 잘 몰랐다. 현명한 할머니는 모든 것이 다 정리된 연후에야 유일한 상제로서 그를 집안으로 데려갔기 때문이다. 물론 그렇다고 해서 모든 것이 다 감추어질 수는 없는 일이었다. 더러 남은 얼룩진 붉은 핏자국이 어린 그의 눈에도 쉽게 띄었다. 그래서 세월이 흐른 후에도 그런 선혈의 흔적을 보게 되면 먼저 엄마에 대한 그리움이 앞섰지 결코 참혹함이 먼저 상기되는 것은 아니었다.

그러나 그것 역시 그저 먼 옛날의 이야기일 따름이었다. 그때의 기억으로 인해서 최근 들어 슬프다거나 고민해본 적은 한 번도 없었기 때문이다. 고통을 안겨준 것은 오히려 그리움과 상실감 때문이었지 절대로 참상 그 자체 때문은 아니었다.

그런데도 그날 주간지의 사진과 기사는 단번에 그의 가슴을 뒤흔들어 놓았다. 그리고 종일 이상할 정도로 흥분하며 지냈던 것이다.

사실 유 선생은 그 기사와는 상관도 없을 터였다. 대도시 군 병원에서 군의관으로 근무했다는 그가 주민을 학살할 일은 없었을 것이기 때문이다. 그런데도 그 참상을 당연시하는 그가 마치 그 사건의 주모자인 양 죽이고 싶도록 미웠다.

그것뿐만이 아니었다. 오래전부터 그는 유 선생을 몹시 싫어했고, 유 선생 편에서도 그랬다. 왜 그랬을까? 아마도 그의 치사하고 더러운 속물근성 때문이었을 것이다. 아무튼 그런 이유 따위에 대해서는 한 번도 따져보지 않았으나, 그가 싫은 건 사실이었다. 그를 볼 때마다 항상 기분이 나빴다. 더러 당직을 바꿀 일이 있어도 유 선생에게 부탁해야 하는 경우라면 아예 싹 입을 다물어버렸다. 그러기는 유 선생도 마찬가지였다. 그래서 민우는 되도록 그와 부딪치지 않으려고 애썼다.

그날도 서로 사이가 나쁜데다가 최근 레지던트 일로 인해서 감정이 좋지 않았기 때문에 술만 들어가지 않았더라면, 같잖고 속물 같은 말만 듣지 않았더라면, 아니 거기까지는 그렇다 치고 그의 무례한 행동을 잠시만 참아내었더라면 정말 별 일없이 잘 지나갔을 터였다.

"씨팔, 약하다고 국가를 위해서 죽어야 한다는 소린 또 처음이네!"

"뭐? 씨팔? 이런 후레자식! 새카만 후배새끼가. 감히! 씨팔? 야! 이 좆같은 촌놈의 새꺄! 네까진 게 알긴 뭘 알아?"

유 선생이 자리에서 몸을 일으키며 쌍욕과 함께 마시던 술을 민우 얼굴에 끼얹어버렸다.

민우는 워낙 졸지에 당한 일이라 처음에는 판단이 잘 서지 않는지 일그러진 얼굴로 술을 뒤집어쓴 채 유 선생을 노려보기만 했는데, 거기까지는 좋았다. 그러나 그게 아니었다.

"씨팔, 좆거든 촌놈의 새끼라고? 야! 이 똑똑하고 잘난 새꺄! 좆거든 촌놈 새끼한테 어디 한번 뒈져볼래?"

민우는 번개같이 자리에서 일어서더니 순식간에 구둣발 채로 탁자 위를 뛰어넘어갔다. 그러고는 식당 홀 시멘트 바닥에 유 선생을 깔아뭉개고는 그 위에 올라탔다. 누가 말릴 수도, 어쩔 수도 없을 만큼 실로 순간적인 일이었다. 그러고는 막무가내로 달라붙어서 두 주먹으로 북을 쳤다. 물론 사태의 심각성을 뒤늦게 깨달은 인턴과 레지던트 선배들이 간신히 뜯어말리기는 했다. 그런데도 그는 길길이 날뛰며 유 선생에게 발길질과 대거리를 하며 발광을 떨었다.

하여간 일방적인 활극은 이것으로 일단 막을 내렸다. 그러나 후일담을 결론부터 말하자면 유 선생은 갈비뼈가 두 대나 나간 심한 외상을 입어 당장 입원했고, 민우는 과장을 비롯한 여러 사람의 노력과 중재로 간신히 경찰서 신세까지는 면했으나, 그 잘난 성깔 때문에 그동안 쌓아놓았던 모든 노력에 대한 대가를 한순간에 제 발로 걷어차 버린 꼴이 되었다.

유 선생에게 입원 기간 내내 빌고 또 빌었고, 병원장과 과장에게 벌을 청하고 또 청했으며, 응급실 당직도 유 선생 몫까지 두 배로 했다.

결국 그토록 집착했던 레지던트 자리도 결국 유 선생에게 돌아갔고, 유 선생의 치료비와 위문 비용을 대느라 그동안 애써 모아두었던 알량한 재산까지 완전히 바닥을 내고 말았다.

레지던트로 진급하지 못하게 된 이상 병원 사직은 어쩔 수 없는 일이었다. 하지만 다행히 훌륭한 성품을 가진 자비로운 과장 덕분에 마침내 H 면 성당병원 의사 자리를 얻어 오게 된 것이다.

시골병원 일도 익숙해졌고, 처음 걱정했던 것과는 달리 상당한 자신감도 생겼다. 비가 오는 날조차 거의 날마다 계속해서 새벽마다 축산 해안의 벼랑바위로 가서 바다와 하늘을 바라보며 새벽 시간을 보냈다. 정 붙일 데 없는 객지 시골병원에서 새벽 산책이라도 할 수 있다는 것은 여간 좋은 일이 아니었다.

하지만 처음에는 간신히 인턴만 마치고 온 그로서는 시골 오지의 병원이란 시련과 고통의 용광로 속 같은 곳이었다. 환자들은 아무 때나 시도 때도 없이 찾아와서 그를 괴롭혔고, 도저히 그로서는 어떻게 해볼 수도 없는 중환자도 있었다.

그래서 처음에는 앞발 뒷발 다 들고 이곳을 한시바삐 벗어날 궁리만 하기도 했다. 그러나 그것도 쉽지 않은 노릇인 것이 일 년간은 무슨 일이 있더라도 근무해야 한다는 과장과의 약속도 있었고, 그걸 다 떠나서라도 당장 어디 다른 자리를 알아볼 만한 정신적, 시간적 여유도 없었기 때문이다.

그리고 의사라곤 자기 혼자뿐인 병원에서 힘들다는 핑계로 나 몰라라 하고 도망칠 수도 없었다. 그러나 하늘이 무너져도 솟아날 구멍이 있더라고 의사는 아니라 해도 경험 많은 육 선생이 함께 있었고, 시간이라는 마술사도 있었다.

육 선생은 나이가 마흔 정도인데, 미군병원 위생병 출신이라 했다. 전쟁 때 미국 군의관들과 헤아릴 수 없이 많은 수술을 했다는 것이었고, 그래서 실제로 근동의 Y 읍이거나 포항에서조차 큰 수술이 있을 때마다 그를 초빙해 갈 정도였다. 그는 대학병원의 선배 의사들처럼 뭘 조금 가르쳐주고

생색을 내거나, 쉬운 것도 일부러 힘들고 어렵게 가르쳐주거나 하는 그런 법이 없었다.

이론적으로 확실한 뒷받침이 있는데다가, 외과수술이 있을 때마다 실제 상황에서 그에게 일대일로 배워 갈 수 있었으므로 수술로만 따진다면야 대학병원에서보다 그에게서 훨씬 더 잘 배우고 있는 셈일 것이었다.

시골 오지라서 그런지 생각보다 응급수술 환자라든가 중환자가 많았다. 그러나 시골병원은 어디까지나 시골병원이었고, 한계가 있었다. 예를 들면 대량 출혈 환자가 왔다거나, 가망이 없을 것 같은 중환자가 오는 때가 바로 그런 경우였다. 그런 때에는 어쩔 수 없이 민우가 구급차에 함께 타서 어떻게든 포항의 큰 병원에까지 옮겨주어야 했고, 어떤 때는 그런 식으로 하루에 두 번씩 포항을 다녀와야 할 때도 있었다.

이렇게 그의 젊음과 성의 그리고 육 선생의 기술이 합쳐지게 되자, 한때는 폐업까지 거론되었던 성당 병원이 점차 제 기능을 찾아가게 되었고, Y읍에서조차 포항으로 가는 대신에 오히려 그를 찾아오는 경우까지 생기게 되었다.

2. 한혜진

세월은 잘도 흘러갔다. 2, 3, 4, 5, 6, 7월…… 어느새 새벽 바닷바람이 시원하고 기분 좋게 느껴지는 무더운 여름이 시작되었다.

그는 여전히 벼랑바위에 앉아 여느 때와 똑같이 바다를 내려다보면서 지난 6개월간을 손가락까지 꼽아가면서 힘들게 세어보고 있었다. 그러고는 담배가 손끝 근처까지 타들어가는 줄도 모르고 생각에 골몰해 있었다. 시골병원 일에 어느 정도 적응이 되어가나 싶으니까 이번에는 수련 문제가 새로운 걱정거리로 떠올랐기 때문이다. 얼마 전에 미스 정에게서 편지가 왔었다.

어떻게 잘 지내고 있느냐는 것, 자기는 여전히 동동거리며 병동에서 더도 덜도 아니고 딱 그때 그만큼 지내고 있다는 것, 해마다 되풀이되는 인턴 길들이기와 상관없이 예년처럼 행동했다는 것, 그리고 유 선생이 인턴 시절과는 달리 아주 의젓해졌고, 주치의가 되었다고 인턴을 대동해서 폼을 잡고 다니면 민우, 그가 생각난다는 것, 내년에는 어떻게든지 다시 수련을 계속해야 하지 않겠느냐는 것, 여름이 가기 전에 한번 초청할 의사가 없느냐는 것 등등……. 너무도 당연하고 당연한 사실만을 쓴 편지였다. 그런데도 따뜻한 그녀의 마음을 실은 편지는 객지에서 외롭게 날짜만 죽이고 있어야 하는 그의 가슴에 사무치게 와 닿았고, 자꾸만 마음이 심란해졌다. 무슨 일이 있어도 내년에는 J 대학이든 어디든 레지던트 자리를 구해서 수련을 재개해야 할 것이었다.

앉아 있는 엉덩이가 저리면 돌아갈 시간이 되었다는 신호였다. 피우던 담배를 손도 댈 것 없이 입술로 불어서 힘껏 내뱉어버리고 천천히 일어섰다.

아니! 순간 난데없는 인기척을 느끼고는 황망히 뒤를 돌아보았다. 언제부터 와 있었는지 그가 앉아 있던 자리 바로 뒤쪽에 젊은 여자가 서 있었다.

비밀스러운 혼자만의 장소를 침범 당하고 개인적인 사생활을 모두 들켜버린 기분이랄까? 어쨌든 낭패스럽고 허전한 기분이었다. 그러나 새벽바람에 격앙된 좋은 기분이었고, 더구나 상대가 젊은 여자라서 그랬는지, 이치에 맞지도 않는 양가적 감정에 휘말렸다.

이십사오 세쯤 되었을까? 생면부지의 얼굴이었다. 머리를 뒤로 질끈 묶고 헐렁한 보라색 츄리닝을 아무렇게나 입고 있었지만, 처녀다운 굴곡이 도드라지게 느껴지는 매력적인 여자였다. 둥그스름한 얼굴에 눈매도 고왔으며, 오뚝하면서도 끝이 둥근 코 때문인지 초면이었지만 친근하고 다정하게 느껴지는 얼굴이었다.

"안녕하세요? 경치가 아주 그만이네요."

옆에서 본 이 하나가 덧니였으나 그게 더 매력적으로 보였고, 깍듯한 서울 말씨였다. 여자는 말을 마치고 나서도 한참이나 그를 쳐다보았다.

"날씨도 워낙 좋고요."

되돌아서며 여자와 헤어져 몇 걸음 내딛다 말고 다시 뒤를 돌아보았다. 여자 역시 그를 보고 있다가 그와 눈길이 부딪치자 황망스럽게 바다 쪽으로 얼굴을 돌려버렸다. 여자의 얼굴에 일출 시의 분홍빛 홍조가 그대로 머물러 있었다.

저 남자는?…… 혜진은 축산 해안에서 처음으로 민우를 만나면서 분명히 처음 만난다는 것을 알면서도 예전 어느 땐가 아주 가깝게 지낸 사람이었던 것 같은 이상한 착각 속에 빠졌다. 데자부 현상일 것임이 분명했고,

그는 전혀 모르는 사람이 확실했다. 그런데도 이상하게도 느낌은 그게 아니었다.

혹 내 기억 속에 있는 어떤 사람과 너무 닮아서 그럴까? 그렇다면 도대체 누구를 닮았다는 거지? 그러나 아무리 애써 생각해보아도 도대체 알 수 없었다.

혹 그 남자도 나와 같은 생각을 했던 것은 아닐까? 그 남자도 되돌아가다 말고 세삼스럽게 다시 뒤돌아보았다.

시선을 피해 바다를 바라다보는 척하고 마음이 진정되기를 기다렸지만 진정되기는커녕 처음 본 그의 얼굴이 눈앞에 가득 찼다.

외가로 돌아온 그녀는 우선 낡은 사진첩부터 훑어보기 시작했다. 최근에는 아무도 펴본 일이 없었는지 앨범들은 하나같이 책장 맨 아래 칸에서 먼지를 잔뜩 뒤집어쓴 채 꽂혀 있었다. 빛바랜 옛날 옛적 사진에서부터 차근차근 하나도 빼지 않고 열심히 들춰보았다.

죽은 우성오빠가 만면에 웃음을 머금고 있었다. 그러나 오빠에게서 그 남자의 이미지를 찾아볼 수는 없었다. 그럼…… 누굴까? 사진첩 속에서는 그 남자와 비슷한 누구의 얼굴도 찾을 수 없었다. 죽은 우성오빠나 기타 누구의 얼굴에서도……. 또한 엄마나 외할머니의 모습에서도 그건 마찬가지였다.

더욱 이상한 것은 그 남자는 단순히 어디서 많이 보았거나 하는 정도가 아니라 한때는 무척 가까웠던 사람인 것 같다는 게 더욱 기가 막힐 노릇이었다.

언제 때 누굴까?? 혜진은 그날 밤 한숨도 못 자고 거의 뜬눈으로 꼬박 지새운 후 여명도 되지 않은 새벽길을 따라 어제의 그 해안으로 다시 갔다.

혜진은 고교 시절 이후 여름방학 때만 되면 해마다 거르지 않고 외가를 찾았는데, 그녀로서 이것은 일종의 성지순례와 같은 것이었다. 엄마와 우성오빠에 대한 그리움 때문이었을까? 예전에 우성오빠를 따라 함께 다녔던 축산 해안과 그 뒷산 자락, 동네 뒤쪽 들판을 헤매고 다니면서 여름 한철을 보내고 나면 마음이 풀리고 한결 후련해지기 때문이었다.

죽은 엄마는 외할머니를 쏙 빼닮았다. 그건 외사촌 우성오빠도 마찬가지였다. 그래서 외할머니나 그녀를 천사로 만들어주던 우성오빠를 보면 엄마의 얼굴이 생각났다.

외할머니는 엄마도 없이 자라는 그녀를 볼 때마다 가엾어서 어쩔 줄 몰랐다.

"아이고, 이게 누구냐? 우리 혜진 공주님이 왔구나. 옳지, 옳지, 그래, 정말 잘 왔다. 어서! 어서! 들어가자!"

엄마는 그녀가 중 3이 되던 해에 알 수 없는 병으로 갑자기 죽고 말았다. 아파서 입원했던 것도 아니고 무슨 징조가 있었던 것도 아니라고 했다.

엄마가 죽던 날 그녀 역시 뭘 잘못 먹었던지 몹시 배가 아팠다. 수업도 못 받고 양호실에서 누워 있었는데, 이상하게도 그날따라 엄마가 유난히 더 보고 싶었다. 양호 선생님께서 주는 구급약을 먹었지만 구토가 나고 배는 여진히 뒤틀리면서 어지럽기까지 했다. 안 되겠다 싶었던지 양호 선생님은 구급차를 불러서 학교 근처의 병원으로 보내주었다.

난생처음으로 병원에서 링거까지 맞으면서 엄마를 눈 빠지게 기다리고 있었지만, 엄마는 도대체 종무소식이었다. 주사약이 거의 끝나가도록 마찬가지였다. 배가 아프고 어지러워서가 아니라, 이번에는 엄마가 오지 않아서 슬프고 눈물이 났다.

이미 주사는 다 맞은 후였지만, 엄마를 기다리느라 침대에 그대로 누워 있다가 설핏 잠이 들었는데, 전화를 받으라는 간호사의 목소리를 듣고 눈을 떴다.

"여보세요?"

부르튼 입으로 전화를 받았다.

"혜진이냐?"

아빠였다. 지금도 그때 아빠의 허둥대던 목소리는 잊을 수 없다.

"혜진아, 엄마가…… 엄마가 갑자기 아파서 Y 대학병원에 방금 도착했는데……. 혜진아, 네가 빨리 여기 응급실로 와야겠다. 아빠가 널 데리러 갈수도 없다……. 택시 타고 가능한 한 빨리 와라……. 택시 값은 여기 오면내가 해결할 테니까 어떻게든 빨리 와야 한다."

아빠는 지금 무슨 말을 하는 것일까? 어떻게든 빨리만 오라고? 뭐가어떻다는 것일까? 엄마가 많이 아프다니? 아침까지도 엄마는 말짱했는데……. 물론 나도 아침에는 말짱했어도 배가 아팠지만……. 근데 너무 힘이 없어……. 어떻게 거기까지 가지? 엄마가 어떻다는 것일까?

응급실에 도착했을 때 이미 엄마는 하얀 시트로 덮여 있었다. 그리고 아버지는 붉게 충혈된 눈으로 그 곁에 서 있었다. 누군가가 엄마를 작은 카에 싣고 어디론가 끌고 가려 하는 중이었다.

"엄마! 엄마! 으흐흐흑 엄마……."

그녀는 카에 두 팔로 매달리며 울부짖었다.

"아! 아! 엄마, 왜 이러는 거야! 엄마! 엄마! 제발 정신 좀 차려! 뭐라고 말좀 해봐! 제발! 엄마, 제발! 엄마! 뭐라고 말 좀 해봐!"

그런 그녀가 안타까웠던지 카를 끄는 사람도 말없이 잠시 멈춰서주었다. 혜진은 시트를 들추고는 엄마의 얼굴에 제 얼굴을 비비며 애타게 울부짖었다. 엄마의 얼굴은 백짓장처럼 희었고, 감긴 두 눈에서부터 양쪽 귓불 쪽으로 흘러내린 눈물 자국이 선연하게 보였다. 따뜻하지도 않았지만 그렇다고 차갑지도 않았다.

"엄마! 엄마! 어쩌자는 거야! 엄마! 엄마! 이제 나보고 어쩌라는 거야! 엄마! 난 엄마 없으면 살 수 없잖아! 그건 엄마도 알잖아! 엄마! 엄마! 제발 정신 좀 차리고 생각 좀 해봐!"

카로 올라가서 죽은 엄마를 끌어안고 몸부림을 치다가 마침내 정신을 잃고 말았다. 의식을 회복한 것은 아빠가 엄마를 묻고 돌아온 그 다음 날이었다. 그러니까 대략 72시간 이상이 흐르고 난 후에 정신이 돌아온 셈이었다. 덕분에 그녀는 엄마와의 슬픈 이별식조차 나누어보지 못한 채 헤어지고 말았다.

가버린 엄마가 차디찬 땅속에서 육체와 정신을 만들어주었던 대자연으로 다시 환원되고 있는 동안 그녀 역시 상당 기간 정신과 병동에서 혼자 외롭게 지내야 했다.

정신질환은 그 후로도 한동안 더 그녀를 괴롭혔다. 의사들이 붙여준 병명은 전환장애였고, 간혹 공황장애라는 병명을 겹으로 붙여주기도 했다. 그때 대학생이었던 우성오빠가 외로운 그녀의 병실을 자주 찾아주었다. 오빠와는 다섯 살 차이였다. 오빠는 친구였고, 어른이었다. 오빠는 아주 어렸을 때부터 끔찍이도 그녀를 위해주었다. 시골에서 오빠는 그녀가 원하면 어디라도 데려가주었고 무엇이라도 다 해주었다. 남자였으면서도 오빠는 학이나 공, 바지, 저고리, 돛단배 등…… 종이를 접어서 못 만드는 것이 없었다. 시냇가에서는 송사리를 잡아주었고 바다에서는 게, 조개 등 그녀가 신기해하고 좋아할 만한 것이면 무엇이라도 다 잡아주었다. 그녀를 위해서 오빠는 나비와 잠자리도 수도 없이 잡아다주었고, 여름에 나는 꽃이란 꽃은 모두 다 따다주었다.

어렸을 때 그녀는 나중에 자라면 오빠와 결혼하겠다고 생각했다. 우성 오빠만 있으면 그녀는 천사가 되어 무엇이라도 다 할 수 있었고, 오빠는 언제고 그런 그녀를 진짜 천사로 만들어주었다.

그녀가 입원 중 할 수 있는 일이라고는 이틀에 한 번씩 담당의사를 만나 상담 받는 일과 뒤뜰을 혼자서 걸어보는 것이 전부였다. 그녀는 항상 기운이 없고 어지러웠다. 메슥거리기도 하고 까닭 없이 세상의 모든 일이 다 두렵고 겁이 났다. 그래서 자기 스스로 무엇 하나 결정할 수 없었고, 아무것도 할 수 없었다. 밥을 먹을 때 수저를 사용해야 할지 아니면 젓가락을 사용해야 할지 그것조차 헷갈려서 밥을 제대로 먹을 수도 없었다.

그러나 사실 그런 건 아무것도 아니었다. 가장 절절한 문제는 죽지도 않은 엄마를 제대로 깨워보지도 않고 그대로 묻어버렸다는 사실이었다. 애가 끓도록 안타까웠다. 하루라도 빨리 가서 깨워야 하는데……. 살이 녹는 줄도 모르고 계속 잠들어 있다가 진짜로 죽어버리면 어떡해?

속히 엄마를 깨우러 가야 할 것임에도 아빠는 뭐가 그렇게 바쁜지 면회도 자주 오지 않았다. 엄마는 다시 파내어 자기가 흔들어 깨우면 틀림없이 다시 눈을 뜨고 일어날 것이었다.

오빠가 오면 졸라댔다.

"오빠, 오빠! 예전에 나에게 오빠가 해주었던 것처럼 여기서 나를 좀 데려가 줘. 이곳은 정말 미치겠어. 엄마가 잠들어 있는 곳으로 가서 빨리 엄마를 깨워야 해……. 엄마가 너무 오랫동안 잠을 자게 되면 영영 못 깨어날지도 몰라……. 오빠! 응! 오빠!…… 나를 좀 데려다주면 안 돼? 엄마가 나를 찾을 거야. 엄마는 이제 집에 올 수 없대……. 엄마 혼자서는 절대로 못 온대……."

그때 우성오빠는 대학 3학년이었다. 한번은 오빠가 자기 여자친구를 데리고 왔다. 오빠는 극도로 말을 자제했다. 힘없이 중얼거리는 말을 말없이 들어주거나 부축해서 병원 뒤뜰을 함께 걸어줄 뿐이었다. 햇볕은 언제고 너무나 눈이 부시고 따가웠다. 그래서 늘 어지러워서 비틀거렸다. 오빠는 그런 그녀를 슬픈 눈으로 바라보았다. 어떨 때는 그렁그렁 눈물을 달고 있기도 했다.

"오빠 왜 울어? 오빠도 아픈 거야? 그래도 울지 마…… 오빠가 울면 나도 울고 싶단 말이야…… 오빠 울지 마…… 오빠, 나 데리고 엄마한테 한 번만 가줘…… 부탁이야…… 오빠 저기 나비 좀 봐…… 오빠 저 나비 한 번 잡아다 줘 봐…… 저 나비더러 물어보게, 오빠…… 오빠…… 내 말 듣고 있는 거야?"

오빠의 여자는 건강하고 예뻤다. 그녀보다 두 살 위인 대학 1학년이라고 했다. 그녀는 그때 딱 한 번 찾아왔는데, 고급스러운 포장을 한 케이크를 손에 들고 있었다. 케이크를 나누어 먹으려고 나무 그늘에 만들어놓은 벤치를 찾아서 셋은 뒤뜰로 나왔다. 생일 때마다 엄마는 그런 케이크를 사다 놓고 그녀를 기다렸다. 맛있게 보였지만 엄마 생각이 나서 먹을 수 없었다.

오빠의 여자는 조금만이라도 먹어보라고 자꾸만 권했다. 그러나 아무리 해도 목이 메고 속이 울렁거릴 뿐이었다. 오빠는 말없이 슬픈 눈빛으로 찬찬히 바라보고만 있었다. 그뿐이었다. 결코 오빠는 먹어보라고 권유하거나 왜 그러느냐고 물어보지도 않았다. 어지러워서 야외의자에 길게 누웠다. 오빠는 말없이 그런 그녀를 빤히 내려다보며 이마 위로 자꾸만 흘러내리는 머리카락만 몇 번이고 쓰다듬어 올려주었다.

그러던 오빠는 입대하고서 5개월도 채 지나지 않은 그 해 11월 중순경, 국군병원에서 병약한 그녀보다 먼저 죽었다. 유행성출혈열이라는 몹쓸 병에 걸려 온몸이 풍선처럼 붓고 피오줌만 누면서 열에 들떠 지내다가 꼭 2

주 만에 세상을 떠났다고 했다.

죽기 며칠 전, 의식이 있었던 마지막 날에 오빠는 자기의 여자가 아닌 그녀를 찾았다고 했다. 마침 그때 그녀는 퇴원해서 집에 있었으므로 외할머니를 따라 오빠를 찾아가 볼 수 있었다. 오빠는 이미 혼수상태였다. 그러나 그런 것에 개의치 않고 그녀는 오빠의 감긴 눈 속에 들어 있을 의식을 불러내며 열심히 설득했다. 그러나 인공호흡기를 달고 있던 오빠는 아무런 대꾸도 하지 못했고, 이미 눈동자까지 가망 없이 풀려 있었다.

절망이 어둠처럼 서서히, 그러나 완벽하게 그녀를 덮쳐왔다. 오빠의 퉁퉁 부은 손바닥을 자신의 얼굴로 끌어와서 계속 문지르며 그녀는 간절히 오빠의 의식을 불러냈다. 그러나 소용이 없었다. 자꾸만 눈물이 났다. 엄마가 죽던 날처럼 또다시 배가 아프기 시작했다.

"오빠 죽지 마. 오빠 제발 부탁이야. 죽으면 안 돼. 빨리 나아서 나에게 종이학을 다시 만들어주어야 해. 오빠! 알았지? 나는 오빠까지 죽으면 이젠 살 수도 없을 거야……. 엄마도 없잖아! 아빠는…… 아빠는 새엄마가 더 좋은가 봐……. 나는 새엄마라는 사람이 싫어……. 새엄마는 엄마가 쓰던 것은 뭐든지 모조리 다 내다버리는 거야. 내가 찾다가 내 방에다 숨겨놓았는데도 어떻게 알아냈는지 금세 또 없어져버리는 거야……. 오빠! 난 이제 어떻게 하면 좋아?"

엄마가 죽고 나자 아빠는 새엄마를 들였다. 그녀가 병원에서 첫 번째 퇴원했을 때 집에는 이미 새엄마라는 사람이 있었다. 그건 너무 싫었다. 집 안에서 엄마가 아닌 다른 사람과 함께 산다는 것은 고통스러운 비극이었고, 고문에 가까운 일이었다.

새엄마는 그녀를 한 번도 이해해주려고 하지 않았을 뿐만 아니라, 엄마에 관한 물건이 나오기만 하면 기겁을 하고 내다버렸다. 결국 엄마의 물건들은 눈에 띄기가 무섭게 사라져버렸고, 얼마 지나지 않아서 아무것도 찾을 수 없게 되어버렸다. 오빠가 죽은 다음 해에 새엄마는 남자아이를 낳았다.

오빠가 죽은 후 얼마 지나지 않아 그녀는 또다시 전환장애와 공황장애로 입원했다. 그때는 이미 고 2가 되어야 할 나이였다. 그 후 5~6개월 지나서 퇴원하긴 했지만, 고등학교에 진학할 수 없었던 그녀는 검정고시학원에 다니면서 밀린 고교과정을 위해 밤낮없이 학습에 전념해야 했다.

혜진은 어제의 바위께로 가서 앉았다. 그 남자는 아직 보이지 않았다. 여름인데도 오싹하는 한기가 찾아왔다. 아마도 어젯밤을 뜬눈으로 샌 탓이리라.

눈앞에서는 잔잔한 파도가 알 수 없는 슬픔처럼 다가와서 산산이 부서지며 흩어지고 있었다. 희망이라는 작은 물거품들이 슬픔이라는 커다란 파도에 섞여 찾아오다가 산산이 흩어지는 것처럼 보이기도 했다. 커다란 슬픔 속에 섞인 작은 희망이란…….

이윽고 그 남자가 나타났다. 그는 바위께로 오자마자 어제와 똑같은 위치에 가서 앉았다. 그러나 그는 그녀를 쳐다보지도 않고 오직 바다로만 눈길을 주었다. 그녀는 몇 번이나 흘끔거리면서 그가 말을 걸어오기를 기다렸는지 모른다. 그러나 그는 도무지 말이 없었고, 마치 넋이라도 잃은 듯이 바다만 바라보고 있을 뿐이었다.

지금 저 남자는 무엇을 생각하고 있는 것일까? 주위를 의식할 여유조차 없이 바다에다만 눈을 박고 있는 건 무엇 때문일까?

혹시 어떤 슬픔을 안고 살아가고 있기 때문에 그런 것일까?

슬픔! 슬픔이란 무엇일까? 엄마나 우성오빠와 그랬던 것처럼 그리운 사람을 만날 수 없게 되는 것이 슬픔일까? 슬픔 속에서 자기 몸을 숨기며 웅

크리고 있는 거라면, 그래서 마주 대하고 있는 사람에게 당연히 가져야 하는 관심조차도 없어져 버린 것이라면 당연히 그녀 편에서라도 먼저 말을 걸어야 할 것이었다.

"안녕하세요?"

일부러 명랑한 어조를 만들어서 인사하며 쌩긋 웃어 보였다. 그러나 그 남자는 짧고 신음처럼 들리는 "어!" 하는 외마디 말과 함께 가볍게 손을 흔들고는 그대로 곧비로 일이시시 가버렸다.

아! 순간 혜진은 생면부지의 그가 왜 그렇게 친숙한 사람처럼 느껴졌던 것인지, 그리고 누구의 이미지를 가진 것인지 섬광처럼 깨달았다. 그건 바로 다름 아닌 그녀 자신이었다. 아직껏 버리지 못한 채로 지니고 살고 있는 슬픔이라는 자신의 얼굴이었고, 외로움이라는 또 다른 자신의 모습이었다.

〈황야의 무법자〉라는 영화에서 주인공으로 나오는 클린트 이스트우드라는 배우가 순식간에 떠올랐다. 자신의 눈빛이 그 배우를 많이 닮았다는 친구들의 말을 듣고는 거울 속의 자기 눈과 영화 포스터 속의 그 배우의 눈을 유심히 살피며 비교해보기도 했다.

물론 그렇다고도 아니라고도 할 수는 없었지만, 끝없는 갈망으로 지쳐버린 듯 외롭게 타오르는 눈빛은 아무래도 흡사했다.

그런 눈빛은 아마도 엄마에 대한 그리움 때문이었을 것이다. 그녀는 언제고 엄마가 그리워서 견딜 수 없었다. 엄마만 생각하면 늘 목이 메었다. 둑이 터진 듯, 슬픔이 밀려오기도 했다.

엄마! 아! 엄마…… 그땐 그녀가 정신과 치료를 해야 할 만큼 혹독한 시련 중에 살던 사춘기 때였다.

그녀는 그림 그리기를 좋아했다. 그림을 그리고 있을 때만큼은 더 이상 필요한 것은 아무것도 없었고, 다른 어떤 것도 생각나지 않았다. 오로지 그림뿐이었다.

정신과 병동에서도 그림 그리기를 권했는데, 그건 치료 목적이었다. 그러나 그런 것에 상관없이 입원 기간 내내 그녀는 오로지 그림만 그리며 지냈다. 처음에는 주로 엄마나 예쁜 소녀의 얼굴 등 만화에서 보았던 캐릭터들을 임화처럼 베껴서 그렸으나, 소질이 있었던지 금방 수준급이 되었고, 정신질환도 그림이 향상되는 정도만큼씩 함께 좋아졌다.

고시학원에 다니던 검정고시 준비 기간에만 조금 쉬었을 뿐 그 후로도 지속적으로 그림공부를 했다. 마침내 퇴원 후 일 년 반 만에 대입 검정고시에 합격했고, 미술대학에 진학했다.

그 시기는 힘든 사춘기이기도 했고, 엄마를 잃은 외로움이 극에 달했던 나머지 아버지의 애간장을 무던히도 녹인 시기이기도 했다. 또 새엄마와 그녀 모두 각자 자기 식대로 자기 삶을 살면 된다고 확실하게 깨달은 시기이기도 했다.

그때는 그림뿐만 아니라 영화 속에 빠져서 영화와 함께 살기도 했다. 영화 속 주인공들의 슬픔을 보면서 자신의 슬픔을 삭일 수 있었고, 그들의 안타까운 이야기를 훔쳐보면서 자신의 외로움을 달랠 수 있었기 때문이다. 또한 주인공들의 기쁨을 보면서 어떤 것을 행복이라 하는지 공감해보기도 했다.

외로움에 지친 슬픈 눈빛으로 불의를 먹고 사는 제도권 속의 다수를 향하여 끝없이 총을 쏘아대고 있는 남자! 황야의 늑대 같은 존재! 그러면서도 마음은 비단결처럼 부드러운 남자……. 자신이 너무나 외롭기 때문이었을까? 그 배우의 모든 이미지가 다 좋기만 했다.

그 남자는 그 이미지에 너무나 상당한 사람으로 느껴졌다. 그렇다! 그를 한번 그려보자. 외롭고 슬프면서…… 따뜻하고…… 지적이면서도 감정에 충실한……. 그래, 그의 눈동자와 영혼을 그려보자.

집에 돌아온 즉시 작업에 착수했다. 벼랑바위 위에서 바다를 마주 보고 앉아서 새벽마다 해조음을 듣는 남자……. 머리칼이 아무렇게나 바닷바람에 쓸리고, 하얀색의 와이셔츠가 깃발처럼 나부끼고 있는…….

어쩐지 주제가 좋은 만큼 그림도 잘될 것 같은 예감이 들었다. 피곤한 줄도 모르고 그림에만 매달려 꼬박 하루를 보내고는 밤이 되자 일찍 잠이 들었다. 거짓말 같은 오랜만의 숙면이었다.

자기가 그렸던 그림 속 남자인지 누군지 잘 알 수 없었으나, 얼굴의 형체가 확실하지 않은 어떤 남자와 함께 손을 맞잡고 해가 떠오르는 수평선을 향하여 한없이 바다 위를 걸어 들어가는 꿈을 꾸었다.

작은 파도가 끝없이 밀려오고 있었지만, 그런 건 아무것도 아니었다. 바다 표면은 탄탄한 길과 같아서 마치 땅 위를 걷는 듯이 그 위를 거침없이 걸어갈 수 있었기 때문이다.

이윽고 어디에서 나타났는지 무수한 남녀가 짝을 지어 손에 손을 맞잡은 채 계속해서 뒤따라 바다 위로 걸어 들어왔다. 그러고는 그녀와 남자 주위를 옹위하듯 둘러싸고 두 사람의 보조에 맞추어 함께 수평선을 향해 걸어갔다.

바닷물은 발등조차 적시지 못하고 신발 밑에서 찰랑거렸다. 둘은 해가 솟아오르고 있는 수평선을 향해 사람들의 맨 앞장을 서서 걸어가며 서로 돌아보고 몇 번이고 눈을 맞추었다.

하지만 남자의 얼굴이 너무도 흐릿해서 아무리 해도 어떻게 생겼는지 알 수 없었다. 마치 얼굴이 없거나 안개 속에 가려진 남자처럼 여겨졌다.

"안녕하세요?"

걷다 보니 어느새 다시 벼랑바위께였다. 언제 왔는지 여자는 벌써 자리를 잡고 앉아 있다가 먼저 아는 척을 했다.

답례인사를 해야 하는데, 갑자기 중치라도 막힌 듯 말이 나오지 않았다. 답례표시로 손만 들어주고는 그녀를 지나쳐 보통 때 앉는 곳보다 훨씬 더 바다에 가까운 아래쪽으로 옮겨갔다. 하지만 한사코 뒤쪽에 앉아 있을 여자에게만 신경이 가며 마음이 어지럽게 흔들렸다.

그동안 운명처럼 붙잡고 살았던 번민과 수고, 애씀에서 잠시나마 그의 눈과 귀, 마음을 안락과 평화의 나라로 인도해주던 끝없이 연속되는 파도와 해조음, 새소리 그리고 밝고 따사로운 새벽 햇볕……. 하지만 이제는 더 이상 아무런 의미도 없었다.

담배만 연속으로 피웠다. 사실 어제 하루는 종일 무엇 하나 눈에 들어오는 것이 없고, 오로지 이 여자 생각뿐이었다. 여자의 모습만 종일 눈앞에 환영처럼 떠오를 뿐이었다.

이상하면서도 알 수 없고, 도무지 이치에도 맞지 않는 희한한 일이었다. 어떻게든 이 황당하고 한심한 상황에서 벗어나보려고 자신을 얼마나 설득했는지 모른다. 하지만 꼭 무슨 귀신이라도 붙은 것처럼 그럴수록 그 여자만 눈앞에서 어른거릴 뿐이었다.

그래서 오늘 아침부터 며칠간은 새벽 산책을 아예 다른 곳으로 가려 했다. 하지만 익숙한 발길 때문이었는지, 아니면 자기도 모를 어떤 불가사의 때문인지 정신을 차리고 보니 또다시 이 자리였고, 어느새 여자도 와 있는 것이 아닌가?

난감해진 그는 바다에만 온 귀와 눈을 집중해서 쉬지 않고 밀려왔다가 바위에서 산산이 부서져 버리는 파도의 흰 물거품과 해조음만 생각하려

애를 썼다. 그렇지만 그래 보았자 아까와 매한가지로 허사였다.

아아! 더 이상 아무리 노력해보아야 도로에 불과할 일이었다. 돌아가려고 황망히 벼랑바위 쪽으로 다시 올라왔다. 그녀는 그러는 그를 미소로 바라다보며 아까 앉아 있던 그대로 앉아 있었다.

그런데 희한한 것은 그렇게 하고 난 후의 일이었다. 그런 후 언제 그랬냐 싶게 씻은 듯이 그녀를 까마득하게 잊어버리고 그날 하루를 잘 보냈던 것이다. 그래서 괜찮게 생긴 여자에게 누구나 느꼈을 만한 그렇고 그런 일이었다고 생각되어 여태까지 유치한 감정에 휩싸였던 자신이 우습다고 생각했다.

그러나 웬걸! 다음 날 새벽에 그녀를 다시 만나자마자 그게 아니었다는 것을 순간적으로 깨닫고는 절망에 가까운 신음을 내었다. 전날의 망각은 마치 태풍의 눈이나 폭풍전야와 같은 것이었다. 그녀를 다시 보는 순간, 자신의 모든 것이 이미 그녀에게 모조리 다 옮아가 버렸다는 느낌이었고, 이미 오래전에 망각 속에 묻어버린 줄로만 알았던 별이에 대한 아스라한 기억과 함께 그때의 고통이 또다시 새로 생채기라도 난 듯 새록새록 아프게 아려오는 것이었다.

"여길 매일 오시나 봐요? 어머! 저 일출 좀 보세요. 세상에! 어떻게 저렇게 멋지게 떠오를 수 있을까요? 댁이 이 근처세요?"

세 번째로 만났을 때, 여자는 그를 보자마자 기다렸다는 듯이 탄성까지 내지르며 두서없이 감탄과 질문을 한꺼번에 쏟아냈다.

아무리 바닷가라 하더라도 매일같이 일출을 볼 수 있는 것은 아니었다. 날씨가 맑고 좋아야 하지만 그렇더라도 특히 동편 수평선 쪽에 구름이 적당히 있어야만 멋진 해돋이가 되기 때문이다.

어쨌든 한 달에 한두 번 볼 수 있을까 말까 할 정도로 그날따라 정말 장

엄하게 떠오르는 해돋이였다. 동편 하늘 수평선 전체에 곱고 선명한 진홍색 꽃구름을 피우더니, 마침내 그 구름을 뚫고 밝고 붉은 심홍색의 둥근 해가 엄청나게 큰 크기로 솟아오르기 시작했다.

벼랑바위가 그렇게 넓은 장소가 아니라서 그가 항용 앉는 자리에 앉자면 그녀와 상당히 가깝게 앉아야 할 판이었다. 어제 아침처럼 아예 벼랑 아래로 내려가서 자리를 잡으려면 모를까 멀찍이 떨어져서 앉을 만한 공간도 없었다.

이러지도 저러지도 못하고 엉거주춤 서 있는데 불현듯 난데없이 짙은 장미꽃 향기가 코로 가득 들어오며 아련한 기억들이 순식간에 되살아났다. 바다를 향해 앉은 채로 고개를 돌려 그를 올려다보고 있는 여자의 눈빛이 너무나 고왔다.

"네, 매일 오다시피 하죠. 댁도 근처세요?"

"네, 하지만 집은 아니고요. 방학이 돼서 잠시 내려온 거예요. 바로 요 아래 축산리에 외가가 있거든요."

"아! 그렇군요……. 여기 성당병원 의사로서…… 저도 잠시 머무는 건데요, 일종의 파견근무죠. 사실 저도 바다라는 곳이 이렇게 멋진 데라는 걸 여기 와서 처음으로 알게 되었죠."

"어머! 의사선생님이세요? 전, 저처럼 아직 학생인 줄 알았는데……."

그녀는 다소 의외라는 듯이 놀라워했다.

"사실 뭐, 학생이나 다름없습니다. 아직 수련 중이니까요. 서울 J대 병원에 있었죠."

그녀 역시 서울에서 자랐고, 현재 S 여대 미술학과를 다닌다고 했다. 매년 여기 외가에 오는데 이번에는 졸업 작품 때문에 온 것이라고 했다.

"아참! 내일이 일요일이죠? 외가 동생이 성당엘 다니거든요. 저두 내일 개

따라서 한번 가볼까 봐요."

그러면서 그녀는 성당에 관해서 이것저것 열심히 묻기 시작했다.

"글쎄요. 저는 아직 신자가 아니라서 잘 모르겠고……. 하여간 성당 안에 병원도 함께 있으니까 오시면 연락 주십시오. 제가 차라도 한 잔 대접하겠습니다. "

"그러실래요? 그럼 내일 오전에는 꼭 계셔야 해요."

"이렇게 아름다운 미인께서 왕림하신다는 데 여부가 있겠습니까?"

금세 친근감을 느낀 두 사람은 마주 보며 스스럼없이 웃었다.

"우리 과 교수님이 그랬는데요, 미인이라도 보아주는 사람이 있어야 마침내 미인이 될 수 있대요. 그건 아름다운 사람이라야 아름다움이 무엇인지 알 수 있기 때문이래요."

얼굴만큼 아름답고 멋진 화답이었다. 그러면서 그녀는 그의 이름을 알고 싶어 했다. 그건 그 역시 마찬가지였다. 이름! 꽃도 이름을 불러준 후라야 비로소 꽃이 되고 한 의미가 될 수 있는 것이라고 노래했던 사람이 김춘수 시인이었던가?

"그런데 의사선생님은 제 이름을 알고 싶지 않으세요? 전 선생님의 이름이 몹시 알고 싶은데……. 딴 의사선생님은 안 계시고 혼자뿐인가요? 아무리 그렇더라도 성함을 알아야 누구를 찾아왔다는 말을 하죠."

"저는 닥터 리, 이민우라고 합니다. 별님 공주님은요?"

"별님 공주요? 호호호. 선생님은 참 재미있으시네요. 전 한혜진이라고 해요."

다음 날 그녀가 병원으로 찾아온 것은 정오가 조금 넘은 시간이었다. 점심을 먹으려고 여느 때처럼 사제관 식당에 막 들어서려는 참인데 성당 쪽에서 강 수녀가 걸어오다가 그를 불러 세웠다.

"언제 그렇게 멋진 아가씨를 사귀셨어요? 축산리 사는 마리아가 와서 선생님을 찾기에 저는 사정도 모르고 어디 아프냐고 물었지 뭐예요. 그랬더니 그게 아니라 자기 언니가 선생님을 찾아왔대나요. 어서 병원으로 가보세요."

그녀는 무엇이 그리 재미있는지 놀려대듯 말하고 나서 깔깔대며 웃었다.

성당에는 수녀가 세 사람 있었다. 대략 60대 초반으로 보이는 원장 수녀와 본당 일보다는 간호사 수녀로서 주로 병원 업무를 맡아보는 삼십 대 후반쯤의 정 수녀 그리고 20대 후반이나 30대 초반일 것 같은 강 수녀였다.

강 수녀는 전교 수녀라고도 불렸으며, 주로 본당 청소년들과 관계되는 일을 맡아보았다. 그 외에도 병원에는 미스 리와 미스 황이라고 하는 20세 정도의 조무사가 둘 더 있었다.

그녀를 너무 오래 기다리게 할 수 없어서 식사를 포기하고 병원으로 갔다.

혜진은 자기 동생과 함께 대기실 의자에 앉아 있다가 그를 보자 반색하며 자리에서 일어섰다.

"안녕하세요? 얜 제 동생 마리아예요."

마리아는 이제 고등학생이거나 갓 졸업했을 듯싶었다. 키는 그녀보다 조금 작은 듯했으나 얼굴이나 체격 면에서는 언니를 많이 닮아 있었다.

혜진은 캐주얼했던 새벽 차림과는 달리 아주 어른스러운 정장차림이었다. 화장도 새벽과는 달랐고. 그래서 그런지 그녀는 훨씬 더 육감적이었고, 아예 딴 사람으로 보일 정도였다. 그러나 고운 눈매, 아름다운 입술, 장미 향만은 여전히 그 모습 그대로였다.

"나갈까요?"

그냥 병원에서 말 그대로 차나 한 잔 나눌 수도 있겠지만, 너무 성의 없을 일이었고, 어쩐지 그러고 싶지도 않았다. 그리고 사제관 식당은 지금 아니면 다시 밥을 달라고 할 수도 없기 때문에 어물거리다가는 점심을 쫄쫄 굶어야 할 판이었다.

그러나 그동안 식당을 이용한 일도 없고 해서 선뜻 생각나는 곳도 없었다. 근처의 식당들은 신통치 않고…… 막상 나가자고는 했으나 어디로 가야 할지 갑자기 곤혹스러워졌다.

궁리 중에 갑자기 강구가 생각났다. 강구 항이라면 H 면에서 포항 쪽으로 30분 정도 택시로 이동해야 하지만, 축산리가 그 중간에 있어서 식사를 마치고 그녀들이 귀가하기가 더 수월할 것이었다. 하지만 혜진이 편에서 다소 부담스러워할지 몰랐다.

"강구 바닷가로 한번 가볼까요? 여기에선 아무래도 갈만한 곳이 마땅치 않아서……."

예상했던 대로 그녀는 다소 부담스러운 표정을 짓더니, 이내 곧 찬성하면서 대신 조건을 하나 달았다.

"좋아요, 그렇담 저에게도 다음에 똑같은 기회를 주시는 거겠죠?"

"물론이죠! 언제고 대환영입니다."

성당에서 조금만 걸어 나가면 곧 버스 정류장이 나오고, 그곳에는 항상 택시들이 대기하고 있었다. 택시 뒷자리에 여자들을 앉게 하고서 그는 앞쪽으로 가서 앉았다.

택시 안에서는 별로 말들이 없었다. 그러나 식사가 시작되면서부터 조금씩 말꼬리가 이어졌고, 결국 그들은 젊은이들답게 쉽사리 많은 이야기를 나누게 되었다. 무슨 주제가 있는 이야기는 아니었으나 그녀와 그는 계속해서 이야기를 나누었고, 마리아도 가끔 말참견을 해주었으므로 이야기는 그칠 줄 모르고 계속되었다.

자신들에 관한 개인적인 이야기는 거의 하지 않는 대신, 두 사람은 인기 있었던 영화나 문학 작가에 관해서, 다시 거기에서 더 발전해서 금세기의 문학작품이라거나 미술작품에 관해서, 재즈와 피아노 소품들에 관해서 두서없이 젊은이들답게 아는 대로 주워섬기며 떠들었다.

맥주를 시켜서 한 컵씩 마셨는데 마리아는 반 컵도 채 안 마셨으니 상관 없었으나, 그는 같은 양의 술에도 그녀보다 훨씬 더 얼굴이 붉어졌으므로 여간 창피한 게 아니었다.

혜진은 〈누구를 위하여 종은 울리나〉에 나오는 남자 주인공에 대해서, 그리고 〈바람과 함께 사라지다〉에 나오는 남녀 주인공 레트 버틀러와 스칼렛 오하라에 대해서 감명 깊게 이야기를 했고, 그는 대화가 거의 없고 거의 표정 연기만으로 제작된 〈젊은 사자들〉이라는 2차 대전 종전 직후의 이야기를 그린 영화나 〈닥터 지바고〉에서 나오는 남녀 주인공인 지바고와 라라에 대해서 이야기했으며, 〈미워도 다시 한 번〉에 나오는 신영균에 대해서도 두서없이 생각나는 대로 이야기했다.

그들은 또 이야기를 옮겨 게리 쿠퍼나 비비언 리, 클라크 게이블, 존 웨인 같은 외국 배우에 대해서도 촌평을 하고 넘어갔으며 피카소와 르누아르 그리고 천경자에 이르기까지 시간 가는 줄도 모르고 대화에 열중했다. 그러나 아무래도 그들은 하고 싶은 말을 다 할 수는 없었다. 젊은 대화에 비해서 시간은 턱없이 모자랐기 때문이다.

오는 길에 혜진은 다시 한 번 그에게 다짐을 놓았다.

"약속이에요. 제가 아무 때고 찾아가도 선생님은 꼭 시간을 내주셔야 해요."

다음 날인 월요일 새벽, 그녀는 벼랑바위에 앉아 있다가 여전히 그를 반겼다.

"어제는 정말 너무너무 즐거웠구요. 그렇게 시간이 오래 되구 늦은 줄두 몰랐지 뭐예요. 음식도 맛있었구요. 자주 들르시던 곳이었나 봐요? 다시 가 보구 싶은 거 있죠?"

"아! 그렇다면 정말 다행이로군요. 고맙습니다. 언제라도 말씀만 하세요."

둘은 다정한 연인이 되어 나란히 앉았다. 그러고는 어제의 분위기를 다시 이어가고 싶었던 나머지 두 사람은 호기심에 가득 찬 눈빛으로 서로 쳐다 보며 쉬지 않고 대화에 몰두했다. 만난 지 얼마 안 되는 남녀가 대체로 그렇듯이 그들 역시 하고 싶은 말이나 묻고 싶은 말이 너무 많았다. 그러나 두 사람 모두 정작 자신들에 관한 중요한 이야기는 거의 하지 않았다. 대신에 가볍고 추상적인 주변 이야기, 친구들과의 에피소드, 우스갯소리 등등 그런 시시하고 사소한 이야기들로만 화제를 이어갔다. 그럼에도 두 사람은 서로에 대해서 무척이나 많은 것을 알게 되었다고 생각하고 있었다.

그 후로 둘은 새벽마다 벼랑바위에서 만났고, 급속하게 친해졌다. 새벽마다 바위에 앉아서 시간 가는 줄도 모르고 대화에 열중하다 보면 금세 그의 출근 시간에 임박해 있었고, 둘은 허둥대며 숲길을 재빠르게 빠져나와 축산리 들길 쯤에서 아쉬운 작별을 해야 했다. 아마 근무 문제만 아니라면 그는 배고픔도 잊고 그녀와 종일토록 함께 앉아 있어도 좋았을 것이다.

그렇게 새벽마다 만나던 어느 날, 그녀는 갑자기 수영을 좋아하느냐고 난데없이 묻더니만, 대답도 듣기 전에 뭔가 좋은 생각이라도 떠올랐다는 듯이 눈빛을 반짝이며 재빠르게 말을 이어갔다. 그녀의 말은 무척이나 빨랐는데, 그건 기분이 격양되어 있을수록 더욱 그랬다.

"네! 수영요! 저녁 시간 때는 별일 없다고 했죠? 우리 이제 저녁때 D 해수욕장에서 만나요. 정말 좋을 거예요."

D 해수욕장은 도내에서도 알아주는 곳으로, 그의 병원에서 얼마 안 되

는 거리였다.

"난 맥주병이나 다름없는데……. 혜진 씨는요?"

수영을 배우지 못한 것이 그렇게 부끄럽고, 후회될 수 없었다. 그리고 그는 그동안 수영을 하지 못한다는 것이 무슨 문제가 있는 것이라고는 꿈에도 생각지도 않고 살았으나, 그녀의 말을 듣자 수영을 할 줄 모르는 자신은 마치 책이 없는 학생이거나 총이 없는 군인과 똑같다는 생각뿐이었다.

"상관없어요. 해수욕장이라고 뭐, 꼭 수영만 해야 하나요? 저도 초등학교 시절에 조금 배우다 말았어요."

하여간 두 연인을 위해서는 바쁜 새벽 시간보다는 복작거리는 사람들 틈에서 지낼 수 있게 된 저녁 시간은 매우 여유로운 축복의 시간이었다.

그들은 모래밭에 앉거나 물속에서 가벼운 장난질을 하면서 어떻게 지냈는지도 모르게 열흘 이상을 보냈다. 처음에는 주로 서늘한 모래밭에 앉아서 이야기를 나누기도 했고, 평상복을 입은 채로 얕은 물속을 거닐기도 했지만, 결국 얼마 안 가서 둘은 저녁 바다 물속으로 들어가 개구쟁이처럼 놀았다. 그녀는 갈아입을 필요도 없이 간단한 겉옷 속에 아예 수영복을 차려입고 와서 그가 올 때까지 수영을 즐기고 있었다.

가끔 마리아가 함께 따라 나온 적도 있었으나, 대체로 그녀 혼자 버스를 다고 왔고, 그도 정규 진료 시간이 끝나기가 무섭게 그녀를 찾아 달려갔다.

또한 해수욕장에서 차를 타고 바로 헤어졌던 처음과 달리, 며칠 가지 않아서 둘은 시내까지 걸어 나온 후 헤어지곤 했다. 나중에는 그렇게 하고도 쉽게 헤어지지 못하고 결국 그의 숙소까지 동행하게 되었다. 싫다는 그녀를 억지로 욕실에 밀어 넣고서 바닷물을 씻게 했는데, 물론 그녀를 위해 여성화장품까지 준비해두는 것도 잊지 않았다.

밤마다 으레 둘은 커피를 마시며 오랫동안 이야기에 빠져 지냈다. 처음에는 커피를 그가 준비했으나, 시간이 가면서 그녀가 대신하기도 했다. 또한 서로의 이름을 이제는 '민우 씨', '혜진 씨, 혜진이' 식으로 자연스럽게 부르게 되었다.

어떤 날 밤에는 그렇게 지내다가 마지막 버스까지 놓치고 결국에는 택시를 이용해야 했는데, 그렇게 하고서도 그는 그녀와 헤어지기 싫었던 나머지 택시를 함께 타고 축산까지 갔다가 다시 그 차로 되돌아오기까지 했다,

혜진은 정말 수영에 능했다. 그녀의 말로는 초등학교 때 잠시 배웠을 뿐이라고 했으나, 그 말은 사실일 수 없었다. 그건 수영을 하지 못하는 그를 위해 일부러 겸양을 떤 것이고, 실제로 그녀의 수영은 현란한 춤사위에 비교될 만큼 훌륭했다.

그가 도착하는 시간은 대개 저녁 시간이었고, 그 시간에 수영하고 있는 사람은 거의 없었다. 그녀는 빈 바다에서 혼자 수영하고 있는 때가 많았다. 그래서 그녀의 멋진 수영 실력은 단박에 여러 사람의 눈에 드러나게 되었다.

그녀가 정확한 리듬과 힘찬 동작으로 물을 헤쳐 나가는 모습은 마치 물 위에서 무용이라도 하는 것 같았고, 유연한 반라의 몸통은 그럴 때마다 물고기 비늘과도 같은 반짝임을 쏟아내었다. 현란한 춤사위에 비견될 수 있다고나 할까, 여하간 사람들은 그런 그녀에게서 시선들을 거두지 못했는데, 그는 그런 그녀가 자랑스럽기 그지없었다.

한번은 이런 일도 있었다. 그녀는 여전히 혼자서 멋진 수영을 하고 있었고, 사람들은 그런 그녀를 경탄스럽게 쳐다보는 중이었는데, 갑자기 어떤 젊은 남자가 물로 풍덩 뛰어들더니만 그녀와 합류했다. 아마도 수영에 이중주라는 것이 있다면 그 같은 경우일 것이었다. 피겨스케이팅에서 은반을

누비는 한 쌍의 남녀처럼, 피아노와 현악기의 협주곡에서 어우러지고 녹아 나는 음색처럼 생면부지 두 남녀는 마치 한 쌍의 연인이나 되는 듯이 수영을 했다. 곧 그런 그들에게 사람들의 박수가 일제히 쏟아졌고, 휘파람을 부는 사람까지 있었다. 그녀는 상황을 몰랐던 모양인지 한동안 더 수영을 계속했지만, 결국 계속되는 환호 소리와 박수 소리에 사태를 알아채고는 물 밖으로 나와 버렸다.

젖은 수영복 위에 재빨리 가운을 걸쳐 입은 그녀는 그의 팔을 끌며 말했다.

"에이, 기분 나빠. 민우 씨 우리 절루 가자."

그러나 그녀는 기쁘고 자랑스러운 표정으로 몇 번이고 고개를 숙이며 손으로 가운의 옷매무새를 고쳤다. 그는 그런 그녀를 보며 머리를 긁적거렸다.

"나도 그 남자처럼 수영을 잘했으면 좋겠는데……."

"그게 뭐 대순가?"

거의 매일 저녁 시간과 밤은 민우와 함께 지냈으므로 스케치나 그림은 주로 낮을 이용했다. 오전 9시 반쯤 집을 나서서 벼랑바위 위의 바다 풍경을 스케치하다가 점심이 조금 겨운 시간에 돌아가는 것이 일과인 셈이었다.

시야 가득 광활하게 펼쳐진 짙푸른 바다 그리고 쉬지 않고 끝없이 밀려오는 하얀 파도……. 시끄럽게 울며 하늘을 가득 채우고 있는 갈매기 떼 그리고 바다의 푸른색 때문에 오히려 연청색에 가깝게 보이는 하늘, 한가롭게 떠 있는 하얀 뭉게구름……. 가능하다면 그녀는 갈매기들의 울음소리와 함께 바람 소리 그리고 민우의 영혼까지도 몽땅 다 캔버스에 그려 넣고 싶었다.

그의 영혼은 어떤 색이어야 할까? 아마도 따뜻한 황색 조와 차가운 청색 조가 함께 섞인 청유리색에 가까울 것이었다.

민우! 요사이 그는 그녀의 모든 것을 다 송두리째 지배하고 있었다. 공간뿐만 아니라, 심지어는 시간까지도 그가 몽땅 다 가져가버렸다는 느낌이었다. 함께 지낼 때는 말할 것도 없고, 그가 없을 때에도 그를 생각했다. 캔버스를 채우면서도 그를 생각했고, 꿈속에서도 그와 함께 모래사장을 걷거니, 차가운 생맥주를 마시며 함께 춤을 추었다.

처음 얼마 동안은 쉴 새 없이 재잘거렸지만, 요사이에는 말없이 그의 눈빛만 바라보았다. 그는 말수가 적었지만, 생각이 많은 사람이었다. 벼랑바위에서는 언제고 깊은 사색에 젖어서 말없이 앉아 있었다. 그의 고뇌는 무엇일까?

엄마와 우성오빠 대신에, 이제는 그가 온통 그녀의 마음을 차지하고 있었다. 그 때문에 올여름 동안에는 부근의 산야를 헤매며 엄마와 우성오빠의 흔적을 찾으러 다니지도 않았다. 대신에 그를 그리고 있는 것인지, 아니면 그를 그림 속에 옮겨놓는 작업을 하는 것인지 분간이 안 될 만큼 그녀는 그림과 함께 그에게 몰두하다시피 매달려 있었다.

그림을 그리고 있는 곳은 벼랑바위였는데, 말 그대로 절벽 위였고, 바로 발밑은 파도가 넘실대고 있는 바다였다. 위험하다는 생각도 했으나, 항상 민우와 함께 앉아 있던 곳이었고, 아주 전망이 좋았으며, 더구나 근처에 그만큼 평평하고 넓은 장소가 없었으므로 자연히 작업 장소로 고정되고 말았다.

갑자기 어디에선가 소란스러운 소리가 들려오는 듯했다. 깜짝 놀라서 주위를 돌아보았다. 그러나 그건 주위가 아니고 바로 벼랑바위 아래쪽 바다에서 나는 소리였다.

벼랑바위 아래쪽 바다에는 5~6명의 남자를 태운 작은 놀잇배가 한 척 와 있었다. 남자들은 모두 그녀가 있는 벼랑바위 위를 올려다보고 있었다.

남자 하나가 모자를 벗어 벼랑 위로 내던졌다. 모자는 벼랑 끝에 채 이르지도 못하고 다시 바다로 떨어졌다. 남자들이 깔깔거리면서 박장대소를 했다.

남자가 어쩐지 낯이 익었다. '어디서 봤지?' 곰곰이 생각해보니 며칠 전 해수욕장에서 훼방을 놓던 바로 그 남자였다.

"오가며 그 집 앞을 지나노라면, 그리워 나도 몰래 발이 머물고오~"

처음에는 그 남자 혼자서만 벼랑을 올려다보며 노래했으나, 곧 모두 덩달아서 합창으로 노래를 부르기 시작했다.

그렇지 않아도 희롱당하는 것에 화도 났고 겁도 났는데, 합창까지 듣게 되자 이젠 그만 어쩔 줄 모르게 되었다.

노래가 채 끝나기도 전에 배에 탄 남자들은 다시 박장대소했고, 올려다보면서 휘파람을 불며 노골적으로 희롱까지 걸어왔다. 화나는 것은 둘째 치고 갑자기 불안감이 엄습해왔다. 남자들이 벼랑바위 위까지 쫓아 올라올 것만 같아서였다.

서둘러 화구를 걷었다. 그러고는 벼랑 아래를 살펴보았다. 아닌 게 아니라 그들은 정말로 그릴 셈이었던지 벼랑 위로 오르기 쉬울 만한 곳에다가 배를 대고 있었다.

챙긴 화구를 어떻게 손에 들었는지도 모를 정도로 정신없이 내달려 부리나케 집으로 돌아왔다.

그날 오후였다. 혜진은 늘 하던 대로 민우를 만나러 해수욕장으로 가기 위해 축산리 앞길에서 버스를 기다리고 있었다.

완연한 휴가철이 되면서부터 갑자기 승용차가 많아졌고, 어떤 날에는 서울에서보다 더 많은 차로 북적대기도 했다. 차가 많아진 만큼 덩달아서 버스 연착도 잦아졌다. 원래 15분마다 한 대씩 버스가 있었으나 요사이에는 어떤 때에는 거의 30여 분을 기다려야 겨우 버스 한 대를 만날까 말까 하는 경우도 있었다. 하지만 오늘은 40분 넘게 기다렸는데도 버스가 영 나타나지 않았다.

아이! 왜 이렇게 버스가 늦지? 버스가 올 방향을 향해 잔뜩 목을 빼고 서있는데, 차들의 행렬 속에 끼어오는 멋진 주홍색 오픈카 한 대가 단박에 눈에 들어왔다.

흔치 않은 멋진 차라서 자연히 눈이 갔다. 그런데 그 차는 그녀 앞을 지나치나 싶더니만 갑자기 급정거했다. 그 때문에 뒤따라 달려오던 차들 역시 급정거를 했고, 욕설과 함께 요란한 클랙슨 소리를 내며 그 차를 비껴 앞서 갔다.

그런데 그 차는 세상에! 바로 그 악당 차였다. 그녀와 시선이 마주친 순간, 그는 짙은 선글라스를 벗어들며 싱긋 웃어 보이기까지 했다. 그는 야릇한 웃음을 흘리며 무례를 사과하는 법도 없이 제 하고 싶은 말만 했다.

"댁이 근천가 보죠? 가까이에서 보니까 더 미인이시네……. 자! 타시죠. 바래다 드릴 테니까."

그는 운전석에 앉은 채로 팔을 뻗쳐서 반대쪽 문을 열었다. 그러나 그녀는 그런 그를 싹 무시해버리고 그대로 서 있었다. 함께 버스를 기다리며 서 있던 다른 너댓 사람은 그런 둘을 흥미롭게 쳐다보며 추이를 지켜보았다.

그녀가 아무런 반응도 보이지 않자, 그는 어쩔 수 없이 몸을 일으켜 차에서 내려 동승자석의 열린 문께로 돌아 걸어왔다. 그러고는 열린 문을 잡고 허리를 굽히며 권했다.

"해수욕장으로 갈 거죠? 자! 타세요. 바래다 드릴 테니까."

거듭되는 무례한 행동에 화도 났지만, 그것보다는 갑자기 접근해오는 것이 불안하고 무섭기까지 했다. 서 있던 그 자리에서 휙 돌아서서 동네 골목길 안을 향해 냅다 뛰어 들어가 버렸다.

그러고서 그날은 그대로 집으로 돌아와 다시 민우를 만나러 가지 않았다. 아무래도 해수욕장으로 가면 그 남자를 반드시 다시 만나게 될 것 같았고, 그렇게 되면 아닌 말로 그녀뿐만 아니라 민우마저 꼭 무슨 봉변을 당할 것만 같아서였다.

민우에게는 못 간다고 전화라도 해주었으면 좋겠지만, 그는 이 시간에 병원이 아닌 바닷가에 있을 게 뻔했으므로 연락을 취할 방법이 없었다. 그리고 왜 그런지 오늘은 모든 게 다 귀찮고 성가실 뿐이었다.

아무래도 갑자기 나타나 괜한 사람 신경을 건들기 때문일 것인데, 생각해볼수록 그 남자가 두렵고 무서워졌다. 그러면서 또 한편으로는 '어떤 사람인데 왜 그러는 거지?' 하고 자꾸만 궁금증이 일기도 했다.

다음 날 낮이었다. 벼랑바위에는 당분간 가지 않으려 했으나, 미진한 부분이 있어서 아무래도 실경이 필요했다. 그래서 다시 가서 예전처럼 한창 그림에 몰두하는 중이었다.

그런데…… 언뜻 무언가 갑자기 급박한 위험이 닥치는 것 같은 전율이 왔다. 깜짝 놀란 나머지 재빠르게 고개를 돌려 뒤를 살펴보았다.

뜻밖에도 그 악당 남자가 서 있었다. 그는 영화 속 악당처럼 고개를 쳐들고 길게 담배 연기를 내뿜으며 웃음기까지 흘렸다.

갑자기 온몸에 소름이 돋아났다. 더구나 산처럼 거대한 그의 체격이라니!

"이런 한적한 곳에서 다시 만나볼 줄은 설마 몰랐겠지. 이젠 도도하게 굴며 도망치지도 못할 거고."

반사적으로 주위를 살폈다. 그러나 두 사람 외에는 아무도 없었다. 그는 능글맞게 웃으며, 그녀의 전신을 눈으로 발가벗기듯 훑어보며 당황해하는 모습을 즐기고 있었다.

소름이 돋고 숨 막히도록 겁이 났으나, 어찌 된 셈인지 꼼짝할 수도 없었다. 다리가 후들거리면서 어지럽기만 할 뿐이었다. 화필을 쥐고 있는 손에서는 식은땀이 났다.

"하도 도도하신 분이라서 일부러 한 번 이렇게 찾아와 봤죠. 자, 그런데…… 오늘은 또 어떻게 나오시려나?"

그가 조금 더 가까이 다가왔다.

"가까이 오지 말아요!"

그를 잔뜩 경계하며 반사적으로 소리를 질렀다. 그러면서 어떻게든 침착하게 굴어야 한다고 생각했다. 그러나 그건 생각뿐이었다.

"뭐, 그렇게 놀랄 건 없고……. 어떻게 생각할지 모르겠지만, 생각보다 난 여성분들에게 인기가 많은 몸이라서. 그런데 아가씨에게 좀 반했을 따름이지만. 그래서 이렇게 찾아온 거지. 평소에는 절대로 여자들을 이렇게 친절하게 찾아다니는 편은 아니라오. 이렇게 가까이 보니 더 예쁜 것 같군. 참! 그림 실력도 대단하군요. 나야 원래 그 방면으로는 무식해서 잘 모르지만, 이렇게 아름다운 미인이 아무려면 그림 실력도 대단하겠죠?"

그는 체격만큼 말씨도 험악했다. 협박하는 듯이 담배를 문 채로 심술궂게 다가오고 있었는데, 그런 그가 무슨 짐승이나 되는 듯이 징그러웠고 소름이 끼쳤다.

반항하지 못하게 우선 기부터 꺾어놓을 심산인 것 같았다. 그는 마치 이제 모든 것이 자기 손아귀 안에 들어와 있다고 여기는지 전혀 서두르는 기색도 없었다. 천천히 접근해 와서 그림부터 유유히 살피며 말했다.

"이 맹추 같은 멍청한 자식이 나는 아닐 게고, 이게 누굴꼬? 옳지, 그 해수욕장에서 같이 있던 놈팡이 새끼로구나. 이따위 형편없는 치를 이런 훌륭한 미술품에다 그려서 되나?"

화필을 쥔 채 덜덜 떨고 있는데, 그는 거의 입김이 느껴질 만큼 가까이 다가와서 안아버릴 듯 자세를 취하며 마주 보고 섰다. 이제는 도리가 없었다.

그는 깡패거나 돈 많은 부랑아 자식임이 분명했고, 아무튼 이제는 꼼짝없이 그에게 당하는 수밖에 다른 도리가 없었다.

'어떡하지?' 그러자 순간 기가 막힌 생각이 떠올랐다. 지금 서 있는 곳이 벼랑 끝이니 지형을 잘 이용하면······.

순간적으로 그의 가슴을 두 손바닥으로 힘껏 떠밀어 버렸다. 예상대로 그는 갑작스러운 반격에 중심을 잃고 잠시 비틀거리다가 벼랑 아래 바다로 빠져버렸다. 체중이 워낙 거대하다 보니 더욱 중심을 잡을 수 없었던 모양이다.

엉겁결의 일이긴 했으나, 한편으로는 겁도 났다. 그가 다치거나 죽을 수도 있을 거란 생각이 들었기 때문이다. 걱정되어 벼랑 아래 바다를 살펴보았다. 다행히도 그는 기끼운 해안을 향해 열심히 헤엄쳐가는 중이었다.

그런 그의 모습이 우습기도 했으나, 무엇보다 다행이라는 생각에 안도의 한숨이 나왔다. 자신의 어디에서 그만한 힘이 솟았는지도 알 수 없었고, 어떻게 해서 그만한 용기와 생각이 떠오르게 되었는지도 알 수 없었다.

일을 당할까 봐 가슴을 졸였던 것이 생각만 해도 끔찍했다. 그렇지만 그가 바위에 부딪히거나 익사하지 않고 어쨌든 두 사람 다 아무 일 없이 끝났다는 것이 정말 다행이었다. 사실 그를 바다로 밀어내버리겠다는 생각을 하기 전에는 여차하면 그녀 편에서 먼저 벼랑 아래 바다로 뛰어들 생각조차 했지만……

벼랑 아래를 다시 내려다보았다. 그 남자는 서두르는 기색도 없이 유유히 헤엄을 쳐서 느릿느릿 해안으로 접근해가는 중이었다. 그런 그를 내려다보던 그녀는 곧장 화구를 챙겨 집으로 뛰다시피 재빨리 돌아왔다.

3. 바다와 여인

　정말 알 수 없는 일이었다. 오늘도 일과가 끝나는 즉시 D 해수욕장으로 달려갔으나, 이상하게도 그녀가 보이지 않았다. 다른 때 같았으면 그녀는 지금 한창 갖가지 수영을 하며 늦은 석양 시간을 즐기고 있을 터였다. 그런 그녀가 오늘은 웬일인지 땅거미가 질 때까지도 나타나지 않았다.

　이제는 병원에서도 그녀와의 관계라든가 어떻게 시간을 보내는가에 대해서 모두 잘 알게 된 모양인지 왜 저녁 식사를 하러 오지 않느냐는 따위의 질문을 물론 저녁 시간에 다친 환자가 오면 그를 찾지 않고 곧바로 육 선생을 찾는 모양이었다.

　저녁 시간에 그녀가 오지 않을 수 있다는 것은 상상도 하지 않았다. 그리고 그녀는 성격상 못 나오면 틀림없이 미리 전화 연락이라도 했을 것이다. 그런데 무슨 일일까?

　이왕 기다리는 김에 조금만 더 기다려보자고 계속 앉았다 보니 어느새 밤 10시였다. 그토록 많던 사람이 속속 다 빠져나가고 넓은 해수욕장은 이제 몇 사람 없었다.

　그토록 기쁨을 주던 넓은 백사장이 갑자기 스산한 황야처럼 느껴졌다. 그녀가 함께하지 않는다는 이유 하나만으로 세상 전체가 이토록 갑자기 의미를 잃어버릴 수 있는 것일까?

　그러나 선뜻 일어설 수도 없었다. 늦게라도 올까 해서였다. '예기치 못한 무슨 일이 있었나?' 배고픈 줄도 모르고 애타게 입구 쪽을 흘끔거리며 살

퍼보았다. 혼자서 맥주를 세 캔이나 비우면서 그녀를 기다리다가, 사람들이 모두 가버린 밤 11시쯤 하릴없이 일어섰다.

힘없는 발걸음으로 간신히 숙소로 돌아왔다. 욕실에는 여전히 그녀가 쓰던 화장품세트가 얌전하게 놓여 있었다.

피곤한 나머지 양치만 한 채 하루도 거르는 일이 없던 샤워와 즐기던 커피도 생략한 채 배고픈 줄도 모르고 잠을 청했다.

요사이로는 늦게 자기 때문에 새벽에 축산 해안을 거의 못 갔으나, 행여 그녀를 만날 수 있을까 해서 다음 날 새벽 모처럼 축산 해안으로 해바라기를 갔다. 그러나 그녀의 모습이 보이지 않는 건 마찬가지였다.

혹 그녀가 늦게라도 나타날까 봐 평소 때보다 훨씬 더 오랫동안 앉아 있었으나, 소용없는 일이었다. 병원에 출근하고서도 차마 직접 물어보지는 못하고, 어제저녁 혹시 그녀로부터 전화가 왔다는 말을 누가 해주지 않을까 싶어 직원들의 눈치부터 살폈다. 그러나 그것 역시 헛된 생각이었다. '무슨 일일까?'

오후 일과가 끝나기 무섭게 다시 D 해수욕장으로 달려가 그녀를 기다렸다. 그러나 그녀는 그날도 오지 않았고, 다음 날 저녁도 마찬가지였다.

늦은 밤, 허탈한 심정이 되어 피곤한 몸을 이끌고 숙소로 돌아오는 길에 성당 입구 예수상이 불현듯 눈에 들어왔다.

신자들이 하는 식으로 예수상 앞에 무릎을 꿇었다. 그리고 두 손을 모은 채로 간절히 빌었다.

'그녀를 다시 만나게 해주소서. 그렇게 안 될 일이라면 제발 저의 마음을 그녀를 몰랐던 시간으로 되돌려 주소서.'

'피곤하고 지친 자들아. 다 내게로 오라'

예수상 앞에 적혀 있는 커다란 글귀가 외등 불빛에 환하게 드러나 보였다.

그는 자신이 피곤하고 몹시 지쳐 있다는 사실을 비로소 깨달았다. 숙소에 발을 들여놓기가 무섭게 옷도 갈아입지 못하고 침대에 쓰러져 버렸다. 눈 뜰 기력도 없었고, 마음마저 천근만근이었다.

하지만 그럼에도 몸을 다시 일으켰다. 성당 건물 밖에서 하는 기도만으로는 아무래도 부족할 것 같았기 때문이다.

다시 성당으로 갔다. 그러나 성당 문은 모조리 잠겨 있었다. 그동안 잘 모르고 있었는데, 밤늦은 시간에는 성당조차 문을 잠그는 모양이었다. 하는 수 없이 아까 기도를 드렸던 그 예수상 앞으로 가서 또다시 똑같은 기도를 드렸다.

혜진을 만나게 해달라고 이렇게 기도하고 있다는 것을 알면 남들은 웃을까? 죽고 싶은 심정이 되어 열심히 빌고 있는 마음속에서조차 겉치레라는 악귀가 들어 있을만한 공간이 남아 있었다.

다음 날 새벽, 다시 벼랑바위를 가면서도 제발 그녀가 그곳에 와 있기를 빌고 또 빌었다.

지난주에 그랬던 것처럼 다시 나타나 주었으면……. 그때 그녀는 벼랑바위에 앉아 있는 그의 등 뒤로 고양이처럼 살금살금 다가와서 어깨를 잡고는 바다로 떠밀듯이 "왁" 하고 소리를 내지르며 나타났었다.

혹시나 그녀가 오고 있을지 몰라, 축산리 앞 들길을 지나면서도 어둠 속에서 겨우 건너다보이는 마을 쪽을 한참이나 바라다보며 서있기도 했고, 벼랑바위에 앉아서도 자꾸만 길 쪽에 신경이 쓰고 있었다.

결국 두 번째 별도 자기 멋대로 날아왔다가 자기 멋대로 다시 날아가 버린 것이다. 바보같이…… 정말 바보같이…… 그때 일을 잘도 잊고 또다시 마음을 빼앗겼던 일이 그렇게 후회스러울 수 없었다.

고뇌에 찬 나머지 그는 눈을 감고서 중얼거렸다. '아아! 나는 그녀에게

무엇을 더 어떻게 해야 했을까?'

혜진은 괴청년에 대해서 몹시 신경이 쓰였다. 누군데 어째서 그렇게 성가시게 구는 것일까? 그러다가 그녀는 그렇게 따지자면 민우 역시 마찬가지라는 것을 깨달았다.

처음 만나던 때부터 지금까지 민우와의 일들을 찬찬히 되돌아보며 생각해보았다. 자신의 생각으로도 이상할 정도로 급속하게 가까워졌고, 그럼에도 무엇이 잘못되었다거나 이상하다고 생각해본 적은 한 번도 없었다. 참으로 알다가도 모를 일이었다.

그런데 괴청년은? 괴청년을 바다로 빠뜨려버렸던 일을 다시 생각해보았다. 말이 다소 거칠다고 생각했지만 그 남자는 정말로 겁탈하려고 했을까. 혹시 혼자서 너무 과민반응을 했던 건 아니었을까?

그가 수영을 잘하는 사람이라서 망정이지 혹시라도 익사했다면……. 그건 순전히 그녀의 탓일 것이었다.

머리가 아프고 몸살 기운이 있는 것 같더니만, 기어코 그날 밤부터 앓아눕고 말았다. 다음 날도 종일 방에서 꼼짝하지 않고 누워 있기만 했다. 학교에서 돌아온 마리아가 이마를 만져보더니 깜짝 놀라며 나무랐다.

"언니! 왜 그래애? 아이고! 이마가 불덩이잖아? 병원에 가보지 않구서……. 의사 애인은 두었다 어디다 쓰는 거야?"

"아냐, 됐어, 이젠 괜찮아."

"택시 불러서 잠시 다녀오면 될 걸, 뭘 그래? 고집부리지 말고 어서 일어나!"

"아냐, 고집부리는 게 아냐."

"그럼 전화를 해서 왕진을 오라고 할까?"

"누굴? 얘는! 미쳤어? 몸살 조금 앓은 걸 갖고서……. 됐어. 됐대두 그러네. 얘! 그러지 말구 약방에나 갔다 와라."

이유를 알 수 없어하는 마리아를 약국으로 보내고는 다시 잠에 빠져들었다. 잠시 후 외숙모와 마리아, 우경 모두 그녀의 머리맡에 와서 이마를 만지며 걱정하고 있는 말소리에 잠을 깼다.

"병원에 가보는 게 더 좋지 않겠어?"

우선 약국에서 몸살 약으로 지어 온 약을 건네주면서도 마리아는 걱정되는 모양이었다.

"괜찮아! 이젠 금방 좋아질 거야. 요사이 너무 무릴 했나 봐."

"그래애. 너무 늦게까지 있더라. 일찍 자야 하는데 말야. 넌 무슨 일이 있으면 너무 몰두해버리는 버릇이 있어서 그게 탈이야."

외숙모도 근심스러운 눈빛으로 마리아를 거들었다.

'그럴까? 난 무슨 일이든 그렇게 몰두하는 버릇이 있는 걸까? 민우 씨만 해두 그럴 거야. 정말이지, 민우 씨에게 너무 몰두해버렸기 때문에 아무런 판단도 하지 못하게 된 건 혹시 아닐까 몰라. 며칠간 만나지 않는 것도 좋을 거야. 그리고 사실 이런 모습을 그에게 보일 수도 없잖아?'

그녀를 못 만난 지 딱 나흘째 되는 날 저녁, 그리고 기도했던 바로 그 다음 날 저녁, 지친 눈앞에 거짓말처럼 그녀가 다시 나타났다.

"며칠 앓았어. 마리아는 왜 민우 씨에게 가보지 않느냐고 성화를 댔지만 그만두었어. 왠지…… 아픈 환자 모습으로 나타나긴 싫었거든. 그러나 보시다시피 이젠 다 나아서 이렇게 말짱해."

그녀는 증명이라도 해 보이려는 듯 가슴까지 펴 보이며 말했다. 조금 수척해진 것도 같았으나, 매력적인 아름다움은 똑같았고 장미향도 여전했다.

"그런데 민우 씨는 왜 연락도 한번 안 했어?"

역습이라도 하듯이 그녀가 물었다. 민우 씨라고 부르고 혜진이라고 부른 것이 한참만인 것처럼 느껴졌다.

"내가 싫어졌을까 봐……. 전화번호도 모르지 뭐야."

"피이! 그런 말이 어딨어? 그럼, 집두 알겠다, 한번 찾아와 보지?"

"오늘도 나오지 않으면 그러려고 했어."

그는 자기 손바닥 위에 그녀의 손바닥을 올려놓고 가지런히 맞추어보면서 한숨을 내쉬었다.

아직 회복이 덜 된 상태라서 그랬는지 그녀는 그날 밤 물에는 들어가지 않았고, 결국 두 사람은 그동안 만나지 못했던 것을 벌충이라도 하듯이 모래사장에 늦도록 앉아서 이야기만 나누었다.

하지만 그렇게 하고도 쉽게 헤어지지 못한 두 사람은 다시 옛날처럼 병원 숙소까지 함께 걸어갔다.

그는 예전처럼 그녀를 위해서 물을 끓이고 커피를 탔다. 혜진의 컵에는 커피만 수북이 두 스푼을, 자기 컵에는 설탕, 크림, 커피 각각 한 스푼씩…….

"내일이 토요일인데…… 민우 씨 별일 없으면 오후에 우리 포항엘 한번 가볼까? 영화를 보던가 아니면 뭐, 시내 구경이나 하게 말야……."

혜진은 커피를 마시다가 불쑥 난데없는 제안을 했다.

"좋지! 육 선생에게 말하면 되는데……. 낼 몇 시쯤?"

숙소에서 한동안 같이 시간을 보내다가 예전처럼 으슥해진 시간에 그녀를 외가까지 동행해서 데려다준 후 그는 정말 오랜만에 마음의 때도 말끔히 씻어내고 깊은 숙면을 했다.

일이 되려고 다음 날 점심 직전, 후송이 필요한 중환자가 생겼다. 딱 좋은 시간이라서 쾌재를 부르며 응급조치만 하고 환자와 함께 포항으로 달려갔다.

큰 병원에 환자를 인계해주고 차를 보낸 후, 그는 곧바로 약속장소로 향했다. 혜진은 벌써 와서 그를 기다리고 있었다.

그녀는 늘 옷이 다르고 모양새가 달랐다. 이번에는 눈부시게 흰 반소매 블라우스와 흰 반바지 그리고 하얀색의 긴 챙만 있는 모자를 쓰고 있었고, 신발 역시 하얀 하이힐이었다. 그래서 머리카락만 빼면 모든 것이 다 눈부신 흰색 일색이었다.

꼭 끼는 옷이라서 완벽하게 여성적인 굴곡이 드러나 몹시 어른스럽고 육감적으로 보이기도 했다.

"어떡할까? 포항보다는…… 우리 차라리 경주로 가면 어때? 여기선 1시간도 채 안 걸릴 텐데……. 배고파?"

그녀는 갑자기 경주를 들먹였다. 마치 소풍 가는 학생처럼 흥분으로 간밤에 잠도 설치고 입맛이 없어서 아침을 생략해버렸기 때문에 사실 배가 고프긴 했지만, 경주라는 말에 솔깃해졌다.

고교 시절 경주로 수학여행을 간다고 했으나, 그는 따라갈 형편이 못되었다. 그렇다고 그동안 여행을 할 정도로 여유 있게 산 것도 아니고. 그래서 사실 경주는 그로서는 초행길이었다.

"경준 잘 아는 거야?"

"응, 어렸을 때 외가에 올 때마다 자주 들렀거든. 왜 민우 씨두 몇 차례 가봤을 거잖아?"

둘은 곧바로 경주행 직행버스를 탔다. 그러고는 택시로 불국사 근처 그럴듯한 호텔 앞까지 간 후 늦은 점심을 먹었다.

4시가 넘은 시간인데도 해는 아직 중천에 걸려 있었다. 호텔 정문 앞 넓은 돌길을 따라서 조금 걸어 올라가자 곧바로 불국사가 나왔다.

불국사 경내에는 신혼으로 보이는 젊은 남녀들이 여기저기 눈에 많이 띄었고, 나이 든 중년의 커플들도 여럿 보였다.

두 사람을 신혼부부쯤으로 여긴 모양인지 직업 사진사들이 진을 치고 있다가 끈질기게 달라붙었다. 그들이 너무 집요하게 달라붙기도 했고, 그냥 지나치기도 아쉬웠다. 그래서 한 장 찍자고 제안하자, 그녀가 작게 고개를 끄덕였다. 처음에는 딱 한 장만 찍으려고 했지만, 이골이 난 장사꾼들은 두 사람을 그냥 두지 않았다.

"우습지 뭐야. 어쩜! 우릴 신혼여행이나 온 줄로 아나 봐."

그녀는 사진이 찍히고 포즈가 끝날 때마다 커다랗게 웃었다. 그녀는 갓 결혼한 신부라도 되는 양 다른 커플들처럼 그의 팔을 끼고 천연덕스럽게 잘도 걸었다.

그녀의 입에서는 꽃향기와 함께 재미있다는 듯 계속해서 까르르거리며 이야기가 그치지 않았다.

걸음을 옮길 때마다 부드러운 유방의 감각이 그의 팔에 와 닿았고, 그것을 느끼느라 그녀의 말은 하나도 귀에 들어오지 않았다.

사진사는 그런 둘을 열심히 따라오며 앞서 가는 커플과 똑같은 장소에 멈추어 세우고는 똑같은 포즈로 사진을 찍었다.

"아니! 서로 그렇게 멀리 떨어져 서지 말고, 더 가깝게……. 그렇지요. 아기 식당(유방)이 남편분 가슴에 더 가까이 밀착되게……."

그는 자신도 모르게 그녀의 몸을 의식하면서 다소 떨어져서 포즈를 취했는데, 그럴 때마다 사진사는 한사코 그를 그녀의 몸에 더욱 가까이 끌어다 붙여놓았다. 신혼 때는 남자들도 예외 없이 그렇게 누구나 다 부끄러워한다면서…….

사진사는 측면에서 찍겠다고 하면서 그들을 마주 보도록 돌려세웠다. 마주 보면서 상대편 어깨 위에 손을 얹고 가볍게 입을 맞춘 자세로 서 있으라는 것이었다.

주위에 그런 식으로 사진을 찍는 커플들이 여럿 보였고, 그것은 신혼여행에서 뺄 수 없는 중요한 포즈인 모양이었다.

그렇지만 이것은 아무래도 정도가 너무 지나치지 않겠나 싶어서 그녀의 눈치를 살폈다. 그러나 그건 그의 기우였고, 오히려 그녀 편에서 망설이지 않고 더 적극적이었다. 쌩긋 웃어 보이기까지 하며 그녀 편에서 먼저 그의 어깨에 손을 가져온 후 입술을 삐죽 내밀었다.

두 팔을 앞으로 뻗쳐서 상대의 어깨 위에 각자 손바닥을 얹고 둘은 잠시 그대로 가만히 서 있었다. 뜨거운 눈길이 오갔다. 그는 그녀의 입술에 천천히 자기 입술을 가져가 사뿐히 입을 맞추었다.

쉴 새 없이 내내 까르르거리며 재잘거리던 그녀가 갑자기 싹 달라져서 말이 없고 조용해져 버렸다.

"우리 이제 내려가."

마침내 주홍빛의 천사는 내려가기를 재촉했다. 가슴을 설레게 했던 연극도 이제 마침내 막을 내려야 할 시간이 된 모양이었다. 섭섭하고 아쉬워 어떻게든지 직전 기분 속에서 그녀와 조금만이라도 더 있고 싶었다. 그녀의 팔을 잡아끌었다. 마침 나무그늘이 있는 한적한 구석의 바위가 눈에 띄었으므로 그는 그리로 가서 나란히 앉았다.

울창한 숲 속이라서 그런지 초가을 날씨처럼 서늘한 바람이 일었다. 분홍색의 구름 몇 송이를 띄우고서 맑고도 높은 하늘이 눈이 시리도록 푸른 빛을 내며 나무 사이로 내다보였다.

그녀의 손을 잡았다. 그러고는 그녀의 두 눈을 가만히 바라보면서 그녀의 조그맣고 따스한 손등에 입술을 갔다 댔다. 그녀의 부드러운 손이 열기를 견디지 못하고 촉촉한 땀을 내며 파르르 떨려왔다.

"혜진인 지금 무슨 생각을 하는 거야?"

"민우 씬?"

그 역시 무슨 생각을 했던 건 아니고, 아무런 뜻도 없이 자기도 모르는 사이에 그렇게 물었을 뿐이었다. 그러나 막상 반문을 받고 보자, 지금 무슨 생각을 하고 있는지, 아니면 최소한 무슨 생각을 하고 있어야 하는지 자신도 궁금해졌다. 느낌으로 본다면 가족처럼 다정한 사람이 생겼다는 것, 그것도 군계일학처럼 아름답기 그지없는 훌륭한 여성이라는 것, 뭐 그런 것일까?

그녀의 생명력으로 가득 찬 젊고 풍만한 육체는 젊고 풍만한 만큼 그에게 가족과 희망, 행복을 가져다줄 게 틀림없었다. 든든하고, 다행감에서 기쁨이 앞섰다. 병원에서 보면 너무도 빈약한 체구이거나 골골거리는 사람들도 많았다. 그런 사람들일수록 함께 온 가족들의 보살핌이 지극해 보이긴 했지만, 의사인 그의 눈으로 보면 쓸데없이 성가시기만 할 뿐이었다. 사람이란 건강해야 하고, 그러려면 무엇보다 적당한 볼륨이 있어야 한다는 것이 평소의 생각이었다.

"글쎄…… 혜진인?"

"민우 씨가 먼저 말해 봐. 난……"

적당한 대답을 찾지 못해 그녀를 유심히 응시하기만 했다. 그러자 그녀 역시 그에게 주던 눈길을 돌려버리고 자리에서 일어섰다.

둘은 다시 그 호텔 2층 양식당으로 들어갔다. 그러고는 신혼부부들이 시켜먹을 만한 품위 있고 값비싼 음식을 주문했다. 분위기를 위해서 와인도 주문했다. 웨이터는 둘의 술잔을 채워주고는 얼음에 채운 술병을 아예 그대로 두고 갔다. 술 양이 너무 적어서 그런지 혀가 간지러웠다.

호텔은 분위기도 좋았고, 신혼여행이라도 온 느낌이라서 둘 다 몹시 들 떠 있었다. 식사 후에는 호텔 주변의 산책로를 걸으며 시간을 보냈으나, 그 녀가 피곤한 듯 보였으므로 곧 호텔의 커피숍을 찾았다.

그녀를 커피숍에 두고 재빨리 프런트로 가서 싱글 침대가 둘 있는 방을 하나 부탁했다. 그러나 호텔 서기는 싱글로는 빈방이 없다면서 대신 더블 침대가 있는 방으로 권했다.

"넓거든요! 싱글만큼 편하게 지낼 수 있을 겁니다. 그리고 아무래도 신혼 땐 싱글보단 더블이 좋지 않겠어요?"

하는 수 없었다. 늦은 밤에 마음에 맞는 방을 구한답시고 호텔마다 들 쑤시고 다닐 수도 없는 노릇이고, 그렇다고 해서 몇 시간 눈 붙이자고 비 싼 호텔 방을 둘씩이나 따로 얻기도 뭐했다. 침대에는 그녀 재우고, 자기 는 의자에서 아무렇게나 눈만 잠시 붙이면 될 게 아니냐는 편한 생각으로 그렇게 하기로 했다.

커피숍으로 돌아와 보니 그녀는 절반도 채 마시지 않은 식은 커피 잔을 놓아둔 채, 두 눈을 감고 깊숙한 의자에 파묻혀 있었다.

"더블밖에 없다고 해서 말야……. 나는 잠시 의자에서 눈을 붙이면 될 거고 말야……."

두 사람을 인도하려다 말고 신혼부부로 여겼던 모양인지 벨맨은 짐 가 방을 물었다. 그러나 짐이라고는 혜진의 작은 핸드백이 고작이었다.

벨맨은 더 이상 묻지 않고 앞장서서 5층의 방으로 그들을 안내해주었다. 그는 예전에 학회에 갔을 때 호텔에서 잤던 경험을 되살려 짐도 없었음에 도 그에게 팁을 주어 보냈다.

"고맙습니다. 즐거운 밤 되십시오."

들어서기가 무섭게 혜진은 방을 한번 둘러보더니 냉장고를 열어보았다. 그러고는 밖에 나가서 뭘 좀 사와야겠다며 곧바로 다시 방을 나갔다.

그는 재떨이와 물컵이 종이로 포장되어 얌전히 놓여 있는 탁자 의자에 풀썩 주저앉아 담배를 피워 물었다.

그는 혜진과 함께 있는 실내에서는 담배를 피우지 않았다. 의사가 무슨 담배냐고 혜진이 불평했고, 어렸을 때 그도 골초 할머니를 둔 덕분에 몹시 고생했던 기억이 새로웠기 때문이다.

혜진을 기다리며 현관 쪽에 눈을 두고 있다가, 새삼스럽게 방안을 자세히 휘둘러보았다. 앉아 있는 탁자를 면해서 창이 나 있었고, 그 반대쪽으로 출입구와 화장실, 경대 그리고 그 중간에 커다란 더블베드가 하얀 시트에 감긴 채 놓여 있었다.

불국사에서부터 정신을 어지럽히던 그녀의 육체가 자꾸만 눈앞에 떠올랐다. 보드랍고 따스한 볼륨감으로 전해지던 유방의 감촉과 육감적이면서도 탄탄한 허리, 깨물어주고 싶도록 귀엽고 예쁜 입술 그리고 웃을 때마다 살짝 드러나는 매력적인 덧니……

꽤 시간이 지났는데도 돌아오지 않아서 한참 걱정하던 참인데, 마침내 그녀가 양손에 나누어서 쇼핑백을 잔뜩 들고 나타났다. 그녀는 백 하나에서 뭔가를 꺼내어 냉장고에 넣더니만, 나머지는 침대 위에 아무렇게나 놓아두고 그에게 다가왔다.

그러고는 뜻밖에도 의자 대신 그의 무릎 위에 커다란 엉덩이를 올려놓으며 사뿐히 앉아버렸다.

그녀가 얼굴을 돌려 애교스러운 동작으로 그의 입술을 찾았다. 그녀 편에서 처음으로 능동적으로 입을 맞춘 것이다. 향긋한 꽃을 안고 있는 듯,

그렇게만 해도 그녀의 모든 것을 다 가진 것처럼 느껴졌다.

크고 물컹한 질감으로 유방의 따스함이 다시금 그의 가슴을 가득 채웠다. 또한 그녀의 심장이 내는 빠르고 고른 박동이 고스란히 그의 가슴 속까지 전해져 오고 있었다. 힘차고 찬란한 생명의 박동이었다.

아기가 엄마 젖을 먹고 자라면 우유를 먹는 경우보다 감성이 훨씬 빨리 발달하게 되는데, 그 이유는 엄마 심장의 박동을 아이가 느끼기 때문이라고 하던 학교 때 소아과 교수의 말이 생각났다. 또한 어렸을 때 그가 그토록 그리워했던 엄마라는 본질도 사실은 물리적으로만 말하자면 따스한 유방의 감촉과 생명력을 전하는 심장의 박동에 다름 아니었을까 하는 생각마저 들었다.

어쨌든 그런 모든 것을 다 떠나서 그 황홀한 유방을 직접 자신의 손으로 만져보고 싶다는 유혹이 일어서 견딜 수 없었다. 그러나 그는 그녀의 등과 어깨를 조심스럽게 어루만지기만 했다.

"민우 씨! 우리 나이트 가자."

토요일 밤이었고, 유원지라서 그런지 클럽에는 사람들이 많았다.

그녀는 수영만큼이나 춤도 잘 추었다. 그러나 그동안 그는 남들 춤추는 것만 보았지 자신이 추어본 적은 한 번도 없었으므로 처음에는 정말 당황스러웠다. 하지만 그냥 편하게 서서 자기가 하는 대로 스텝만 밟는 시늉만 해도 된다며 그녀가 자꾸만 끌어내는 통에 처음에는 엉거주춤 서서 그녀에게 맞추어 적당히 흔들었지만, 그렇게 몇 차례 하다 보니 생각보다 빨리 익숙해지는 것 같았다.

"여학교에서는……"

춤이 시원찮은 그에게 그녀가 설명했다. 여학교에서는 전공학과 외에도 댄스가 교양강좌로 들어 있고, 모두 전공학과보다 댄스강좌를 더 열심히 수강한다는 이야기였다. 남자들보다는 여자들 쪽에서 인생을 즐겁게 사는 실제적인 방법에 대한 관심이 더 많다는 것을 그는 그때 처음으로 알았다.

시간이 갈수록 춤추는 사람들이 늘어났고, 음악의 종류도 다양해졌다. 나이 든 사람들은 음악이나 박자에 상관없이 서로 잔뜩 끌어안은 채로 스텝을 맞추고 있었는데, 그녀의 말로는 그런 춤은 블루스나 지르박이라는 느린 춤이라는 것이었다.

자리로 돌아와 보니 어느새 자정이 다 된 시간이었다. 건배하며 그녀가 말했다.

"여기 조금만 더 있다가 들어올 테야? 나 먼저 가서 할 일이 좀 있거든……. 넉넉잡고 1시간이면 돼. 술은 더 마시지 말고……. 알았지? 자 그럼 나 먼저 간다. 계산은 내가 마치고 갈게."

그녀는 재빠르게 말을 마치고, 일어선 채로 술을 빠르게 한 모금씩 꿀꺽거리다가 결국 한 컵을 다 마시고 방으로 올라갔다. 그녀나 그 둘 다 술을 많이 마신 것은 아니었으나, 아무래도 평소보다는 많은 양이라는 생각이었다.

대략 10여 분쯤 후에 그 역시 클럽을 나왔다. 그러고는 호텔 구내를 이리저리 걸었다. 마음이 표현하기 어려울 만큼 이상야릇하고 몹시 흥분되었다. 결단코 술기운 때문만은 아닐 것이었다. 둥둥 뜬 기분이랄까, 마지막 전쟁을 치열하게 치러야 할 각오의 시간이랄까 어쨌든 설명하기 어렵지만 좋은 건 사실이었다.

상쾌하고 기분 좋은 밤바람이 시원하게 불고 있었다. 한참 동안 쏘다니다가 호텔 입구 화단 표석 위에 걸터앉아 담배를 피워 물었다. 왁살스럽게 모기가 덤벼들었지만 그런 건 문제도 아니었다.

담배 연기를 천천히 내뿜으며 현재 상황에 골몰해보았다.

물론 그녀의 어디가 그렇게 좋은지 혹은 왜 그녀와 그토록 함께 있고 싶은지에 관한 것은 전혀 아니었고, 자신의 고단한 내력과 현재 처한 상황들을 이쯤에서 보다 명확히 밝혀주어야 하지 않겠느냐는 고민스러운 결정 때문이었다.

물론 지나가는 말처럼 몇 번 자신의 처지를 말했다. 하지만 그녀 편에서 확실하게 알아듣지 못했을 수도 있고, 아무리 확실하게 말해주었다 하더라도 의사인 만큼 액면 그대로 받아들이지 않았을 수도 있었다.

하지만 좋지 않은 이야기를 반복해서 거론하는 것도 바람직한 일은 아니었다. 어떡하지? 고통스럽고 두려웠다. 자신의 불운을 본인 아닌 다른 사람 때문에 고민해보기는 이번이 처음이었다.

반짝이는 눈, 매력적인 덧니와 아름다운 입술, 크고 육감적인 유방, 여성적인 커다란 엉덩이……. 그녀의 모든 매력이 다시금 눈앞에 떠올라서 그의 온 마음을 뒤흔들고 있었다.

신혼 사진도 찍었고, 오늘 밤 당장 어떻게든 그녀의 모든 것을 다 가져보고 싶다는 생각을 해보다가 그는 고개를 내저었다. 그녀를 기쁘게 해주어도 시원찮을 판에 슬픔이나 고민을 안겨줄 수는 없는 노릇이기 때문이었다.

하지만 오히려 그녀 편에서 허락하고 싶어 한다면? 그러나 그건 그녀의 성격상 생각해볼 필요도 없을 것이었다.

그러면서도 그는 역설적으로 자꾸만 그녀의 아름다운 육체가 눈앞에 떠올랐고, 어떻게든 갖고 싶다는 욕망이 일어서 거의 미칠 지경이었다.

그녀와 한 몸이 되어 함께 지내는 상상을 해보다가 문득 그는 가족이라는 낯선 어휘를 떠올렸다.

가족! 이제는 이승과 저승으로 산산이 흩어져버린 가족들, 아아! 할머니, 그리고 어머니…… 슬프거나 기쁠 때마다 생각났던 그립고 그리운 가족들…….

아주 어렸을 때에는 《엄마 찾아 3만 리》라는 소설에서처럼 그립고 그리운 엄마를 찾아서 길을 떠나는 공상도 해보았다. 조금 더 자라자, 사실은 엄마가 그때 죽은 것이 아니고 재혼해서 먼 곳에서 살고 있다는 생각을 해보며 엄마와 눈물 속에 상봉하는 서럽고도 화려한 장면을 상상해보기도 했다.

객실 벨을 누르자마자 그녀는 기다리고 있었다는 듯이 곧바로 문을 열어주었다. 화장 중이었던지 분홍색 꽃무늬가 찍힌 원피스 잠옷에 머리에 수건까지 두른 상태였는데, 그건 그가 그동안 상상도 하지 못했던 신혼의 아내 모습 그대로였다. 그는 그런 그녀의 모습에 넋이 빠져버렸다.

"민우 씨 것도 사다 놓았어. 사이즈를 고르느라고 혼났지……. 호호호!"

그녀는 조금은 쑥스러웠던지 말끝에 웃음을 달았다.

욕실에 들어가 차갑고 시원한 물줄기에 머리부터 발끝까지 통째로 내맡기며, 몇 번이고 비누칠을 해서 땀을 씻어냈다. 그러고는 차갑고 상큼해진 몸에 그녀가 사온 내의와 잠옷을 걸쳐 입었다.

꽃무늬가 청색으로 찍혀 있는 것만 다를 뿐, 그의 것 역시 그녀 것과 똑같은 한 세트의 바지와 윗도리였다.

욕실에서 나오니 그녀는 탁자 위에 포도주 한 병과 과일을 준비해두고 그를 기다리고 있었다.

그녀는 이 모든 것들을 준비할 요량으로 초저녁에 나갔다 온 모양으로, 신혼여행의 완벽한 첫날밤이라 해도 이와 조금도 다를 바 없을 것이었다.

"민우 씨, 우리 술 한 잔 더 하자. 포도주 사왔는데."

그녀는 그의 잔에 술을 채우고, 그는 그녀 잔을 채워주었다. 술잔을 마주 든 채로 그는 그녀를 새삼스러운 눈길로 쳐다보았다. 웃는 모습이 더없이 평화롭고 아름다웠다. 마주 보고 앉은 그녀의 얼굴은 완연한 핑크빛, 사랑의 색이었고, 화장냄새가 곁들여진 그녀의 실체가 가슴 속으로 열심히 파고들어 왔다.

빈 잔을 다시 채우려는 그녀의 손을 제지하고, 그는 그녀의 두 눈에 시선을 고정한 채 다가가서 그녀를 일으켜 세운 뒤, 아까처럼 무릎 위에 앉히고는 힘껏 껴안아버렸다. 그녀는 처음엔 그에게서 벗어나려 했으나, 곧 그의 입맞춤까지 받아들였다.

블라우스와 브래지어 안으로 대담하게 손을 넣어 젖무덤을 끌어냈다. 양쪽 젖무덤 모두 수밀도처럼 터질 듯이 부풀어 올라 있었다. 불처럼 뜨거웠으나 더없이 부드럽고, 복숭아 색처럼 핑크빛이 도는 새하얀 피부였다.

불현듯 죽은 어머니가 생각났다. 그가 그동안 그토록 애타게 찾아 헤매던 어머니의 실체도 결국은 생명을 낳아 기르는 바로 이 유방에 다름 아니었을까 하는 생각이 갑자기 들었기 때문이다.

풍만하고 부드러운 유방의 따뜻한 질감 속에 얼굴을 죄다 파묻고 있으려니 결국 천국이니 에덴동산이란 여성의 가슴을 간접적으로 비유한 것이라는 생각마저 들 정도였다.

그렇다. 이것이야말로 세상 창조의 근원이다. 태어나서 최초로 대하는 것! 그것은 여성, 아니 어머니의 유방일 것이다. 조물주는 세상과 여성을 만들었고, 여성은 세상을 이어간다. 아아! 세상에서 가장 아름답고 가장 숭고한 건 무엇인가? 그건 유방이다. 생명을 만들어낸 세상 엄마들의 사랑이 통째로 담겨 있는 곳이 바로 이 유방이다. 이걸로 인해서 세상의 모든 가족이 길러지고 세대는 다음 세대를 이어가는 것이 아니겠는가?

가족도 없는 외톨이가 아니라, 잠시나마 살을 비빌 수 있는 가족을 가져 본 듯한 기쁨을 그는 정말로 오랜만에 느껴보았다.

마침내 그는 비밀스럽고 애증으로 점철된 채 고통과 그리움으로 간직해왔던 지난 과거의 이야기들을 모조리 해주었고, 그녀 역시 자신의 이야기들을 숨김없이 다 해주었다.

그는 어렸을 때의 일에서부터 별이에 대한 이야기, 고아가 된 사연에 이르기까지 감추어두었던 이야기를 그녀에게 죄다 말해주었으며, 그녀 역시 엄마의 죽음에서부터 정신병원 이야기, 민우를 처음 본 순간의 느낌까지 모든 것을 말해주었다.

둘은 거의 새벽까지 그렇게 서로에게 몰두하다가 잠시 눈만 붙였다. 그러고는 늦은 아침, 마치 신혼부부나 되는 것처럼 달콤하고 은근한 눈빛을 교환하면서 식당으로 내려갔다.

조반 후 잠시 쉬다가 두 사람은 다시 호텔 풀장을 찾았다. 혜진의 수영 솜씨는 언제 보아도 대단했다. 거기에서 한동안 더 시간을 보내다가 배가 고파진 두 사람은 전날 저녁을 먹었던 식당으로 가서 늦은 점심을 들며 배를 채웠다.

마침내 체크아웃 시간이 되었다. 둘은 전날 혜진이 사온 쇼핑백을 각자 나누어 든 채로 아쉽게 호텔을 나와서 이번에는 다시 극장을 찾아 들어갔다. 해가 아직도 길게 남아 있었으므로 호텔에서 택시를 타고 나오면서 기사에게 극장 안내를 부탁했던 것이다.

제목도 모른 채 들어가서 영화를 보기는 이번이 처음이었다. 그렇고 그런, 줄거리보다 액션 위주의 중국 무술 영화가 상영되고 있었는데, 심각한 내용이 아니라서 오히려 마음이 편했다. 상영시간 내내 둘은 마치 유치원 아이들처럼 서로 손을 꼭 잡은 채로 꼼짝도 않고 앉아 있었다.

돌아오는 차 안에서는 별로 말들이 없었던 대신에 둘 다 서로 깊이 의식하면서 정처 없는 사유에 자신들을 끝없이 내맡기고 있었다. 해안도로를 따라 달리는 차창 너머로는 드넓은 바다가 파도를 몰고 넘실거리면서 계속해서 이어지고 있었고…….

각자 아쉬움 반, 기대 반을 가슴에 안은 채로 혜진이가 축산에서 먼저 내렸고, 민우도 뒤따라 H 면에서 내렸다. 하루 반밖에 되지 않은 시간이었으나, 무척이나 긴 시간의 여행이었다.

4. 수술

모처럼 늦잠을 자고 일어난 민우는 입고 잤던 잠옷을 벗어 조심스럽게 개켜두었다. 혜진의 첫 신물이 아닌가?

출근을 해보니 진료실 책상 위에 편지 한 통이 그를 기다리고 있었다. 지난 토요일 오후에 도착한 모양으로, 그것은 다름 아닌 미스 정에게서 온 편지였다.

월요일 오전 시간이었지만 한가해서 다행이었다. 시골에서는 5일마다 서는 장날을 기해 모두 시장도 보고 병원도 들르고 했기 때문에 요일보다는 장날이냐 아니냐가 더 큰 관건이었다.

아무튼 느긋한 월요일 오전이라서 천만다행이라는 생각으로 두 다리를 책상 위에 척 걸치고, 하품을 정신없이 쏟아내면서 편지를 읽어내려 갔다.

여름도 거의 지나가는데, 잘 지내시는지……. 병실의 분위기는 예전이나 똑같이 여전하고……. 유 선생은 이제 완전히 원숙해지고, 새로 온 인턴들은 자기네 본교랍시고 가끔 단체행동들을 하는 통에 분위기가 좀 이상해지기도 하고…….

편지는 예전처럼 안부 수준으로 별다른 내용이 없었으나, 마지막에 가서야 그녀가 쓰고 싶은 실제 사연이 들어 있었다. 갑자기 다음 주 금요일 울산 자기 집에 갈 일이 생겼는데, 서울로 돌아오는 길에 토요일이나 일요일에 그를 만나보고 싶다는 것이었다. 그래서 그때 방문해도 상관없겠는지, 그더러 밤에 확인 전화를 한번 해달라는 것이었고, 아무래도 서울보다야 봉급도 훨씬 많이 받고 있을 터이니 어려운 백성의 주린 배를 위해 좀 사라는 이야기였다.

다수민족들 틈에 끼어 핍박 속에 인턴생활을 해야 하는 소수민족의 설움은 대단했고, 그런 사면초가 속에서 그는 그녀의 도움을 무척이나 많이 받았다.

"이 선생! 아침 샘플링 다했어? 이 선생! 슬립 다 찾아다 놨지? 이 선생! 어휴! 이 친구야, 응급실 좀 빨리 내려가 봐."

주치의는 몹시 성질이 급한 사람이었다. 그는 민우가 마치 무슨 초능력자라도 되는 양 한꺼번에 수십 가지 일도 더 시켰다. 그럴 때마다 그녀는 알게 모르게 그를 잘도 도와주었다.

편지를 읽다 보니 그는 J 대학병원에서 그녀와 함께 나이트 듀티를 하던 때가 직전의 일인 듯 생생하게 떠올랐고, 그 시절의 애환만큼 그녀의 얼굴도 몹시 그리워졌다.

사실 그녀는 그동안 몇 번 편지를 보냈으나, 그는 아직 제대로 답장조차 못했다. 그런데 그녀 편에서 직접 찾아와 주겠다니 어떻게든 잘해주어야겠다는 생각뿐이었다. 하지만 그러면서도 또 다른 생각은 별스런 관계도 아닌데 혹시 혜진이가 오해할까 봐 그게 걱정되기도 했다.

좋아하지도 않고, 아무런 관심도 없으면서 그렇게 잘해줄 수 있었을까? 몇 번이고 편지를 썼을 리가 있었을까? 더구나 찾아오겠다는 말까지 할 수 있을까? 혜진이 있는 이상, 한편으로는 찾아오겠다는 그녀가 여간 부담스러운 게 아니었다.

사람은 볼수록 더 예쁘게 보이는 사람이 있는가 하면, 처음에는 아주 예쁘게 보여도 자세히 뜯어보면 그렇지 못한 사람도 있는 법이지만, 그녀는 보면 볼수록 아름다웠다. 그녀는 눈도 크고, 코도 크고, 얼굴도 조화롭고, 그래서 환한 보름달이 연상되는 그런 얼굴이었다. 동양적이고 고전적이면서도 서구적인 요소가 결합한 보기 드문 미인의 완벽한 얼굴이랄까? 거기에다가 그녀는 키도 크고 늘씬했다. 그런데도 그녀는 이상하게도 아름답다는 느낌보다 지적이고 논리적이라는 느낌이 더 강했다. 하얀 가운 속에 불툭 솟은 가슴이나, 잘 빠진 몸매나 아무튼 육감적인 네가 많았으나, 그것보다는 이지적이라는 느낌이 더 강했다.

남자들은 그녀를 놓고 말들이 많았다. 함께 근무하는 인턴들조차 여자 이야기나 음담패설이 나오는 경우, 예외 없이 그녀가 대상이 되었다. 너무나 잘생기고, 똑똑하고, 너무 많은 남자의 선망의 대상이 되어서였을까? 그럼에도 그는 그녀를 이성으로서 가까이 대할 수 없었고, 오로지 업무상으로만 대했다. 그에게 이성으로서 그녀는 벽에 걸려 있는 정물조상이나 다름없었다. 어떻게 하든지 여자로 인한 고통은 별이를 마지막으로 끝내고 싶었는지도 몰랐다.

인턴을 막 시작한 그는 제 앞도 똑똑히 못 가리는 한낱 초보의사일 따름이었다. 그러나 인턴이 끝날 시점이 되자, 변변치 못한 그에게도 몇 명의 여자들이 다가왔다.

그러나 그때는 자리를 지켜내는 일이 절체절명의 과제라서 다른 어떤 일에도 관심을 가질만한 여유가 없었다. 그러다가 결국 유 선생에게 자리를 빼앗기게 되었고, 그러자 사람들은 시쳇말로 한순간에 모조리 등을 돌려버렸다. 그러나 그녀만은 그러지 않았다. 그녀는 그가 사직하던 날 당일까지도 여전히 다정한 이웃으로, 이 세상에서 유일한 그의 편으로 남아 있었다. 하지만 이제는 어쨌거나 그녀 역시 현실적으로는 멀고 먼 이웃이었다.

하지만 혜진의 경우는 사뭇 달랐다. 그가 알 수도 없는 어떤 우연에 의해 그녀를 발견했듯이, 알 수도 없는 어떤 힘으로 순식간에 그녀에게 빠져들고 만 것이다. 왜 그랬을까? 왜 처음부터 그런 생각이 들었을까? 여자에게 마음을 빼앗기려 할 때마다 예외 없이 별이에 대한 쓰라린 과거가 생각났다. 하지만 혜진을 보는 순간, 그는 이미 별이를 까마득하게 잊고 있었다. 왜 그랬을까? 정말 왜 그랬을까?

그날도 저녁이 되자, 그는 혜진을 만나려고 서둘러 바닷가로 나갔다. 이제 아침저녁으로는 다소 쌀쌀해져서 바닷물이 추울 터인데도 그녀는 여전히 은빛 비늘을 쏟으며 유유히 수영에 열중하고 있었다.

그가 도착하자마자 그녀는 곧바로 물에서 나왔다. 그러고는 큰 타월로 몸을 감싸듯 머리와 얼굴 그리고 몸을 닦고서는 허리를 구부린 자세로 머리채를 흔들며 물기를 털어냈다. 그러자 그녀의 유방이 가슴 아래쪽에서 격렬하게 율동을 했고, 엉덩이와 허리가 그에 보조를 맞추며 몇 번이고 세차게 흔들렸다.

그가 오면 그녀는 수영하다가도 곧바로 물에서 나왔다. 해변에 사람들이 그렇게 많은데 어떻게 그렇게 잘 알아챌 수 있을까? 한번은 그녀에게 물었다.

"어떻게 그렇게 잘도 알고 나오는 거야?"

그러자 그녀는 아주 싱거운 대답을 했다.

"그야, 민우 씨는 오면 항상 이 자리잖아. 여길 보고 있으면 되는 거지. 안 그래?"

그러고 보니 수영을 못했던 그는 물에 들어갈 일이 거의 없었으므로 항상 한 자리에만 앉아서 그녀를 지켜보았던 모양이다.

그는 축산 해안에서 해바라기를 하면서도 정해둔 듯 꼭 한 자리에만 앉았다. 그 시간에는 아무도 없었으므로 아무 데라도 앉았을 법한데, 그는 꼭 그 자리만 고집스럽게 지켰다.

"오늘은 좀 춥네. 우리 뭐 따뜻한 걸로 먹자. 엊그제 여행하느라 힘들었으니 로스라도 먹을까?"

그녀는 추운 듯, 급하게 겉옷을 걸쳐 입으면서 입술이 새파래지며 말했다. 사실 그녀는 고기보다는 채소를, 밥보다는 냉면을 더 좋아했었다. 처음에는 그런 것도 모르고 고기를 잔뜩 시켰는데, 그녀는 그의 주문을 금방 정정하며 말했다. '민우 씨 혼자서 다 먹을 수 있겠어? 난 아직 점심 먹은 것도 소화가 덜 됐는데……'

그녀는 매양 그런 식이었다.

"웬일이야, 참 별일이네. 오늘은 혜진이 로스를 다 먹자고 하고……."

"왜 경주 식당에서도 잘 먹었잖아?"

그녀는 고기를 좋아하지 않는 것이 무슨 흉이 되느냐는 듯 그렇게 항변했다. 그러나 막상 식당에 가자 그녀는 또 이야기가 싹 달라져 버렸다.

"민우 씨 먹을 만큼만 시켜. 난 비빔냉면이나 먹을래."

"그럼, 우리 냉면으로 통일하고 숙소에 가서 커피나 하자."

"민우 씬 냉면 좋아하지 않잖아?"

"됐어, 나도 이젠 혜진일 좀 닮아볼래."

"그럼 내가 쬐끔 먹어줄게. 로스를 좀 시켜. 민우 씨는 이따 배고플 거잖아."

그는 저녁이 부실한 날이면 항상 밤늦게라도 다시 라면을 끓여 먹는다는 것까지 그녀는 이미 다 알고 있었다. 그녀의 성의도 있고 해서, 다시 한번 다짐을 놓으며 말했다.

"그럼 쬐끔만 시킬 테니 쬐끔은 먹어야 해. 알았지?"

그녀는 아직도 추운 듯 몸을 웅크리면서 고개만 끄덕였다. 고기가 익자, 갑자기 엊그제 경주에서처럼 술도 한잔하고 싶어졌다.

"어때, 맥주를 한 병 시킬까?"

"맥주보단…… 그런데 오늘은 좀 춥네……. 소주로 할까?"

"소주를?"

그녀는 그보다 더 술이 셌다. 하지만 그래서 그런 것 같지는 않았다. 그녀는 추운 듯 몸을 오종종하게 웅송그리며 방안에 들어온 지 꽤 되는데도 아직도 추워하고 있었다.

구운 로스 안주에 소주를 들이켜며 식사를 하기 시작했다. 그런데 웬일인지 그녀의 표정은 식사 내내 편치 못했다. 아니나 다를까, 그가 밥그릇을 반도 비우기 전에 그녀는 갑자기 몸을 일으켜 세우며 말했다.

"안 되겠어, 미안해! 민우 씨, 나, 속이 너무 좋질 않아. 먼저 집에 들어갈래."

비틀거리는 그녀를 부축하면서 보니 열이 대단했다. 한사코 자기 외가로 가겠다는 것을 말리고 또 말려서 억지로 택시에 태워 병원으로 데려왔다.

열도 열이지만 몸을 잘 가누지 못했다. 거의 안다시피 해서 진찰실로 옮기고 체온을 재보있는데, 놀랍게도 40도가 넘었다.

우선 해열제 주사를 한 대 놓아준 후 링거를 꽂았다. 그녀는 메슥거리는지 자꾸만 울컥거리면서 간호사를 불러달라고 했다.

회복실로 옮긴 후 미스 황을 시켜서 혈액과 소변을 채취하도록 했다. 그러고는 곧바로 간단한 검사를 시작했다. 혈액 중 백혈구 수가 20,000 이상으로 아주 높게 나왔고, 소변검사에서도 역시 많은 백혈구 수가 관찰되었다. 이럴 때 의사들은 통상 '급성신우신염'이라는 병명을 붙이게 된다. 콩팥에 세균성 염증이 갑자기 발생한 상태로 남자보다는 여자에게 흔한 병이고, 입원해서 항생제를 강력하게 투여해야 한다.

회복실로 들어가서 그녀를 다시 살펴보았다. 그러고는 다른 보호자들이 그러는 것처럼 침대 머리맡에 의자를 놓고 앉아서 그녀를 지켰다. 그녀는 한동안 정신조차 차리지 못하는 것 같더니 링거가 2,000㏄ 정도 들어가고 해열제가 두어 차례 더 들어간 새벽녘쯤에야 눈을 떴다.

"어떡해……. 나 때문에 잠도 못 자구……. 한잠도 못 잤지? 오늘 진료를 어떻게 해? 피곤해서?"

"어떻게 하긴 혜진보다 더 중요한 사람이 있음 일루 나와 보라고 해. 안 그래?"

그녀는 그의 말에 배시시 웃었다.

"근데, 민우 씬 의사선생님이니깐 잘 알겠지. 나, 무슨 병이야? 몸살감기야?"

"아냐, 신우신염이라는 병이야. 여자들에게 흔한 건데……. 며칠 간 입원 치료를 해야 해. 콩팥에 염증이 생긴 거거든."

"콩팥이라구? 왜 그런 곳에 다 염증이 생기는 거야?"

"응, 그건~ 여자는 남자와 달리 요도가 5센티미터도 안 되고 매우 짧거든. 대부분의 경우, 뒷물을 잘못해서 오는 병이야. 항문에 있던 대장균이 요도 입구에 묻으면 방광으로 옮아가게 되고, 그게 콩팥까지 가게 되어서 신우신염이 되는 거지."

"무서운 병이네."

"아냐, 아무것도 아냐. 진짜야……. 한 4~5일간 항생제만 잘 쓰면 되는 거라니까. 참 혈액형이 A형이던데……."

"왜 혈액형과 관계되는 거야?"

"아냐, 그런 건 아니고……. 나와 같은 A형이라서 그러지."

"민우 씬 AB형일 것 같았는데……."

"왜?"

"아니, 그냥 그런 생각을 해봤어."

"흔히 혈액형에 따라서 성격이 달라지는 줄 알지만 그건 잘못된 편견이야. 전혀 과학적인 증거가 없대. 근데 함께 지내고 싶어 하는 내 마음을 어떻게 알고서 우리 아가씨께서 병이 났을까?"

"민우 씨인……."

그녀가 그를 보고 가볍게 눈을 흘겼다. 앓고 있는데도 그녀의 눈과 입술, 덧니는 너무나 아름다웠다.

"사실 혜진이 아프니까 얼마나 좋은지 몰라. 왜, 내가 얘기 안 했나? 할머니 말곤 아직 간호해본 적은 없었다고 말야."

"앓고 있는 게 좋은 건가, 뭐? 참! 오늘은 새벽 출장 안 가는 거야?"

"혜진이랑 꼭 붙어 있을래. 참! 식당에 뭐라도 부탁을 해야 할 건데……. 흰죽을 부탁해볼까?"

시골병원이라서 환자 식사는 병원에서 나오는 것이 아니고 보호자들 몫이라서 혜진의 경우는 그가 해결해주어야 했다. 그러나 그녀는 자꾸만 도리질을 했다.

"아냐, 생각 없어. 가서 민우 씨나 먹어."

"그래, 그럼, 나중에 먹고……. 우선 방이나 옮겨줄게. 여긴 다소 불편했을 거야."

미스 황이 카를 밀고 왔으나, 카에 싣는 대신 그는 내친김에 아예 그녀를 두 팔로 안은 채 2층의 빈 병실까지 올라갔다.

"무겁지? 입원시키려면 민우 씨가 만날 이렇게 포터를 하는 거야?"

"아냐, 대개 보호자들이 하게 돼. 그리고 거의 카로 옮겨주지."

"그럼 나는 왜?"

"혜진은 내가 임시 보호자잖아? 또 기회가 있을 때마다 열심히 안아봐야 하는 거고……."

아픈 몸인데도 그녀가 다시 한 번 눈을 곱게 흘겼다.

진료하는 틈틈이 그녀가 궁금해지기도 하고 또 심심해할까 봐 병실로 몇 번이고 올라가서 상태를 살폈다. 그런데 오후 3시쯤에 올라가 보니 응당 침대 위에 누워 있어야 할 그녀가 없었다. 처음에는 화장실에라도 갔나 싶어서 다시 아래층 진료실로 내려왔다가 30분쯤 후에 다시 올라가보았는데도 그녀의 행방은 여전히 묘연했다. 어딜 갔지? 그날은 미스 리가 병실 담당이라서 어찌 된 사연인지 물어보려고 찾았으나, 웬걸 그녀조차 없었다. 한참 만에 병실 끝에 있는 욕실에서 걸어 나오는 두 사람을 보고는 아연실색했다.

"아니! 세상에! 그 몸으로 샤워까지 한 거야?"

나중에 들은 이야기였지만, 그녀는 고열에 들떠 있으면서도 욕실로 데려다 달라는 부탁을 몇 번씩이나 해서 하는 수 없이 함께 갔다고 미스 리가 어이없어하며 혀를 내둘렀다.

점심때쯤, 미스리가 볼이 잔뜩 부어서 항의했다.

"링거 빼버리고 항생제를 근육주사로 놓으면 안 될까요?"

혜진이 배가 아프고 구토가 나려 한다며 자꾸만 화장실을 들락거리는 통에 링거 주사가 금방 부어버려서 이제 놓을 데도 없다는 것이었다.

그러나 정작 중요한 건 그것보다 갑작스러운 증상 변화였다. 어제까지는 열만 났을 뿐 복통이나 구토는 없었는데……. 다시 진찰을 자세히 해보려고 서둘러 2층 병실로 올라갔다. 그런데 육 선생이 먼저 혜진에게 들렀던 모양으로 병실 계단을 내려오며 뜻밖의 말을 했다.

"내 생각에는 압빼(충수염)같은데, 이 선생 한번 다시 봐요."

"그래요?"

원래 의사는 너무 검사 결과에만 치중해서는 안 되고 진찰도 잘 해보아야 하는 법인데도 원칙을 무시하고 혜진에게 자세한 진찰을 하지 않은 것이 실수였던 모양이다. 그나저나 아빼라면 어떡하지?

하복부 진찰을 해보려고 바지를 좀 내리려 하자 그녀는 눈을 똥그랗게 뜨고 그를 올려다보며 영 싫은 표정이었다. 배에 힘을 빼고 협조를 해주어야 하는데, 그녀는 한사코 두 다리를 꼭 오므리며 상반신을 쳐들고 제 눈으로 자기 아랫배 쪽을 살피려 하는 통에 도대체 진찰을 할 수 없었다.

"자, 진찰은 내가 하는 거니까 혜진은 그냥 반듯하게 누워 있기만 하면 되는 거야. 배에서 더 힘을 빼 봐. 그렇지. 자! 여기 아파?"

"왜? 뭐가 이상해? 뭐, 좋지 않은 거라도 있는 거야? 며칠간 약만 쓰면 된 댔잖아?"

그녀는 세심하게 진찰하는 그를 의심스러운 눈길로 올려다보며 항의하듯 말했다. 그러면서도 풀이 죽고 몹시 조심스러운 표정이었다.

충수염이 틀림없었다. 더구나 상당히 진행된 듯해서 혹시 천공되어버렸으면 이찌나 하고 걱정도 되었다. 곧바로 새 항생제를 쓰기 위해 미스 리에게 피부반응검사를 부탁하고, 보호자용 둥근 의자를 끌어 그녀의 머리맡에 놓고 앉았다. 그녀는 겁을 먹은 듯, 잔뜩 놀란 눈초리로 그를 쳐다보았다.

"큰 문젠 없을 거야. 충수염이 겹쳐 있어서 수술 받는 게 좋겠어."

그녀는 여차하면 도망이라도 가려는 듯, 놀란 토끼 눈이 되어 다시 물었다.

"신우신염이라고 하더니……. 확실히 충수염이야? 수술을 꼭 받아야 해?"

"신우염도 있지만 충수염이 더 급해. 신우염이야 어차피 항생제를 쓰게 되니까 함께 좋아지는 거구. 그런데…… 어떻게 하지? 서울이나 포항으로 나가는 것도 문제가 있겠고 말야……."

"왜?"

그녀는 완전히 겁을 먹고 있었다.

"시간이 많이 지체되거나 몸이 출렁거리면 터지거든. 터지면 복막염이 돼서 고생을 많이 해야 해."

"수술은 여기서두…… 민우 씨가 할 수 있는 거야?"

고개를 끄덕이자, 그녀는 다소 안심이 된다는 듯 그를 올려다보며 가볍게 말했다.

"그럼, 됐어. 민우 씨가 해줘."

그러나 보호자의 동의 없이 수술한다는 건 아무래도 무리였다. 하지만 혜진을 고생시키지 않으려면 수술을 빨리 해야 하고, 그러자면 아무래도 편법이라도 써야 했다.

"어때, 외삼촌에게라도 알리고 수술을 결정해야 하지 않겠어?"

말은 그렇게 했지만, 외가 사람들이 잘못 판단해서 혹 포항이나 서울로 가려 하지 않을까 하는 조바심도 들었다. 그러나 서울은커녕 포항을 나가는 것조차 쉽지 않을 것 같았다.

어쨌든 수술이 지연되면 안 될 일이라서 수술 준비를 서두르도록 했고, 포항 마취선생에게도 연락했다.

구급차로 축산에서 그녀의 외숙 부부를 데려왔다. 하지만 예상했던 대로 그들 역시 쉽게 결정하지 못하고 서울로 연락해야 하지 않겠느냐는 둥, 포항으로 옮기는 것이 어떻겠느냐는 둥 갈피를 잡지 못했다. 시간 지체가 되면 좋은 일이 없을 것이라서 무척 마음이 다급해져 있는 판인데 육 선생이 의외로 쉽고 간단한 해결책을 내놓았다.

"생명도 환자 몫이고, 고생도 환자 몫일 것이니 자, 우리 환자에게 직접 물어봅시다."

그녀는 물론 오케이였다.

원래 외과의사란 충수 수술에서 시작하여 충수 수술로 끝낸다는 말이 있을 정도로 충수 수술은 매우 다양한 것이다. 아주 쉽게 끝날 경우도 있으나, 몹시 애먹이거나 불치의 합병증 또는 운이 없으면 멀쩡하게 제 발로 걸어 들어온 사람을 영안실로 보내는 경우까지 있는 것이다.

수술이 다 끝나고 수술 창을 닫으면서 마취의사는 환자가 민우의 애인이라는 말을 육 선생에게 전해 듣고 걸쭉한 육담을 했다.

"아직 조사가 덜된 곳이 있으면 이 기회에 샅샅이 잘 조사해보세요. 마취는 내기 책임질 테니까. 나중에 그게 그런 줄 몰랐느니 어쩌니 하지 말고. 새것 같은 헌 것도 있고, 헌 것 같은 새것도 있는 거고, 맞을 것 같다가도 맞지 않는 게 너무 많으니깐 말요……. 다 궁합이라는 게 있는 거요. 아시겠소? 이것은 선배로서 해 드리는 아주 귀중한 충고니까 흘려듣지 마시고."

민우는 얼굴이 벌게져서 수술 창으로만 눈을 주었다. 그러자 육 선생이 그런 민우를 일별하더니만, 마취의사에게 역습을 가했다.

"얘길 해주려면 좀 확실하게 구체적으로 해봐요. 배 선생 지금 후회되는 게 뭔지."

"우리 세대에 뭐 그럴 기회라도 있었나요?"

마취의사는 한 발 뒤로 물러섰으나, 육 선생은 공격을 계속했다.

"그렇지만 배 선생님께서 부러 젊은 사람에게 그런 말씀을 하시는 걸 보면 분명히 무슨 문제가 있었던 것 같은데, 아닌가요?"

"에끼, 순!"

함께 있던 정 수녀는 그러거나 말거나 상관없다는 듯 잠자코 자기 일만 하고 있었으나, 결국 미스 정이 나섰다.

"어이구! 제발 그만들 하세요! 수녀님도 계시잖아요."

수녀는 뭐 그런 걸 모르나 하는 눈빛으로 배 선생은 흘끔거리며 정 수녀 쪽을 쳐다보았으나, 정 수녀는 거즈를 배 속에다 남겨둔 채 수술을 마치는 일이 없도록 스스 카운트에 정신이 없었다.

다행히 수술은 잘 끝났고, 경과도 좋아서 환자는 급속하게 회복되어 혼자서도 마음대로 화장실을 들락거리게 되었다. 수술한 지 사흘째까지는 마리아가 방과 후에 들러서 밤 동안 환자수발을 했으나, 대체로 민우가 함께 있어주었으므로 그 후로는 오지 않았다.

서울 그녀의 부친에게서도 전화가 왔다. 미국에서 갓 돌아왔기 때문에 전혀 소식을 몰랐다면서, 잘 치료해서 보내달라는 부탁이었다.

"울 아빠가 민우 씨더러 고맙다는 말을 꼭 전해 달래. 그리고 서울에 오면 꼭 한번 들르래."

"나 때문에 아침 운동도 못 가는 거지? 어떡해?"

하지만 혜진은 말과는 달리 무척이나 만족스러운 눈치였다.

"혜진이랑 함께 있으니깐 여기도 꼭 축산 바다 같은데, 뭐……. 봐…… 저기쯤 해가 떠오르고 있고 말야……. 잘, 들어봐! 파도소리도 나는데?"

마침 환하게 동창이 밝아오고 있었고, 병실 아줌마가 복도에서 걸레질 청소를 하는 소리와 욕실에서 환자들과 보호자들이 물 쓰는 소리가 그치지 않고 들려왔다.

"파도소리?…… 에이! 해 뜨는 거야 여기에서도 똑같겠지만, 파도소리까진 너무 심하잖아?"

"아냐, 잘 들어봐. 철썩철썩 파도치는 소리가 들리잖아?"

무슨 소리인가 싶어 그녀는 가만히 다시 귀를 기울이더니 픽 웃었다.

"에이~ 청소 아줌마 물걸레질하는 소리네, 뭐. 근데 민우 씬 얼마나 바다에 가고 싶으면 그런 소릴 다 할까?"

"아냐, 진짜야. 난 혜진이 입원해 있는 덕분에 바닷가 갈 필요 없이 여기에서 일출도 보고 파도소리도 다 듣고, 좋기만 한데?"

싱글거리며 그가 그렇게 실토했다. 사실 그건 그녀 역시 마찬가지였다. 방학기간이 곧 끝난다거나 앞으로 2학기 내내 졸업전시회와 대학원 진학 때문에 힘들 거라는 생각마저 깡그리 잊어버리고 있었다.

학교고 뭐고 다 집어치워 버리고 여기에서 그냥 민우와 함께 살아버릴까 하는 생각조차 났을 정도였다.

"민우 씨 봉급 많이 받아?"

그녀는 말을 마치기도 전에 눈을 동그랗게 떴다. 생각지도 않은 질문이 난데없이 튀어나온 거라서 자신조차 깜짝 놀랐기 때문이다.

"왜? 나 이 달 굶을까 봐?"

사람은 경제적인 동물이다. 돈이 없으면 살아갈 수 없다. 그렇지 않아도 그녀는 내년 봄, 졸업 즉시 집을 나올 생각을 하고 있었다. 대학원 진학도 솔직히 그 때문이었는데, 대학원에 들어가면 학교에 방을 얻을 수 있으므로 세엄마와 얼굴을 마주치지 않고 살 수 있을 것이기 때문이다.

'그럴 필요 없이 아예 민우 씨와 결혼해버릴까?'

스스로 그런 생각을 하는 자신이 너무나 우스웠다.

"아니, 그게 아니구……. 지금 민우 씨 월급으로 나까지 먹여 살릴 수 있을까 해서 말야……."

"무슨 소리야? 혜진이 하나쯤은 문제도 아냐."

"대학원에 진학할 건데?"

"하시지 뭘."

"전시회도 할 건데?"

"하시지 뭘."

"민우 씬 아무것두 몰라서 그래. 그러려면 엄청나게 돈이 많아야 하는 거야."

"그럼 개업해서 열심히 돈 벌지. 수술두 지금 두 배루 하구."

"에이! 난 돈 밝히는 의산 정말 싫더라."

"아냐, 그건 그렇지도 않아. 돈을 밝히지 않아도 환자만 많으면 저절로 그렇게 돈이 벌리는 거야."

유치원 아이들이 소꿉놀이하듯 둘은 신 나게 떠들다가 불현듯 제정신으로 돌아왔다.

"참! 서울엔 언제까지 가야 하는 거야?"

"가지 말까 봐. 이대로 그냥 민우 씨 숙소에 가서 함께 살아버렸으면 좋겠어."

"아! 그래? 정말이지? 그럼, 아무래도 결혼식은 해야 할 거니까 지금 당장 성당 사무실 가서 우리 결혼식 미사 신청해놔?"

"이런 환자를 데려다 뭣에 쓸려고?"

"쓸 데야 많지. 아참! 그런데, 내 정신 좀 봐. 오늘 밤엔 좀 늦을 거야. 예전에 같은 병실에서 근무했던 간호산데……. 지나는 길에 잠시 들르겠대……. 시골에서 많이 벌었으면 한턱 사라면서."

"혼자서 오겠대?"

그녀가 신경을 쓰는 것 같아 난처하기도 했지만, 은근히 신이 나기도 했다.

"응. 혼자."

"그럼, 오늘은 여기 오지 마. 이제 다 좋아졌잖아? 나 혼자 있어도 돼. 손님하고 편히 지내."

그는 그런 그녀를 돌아보며 씩 웃었다.

"아냐, 그래도 올 거니까 걱정하지 말고 기다려. 보여줄 것도 있고 말야."

"뭔데?"

"궁금하지? 기다려봐. 이따 와서 보여줄게."

5. 두 여자

주리는 J대 병원 병동을 나와 곧바로 지하철을 찾아들었다. 제기동에 있는 정형내의원을 가기 위해서였다. 빠듯하게 시간을 이용하는 습관 때문에 그녀는 꼭 버릇처럼 길이 막히지 않는 지하철을 탔다. 지하철 안은 마침 한가했다. 빈 의자를 찾아 앉기가 무섭게 눈을 감았다. 간밤에는 밤새 중환자 때문에 시달렸던 탓에 머리가 몹시 무거웠다.

어제 울산 오빠에게서 전화가 왔는데, 괜찮은 남자가 있으니 이번 주말에 내려와서 꼭 선을 보라는 이야기였다. 그러나 어떻게 할지 망설이고 있었다. 선을 보고 결혼할 생각은 없었기 때문이다.

근무 종료 전 인계 중인데, 그녀를 찾는 전화가 다시 왔다. 꼭 내려오라고 재삼 당부하려는 전화인 줄 알았으나, 그게 아니라 정형내의원 원장의 전화였다.

"복잡한 수술이 있어서 말이야, 8시 반 전에 올 수 있겠어?"

피곤하기가 솜뭉치 같았지만, 늘 그랬던 것처럼 일부러 밝은 목소리를 만들어 대답했다.

"네, 네. 그럴게요."

정형내의원은 그녀가 대학 3년을 다닐 동안 동생 미리와 함께 나이트 근무를 하며 보냈던 곳이고, 대학 병원으로 근무처를 옮긴 지금까지도 복잡한 수술이 있을 때마다 원장은 그녀를 불렀다.

병원에 도착하자 그녀는 버릇대로 먼저 사무장인 민 선생 방에 고개만 빠끔히 내밀며 '저, 왔어요.'하고 인사를 하고서, 곧바로 2층의 수술 방으로 올라갔다.

"무슨 환자예요?"

곁에 엉거주춤 서 있는 신참 간호사에게 무슨 수술인지 물어보았으나, 그녀는 아무것도 몰랐다.

병원에 오면 그녀는 관행처럼 먼저 수술 준비를 해놓고 비로소 원장실로 내려가서 수술 준비 완료와 자기가 왔음을 동시에 알렸다. 그러나 오늘은 무슨 수술인지 알 수 없어서 평소와 달리 먼저 원장을 만나보러 갔는데 원장은 마침 어떤 젊은 남자와 함께 앉아 있다가 그녀를 보며 의아한 얼굴로 물었다.

"왜? 몰라? 예전에 만나지 않았나? J대 병원 미스 정이고, H 병원 오에스 (정형외과) 전 박사……."

그녀는 의자에 앉은 채로 올려다보고 있는 남자에게 미소를 띠며 인사를 했다. 그러자 그도 엉거주춤 일어서서 인사를 했다.

"안녕하세요? 미스 정이에요. 잘 부탁해요."

"전주영이라고 합니다. 재벌 총수와 동명인데 성의 받침만 좀 다르죠. 그럼, 잘 부탁해요. 무슨 수술인지 알죠?"

"아뇨. 아직……."

"아, 그래요?"

그는 초면인데도 농담처럼 자기 성명까지 밝히면서 오늘 수술은 대퇴골 복잡골절이라서 시간이 오래 걸릴 거고, 대퇴골 기본세트에 추가해야 할 몇 가지 기구들을 일러주었다. 수술 방 간호사가 개인 사정으로 어제 오후에 갑자기 시골에 갔기 때문에 급하게 그녀를 부르게 되었다는 것이 원장의 추가 설명이었다.

수술 방으로 돌아온 그녀는 신참에게 가능한 한 쉽게 설명해주며 자기 병원에서처럼 익숙하게 수술 포와 수술 기구, 수술복들을 한데 싸서 소독통에 넣고, 수술대와 카트 등을 수술 상태로 재배열했다. 어찌나 신속하고 익숙하게 하는지 신참은 입을 다물지 못한 채 그녀를 존경스러운 눈으로 바라보았다.

심한 복잡골절이라서 엑스레이로 투시해가면서 수술을 했으므로 닥터 전이 미리 예고했던 대로 시간이 오래 걸렸다. 환자는 교통사고를 당한 중학생이었는데, 대퇴골 골간 부위에서부터 무릎 쪽으로 뼈가 완전히 바스러진 상태였다. 성장 단계에 있는 환자라서 수술에 여간 신경이 쓰이지 않는 모양이었다.

시술의사야 수술에 여념이 없다 보니 수술이 길어져도 지루할 틈이 없겠지만, 보조자나 간호사 모두에게는 끔찍한 시간이 되며, 특히 마취의사가 제일 못 참기 마련이다. 마취의사는 대체로 혼자서 여러 병원을 커버하므로 다른 병원에서 갑자기 응급 콜이 올까 봐 전전긍긍하는데다가, 수술이 길어지면 그만큼 마취도 힘들어지기 때문에 인상부터 달라졌다.

"미스 정이라고 했지? 닥터 전이 수술만 이렇게 느린 줄 알아?"

마침내 마취의사는 짜증을 닥터 전에게 직접 쏘아주지 못하겠던지 대신 주리를 보며 이죽거렸다. 주리 역시 피곤하기는 마찬가지였지만, 그렇다고 해서 마취의사에게 동조할 수도 없었다.

그녀가 수술 방에서 하는 일은 의사가 사용 후 건네주는 기구를 곧바로 닦아서 제 위치에 놓는 일과 필요로 할 만한 기구를 예상해서 즉각 의사 손에 쥐여 주어야 하는 일, 그 외 사용한 거즈나 기타 재료가 어디에 어떻게 존재하고 있는가를 꿰뚫고 있어야 하는 일 등이므로 수술의사 못지않게 그녀 역시 잠시도 게을리할 수 없었다. 주리의 반응이 없자, 마취의사는 혼잣말처럼 다시 씨부렁거리기 시작했다.

"이 양반이 말이죠, 식사하는 것부터 여자 구하는 것까지 뭐 하나 재빠른 게 없어요. 그러니 수술도 이 모양이지. 대충 좀 해둬요. 웬만큼 다쳤어야지……. 그런다고 뭐, 정상이 되나? 안 그래? 미스 정?"

땀을 흘리며 열심히 자기 할 일만 계속하던 닥터 전이 허리를 펴고 마취의사에게 잠시 눈을 주며 모처럼 입을 열었다.

"그러니까 선생님 요지는 이 노총각을 구해주시겠다는 건가요? 뭔가요?"

"왜 아니래! 얼마든지 구해줄 수 있지. 그러니까 수술이나 빨리 끝마쳐. 이 방에만 해도 벌써 미스 코리아가 몇 사람이야? 그런데 중신애빌 서면 어떤 보답이 필요한 줄 알아?"

주리는 이젠 자신이 농담의 대상이 되었다는 생각에 새침한 표정이 되어 눈을 수술 부위로 고정해버렸다. 그러나 마취의사는 주리를 번들거리는 눈길로 훑어보며 뭐라고 더 말하고 싶은 모양이었다.

그러자 닥터 전은 수술 부위에서 모처럼 눈을 돌려 그녀를 쳐다보며 말했다. 농담만은 아닌 눈빛이었다. 수술 방에서는 모두 마스크에 가려진 채 두 눈만 빼꼼 내놓고 있기 때문에 표정을 잘 모를 것 같으나, 사실은 절대로 그렇지 않다. 눈빛만으로도 거의 모든 것을 알 수 있는 법이다.

"중신애빌 서기도 전에 저 모양이니 저 양반 중신애비 세웠다간 큰일 나겠어. 그러지 말고 수술 끝나면 당사자끼리 다이렉트하게 해결합시다. 마취시간조차 아까워서 저 모양인 바쁜 양반을 사이에 끼워 넣을 필요 없잖아요?"

문자 그대로라면 중인환시 속의 공개청혼이었고, 농담이라 하더라도 이건 너무 지나치다는 생각에 웃어버릴 수도 없었다. 닥터 전의 눈을 잠시 바라보던 주리는 수술이나 잘하라는 듯이 언짢은 표정을 지으며 수술 창으로 눈길을 돌려버렸다.

환자가 깨어난 후라야 비로소 병원을 떠나는 마취의사와 달리, 오퍼레이터(수술의사)는 수술만 끝나면 원장에게 수술과정 설명과 오더만 내놓고 가버리는 것이 상례였다. 그래서 수술 마무리를 할 때쯤이면 오퍼레이터는 이미 사라지는 것이 보통인데, 뜻밖에 주리가 수술 방 정리를 다 끝내고 원장에게 가겠다는 인사를 하러 들어갈 때까지도 닥터 전은 그대로 있었다.

"고생했죠? 오늘 나도 꽤 힘들었어요. 수술은 잘된 것 같고……. 참 미스 정이라고 했죠? 내가 간단히 점심 대접을 하구 싶은데 괜찮겠어요?"

물론 보통 때보다 수술 시간이 길어져서 고생하긴 했으나, 경우가 이상했다. 원장이 수고비를 주는 것이 상례였지, 간호사에게 오퍼레이터가 직접 대접할 필요는 없을 것이었다.

"아네요. 됐어요. 그러실 필요까지……."

그러자 원장까지 가세하며 그녀의 말을 가로막았다.

"지금껏 닥터 전이 널 기다리고 있었거든. 저녁 근무가 있더라도 아직 시간이 있지 않니? 그러지 말구 점심도 늦었으니까 함께 허구 들어가지 그래?"

어쩐지 닥터 전이 사내 냄새를 피우며 접근해오는 것 같아서 언짢았고, 원장과 함께 식사하기도 다소 부담스러웠다. 그래서 몇 번이고 사양했으나, 다른 때와는 달리 원장은 그럴수록 강권했다.

따라 들어간 곳은 병원 근처의 일식집이었다. 미리 음식을 시켜놓았는지 이미 상이 차려져 있었다. 남자들 둘은 서로 마주 앉았고, 그녀는 원장 곁에 조금 떨어져서 앉았다.

"난, 두 사람이 한두 번 만났던 것 같은데 말야."

원장은 그렇게 말하면서 두 사람을 돌아보았다. 문득 지난해 3월 초에 그와 수술을 했던 일이 순식간에 생각났다. 겸연쩍게 웃음을 흘리며 말했다.

"네, 작년 3월 3일이었죠, 아마. 그때 소아 칩 후렉처 리덕션(팔 관절 골절정복술)이었을 거예요."

그러자 닥터 전은 그녀를 건너다보며 감탄사를 연발했다.

"날짜까지 외우고 있는데, 난 미스 정을 오늘 처음 본 것 같으니……. 같이 늙어 가는 처지에 세대차이가 있나? 이거 원……."

"이 사람아! 자넬 특별히 기억하고 있다는 걸로 알아들으면 안 돼?"

원장의 말이 거북살스러워서 부연 설명을 달았다.

"그 날짜는 제가 개인적으로 기억하는 날 다음 날이었거든요."

"그렇더라도 그렇지, 대단하네요? 혹시 생일 다음 날이었나요?"

남자들의 관심에 말려들면 안 될 것이라서 입을 다물어버렸다. 그 전날인 3월 2일 밤에 민우를 처음 만났었고, 여러 가지 이유로 해서 그 날짜를 잘 기억하고 있었다.

그날은 미아리로 도사를 다시 만나러 갔다가 허탕치고 집으로 돌아오는 길이었는데, 웬일인지 정형내의원에 들르고 싶어졌다. 이유도 없이 이상하게 자기가 3년간 지냈던 그 병원의 병실 한구석 방을 가보고 싶어서였다. 그때 원장이 난데없이 나타난 그녀에게 때맞추어 잘 왔다며 수술 준비를 시켰고, 그 결과로 엉겁결에 닥터 전과 수술실에서 처음으로 만났던 것이다.

자리가 불편하기도 했고, 사실 몹시 피곤하기도 했다. 잠시라도 잠을 자두어야만 J대 병원 밤 근무에 지장이 없을 것이었다.

"먼저 실례할게요."

돌아오면서 이상하게도 닥터 전의 모습이 얼른 사라지지 않고 환영처럼 나타나 보였다. 남자 키로서는 조금 작은 편이었으나 살빛이 좋고 몸집이 둥글어서 그런지 왜소하다는 느낌은 없었다. 그리고 나이 탓인지, 아니면 전문의라서 그런 것인지 말과 행동에 힘이 있었고 어른스러웠다. 그리고 이상한 것은 처음 본다고 하면서도 왠지 그는 그렇지 않다는 눈빛을 하고 있었다. 그리고 그 역시 사내들의 전형적인 눈길이긴 했지만, 그렇다고 해서 치근대며 비열하게 다가오는 느낌도 아니었다. 하여튼 그가 하는 몇 가지의 일만 생각해보더라도 상당한 관심을 갖고 있는 건 분명한 사실이었다. 아무래도 곧 다시 개인적으로 만나자는 연락이 올 것만 같았다. '어떻게 하지?' 즉각 민우를 떠올렸으나, 오히려 가벼운 마음이 되었다. '한 번쯤 더 만나주지 뭐, 만나주는 게 뭐 대순가? 그런데 울산은 어떻게 하지?'

선을 보러 내려오라는 오빠의 전화를 생각하고 잠시 망설이다가 그것도 가볍게 결정해버렸다. '엄마 얼굴이나 한번 보러 가는 셈 치고 그냥 가는 걸로 하자. 닥터 리도 만나볼 겸……'

그날 밤 울산 오빠에게 금요일에 내려가겠다는 연락을 한 후, 민우에게도 전화를 했다. 그러나 민우가 병실에 있어 전화가 연결이 안 된다는 설명이었다.

"중환자라도 있는 모양이죠? 그럼 서울 미스 정에게서 전화가 왔었다고 전해주세요."

30분이 채 지나지 않아서 그의 특유한 목소리가 들려왔다.

편지는 지난주 포항에 나갔기 때문에 월요일 오전에야 보았다는 것, 그런데 잘 아는 사람이 갑자기 수술을 받고 입원하는 바람에 요새 다소 정신이 없었다는 것, 그 때문에 전화해야 한다는 사실조차 까마득하게 잊고 있었다는 것. 미안하다는 것, 언제 출발을 할 거냐는 것, H 면은 포항을 거쳐서 와야 하는데, 찾아올 자신이 없으면 자기가 마중 가겠다는 것 등등. 평소 그의 성격처럼 세심하게 신경을 써주는 말들이었다.

그녀는 민우를 만나게 되면서부터 그에게 관심을 갖게 된 이유가 몇 가지 있었다. 그는 어릴 때 죽은 둘째오빠와 똑같이 그녀보다 세 살 위였으며, 오빠와 그랬듯이 언제고 죽이 잘 맞았다. 또한 J대 병원의 간호사는 거의 모두 본교인 J대 출신인 데 반해 그녀가 예외였듯이 K대 출신 의사뿐인 병원에서 그 역시 예외적인 존재였다.

간호전문대학은 의과대학이 생기기 훨씬 전부터 있었고, 최근 의과대학과 동시에 개설된 4년제 간호학과 출신들도 벌써 2기가 배출되었으므로 간호사는 대부분 본교인 J 대학 출신으로 채워졌다. 그러나 대학병원이 되면서 본교생만으로는 간호 인력을 다 채울 수 없자, 해마다 외부에서 조금씩 뽑아 들였는데, 그녀 역시 그렇게 해서 들어온 사람 중의 하나였다.

그래서 둘 다 다수민족에 둘러싸여 설움 받고 고통 받는 소수민족이었고, 둘의 협력은 어쩔 수 없었는데, 그래서 두 사람 사이를 의심하는 사람들까지 생기게 될 정도였다.

또 두 사람 모두 힘든 과거를 가지고 있어서인지 자연히 가치관이나 견해가 비슷했고, 그것 또한 매우 중요한 동질성으로 작용했다. 그러나 꼭 그것뿐만이 아니었고, 사실은 그보다 더 중요한 것이 따로 있었다. 즉, 그와는 상당한 관계로까지 발전되리라는 예감을 하고 있었다.

약속된 다방은 집에서 그리 멀지 않은 곳에 있었다. 주리의 오빠는 이제 울산사람이 다 되어 있었다. 잠시 걸어가면 되는 짧은 거리였는데도 오빠는 그동안 주위 사람들의 인사를 얼마나 많이 받았는지 모른다. 만나는 사람마다 주리를 보고는 무척 미인이라는 인사도 곁들였다. 주리의 아버지는 중풍 기가 있어서 걸음이 시원치 않은데다가 말도 어눌했으므로 일부러 나오지 않았고, 대신 엄마와 오빠하고만 나갔다.

중매쟁이의 사전 설명으로는 남자는 중소기업을 경영하는 사장의 셋째

아들로, 현재 포항에서 공무원으로 근무하고 있으며 서울 Y대 법대를 나왔고, 지금 직장에 다니면서도 줄곧 사법고시 준비를 하는 대단히 유망한 상대라는 이야기였다.

남자의 부친으로 보이는 50대 후반의 남자가 주리 일행을 맞으며 먼저 인사말을 건네었다. 남자는 다소 딱딱한 자세로 앉아 있다가 주리를 보자 갑자기 표정이 밝아지며 그녀를 맞았다. 남자의 모친은 일어서지도 않은 채, 그녀의 일거수일투족을 모조리 다 세심하게 감시하겠다는 듯이 눈도 떼지 않았다.

주리는 선이라는 것을 생전 처음으로 경험하는데다가 자기에게 모두의 시선이 집중하는 것이라서 매우 긴장되었다. 의례적인 인사말이 오갔고, 서로의 직업과 간단한 말이 오간 후에 두 사람만을 남겨둔 채 모두 나가버렸다.

"고향이 서울이라면서예?"

남자는 전형적인 대구 억양이었다. 그녀는 가볍게 고개를 끄덕여주었다.

"참말로 미인이신데, 와 지금꺼지 결혼을 안 했을까예. 내가 복이 너무 많아서 그랬나. 마! 나가십시더. 예서 더 앉아갖꼬오 뭘 하겠씸꺼……. 저녁도 하고요……."

남자는 초면인데 턱도 없는 말을 했다. 그는 신이 난 얼굴로 혼자서 모든 것을 다 결정했고, 의견을 묻는 법도 없었다. 이런 자리에 나온 여자에게는 남자가 응당 그렇게 해야 한다는 듯이, 그는 너무도 일방적이었다. 일어서는 그를 올려다보며 앉은 채로 말했다.

"죄송하지만 오늘은 제가 선약이 있어서요……. 다음에 다시 만났으면 좋겠군요."

남자 어머니의 시선도 무례해서 견딜 수 없었고, 중매쟁이가 그의 학벌과 직장과 장래성에 대해서 너무나 심한 과장을 한다 싶었던 것도 귀에 거슬렸다. 그의 아버지라는 사람 또한 집안자랑과 재산자랑이 여간 아니었다. 그들은 하나같이 현재 고위직에 있는 사람들은 모두가 다 자기네 친척이었고, 사업체도 엄청났으며, 선조 때부터 양반에 토호로만 내려왔다는 식이라서 정나미가 다 떨어질 지경이었다.

"그럼 내일 만날까예? 내일 어디서 만날까예?"

"오빠 편에 말씀 드릴게요. 그럼, 저 먼저 실례해요."

그가 혹시 말을 잘못 알아듣고 귀찮게 따라붙을까 봐 다방을 나오자마자 가까운 거리였음에도 택시를 타버렸다.

부친은 좋은 혼처를 마다한다며 그녀보고 세상을 너무 모르는 탓이라고 속상해 했으나, 오빠는 그녀 편이었다.

"아무려면 도회지에서 직장생활을 몇 년씩이나 하고 있는데, 제 나름대로 생각이 왜 없겠어요?"

그날 밤은 오빠네 집에서 식구들과 함께 지내고, 다음날 오후 늦게 울산에서 출발했다.

그래서 포항에는 오후 5시쯤 도착하였고, 민우는 약속대로 이미 마중 나와 있었다. 그는 손바닥으로 연신 부채질이었고, 만나는 순간부터 먹는 타령이었다.

"배고프진 않아?"

하기야 만나야 힐 유일한 이유로서 그녀는 불쌍한 백성 배불릴 일을 거론했었다.

"어떡헐까? 바다구경이라도 좀 하려면 지금 차를 타야하고. 만약 배가 고프다면 여기서 식사하고 늦게 출발해도 되거든."

"배는 별루 고프지 않구……."

"알았어! 그럼, 잠시 여기 있어. 내 금방 표를 사 올게."

차가 터미널을 벗어나자 금세 해안도로였고, 동해의 신비스러울 정도로 황홀한 풍경이 눈앞에 가득 펼쳐졌다.

차도를 연해 계속 이어지는 바다를 보면서 두 사람은 두서없이 대화를 나누다가 강구에서 내렸는데, 6시가 갓 넘은 시간이라서 여름 해는 아직도 중천에 걸려있었다. 그는 예전에 혜진과 들렀던 비교적 깨끗하고 바다를 면한 횟집으로 그녀를 인도했다.

그녀는 바다 경치가 너무나 좋다며 식탁보다 바다 물가로 먼저 달려가더니만 아이처럼 즐거워했다.

"정말 깨끗하네. 바다 속까지 다 들여다보여. 마셔도 될 것 같아."

그녀는 손바닥으로 물을 한 움큼 떠서 진짜 마실 듯이 입으로 가까이 가져가며 감탄을 했다.

"뭘 시킬까. 회를 좋아하면 회를 시키고, 여기에서는 영덕 게가 유명하지만……."

"아무렇게나 해요. 닥터 리 좋아하는 걸루. 난 아무래도 다 좋으니까."

"그럼, 일단 영덕 대게를 좀 시킬게. 맥주도 해야지?"

일부러 바다가 잘 보이는 쪽으로 그녀를 앉혔다.

미스 정은 배가 고팠던지 부지런히 먹기 시작했다. 조금만 마셔도 얼굴이 붉어지는 그의 술 실력은 여전했으나, 이상하게 바닷가에서 마시면 생각보다 술이 덜 취했다. 미스 정도 분위기 탓인지 맥주를 권하는 대로 사양하지도 않고 곧잘 받아 마셨다.

미스 정이 다시 바닷가로 가보고 싶어 해서 식사가 끝난 후 둘은 다시 물가로 가서 앉았다. 한여름의 해가 얼마나 긴지 아직도 사위가 밝았다.

"갑자기 난 슬퍼지는데…… 닥터 리는 아무렇지도 않죠?"

바다 쪽을 한동안 바라보던 그녀가 난데없는 말을 꺼냈다. 민우는 무슨 뜻인지 몰라 그녀를 멍하니 쳐다보기만 했다.

"이 나이 되도록 애인 하나 없이 겨우 닥터 리에게 처들어와서 망령이잖아요. 사실 나 어제 선 봤어요. 내가 그냥 딱지를 놓고 말았지만……."

그녀는 다소 우울한 얼굴로 민우를 바라보며 말했다.

"오늘 하루만이라두 닥터리라구 말구 민우 씨라고 불러보고 싶네요. 그래도 되죠? 민우 씨? 민우 씨! 아이, 참 어감이 좋네. 이렇게 좋은 이름을 두고 왜 난 만날 닥터 리, 닥터 리 하고만 불렀을까? 호호호."

순간, J대학병원을 그만둘 무렵, 여러 간호사들 앞에서 둘 사이의 관계를 밝혔던 일이 떠올랐다. 그때 그녀는 어떤 생각을 했었을까? 애인처럼 나란히 앉아서 민우 씨, 주리 씨 하다 보니 기분이 이상해졌다. 민우가 J대에서의 일들을 떠올리고 있는데, 갑자기 주리는 화제를 바꾸며 정색을 하고 물었다.

"민우 씬 내년에 확실히 내과를 다시 할 건가? 민우 씨는 내과보다 외과 쪽으로 가는 게 훨씬 더 좋을 것 같은데."

"어째서?"

"생각해보지 않았어요? 내과를 하려면 닥터 유 문제도 있을 거고, 아니 그것보다…… 아무래도 민우 씨는 외과가 더 적성에 맞을 것 같잖아요?"

그녀는 매우 조심스럽게 유 선생 이야기를 꺼냈다. 하지만 그건 그녀의 쓸데없는 배려일 뿐, 피차에 훤히 다 아는 이야기였다. 그랬다. 그녀의 지적처럼 유 선생이 버티고 있는 한, J대 병원 내과는 생각해볼 여지가 많았다.

서울에 있을 때에는 수련을 받고 전문의사가 되어야지 그렇지 않으면 돌팔이밖에 더 되겠나 싶어서 수련은 선택이 아닌 필수사항으로 믿고 있었다. 그러나 막상 시골에 와서 몇 달을 지내보니 그것만도 아니라는 생각이 들었다. 전문의사 자격이라는 것이 무슨 별스럽고 대단한 것도 아니라는 것을 깨달았기 때문이다. 그렇다면 까짓 거 수련을 안 받으면 그만이지 하는 생각도 했었다.

하지만 미스 정의 이야기 끝에 다시 생각해보니, 모든 것을 다 떠나서 여하간 수련은 마쳐야 할 것이라는 새삼스러운 생각과 함께 갑자기 마음이 심란해졌다.

그녀가 다시 물었다.

"개업할 생각은 전혀 없어요?"

"개업?"

"내 생각으로는 민우 씨는 사실 개업하는 게 수련 받는 것보다 훨씬 더 현실적일 것 같은데……."

일단 민우 씨, 주리 씨 하고 칭호를 바꾸자, 그는 그녀가 간호사와 의사의 관계가 아닌 마치 다정한 친구 사이처럼 느껴지기 시작했고, 그래서인지 지극히 개인적인 자신의 이야기를 그녀가 거리낌 없이 거론하고 있음에도 불구하고, 언짢다거나 기분 나쁘다는 생각이 전혀 없었다.

"어째서?"

"글쎄…… 어떻게 설명해야 할까? 서로 생각이 조금씩 다르긴 하겠지만…… 무엇보다…… 간단한 속담 하나로 말을 줄일 수도 있죠. 그게 뭐냐 하면요……. 참, 민우 씬 정말로 고아세요?"

그녀는 갑자기 말을 더듬더니 난데없이 고아냐는 확인 질문을 했다.

"이미 다 말했잖아. 그런데 그건 그렇고 그 속담이 뭔데?"

"기분 나빠할까 봐."

"아냐, 상관없어. 말해 봐."

"왜, 똑똑하고 잘났다는 말이 있잖아요?"

사실 그녀만큼 그에 대해서 잘 아는 사람이 혜진이 말고 또 있을까? 아니 오히려 어떤 의미에서는 그녀가 혜진이보다 훨씬 더 정확하게 그를 파악하고 있을지 몰랐다.

　"있지. 그런데?"

　"생각해봐요. 돈이나 권력이나, 여하간 사회적 지위가 동반되지 않고 똑똑하고 잘난 사람이 세상에 어디 있겠는지? 그렇지 않고 사람만 잘났다고 해봐요. 그건 사기꾼일 거잖아? 안 그래요? 그래서 사람 나고 돈 났지만, 돈이 사람보다 먼저라는 말이 있잖아요?"

　"그게 나하고 무슨 상관이 있다는 거지?"

　"민우 씨는 하루라도 빨리 경제적으로 자립도 해야 하구, 가정도 이루어야 하잖아요? 전문의가 아니라 해도 개업해서 환자 보는 데 무슨 지장 있나요? 의사로서 기본적인 품성이나 다소간의 경험이 필요할 뿐이지..."

　"기본적인 품성이나 다소간의 경험?"

　"그렇죠. 시설 좋고 똑똑한 전문의가 수두룩한 대학병원에서도 수없이 죽어나가는데, 개인병원에서 환자들을 다 낫게 해주겠어요? 그렇잖아요? 자기 능력껏 성실하게 보아줄 기본적 품성과 경험만 있으면 되는 거란 말이죠."

　"주리 씬 어떻게 그렇게 잘 아는 거야?"

　"그럴만한 이유가 있어요. 그러니까 신중하게 잘 생각해봐요. 그리구 내가 민우 씨라면 난 벌써 개업했을 거예요. 일찍 가족두 언구 말이죠."

　"개업을 아무나 할 수 있는 건 아니잖아? 우선 난 돈도 없고."

　"그것보담…… 그럴 마음이 없거나 용기가 없는 게 더 문제가 아닐까요? 개업을 어떻게 자기 돈으로만 시작할 수 있겠어요?"

　"그럼. 어떻게? 주리 씨가 빌려주기라도 하겠다는 말이야?"

"어디 돈뿐이겠어요? 민우 씨가 개업하겠다면 자리 구하는 것부터 운영까지 죄다 다 해드리죠. 이건 농담이 아니고 진짜예요."

"어떻게? 어떻게 그럴 수 있지? 정말 자신 있는 거야?"

"개인병원에서 오래 있었다구 했잖아요? 개업이 뭐 별 건줄 아세요? 처음에는 청진기 하나와 주사기만 있어도 되는 거예요."

"하지만 난 개업보다는 수련을 받고 정상적인 과정으로 나가고 싶어."

"그럼, 빨리빨리 결정해서 알아봐야죠."

갑자기 그녀가 동년배라기보다 훨씬 연장자처럼 느껴졌다.

"주리 씨! 주리 씨는 왜 그렇게 날 도우려 하는 거야?"

"도와주고 싶어서지, 왜가 어디 있겠어요? 미안해요. 민우 씨. 오해하지 말고 들어주면 좋겠어요. 난 늘 민우 씨에게 해주고 싶은 말이 딱 한 가지 있었어요. 그게 뭔 줄 아세요?"

그녀는 잠시 민우를 건너다보며 눈치를 살피듯 망설였다.

"괜찮아. 말해봐."

" 그럼, 오해하지 말고 들으세요. 민우 씨는 세상을 조금 더 적극적으로 살려고 했으면 좋겠어요. 그렇게 하면 민우 씨는 완전 100점 만점인데 ……내 생각이 조금은 단편적일 수도 있겠지만 여하튼 그런 생각이 들어요. 물론 그건 성격이라기보다 그 동안의 어떤 환경에서 비롯된 오랜 습관일 수도 있겠죠. 하지만 어쨌거나 타인에게 그런 이미지를 준다는 것은 그다지 바람직한 것은 아니라고 생각해요. 노력이 필요하다고 생각해요. 그리고 민우 씨는 너무 자기 외로움을 못 견디는 것 같아요. 그렇죠?"

민우는 그녀의 말에 동의도, 별다른 항변도 없이, 바다에 눈길을 준채 묵묵히 앉아있기만 했다. 사위가 완전히 어둠 속에 잠기고 있었다. 어두운 바다에 똑같이 시선을 주고 있던 주리가 민우를 건너다보며 은근하게 물었다.

"닥터 리! 아니 참, 민우 씨! 여자에게 배반당한 적이 있죠?"

그는 하늘의 별들을 올려다보며 고개만 끄덕였다.

술을 다시 더 시키자, 주인 여자는 그들에게 여기에서 자고 갈 거냐고 물었다. 차도 없이 늦은 시간까지 젊은 남녀가 술을 마셔대는 품을 아마 넘겨 집고 하는 말일 것이었다. 그가 주리를 보며 씩 웃어 보이고는 곧 갈 거라고 말하자, 주인 여자는 알았다는 듯이 고개만 끄덕이며 앞마당 쪽으로 건너가 버렸다.

둘은 택시로 민우의 숙소로 왔다. 민우는 주리를 숙소에 있는 욕실에 들게 하고는 혜진의 병실을 찾아갔다. 밤 11시가 넘었는데도 혜진은 아직 자지 않고 있었다.

"식사는?"

"응, 아까 7시경에…… 안 와두 되는데……. 손님은 어떡허구?"

"숙소에. 참 한번 만나볼 테야? 미스 정은 혜진을 만났으면 하던데."

"왜?"

"모르지. 수술했다니깐 괜히 그런 것 같아. 미스 정이 오고 싶다면 데려와도 돼?"

"아무렇게나."

숙소로 돌아가 보니 미스 정은 욕실에서 나와 마루에 혼자 앉아 있었다. 그녀를 곁방으로 데리고 가서 자리를 보아준 후 다시 혜진에게 왔다. 주리 편에서 밤늦게 환자를 찾아가기가 무엇하다며 내일 아침에 들르겠다고 해서였다.

"민우 씨! 나, 내일 새벽에 축산 바다에 갈 수 있을까? 천천히 걸을 수는 있겠는데……. 마을 앞까지 택시로 가면 되겠지?"

"무리할 필욘 없잖아?"

"내일 아침에 셋이서 해안구경 하구서 강구 가서 게 먹을까?"

"아참! 혜진이 준다고 미스 정이 게 사왔는데……."

"에이! 집도 아니고 그딴 걸 병실에서 어떻게 먹어. 그건 여기 간호사들 주고 아침에 그리루 가서 먹자. 손님 접대로 내가 살게."

"혜진이만 좋다면야."

"그럼 그렇게 전해줘. 부탁이야. 며칠 간 병실에만 틀어박혀 있었더니 갑갑해서 죽을 지경이야!"

"알았어."

"근데 아까 뭘 보여주겠다고 하더니?"

"응, 그냥 왔네? 가서 금방 가져올게."

궁금해하는 그녀를 두고서 지난번 불국사에서 찍은 사진을 가지러 숙소로 왔다. 아침에 우편으로 도착한 것인데, 여러 사람의 눈도 있는데다가 주리를 마중하러 가느라고 시간이 없었으므로 아직 뜯어보지도 못한 채 숙소에 두었었다. 미스 정은 욕실에 있었다.

"주리 씨! 나 상관 말고 방에 들어가서 눈을 조금 붙여요. 낼 새벽 일찍 바다구경 시켜줄게요!"

"알았어요오."

그녀의 목소리가 습기를 담고 다정하게 들려왔다. 병실로 돌아와 보니 혜진은 연신 하품을 하면서도 침대에 무릎을 세우고 앉아 그를 기다리고 있었다. 그녀는 그가 아직 개봉도 하지 않고 봉투째 내미는 것을 보고는 적이 만족스런 눈빛이었다.

사진들은 하나같이 연인이 아니면 신혼부부였다. 직업적인 사진사가 찍었기 때문이겠지만, 스무 장도 넘는 사진들이 모두 기차게 다 잘 찍힌 것들 뿐이었다. 둥그스름한 혜진의 얼굴이 익은 사과처럼 싱싱했고, 그의 모습도 실물보다 훨씬 더 훌륭했다. 한동안 사진들을 보던 혜진은 무엇을 생각했던지 봉투를 뒤져서 필름을 확인하더니만, 봉투째 자기 엉덩이 밑에다가 감추어 버렸다.

"설마?…… 혼자 다 가지려는 건 아니겠지?"

"안 돼. 내가 갖고 있을래."

"그렇지만 내게도 한 장쯤은 있어야 하잖아?"

그녀는 마지못한 듯 한참 만에 사진 한 장을 겨우 골라 들더니만, 그에게 건네주며 말했다.

"나머지는 안 돼."

병원 회복실 침대에서 잠을 깬 민우는 여명도 되기 전에 큰기침하면서 자기 숙소로 들어갔다.

숙소에는 손님방이 따로 있어서 민우는 자기 방을 그대로 사용할 수 있었지만, 혜진에게 오해를 주지 않고 주리도 편히 쉬게 할 겸 일부러 병원 회복실에서 따로 잠을 잤었다. 주리와 함께 나와 보니 혜진은 환자복이 아닌 평상복으로 갈아입고서 벌써 병원 현관 앞에 나와 있었다.

현관 불빛 아래에서 두 여자는 서로를 마주보고 섰다.

"안녕하세요? 처음 뵙겠습니다. 정주리라구 해요. 닥터 리는 행운아시네요. 이렇게 멋진 분인 줄 몰랐는데……"

"안녕하세요. 전 한혜진이라구 해요. 주리 씨 너무 미인이시네요."

둘은 상대방을 한동안 서로 살펴보듯 바라보았다. 그 바람에 민우가 깜짝 놀라서 물었다.

"서로 아는 사이야?"

그러나 두 여자는 동시에 나란히 고개를 저었다.

자기는 택시를 타고 먼저 마을 앞까지 갈 테니 둘은 숲길을 걸어서 오라며 한사코 혜진이가 고집을 부렸지만, 셋이서 함께 차를 타고 갔다. 그들은 벼랑바위에서 한 시간가량 머무르다가 다시 강구로 갔다.

두 여자 모두 별로 말이 없었다. 너무 어색한 침묵이 계속되었으므로 결국 민우가 우스갯소리를 해서 두 여자의 웃음을 벌어내야 했다. 그러나 그것만으로는 아무래도 역부족이었다.

식사 후 그들은 식당 뒤 바닷가에서 잠시 시간을 보내다가 주리는 그곳에서 곧바로 포항으로 갔고, 둘은 다시 병원으로 돌아왔다.

6. 무적과

주리가 왔다 간 다음 날인 월요일 아침, 혜진도 퇴원해서 축산 자기 외가로 가버렸다. 혜진이가 가버리고 나자, 병원은 마치 아무도 없이 텅 빈 듯 황량하기만 했다.

그녀가 쓰던 병실 창문은 모조리 활짝 다 열려있었고, 말끔히 내부 청소까지 되어 있어서 이제 더 이상 그녀의 체취나 흔적조차 찾아볼 수 없었다.

알맹이는 다 빠져나가 버리고 병원 전체가 휑하니 빈껍데기만 스산하게 남아 있는 기분이었다.

그런 그녀는 다음 날 거의 병원 마감 시간이 되어서야 다시 찾아왔다. 그녀는 벌써 철 이른 화사한 가을 옷을 입고 있었는데, 화장 덕분인지 약간 수척해 뵈는 얼굴만 빼면 어디에서도 환자티를 찾아볼 수 없었다. 그러나 걸음걸이만은 아무래도 쉽지 않은 모양으로 다소 어기적거리며 걸었다.

"아직도 많이 아파?"

"아니, 별부……. 설을 때 약간씩 땅겨서 그래. 하지만 이젠 아무렇지도 않아."

그녀는 활짝 웃으며 그를 쳐다보았다.

"그럼, 우리 지금 강구 나가서 저녁이나 할까?"

"아냐, 오늘은 그냥 갈래. 할 게 너무 많아. 그동안 너무 오래 누워 있었나 봐."

"그럼…… 벌써 작업을 시작한 거야? 아직 무리하면 안 될 텐데……."

"응, 그래도 하는 수 없어. 할 게 너무 많거든."

"하지만 커피 한 잔은 하고 갈 수 있겠지?"

"커피?"

"응, 혜진이가 함께 있다가 가버리니까 영 허전하네."

"피이!"

진찰실 옆방인 회복실에 그녀를 앉혀두고 잠시 기다리게 했는데, 그날따라 문을 닫을 시간이 지났는데도 계속해서 환자가 왔다.

바쁜 마음에 번갯불에 콩 볶아 먹듯이 한창 열심히 진료 중인데, 그녀가 진찰실 문을 빠끔히 열고 고개를 들이밀더니만 '괜히 그럴 필요 없잖아? 자기 바쁘니까, 나, 그냥 갈래.'하고 말하며 돌아섰다.

"그럼, 택시나 불러줄게."

진찰 중인 환자에게 잠시 양해를 구하고 복도로 나왔다.

"참, 서울은 언제 가는 거야?"

그녀는 잠시 생각해보더니 오히려 그에게 반문했다.

"근데 나 앞으로 얼마나 더 치료를 받아야 해?"

"한 이삼일?"

"그럼 됐네, 뭐……. 이번 주말에는 가야 하거든."

그는 그렇게 말하는 그녀에게서 오래도록 눈길을 거두지 못했다.

"왜 그래?"

"마음이 심란해지고…… 섭섭해서."

그녀는 다음 날 또 치료를 받으러 왔다. 그러고는 헤어지기 두려워하는 그에게 자기 외삼촌이 고맙다는 표시로 내일 저녁 외가에서 저녁이나 함께 하자고 한다며 괜찮겠느냐는 반가운 전갈을 알렸다.

그래서 다음 날은 일부러 혜진더러 진료 끝날 시간에 오도록 일렀고, 병원이 끝나자마자 둘은 함께 택시를 타고 축산으로 갔다.

쓸 만한 선물을 마련하자면 아무래도 포항을 다녀오는 것이 좋을 일이었으나, 시간적 여유가 없었으므로 점심시간을 이용해서 택시로 Y 읍을 다녀왔다.

시간도 촉박하고 가게들도 그만그만해서 선물을 고르기도 어려웠다. 간단히 그녀의 외숙모는 화장품, 여동생들에게는 손지갑을 샀다. 그녀의 외숙 몫으로는 얼마 전 선물로 받은 양주 한 병을 꺼내 들었다.

별것 아니지만, 선물 보따리까지 챙겨 들고 그녀의 외가를 가게 되니, 어떻게 보면 새신랑으로서 처가를 찾아가는 듯해서 여간 야릇한 기분이었고, 쑥스러웠다.

그녀의 외가는 동네의 다른 집들과 한눈에 대비될 만큼 규모 있고 오래된 기와 한옥이었는데, 집안에 갖가지 화초와 유실수가 들어찬 넓은 정원이 있었고, 지금은 퇴락해 보이지만 한때는 상당한 가세였으리라는 것을 짐작해보기 어렵지 않았다. 갑자기 전혀 상관도 없을, 어렸을 때에 단 한 번 들어가 보았던 별이네 집이 생각났다.

여름밤이라서 마당이 시원하고 편할 터인데도 격식을 차리느라 그랬는지 대청에 상이 준비되어 있었다. 다른 사람과는 모두 구면이었지만, 막내딸인 우경은 그때 처음 보았는데, 혜진과 제일 많이 닮은 듯했다.

격식대로 간단한 인사가 오갔고, 가져온 선물과 차린 음식에 대해서 상호 치사를 하고 술을 곁들여 식사를 하기 시작했다.

식사가 끝난 후 마당으로 내려와 정원에 가득 찬 꽃들을 보며 그녀의 외숙과 요사이 신문에 난 기삿거리에 대해서 이런저런 두서없는 이야기를 나누다가 차가 준비되었다는 전갈에 다시 대청으로 올라갔다.

바둑이나 장기를 좋아하느냐는 그녀의 외숙 말에 자신 없어 하자, 호기

심에 차서 줄곧 그를 지켜보고 있던 막내 우경이가 정말 잘되었다는 듯이 눈을 빛내며 말했다.

"의사선생님! 그럼 우리 놀이해요. 지는 사람이 팔뚝 맞기인데요……."

"손님에게 매를 맞추겠다고?"

마리아의 말리는 말에도 맹랑한 꼬마 아가씨는 물러서지 않았다.

"뭐 어때? 재미로 하는 건데, 뭐."

혜진과 우경만 남겨두고 외숙모와 우진은 설거지를 하러 부엌으로 나갔고, 외숙도 슬그머니 밖으로 나가버렸다.

"우리 언니가 뭘 그리고 있는지 보실래요?"

마리아가 들어와야 놀이를 시작할 모양인지, 우경은 그에게 혜진의 그림부터 구경시키려고 했다.

"얘는? 제 그림도 아니면서……. 민우 씨 그게 아니라 아직 미완성이라서……."

솔직히 혜진의 그림을 아직 본 일이 없어 몹시 궁금하기도 했다. 우경이 하는 대로 두고 보았다.

그제야 갑자기 눈에 들어와서 자세히 살펴보니 안쪽 벽면에 뒤집어 기대 놓은 것들이 모두 다 이젤이었다.

우경이 이젤을 뒤집자, 곧바로 그림이 나타났다. 축산 바다였다. 해바라기를 하고 있는 그를 그린 듯했다. 매우 큰 그림이었고, 아주 세밀하게 그려져 있어서 귀에 익은 갈매기 소리가 날 것 같은 실감 나는 그림이었다.

"지금쯤 다 완성할 수 있었을 건데……."

혜진은 몹시 아쉬워하는 표정이었으나, 그의 눈으로는 사진 이상으로 완벽한 완성품이었다. 우경은 그 그림 말고도 벽에 세워둔 그림들을 마치 제가 그린 양 하나씩 꺼내 민우 앞에 자랑스럽게 펼쳐 보이기 시작했다.

"야! 그만 두지 못하겠니?

이제 겨우 연필과 엷은 색깔로 스케치만 되어 있는 그림들과 아직 형편 없이 미완성인 채로 남아 있는 그림들까지 들추어 내보이자, 마침내 혜진이 가 제지하고 나섰다. 때마침 과일을 준비해서 외숙모와 마리아가 부엌에서 들어왔으므로 그들은 곧 자리로 돌아왔다.

조금 떨어진 곳에서 그림을 바라보자 더욱 실감 나게 보였다. 그림은 역 시 다소 떨어져서 보아야 하는 모양이었다.

우경이가 졸라댔으므로 과일을 먹으면서 그녀가 가르쳐주는 대로 게임 을 한 차례 하다가 나중에 카드로 홀라를 했다. 매번 승부를 정하다가 각 기 11판씩 돌아갈 때까지 합산하기도 했다. 또 처음에는 각자 하다가 나중 에는 우경과 그가 한편이 되고 마리아와 혜진이 다른 한편이 되어서 편을 갈라 하기도 했다. 승부가 1승 1패로 재미있게 진행되었지만, 어느새 밤 11 시가 다 된 시간이라서 아쉽게 일어섰다.

"의사선생님! 또 오셔요. 네, 네? 알겠죠? 카드놀이 너무 너무 재밋어요."

우경은 얼마나 즐거웠던지 자리에서 일어서는 그의 허리를 붙잡으며 그 렇게 부탁하듯 몇 번씩 졸라댔다.

그 후 그녀는 치료를 받으러 이틀을 더 왔다. 그리고 다시 이틀간은 아 무런 소식도 없이 지내다가 금요일 낮에 전화가 왔다. 그더러 저녁때 강구 식당으로 나오라는 이야기였다.

그가 도착해보자 그녀는 벌써 자기 사촌들과 함께 와서 그를 기다리고 있었다. 커다란 대게에 농어까지 시켰으므로 넷이서 실컷 먹어도 음식이 남을 정도로 푸짐했다. 이젠 괜찮다며 그가 자꾸 권하는 바람에 혜진도 수술 후이긴 하지만 맥주를 한두 컵 받아 마셨다. 최근에 술이 부쩍 늘었는지 민우는 맥주를 세 병이나 마시고도 끄떡없었다.

　식사 후 우진과 우경은 약속이나 한 듯 물가로 가버렸고, 그들 둘만 남게 되었다. 그는 자기 컵에 연달아서 스스로 술을 채웠다.

　그녀는 동생들의 눈치를 보느라 여간 신경을 쓰는 게 아니었다. 그러나 다행히 동생들은 멀리 있었다. 그가 팔을 뻗어 그녀의 손을 잡았다. 언제 만져보아도 따스하고 복스러운 손이었다.

　"내일 일찍 출발할 거지? 토요일이라서…… 12시쯤에만 출발한다면 포항까지 배웅해줄 수 있는데……. 혜진이 서울 간다니까 갑자기 나도 서울 한번 가보고 싶네……."

　서울을 한번 가보고 싶던 차, 갑자기 말끝에 지난번 주리의 충고가 퍼뜩 떠올랐다. 이 기회에 J대 병원 외과 과장을 만나보는 게 좋지 않을까? 혜진과 함께 여행도 할겸……. 얼마 전 경주에서의 일이 다시금 야릇한 흥분을 몰고 다가왔다.

　"나도 낼 서울에 한번 가볼까? 사실 필요한 일이 있거든. 이럴 줄 알았으면…… 병원에 미리 말해두었어야 했는데 말야……. 하긴 언제 말하나 마찬가지긴 한데……."

　수련 문제 때문에 J 대학병원을 가보아야겠다는 말을 꺼내자, 정 수녀와 육 선생 모두 쾌히 승낙을 해주었다.

　"외과 과장님만 잠시 만나면 되는 거니까요……. 오전에 일 보고 출발하면……늦어도 내일 밤 안으로 도착할 수 있을 겁니다."

　본당 신부에게 최종 허락을 받겠다며 사제관으로 간 정 수녀는 잠시 후 신부와 함께 와서 그에게 봉투를 쥐어 주며 말했다.

　"휴가도 없이 고생 많으셨는데, 그렇지 않아도 보너스를 드리려고 했어요."

갑자기 휴가를 요청한 것도 미안한데, 돈까지 받고 보니 얼마나 미안한지 몰랐다. 더구나 평생 처음 받아보는 휴가비라니! 인턴 때는 피교육생이라며 돈은커녕 휴가라는 단어조차 없었다.

오전 진료가 끝날 즈음, 혜진이가 짐을 싣고 택시로 병원으로 왔고, 민우는 곧장 그 차에 함께 타고 H 면을 출발했다. 포항에는 2시가 조금 넘은 시간에 도착했으나, 서울행 고속버스표는 이미 동나고 없었다. 그렇다면 기차역도 가보나마나 똑같을 게 뻔했고, 경주나 대구로 가서 경부선 열차 편이나 버스 편을 알아보는 게 순서였다.

그러나 경주에서도 당일 출발하는 버스나 기차표를 구할 수 없기는 매한가지였다. 하는 수 없이 다음 날 아침에 출발하는 기차표를 예매한 둘은 역 근처 관광호텔에 짐을 넣어두고 늦은 점심을 했다. 그러고는 역에서 가까운 '불무사'라는 절 근처로 갔다.

그녀의 걸음걸이가 아직 불편했으므로 절만 잠시 돌아본 후 곧바로 근처 커피숍으로 들어갔다. 확 트인 시내 대로 쪽을 바라보고 둘은 나란히 붙어 앉았다.

그녀는 한동안 말없이 앉아 있다가 그에게 앞으로 어떻게 할 것인지 조심스럽게 물었다. 민우는 곤혹스러운 표정으로 무겁게 입을 열었다.

"이번에 서울 가는 이유도 바로 그 때문인데……. 지난번에 이야기했던 대로 유 선생과 나는 감정 때문에 함께 근무하기 어려울 거야. 그리고 시골 있어 보니 내과보다 외과 쪽을 하고 싶어졌어. 엊그제 미스 정도 그런 말을 해주던데 말야……. 그래서 외과 과장을 한번 만나보려 하는 거야. 일단 그의 말을 들어보아야겠지……. 만약 내년에 J 대학병원에 못 들어간다면 서울에 있는 다른 병원에 자리가 있는지 알아보아야 할 거야. 것도 안 되면…… 다시 생각해봐야 할 거고……. 아무튼 시골엔 내년 2월 중순까지만 있을 거야."

경주에서 아침 일찍 출발했지만, 그들이 서울역에 도착했을 때는 어느새 오후 3시쯤이었다. 무거운 가방이 두 개나 되었고, 수술 후가 돼서 걷기조차 불편해했으므로 반포 아파트까지 들어다 주겠다고 했으나, 그녀는 고집을 부리며 완강하게 거절했다. 하는 수 없이 택시에 가방만 실어주고 보냈다.

물론 둘 사이에는 그날 저녁 7시쯤 서울역 그릴에서 다시 만나자는 약속이 있었다.

혜진과 헤어지고 나니 당장 할 일도 갈 곳도 없었다. 누구 특별히 약속해둔 사람도 없을뿐더러 일요일이라서 병원을 가보아야 필요한 사람들을 만날 수도 없을 것이었다.

최소한 내일 낮차는 타야 밤 안에 포항에 도착할 것이다. 그렇다면 결국 과장들을 만나보려면 내일 아침 시간밖에 없었다.

그렇다면 주리는? J대 병원으로 전화했더니 그녀는 마침 오늘 밤 듀티라는 것이었다.

그렇다면…… 혜진과 헤어지면 J대 병원으로 주리를 찾아가서…… 번거롭게 여관과 병원을 오가며 숙박비, 교통비 들이느니 아예 병원 적당한 곳에 빌붙어서 몇 시간만 보낸 후…… 다음 날 아침 과장들을 만나보고 내려가면 되는 거네. 낮에 혜진을 한 번 더 만나볼 수 있으면 더 좋고……. 아귀가 척척 맞아떨어졌다.

그런데…… 다시 생각해보니 그게 또 아니었다. 이제는 새 인턴들이 기거하는 인턴 숙소에 빌붙을 수도 없을 거니와, 비어 있는 병실이 반드시 있어야 하는데, 아니라면 낭패였다. 그렇다면 아예 여관을 잡아두는 것이 좋을 일이었다.

거추장스럽기는 했으나, 어떻게 될지 몰라 가방을 든 채로 시간을 때우려고 세종로 쪽으로 슬슬 걷기 시작했다.

서울에는 사람도 많고 점포도 많았다. 길을 걸으며 만약 의사가 안 되었더라면 지금쯤 어떻게 살고 있을까 하는 다소 엉뚱한 생각을 해보았다. 아무래도 가정이 제일 급선무일 거니까 지금쯤 최소한 결혼은 하지 않았을까 싶었다. 그렇다면 아무리 단칸방에서 어렵사리 살아간다 쳐도 최소한 가족은 있을 것이었다. 아니라면…… 또 혹시 운이 좋아 돈을 잔뜩 벌어놓고 거들먹거리며 살지도 모를 일이고.

음식 배달을 가는지 그의 나이 또래 청년 하나가 한 손에 철가방을 든 채 바쁘게 곁을 지나쳐 갔다. 저 사람은 가족이 있을까? 저 사람의 걱정은 무엇일까? 수련이라거나 공부 따위에는 콧방귀도 뀌지 않을 것이다. 주리가 말했듯이 세상에는 공부만 있는 게 아니고 결국 경제력이 관건이니까. 주리 말대로 돈도 없이 똑똑하다는 것은 곧 사기꾼이라는 말은 그도 확실히 동의할 수 있었다.

걷다 보니 어느새 청진동 음식점 골목이 나왔다. 오랜만에 서울거리를 걸었기 때문인지 몹시 피곤하기도 했고, 구수한 음식냄새에 참을 수 없이 시장기가 났다. 혜진과 열차에서 점심으로 가락국수 한 그릇 먹었을 뿐 여태껏 배를 쫄쫄 굶었다는 것이 생각났다.

음식점들은 고만고만해서 특별히 골라 들 필요도 없었다. 눈앞에 보이는 데로 아무 데나 들어가서 비좁은 간이의자에 엉덩이를 걸치고 앉았다. 눈과 코로 먼저 음식을 만나고 보자, 피곤하고 배고픈 느낌이 더욱 심하게 다가왔다.

60세 정도나 되었을까, 늙고 초라한 거지꼴 행색의 칼갈이 노인 한 사람이 건너편 탁자에서 국밥을 훌훌거리며 열심히 먹고 있다가, 그를 쳐다보는 것이 눈에 들어왔다. 너무도 지치고 초라한 모습이었다. 배가 얼마나 고팠으면 저렇게 뜨거운 줄도 모르고 급하게 먹을까? 노인의 처지가 너무나 꼴사납고 딱하게 보였다.

가족도, 돈도 없겠지. 순간, 그는 자신도 똑같은 처지라는 것이 금세 깨달아졌다. 다만 나이가 젊고, 대학을 나왔다는 것이 다르다면 다를 뿐……

고달픈 생각 속에서도 그는 국밥 한 그릇을 깨끗이 비워냈다. 그러나 배가 부르자 만사가 다 귀찮고, 잠이나 한숨 자고 싶었다.

식당 여자에게 근처에 깨끗한 여관이 있는지 물었더니 한 골목을 더 가면 온통 여관골목임을 가르쳐주었다.

여관골목에 이른 그는 주위를 두리번거리다가 잠시 생각에 빠졌다. 내일 내려가면 당분간 혜진을 볼 수 없을 거라서 오늘 밤 함께 지냈으면 싶고 그러자면 아무래도 여관보다 호텔이 낫지 않을까 하는 생각 때문이었다. 사실 여관이나 호텔이나 그에게는 그게 그거였지만, 혜진은 그런 점에서 아주 민감해했다.

어느 호텔이 좋을까 잠시 생각해보다가 명동 입구 중급 호텔을 떠올렸다. 인턴으로 근무하던 지난해 연말쯤, 늦게까지 동료들과 술을 마시던 끝에 통금 때문에 어쩔 수 없이 그 호텔로 들었는데, 방값도 터무니없이 비싸지 않으면서 괜찮았기 때문이다.

시계를 보았다. 어느새 6시 15분 전이었다. 아무래도 혜진을 끌고 이리저리 방 잡으러 다니기도 멋쩍을 일이고, 가방을 번거롭게 들고 다니며 굳이 촌놈 행세를 낼 필요도 없었다. 호텔에다 방을 얻어두고 겨우 가방만 들여넣은 채 혜진을 만나러 갔다.

얼추 그가 도착한 시간은 예상보다 빠른 7시 15분 전이었는데, 혜진은 아직 보이지 않았다. 주리의 근무시간을 한 번 더 확인해보고자 J대 병원으로 전화를 걸었다. 누군가 알만한 목소리가 전화를 받으면서 미스 정은 야간근무라서 아직 출근하지 않았다는 것이었다.

몇 시쯤이 좋을까? 주리는 야근이라서 밤 9시 이후 만날 수 있을 것이다. 만약 혜진과 함께 밤을 지낼 거라면? 오늘 밤에 만나러 갈 순 없을 거고. 그렇다면 과장들을 만나기 전 새벽 시간에 잠시 만나든지, 아니면 낮에 차분하게 만나야 할 것이었다.

혜진은 자기 아빠를 기다리다가 늦었다며 30분이나 지각했다. 둘 다 비프스테이크를 시켰는데, 그녀는 이상하게도 고기를 안 먹겠다는 투정도 안 하고 잘도 먹었다.

"많이 먹어. 수술 후에는 단백질 공급을 잘해야 하거든……."

"그러다가 아줌마들처럼 살이 찌면 어떡해?"

"혜진은 살 안 찔 거야."

"피이! 그런 게 어딨어?"

"체질이라는 게 있거든. 자기 엄말 보지 못했으니까 뭐라고 말할 순 없지만 말야……. 어쨌든 혜진은 살이 안 찔 거야. 참, 식구들은 다 만나본 거야?"

수술까지 받고 왔으니 식구들의 안부 말이 있었을 법한데도 그녀는 갑자기 말머리를 돌려버렸다.

"참! 내일 가야 한댔지? 몇 시쯤 출발할 거야?"

"과장들을 만나봐야 하니까……. 여기에서 늦어지면 포항에서 잘 셈 치고 밤차를 타야지, 뭐……."

식사 후 둘은 일단 명동 그 호텔로 옮겨갔다. 자기 집으로 전화해보겠다면서 방을 나갔던 그녀는 한참 만에 그의 속내의 두 벌과 로션 등 남성용

화장품을 사왔다.

"민우 씨 불편할까 봐."

그녀가 선물하는 이유였다.

"그럼 정말 불편하지 않게 하나만 더 부탁해볼까? 오늘 밤 여기서 지내고 내일 아침에 가면 안 돼?"

"그러지 뭐. 이따 집에 다시 전화해보고. 나, 먼저 샤워 할게. 종일 차에서 시달렸더니 갑갑해 죽겠네."

예상과 달리 그녀는 순순히 응낙했다. 그리고 그녀는 이미 그럴 요량이었던지 잠자리 준비가 틀림없을 비닐 백을 들고 욕실로 들어갔다.

그날 밤도 둘은 이런저런 이야기를 하며 자지 않고 거의 밤을 새웠다. 전날 밤 경주에서도 밤을 새웠으나 다행히 기차에서 벌충했으므로 그렇게 피곤하지는 않았다. 오히려 밤이 너무 짧다는 생각뿐이었다.

이튿날 아침, 그녀는 그에게 자기 집 전화번호와 주소를 적은 쪽지를 건네준 후 학교로 바로 갔고, 그도 출근 시간에 맞추어서 J대 병원으로 갔다.

그러나 가는 날이 장날이라고 하필이면 외과 과장은 학회에 가버리고 없었고, 내과 과장은 늦은 휴가를 즐기는 중이어서 누구도 만나볼 수 없었다. 물론 이런 헛걸음을 하지 않으려면 간호사들에게라도 미리 전화해보고 왔어야 했는데, 혜진과 헤어지기 싫어서 졸지에 따라나섰던 것이 문제였다.

뭔가 일이 잘 안 풀릴 징조는 아닌가 하는 언짢은 예감이 들기도 했고, 막연한 느낌이긴 하지만 혹시 이제는 J대 병원과는 영영 인연의 고리가 끊기게 되는 건 아닌가 하는 불길한 생각에 외래를 나와 병실로 올라가는데, 갑자기 으스스 몸이 떨렸다.

주리와는 혜진과 헤어진 직후에 통화를 했었는데, 시내에서 11시쯤 만나서 점심을 하기로 약속이 되어 있었으므로 사실은 병실에 들를 필요조차 없었다. 하지만 모처럼 올라왔는데 그냥 갈 수도 없었고, 당연히 병실 분위기를 살펴봐야 할 것이었다.

하지만 그것은 그의 크나큰 실수였다. J 대학 첫 졸업생인 인턴이나 새로운 식구일까, 병실도 그대로이고 간호사들도, 의사도 다 그대로인데, 유 선생을 포함해서 병동 식구 전체가 모두들 약속이나 한 듯 그를 멀거니 한 번 쳐다보더니 전혀 모르는 사람 대하듯 눈인사조차 없이 눈길을 돌려버리는 것이었다.

세상에! 물건 팔러온 잡상인에게도 이처럼 쌀쌀맞은 응대는 하지 않을 것이었다. 누구에게 말 한마디 붙여보지도 못하고 철저하게 무시당한 채 병실에 들렀던 것을 수없이 후회하면서 병원 문을 나섰다.

세상이란 참으로 얼마나 철저하게 이해타산으로만 이루어지는 것인가? 슬프기도 노엽기도 했고, 갑자기 알 수 없는 복수심이 일었다. 비단 몇몇 사람뿐만 아니라 세상 전체가 다 싫고 미워졌다.

주리와 약속시각은 한참이나 남아 있었으나, 그렇다고 들를 만한 데도 없었고 그 오만방자하고 인정머리 없는 병실 근무자들이 있는 J대 병원을 한시라도 빨리 벗어나고 싶었던 나머지 곧바로 약속장소로 발길을 옮겼다.

약속장소에 일찌감치 도착한 그는 커피를 무슨 독약 마시듯이 뚝딱 마시고 나서 목이 아픈 줄도 모르고 줄담배를 피우면서 죄도 없는 성냥개비만 잔뜩 부러뜨려 재떨이를 수북하게 채워놓았다. 씨팔 놈의 세상! 객기인지 오기인지 모를 고집과 설움이 한사코 되살아나고 있었다.

그는 일이 이렇게 된 사단에 대한 당위성을 인정하면서도 세상에 대한 증오심을 멈출 수는 없었다. 유 선생이야 그렇다고 치더라도 생각해볼수록 인턴이나 간호사들이 얄밉기 그지없었다.

어떻게 하지? 엊그제 시골에서만 해도 세상일이 다 적당히 잘 돌아갈 것 같았는데, 막상 서울에 와보니 절대로 그게 아니었다. 세상이 새삼 무섭고 두려웠다. 수련의로 들어가는 것도 이젠 영 자신이 없어졌고, 세상만사가 다 마찬가지라는 느낌이었다.

혜진이나 주리 역시 또 다른 하늘의 별은 아닌지 의심스러워졌고, 주리를 기다리며 앉아 있는 꼬락서니가 자기 생각으로도 한심하기 짝이 없었다. 갑자기 자기가 무슨 방랑시인 김삿갓이라고 쪽지나 한 장 남겨두고 그냥 일어서서 가버리고 싶었다. 엉엉 울고 싶기도 했다. 아니라면 술이라도 진탕 마시고 말로만 들었던 왕십리 색시 집을 찾아가 모든 것 다 잊고 분이 풀릴 때까지 여자와 지내다가 콱 죽어버리던가…….

두 과장이 부재중이라서 외래 진료실을 하릴없이 닭 쫓던 개꼴이 되어 나올 때까지만 해도, 외래 간호사들이 딱하게 쳐다볼 때까지만 해도 조금 섭섭했을망정 슬프지는 않았다.

하지만 병실에서 개밥에 도토리 신세가 되어 철저하게 따돌림과 무시를 당하고 나자 모두 다 죽고 싶다는 생각뿐 참담하기 그지없었다.

두 눈을 감고서 의자 속에 파묻혀 담배 연기를 한숨과 함께 길게 내뿜었다. 씨팔! 이게 무슨 꼴이냐! 아참! 그렇지! 그러다가 순간 번개같이 떠오르는 생각이 있었다. 하루가 늦어지더라도 인천 K 병원엘 들러보자는 생각이었다.

그곳에는 그의 고등학교부터 동기이자 제일 친했던 박뚱이(박영기)가 정형외과를 하고 있었다. 아마도 이처럼 막막하고 서러울 때면 그를 만나 속마음을 터놓고 술이라도 한잔 함께하다 보면 기분이 풀릴 것이었다. 그리고 또 누가 아는가? 운이 좋으면 그를 통해서 그곳에서 수련 자리를 얻을 수 있을지도…….

시골 병원이 문제였으나, 하루 이틀쯤이야 육 선생이 넉넉히 해결해줄 수도 있을 것이었다. 망설일 필요도 없이 곧바로 박뚱에게 전화를 걸었다. 그는 수술 방에 있지 않고 병실에 있었던지 운 좋게 곧바로 연결되었다.

"서울엘 왔다구? 그렇담 새꺄! 형님께 문안허구 가야 도리지, 얌마!?······ 그렇지······ 시간은 없지만, 동생새끼가 모처럼 온다는데, 안 만나줄 수 있냐? 그래, 이따 밤에 잠시 도망 나가야지, 뭐······. 시발 요샌 되는 게 하나도 없다. 그래 이따 보자······."

바쁜 1년 차 레지던트가 돼놔서 다소 애매한 소리를 했지만, 그 역시 민우를 만나보고 싶은 모양이었다. 그는 옛날 버릇 그대로 말 절반, 욕 절반을 입에서 나오는 대로 씨부렁거리다가 딸각 전화를 끊어버렸다.

그와는 고교 시절 내내 계속해서 함께 붙어 다녔다. 그는 9남매 중의 막내였고, 위로 줄줄이 누나가 여덟이나 되었다. 쉽게 설명하자면, 대를 이을 아들 하나를 얻기 위하여 그의 부모는 아들이 나올 때까지 무제한으로 낳았다는 것이다. 그래서 서로 친해진 후로 그는 자기 자신을 '무적과'라고 설명해주었다.

"무적과? 무적과가 뭐냐? 무협지에 나오는 무슨 무공 이름이냐?"

"이런 새대가리 새끼! 우리 부모가 무슨 무공을 했을 성싶으냐? 무제한, 적극적으로 아들이 나올 때까지 계속해서 낳은 결과라는 뜻 아니냐? 이래 봬도 이 형님께서 태어나시기 위해서는 먼저 여덟 송이의 해당화가 필요했단 말씀이다. 잘 알아들었냐? 이 형님께서 얼마나 위대한 존재란 걸 이제 확실히 알았겠지? 알았으면 잘 모셔! 얌마!"

"여덟 송이의 해당화?"

"그래, 더도 덜도 아니고 딱 여덟 송이지. 사람들이 누나들을 보고 해당화래서 그런 거지, 해당환지 장미환지 나팔꽃인지 시발 난 잘 모른다."

그는 자기 누나들을 말할 때 꼭 해당화라는 칭호를 썼다. '응, 셋째 해당화 집에 갔었지.', '다섯째 해당화가 여행 갔다 오면서 선물로 사왔대.', '일곱째 해당화가 이번에 시집가거든……."

그래서 처음에는 해당화란 꼭 예쁘다는 뜻이라기보다 질릴 정도로 너무 많이 태어난 딸들을 역설적으로 불렀던 별명쯤으로 생각했다. 그게 아니라면 부모조차도 그만그만한 딸들이 여덟 명이나 되므로 일일이 이름 다 외워서 부르기 귀찮아서 그랬다거나……. 그러나 나중에 안 사실이지만, 절대로 그런 건 아니었다. 누나들은 박뚱과는 딴판으로 하나같이 다 예쁘고 공부도 잘해서 모두 다 시집들을 잘 갔다는 것이다.

그리고 몇 번째 해당화냐 하는 것은 부모가 붙여준 별명이 아니고, 학교 선생님들과 동네 사람들이 알아서 붙여준 별명이며, 아는 사람치고 딸들을 탐내지 않은 사람이 없었다는 것이다.

둘은 야간고등학교에서 그래도 상위권에 드는 편이었다. 그러나 할머니의 죽음 이후로 그는 생활 자체를 위협받는 처지가 되어버렸으므로, 세상 천지에 피붙이 하나 없게 되어버렸다는 것과 외로움은 솔직히 한참 후의 문제였다. 등록금을 내지 못해서 수업 도중에 교실에서 쫓겨나기도 했다.

그래서 이제는 서울의 공장이든, 산속의 절이든, 그의 몸뚱이 하나 맡길 수 있는 곳을 빨리 찾아야 했다. 선생님들을 포함해서 아는 사람들은 모두 그에게 쓸데없는 말씀의 보시만 잔뜩 해주었지. 고양이 목에 방울 달게끔 실제로 도와주는 사람은 아무도 없었다. 그러나 박뚱은 전혀 달랐고, 현실적인 도움을 준 유일한 이웃이었다. 그래서 어떻게 보면 민우가 의사가 된 것도 순전히 그의 덕택이라고 보아야 했다.

그 당시 그는 신문 배달이나 아이스케키 장수 같은 일을 하며, 고학으로 야간고등학교에 다녔고, 할머니는 그런 그에게 모든 희망을 걸고 농사일에 늙고 병든 육신과 신명을 바치며 근근이 살아가고 있었다. 퇴락한 초옥

한 칸이 있었지만, 그건 정부 소유의 하천부지 위에 기둥뿌리를 얹은 것이고, 부쳐 먹고 사는 천수답 역시 수(소출을 나누기로 하고 남의 땅에 농사를 짓는 일)를 얻은 땅이라서 언제 뺏길지도 모르는 처지였다. 유일한 재산이라고는 가족이 묻힌 산자락의 밭뙈기 두어 자락이 고작이었다. 냇가에 할머니가 개간해놓은 밭 한 자락이 또 있긴 했으나, 그것 역시 정부 소유인 하천부지라서 소유권을 인정받을 수 없는 것으로, 해마다 턱없는 점유세를 물면서 고작 푸성귀나 조, 콩 등을 갈아먹고 있는 형편이었다.

할머니는 갑자기 죽었다. 그때가 마침 추석 명절이라서 그는 모처럼 집에 와 있었고, 할머니는 영감님과 죽은 자식들 차례 상에 쓸 음식 준비를 하고 있었다.

할머니는 부엌에서 일하고 있다가 창백한 얼굴로 방으로 들어왔다. 그러고는 엎드려서 공부하고 있던 그의 곁에 짐 부리듯이 픽 쓰러져 누워버렸다. 할머니의 이마에는 식은땀이 송골송골 맺혀 있었다. 할머니는 땀을 닦을 생각도 못하고 모기만 한 소리를 냈다.

"요상하게 어지럽고 토가 나는구나. 어째 내가 죽을랑갑다. 지금 죽어서는 죽도 밥도 아닌다……."

처음에는 누워서 조금 쉬면 될 것으로 생각했다. 최근 들어 할머니가 몸을 돌보지 않고 너무 무리했다는 생각 때문이었다.

그렇게 추운 때도 아닌데 할머니는 몹시 춥다며 몸을 덜덜 떨었다. 요를 깔아드리고 겨울철 솜이불까지 꺼내 덮어드렸다. 그러나 할머니는 계속 떨기만 했다. 할머니가 쉽게 좋아지지 않을지도 모른다는 생각이 갑자기 들면서 겁이 더럭 났다.

부엌으로 가서 생전 처음으로 할머니를 위해 숭늉을 끓였다. 뜨거운 숭늉을 몇 모금 받아먹던 할머니는, '고만해라.'하고 기어드는 목소리로 말했으나, 고통 중에서도 대견한 듯 그를 만족스러운 눈으로 바라보았다.

그랬다. 그 후로 지금껏 할머니를 떠올리면 항상 바로 그때 할머니의 눈빛이 어제의 일인 양 생각났다.

할머니는 그 후 사흘을 못 넘기고 한 많은 이 세상을 하직하고 말았다. 그때가 할머니의 나이로는 67세, 그는 이제 겨우 고교 2학년인 17살이었다.

그날 밤 초저녁은 물론이고 밤이 깊을 때까지도 잠을 자서는 안 될 것 같은 몹시 불안하고 이상한 예감에 사로잡혀 있었다. 그래서 한사코 할머니의 머리맡을 지키고 있었다. 할머니가 누운 지 사흘째가 되었지만, 단 한 사람도 와보는 사람이 없었다. 명절 때라서 동네 사람들은 모두 자기네 일가친척들끼리 오가기도 바빴던 것이다.

할머니를 병원에 모시고 가고 싶었지만 모든 것이 역부족이었다. 병원은 30여 리나 떨어진 읍내에 있는데다가, 찢어진 종이돈 한 장 없었기 때문이다.

죽던 날 저녁, 할머니는 정말로 모기만 한 소리를 냈다.

"암만해도 내가 인자(이제) 못 일어날랑갑다. 아가, 민우야. 요 앞 모실떡 집 가서 모실떡 쪼매 오락 헐래?"

할머니의 말이 떨어지기가 무섭게 잽싼 걸음으로 앞집엘 가보았다. 그러나 누렁이라는 늙은 개 혼자서 빈집을 지키고 있을 뿐이었다. 그래서 어떡할까 망설이다가 구장이 생각나서 그리로 달려갔다. 얼마 후 구장 부부가 와주었는데, 그들은 방으로 들어오지 않고 문밖에 선 채로 누워 있는 할머니를 멀거니 건너다보면서 말했다.

"밤도 야심허니께 오늘은 좀 지케보다가 날이나 밝으면 낼 아적(아침)때 택시럴 부르던가, 아니면 우리 집 경운기로 읍내 병원엘 가야 안 쓰겠냐? 지끔은 어둡고 야밤인디 어딜 간다고 뭐가 되겠냐? 근디 말이다. 뭘 잡수기라도 허냐?"

못 드신다는 말을 했어도 두 부부는 내일 아침에 다시 오겠다는 말만 남긴 채 그대로 가버렸다.

그날 밤 할머니는 목소리조차 나오지 않는지 모기만 한 소리로 힘들여 말을 했는데, 결국 그것은 유언이 되고 말았다.

"민우야. 어떡허든 잘살아야 헌다. 그리고 한사코 살아남어서 꼭 성공을 혀야 헌다. 알것냐? 웬수 갚을 생각언 추호도 허지 말거라잉. 고 시절에넌 저 살라고 누구던 다 그렇코롬 헐 수밖에 없었을 것잉께. 인자 나는 고런 것 이미 다 잊은 지 오래다. 그리고 민우야. 어떻게든 자석 많이 낳고 살어라. 장래 네 지집이 아를 몬나먼 새로 여자를 디래서라도(들여서라도) 기필코 소원(자손)은 냉겨야(남겨야) 헌다. 알겠냐아? 그리고오, 없일수록(가난할수록) 놈덜헌티(남들한테) 잘해야 허는 벱이다. 내가 조깨 참으먼 집에서 발 뻗고 자지마넌, 지덜 허넌 대로 맞대꼬 허다가는 나중 볼 일 없는 벱이다. 알겄냐? 한사코 넘덜한테 잘해야 쓰고, 억울혀도 참아뿐지고, 외로(반대로) 쪼깨 더 잘해줘 부러야제! 지 고상허는 것만 생각허고 성질대로 허먼 저 살기만 타까운 벱이니라. 알겄쟈? 그리고…… 암만혀도 내가 인자 수가 다 돼서 더는 못 살랑개비다. 아가. 그랑께, 민우야! 문 쪼깨 열어봐라. 아이고, 가심이 터질락해서 못 겐디겄다."

할머니는 얼른 눈을 감지 못했다. 그러면서 식구들을 몽땅 죽게 고자질 했던 사람들을 두고, 돌아가시는 순간까지 원수가 아닌 용서로 대할 것을 몇 번이고 거듭해서 타일렀다.

철이 든 후 가족의 죽음에 대한 내력을 물을라치면 할머니는 항상 엉뚱한 대답만 했고, 성공하는 것만이 정말로 원수를 갚는 길이라는 말만 골백번 거듭했었다.

감고 있던 눈을 떴다. 주리가 맞은편 의자에 앉아 있었다.

"어? 언제 왔어? 금세 내가 잠이 들었나?"

"거짓말! 뭘 그리 골똘히 생각하고 있었어요?"

"그저 만날 먹고사는 궁리지 뭐……. 아님 주리 씨 생각이거나."

"시골 가더니 민우 씬 실없는 농담만 배웠나 봐? 갑자기 자기답질 않게 왜 이러실까? 오늘 내려갈 거예요?"

"그러려고 했는데……. 생각을 바꾸었지. 인천엘 들렀다가 내일 가려고."

"인천에는 왜?"

"응…… 박영기라고, 친한 친구가 거기 K 병원에서 근무를 하거든. 그쪽 사정도 한번 알아보고 싶기도 하고."

"그럼 오늘 안 내려가는 거네? 잘됐네, 뭐……"

병원에서 과장들 둘 다 만나지 못했다고 말하자, 앞으로는 서울 올 일이 있으면 먼저 자기에게 전화하고 오라는 것이었다.

그러나 병실에서 냉대 받았던 일은 자존심상 차마 거론할 수 없어서 유 선생이 몹시 바쁘더라고 얼버무렸으나, 그녀는 이미 무슨 말인지 다 알아 들었다는 눈빛으로 고개만 주억거렸다.

주리와 식사를 마치고 한참이나 지났는데도 겨우 1시였다. 시골병원에는 부득불 하루 더 늦는다고 알렸다. 전화를 받은 육 선생은 별일 없다며, 아무쪼록 일 잘 마치고 오라는 고마운 대답이었다.

박똥을 만나려면 일과시간이 끝나는 저녁 시간 이후라야 가능할 것인데, 그때까지 딱히 할 일이 없었다. 그래서 어떻게 시간을 때울까 궁리하는 중인데 갑자기 그녀가 말했다.

"민우 씰 따라 나도 인천엘 한번 가봐? 그렇게 해도 그다지 벗겨 먹는 건 아니겠지?"

주리랑 함께 있으면 시간 보내기는 좋겠지만, 모처럼 박뚱을 찾아가면서 여자를 달고 가기도 그랬고, 혜진이 괜한 오해를 할 수도 있을 것이며, 경제적인 부담도 문제라서 거절이 상책이었다.

"나이트하고 무리 아닐까? 아프기라도 하면 어떡해?"

하지만 그녀는 막무가내였다.

"왜 아파요? 멀쩡한 사람이. 못잔 잠이야 차 안에서 자면 될 거고. 서울역 앞에 가면 인천 가는 시외버스가 있다는데…… 그보담도…… 기차를 타는 게 더 좋지 않을까? 어떡헐래요?"

에라 모르겠다. 될 대로 되라. 결국 그는 그녀와 함께 인천행 시외버스를 탔다.

그녀는 잠을 자지 않았다. 그렇다고 해서 혜진처럼 쉴 새 없이 재잘거리지도 않았다. 창밖에 눈을 둔 채로 그냥 말없이 앉아 있기만 했다.

바짝 붙어 앉아 있었으므로 혜진의 장미향과는 또 달랐으나, 그녀에게서도 은은하고 신비하다고나 할까? 여하간 향기롭고 감미로운 여성 특유의 체취가 났다.

그녀는 창밖에 시선을 두다가 갑자기 홱 하고 머리채를 크게 한번 흔들었다. 그녀의 긴 머릿결이 향긋한 향기와 함께 그의 얼굴까지 휩쓸고 지나갔다.

잠이 들었던 모양으로 정신을 차리고 보니 어느새 인천이었고, 그 사이 그녀에게 정답게 고개까지 기대고 잔 모양이었다. 미안하고 겸연쩍은 눈빛으로 그녀를 바라보았다.

"피곤한 사람은 나보다 닥터 리네, 뭐."

터미널에 내린 둘은 인천부두로 갔다. 서울에서부터 주리가 월미도를 가보자고 했기 때문이다. 그러나 부두에서 막상 배편을 확인해보니 시간적으로 애매했다.

월미도 배편은 포기하고 되돌아서 걸어 나오는데, 택시로 들어갈 때는 몰랐으나, 횟집 호객꾼들이 두 사람을 얼마나 성가시게 하는지 몰랐다. 그래서 귀찮기도 하고 시간도 때울 겸, 적당한 횟집 아무 데나 들어가려고 했으나, 주리는 모처럼 인천까지 왔는데 이런 데서 시간을 보낼 게 아니라 차라리 소래 포구로 가자며 그를 만류하는 것이었다.

호객꾼들을 피해 골목을 간신히 빠져나온 둘은 다시 택시로 소래 포구로 갔는데, 그의 눈으로 보면 연안부두나 소래 포구나 그게 그거고 대동소이했다.

지난번 강구에서처럼 식사 전에 바닷가로 가서 파도 구경이나 하려 했으나, 동해와는 딴판으로 바다는 멀고 시커먼 갯벌만 보여서 다시 식당으로 들어와 버렸다.

이른 저녁 식사를 마친 두 사람은 석양이 내리는 서해를 바라보며 방파제 길을 따라 걷기 시작했다. 갈매기 떼가 푸드덕거리는 날개 소리를 내며 낮은 궤도로 두 사람의 주위를 어지럽게 날고, 방파제 끝 방향으로 붉고 커다란 해가 수평선에서 한 뼘 정도 되는 곳까지 성큼 내려앉아 있었다.

나란히 걷던 주리가 다가와 그와 팔을 꼈다. 월요일 저녁이었는데도 그곳을 거니는 남녀들이 많았는데, 젊은 쌍들은 대체로 팔짱을 꼭 낀 채 걷고 있었다. 그녀의 팔짱을 받아들이며 이 순간만이라도 오늘 아침 병동에서의 일들은 까맣게 잊어버리자고 자신을 수없이 설득했다.

방파제 길이 끝나는 지점쯤에서 둘은 서로를 응시하며 마주 섰다. 석양빛을 마주 보며 그녀는 눈을 실같이 가늘게 떴다.

둘 사이에 어색한 긴 침묵이 흘렀다. 한동안 그렇게 서 있던 그녀가 마침내 두 손을 내밀어 그의 넥타이를 매만졌다. 마치 처음 넥타이를 매는 동생의 어설픈 모양새를 고쳐주려는 누나처럼, 아니면 출근하는 남편 넥타이를 단정하게 다시 손보아 주는 아내처럼 아주 서슴없고 당당한 손길이었다. 그는 한숨을 토해내며 그런 그녀의 눈에서 눈길을 거두었다.

둘은 방파제 끝 부분에 놓인 콘크리트 조형물 위로 올라갔다. 석양의 노을을 바라보며 말없이 서로를 깊이 의식하고 있었다.

번뜩 지난 번 강구에서의 일이 생각났다. 개업하라던 여자! 자리 구하는 일에서부터 운영까지 죄다 책임지겠던 여자! 빨리 경제적 안정과 가정을 도모하라던 여자! 돈도 없이 똑똑하다는 것은 결국 사기꾼에 불과한 것이라고 가르쳐주던 여자! 주리야 말로 쉽게 성공으로 이끌 수 있는 유일한 여자일지도 몰랐다.

"그렇게 앉아 있으니깐 주리 씬 꼭 영화 속의 한 장면 같아."

자신도 모르게 그는 머릿속 생각에도 없는 교활하고 허랑하기 짝이 없는 엉뚱한 소리가 갑자기 내뱉어져 나왔다.

"어머? 그럼, 민우 씬 남자 주인공이겠네."

그녀는 그를 바라보며 깔깔거리며 웃었다. 그러더니만 무슨 생각을 했는지 갑자기 정색하고서 눈을 빛내며 물었다.

"민우 씬 앞으로 어떤 인생을 살고 싶어요? 난…… 아직 누구의 별도 되어 보지 못했지만……. 어쨌거나 누군가의 별이 되어보고 싶기도 해요."

그녀가 다시 팔짱을 끼었다. 석양빛이 이제는 서서히 어둠으로 변해가고 있었다. 어스름이 긴 방파제 길을 팔짱을 낀 채 둘은 다정한 연인처럼 걸어 나와 택시를 타고 다시 시내로 돌아왔다.

"정형외과 병동이죠? 혹시 박영기 선생을 바꿀 수 있을까요?"

"수술 방에 계실 건데요. 네. 응급 수술인가 봐요. 네."

"이민우라는 사람인데요, 지금 인천에 와 있거든요. 이따 밤 9시쯤 다시 전화를 하겠다고 전해주시겠어요?"

"네에~"

병동 간호사는 몹시 바쁜 모양으로 네네 소리만 연발했다.

예전에 혜진과 함께 지냈던 것과는 또 다른 의미의 밤을 주리와 함께 보내야 할 것이었다.

"방을 잡아두고 올게……."

이왕 내친김이었다. 그녀의 대답도 듣기 전에 프런트로 가서 싱글 침대가 둘 있는 방 하나를 쉽게 얻어냈다.

자리로 돌아와 보니, 예전에 혜진이가 그랬던 것처럼 주리 역시 식은 커피 잔을 앞에 놓고 고개를 숙인 채 말없이 앉아 있었다.

"방을 하나 잡았거든. 피곤할 터인데 올라가서 쉬는 게 어때?"

그녀는 말없이 따라 일어섰다. 객실로 들어온 둘은 잠시 방안을 휘휘 둘러보다가 탁자로 가서 마주 보며 앉았다. 안쪽 벽면을 따라 스탠드 불빛을 사이에 두고 싱글 침대 두 개가 나란히 하얀 시트로 덮인 채로 주인을 기다리고 있었다.

분위기가 몹시 어색했다. 남자인 그가 먼저 어떻게든 상황을 반전시켜야 하는 거겠지만, 그럴만한 의욕도, 자신도 없었다.

"우리 시원한 맥주라도 한잔 더 할까? 내 금방 사올게……."

그녀는 대답도 없이 맥을 놓고 우두커니 앉아 있기만 했다.

방을 나오자 금세 숨통이 트이고 홀가분해졌다. 맥주를 사는 일 따위는 다 잊어버렸다는 듯이 그는 다시 박뚱에게 전화를 걸었다. 그러나 그는 수술환자 킵 때문에 외출할 수 없다면서 민우더러 자기 병원으로 오라는 거였다. 차라리 잘되었다 싶어서 주리에게 객실 전화로 상황 설명을 하고는 곧바로 박뚱을 찾아 나섰다.

호텔에서 K 병원까지는 의외로 가까워서 택시를 탔으나 그냥 걸어도 될 만한 거리였다. 곧장 5층에 있는 정형외과 병동으로 올라갔다. 지난해와는 달리 주치의랍시고 가운 자락을 나풀거리며 병동을 주름 잡고 있는 그가 한층 더 대견하고 부럽게만 보였다. 내년에는 무슨 일이 있더라도 수련을 재개해야 할 것이라는 생각이 무슨 강박감처럼 일었다.

"재미 좋으냐?"

"보시다시피 이렇다. 근데, 이 시발놈, 살찐 거 봐라."

대뜸 욕부터 시작하면서 그를 반겼다.

"존경스러운 형님을 알아볼 놈은 역시 동생새끼뿐이로구나."

그들은 원래 서로 만나면 그렇게 말들이 걸쭉했다.

"어때, 헐만 허냐?"

"못할 건 뭐냐? 새꺄! 건 그렇고 이 시발놈! 너 시골서 돈 많이 벌었냐? 오늘 저녁 이 촌놈의 새낄 옐로하우스 데리고 가 장가보내주고 나도 함께 타면서 좀 벗겨 먹으려고 했는데, 시발! 수술이 생겨서 말야. 하여간 너 오늘 운 좋은 줄 알아라!"

만나자마자 그는 마치 스트레스라도 풀려는 듯이 쉴 새 없이 중얼거렸다. 원래 박뚱은 민우와는 조상 대대로 선조가 달랐던지 민우가 표준적인 키와 체중이었던 반면, 그는 체격이 무척이나 우람했다. 키도 크고 뚱뚱해서 학교 때부터 별명이 '뚱땡이' 또는 '박뚱'이었고, 일명 돼지 종자 이름을 따서 '박구샤' 또는 간단히 '백구'라고도 불렸다.

학교 폴리클(임상실습) 시간에는 담당교수를 제쳐놓고 그가 과장인 줄로 알고서 환자 보호자들이 "과장님, 과장님" 하고 불렀을 정도이니, 그의 체격은 알아줄만 한 것이었고, 그래서 얼굴도 민우보다는 훨씬 더 나이 들어 보였다.

그래서 둘이 길에서 장난질이라도 하는 경우에는 지나가던 사람들에게서 어김없이 "형님에게 그렇게 버릇없이 대들면 안 된다"는 말을 들었을 정도였다. 그러나 실제로 그는 여간 호인이 아니었다. 농담도 잘했고, 웬만해서는 누구와 다투는 일도 없었다. 본인의 말로는 주먹 한 대면 상대가 죽어버릴까 봐 시비를 해오더라도 자기는 절대로 대거리를 안 한다는 거였다. 그러면서 그가 두고 쓰는 상투어는 "이 연세(나이)에 내가, 이 시발놈아! 주먹질허고 사람 죽여서 교도소 갈 일 있냐?"는 것이었다.

박뚱은 병동에 자기 방이 따로 있었다. 그를 병동에 재울만한 이유가 달리 있었을 터인데도 본인의 설명으로는 그게 아니었다. 체중이 워낙 거대하므로 아래층 숙소를 쓰게 되면 더 많이 오르내리게 되어 병원 층계에 무리가 갈 것이므로 원장 특명에 의해서 자기 전용공간을 병동에 마련할 수밖에 없었다는 말도 안 되는 설명이었다.

사 들고 간 캔 맥주를 마시면서 민우는 그간의 J 대학병원 사정을 대충 설명한 뒤, 혹시 K 병원 외과 자리를 알아봐줄 수 있는지 물어보았다. 그러자 그의 말을 잠자코 듣고 있던 박뚱이 새끼는 맥주 한 캔을 한입에 다 털어 넣고는 난데없는 생트집을 부렸다.

"야이, 시발놈아! 이왕 사오려면 몇 개 더 사오던가……. 이 덩치에 내가…… 이 시발놈아! 이게 뭐냐? 이빨 사이에 끼고, 입천장에 붙고, 시발, 목구멍으로 넘어갈 거나 있겠냐?"

"그럼 아예 술집으로 가던가? 제길! 사온 것도 시비냐?"

근무 중인 처지에 술은 생각도 할 수 없겠으나, 오랜만에 찾아온 친구를 바쁘다는 핑계로 홀대하는 것이 여간 미안한 게 아닌 눈치였다. 그래서 일단 말도 안 되는 소리로 대거리부터 해놓고 보려는 수작이 분명했다.

그러면서 그는 다소 희망적인 이야기를 해주었다. 이곳 외과 과장은 최근에 부임해온 젊은 사람이라서 돈이나 정실로 처리하지 않을 것 같다는 귀띔이었다.

"내가 무슨 실력이 있냐?"

"시발놈아! 그러니깐 멍청한 대가릴 놀려둘 생각 말구 청술 잘해두라는 거 아니냐? 형님께서 기회 있을 때마다 과장을 살살 구슬려볼 테니깐 말야! 아참! 이왕 이렇게 된 거, 너 여기서 자구 내일 아침에 외과 과장을 한 번 만나고 갈래?"

"낼 아침에 과장을?"

"놀라기는? 시발눔! 동생새낄 위해서 이처럼 사시장철 불철주야로 애쓰시는 형님이 넌 존경스럽지도 않냐?"

"존경 좋아허네. 1년 차 레지던트밖에 안 되는 주제에 네가 구슬린다고 과장들이 씨알이나 맥히냐? 구라치지 말고 일을 꾸미려면 제대루 꾸며. 일이 안 되면 갈 데라군 난, 망우리 공동묘지밖엔 없으니깐 말야……"

"야! 이 멍청헌 새꺄! 니 눈깔로 보면 이 형님이 그렇게 우습게 뵈냐? 망우리 가기 전에 얌마! 수련도 받고 옐로하우스 가서 몽둥이 청소도 하게 해줄 테니까 걱정도 허지 마! 그리고 말야, 너 월급 타면 맨 먼저 이 형님께 전신환 끊어서 부쳐! 알았어? 그럼 니 소원대로 다 해줄 테니깐 말야."

그러면시 세월 보내는 건 말할 것도 없고, 특히 외과 계열은 대학보다 중소병원이 독립 수술 기회가 많으므로 오히려 훨씬 더 낫다는 설명이었다. 하여간 여러 가지로 더 좋은 점이 많으니까 내일이라도 J 대학병원 가서 보기 싫은 놈 있으면 개 패듯 한 번 더 패버리고 다시는 그런 좆같은 놈들하고는 상대도 하지 말라는 것이었는데, 그는 아예 민우가 자기네 병원에 자리를 구해놓기라도 했다는 식이었다. 원래부터 허풍이 심하기는 했으나, 과장을 맞대면시켜주겠다고까지 하는 걸 보면 그것만도 아닌 모양이었다.

어느새 11시가 넘은 시각이었다. 내일 아침에 다시 오겠다며 호텔로 돌아가려고 자리에서 일어섰다.

"미쳤냐? 새꺄! 좆도 아닌 새끼가 벌써부터 비싼 방값 들여가며 호텔에서 자게?"

"아니, 그게 아니구…… 누구랑 함께 왔거덩. 미안허다. 낼 아침에 일찍 올게. 좀 봐주라!"

"누군데에? 으이구! 이 시발놈이 진짜 호텔에다가 조갤 두고 왔나 보네. 야! 사이즈 큰 거면 건들지 말고 내게 넘겨라. 괜히 수영도 못하는 새끼가 그 속에서 허우적대다가 빠져 뒈질라."

가까운 거리라는 생각에서 그냥 방향만 잡고 걸었는데, 아까는 차로 와서 그렇지 아주 가까운 거리는 아니었고, 호텔에 도착하자 어느새 자정이었다.

초인종을 울리자마자 그녀는 기다리고 있었다는 듯이 곧바로 문을 따주었다. 사들고 간 맥주와 안주를 탁자 위에 올려놓고, 그녀가 앉기를 기다렸다. 그녀의 머리칼에는 아직 물기가 달려있었고, 볼도 붉었다. 내내 그를 기다리다가 방금 샤워를 마쳤음이 분명했다.

컵 두 개에 맥주를 가득 채우고 건배하자는 눈짓을 했다. 그러나 그녀는 몹시 긴장하는 눈치였고, 말도 별로 없었다.

그녀의 잔을 다시 채워주려 글라스에 손을 가져가다가 그녀와 손이 부딪쳤다. 혜진의 손보다 살집이 다소 적은 가느다랗고 긴 손가락이었으나, 보드랍고 따스한 것은 마찬가지였다. 그의 손을 의식한 그녀가 재빨리 컵에서 손을 떼버렸다.

"주리 씨를 보면 세상이 참 불공평하다는 생각이 들어. 누구는 너무 예뻐서 탈이고, 누구는 그렇지 못하니깐 말야."

분위기를 누그러뜨리려 농담처럼 그렇게 입을 열었으나, 그녀는 시답잖은 소리 그만 두라는 표정으로 대답도 없이 잔을 입으로 천천히 가져가면서 조금씩 맛만 보듯 하고 있었다.

그러다가 마침내 그녀가 입을 열었다.

"여자라면 다 아름답고 싶은 것은 당연하잖아요? 의사라면 누구나 다 명의가 되고 싶듯이……. 하지만 명의는 못 되더라도 어느 정도 실력도 있고, 신앙심도 있고, 자기 철학도 있는 그런 의사라면 더 이상 바랄 게 없겠죠. 돈에만 얽매여 산다거나, 대학병원 교수랍시고 거들먹거리지 않는다면 말예요. 민우 씨, 참, 부산 B 병원의 장기려 박사님 이야기 들어봤어요?"

그는 북한에서 월남한 외과 의사였다. 북에 약혼녀를 두고 왔다며 노년이 되도록 혼자 독신으로 살고 있는데, 독실한 크리스천으로 돈과 아예 담을 쌓고 살며, 워낙 기술도 좋고 성의 있게 수술하므로 수술이라기보다 마치 예술가의 손길 같다는 찬사가 있었다. 민우는 그를 직접 만나본 일은 없으나, 그동안 여러 사람에게 들어서 익히 알고 있었다.

그에게 수술을 배운 후 외과 전문의가 된 사람도 많았는데, 처음 전문의 제도를 시행하려면서, 스승을 놓아두고 제자들끼리 전문의 운운하기도 쑥스러워서 그에게 전문의 자격을 부여해주려 했으나, 그는 일언지하에 거절해버렸다는 것이다. 의사란 환자를 치료할 수 있는 능력이 문제이지, 그까짓 자격증 종이 한 장이 무슨 소용이냐고 하면서……. 일반 사람들이 이해하기 어려운 달인이나 현자의 철학인 셈이었다. 그리고 그는 부산에서 우리나라 최초로 청십자운동이라는 일종의 건강보험을 시작했다. 건강할 때 매달 일정한 돈을 내어 환자를 치료하게 해주고, 본인이 아프면 마찬가지로 다른 사람의 도움을 받을 수 있는 일종의 공제조합 같은 것이었다.

"나는 민우 씨가 가족도 없는 혈혈단신이라는 말을 듣고 맨 먼저 장기려 박사님을 떠올렸어요. 주어진 환경이 서로 비슷하잖아요? 그리고 참 지난 번에 말했었죠? 민우 씨는 현재로서는 딱 한 가지, 적극성만 조금 부족할 뿐, 정말 사려 깊고 훌륭하고 완벽한 사람이라고 생각해요."

그녀는 그러면서 전문의가 되어 대학에서 근무하는 것도 좋지만, 만약 되지 않을 거라면 너무 거기에 목매달지 말고 일찌감치 개업가로 나가는 것도 자기 생각으로는 민우에게 오히려 더 바람직할 수 있다고 했다. 그리고 그동안 그녀 입에서 절대로 거론되지 않았던 혜진 이야기도 나왔는데, 자기 생각으로는 성격도, 앞으로의 생활도, 가치 기준이나 사고방식도 서로 너무 다르므로 민우와 혜진은 결코 결혼할 수 없을 것이라는 말도 했다.

물론 그날 밤 두 사람 사이에 별다른 일은 없었다. 둘은 새벽녘까지 이런저런 이야기를 하다가 각기 자기 침대로 돌아갔다.

다음 날 아침 둘은 호텔 식당에서 간단한 조반을 하고, 일찍 호텔을 나왔다. 물론 그녀는 그 길로 서울로 돌아갔고, 그는 외과 과장을 만나보려고 박똥을 다시 찾아갔다.

외과 과장은 40대 초반쯤 되는 매우 젊은 사람이었다. 지금 어떻다 말할 수는 없으나, 여하간 성적을 최우선으로 하겠고, 그 외 사항은 부차적으로 참고만 할 뿐이라면서 공고가 나오면 응시하라는 것이었는데, 그러니까 그의 말은 무슨 특별하고 책임 있는 이야기도 아니었다. 시험을 잘 보면 된다는 식의 막연한 말이었으니까.

인턴을 어디에서 하고 있느냐고 물었는데, 현재 일 년을 쉬고 있다고 하자, 그는 고개만 끄덕였다. 그뿐이었다. 박똥의 말로는 일단 얼굴을 익혀놓았으니까 어떻게든 자기가 구슬려놓겠다는 말을 했으나, 그것 또한 구름 잡는 소리였다.

시골로 내려오는 차 안에서 다시 생각해보니, 3박 4일의 기간 동안 적지 않은 돈만 날렸을 뿐 소득은 아무것도 없었다. 자책감만 들고 속이 상했다.

아무래도 곧 J대 병원 외과 과장을 만나보아야 할 것이었다. 그렇지만 한편 다시 생각해보면 지금 안달한다고 해서 무슨 소용이 있을 것도 아니었다. 일의 성패는 그때 가봐야 알 수 있는 일이 아니겠는가? 그렇다면……에라! 모르겠다. 잠이나 자두자……. 그는 차 안에서 잠자는 성미가 아니었으나, 소득도 없었던 피곤한 일정을 못 이긴 나머지 깊은 잠에 빠져들었다. 그러고는 오후 6시쯤 포항에 도착했고, 곧바로 H 면으로 돌아왔다.

7. 추석

H 면에서 지낸 시간이 이제는 반년도 훨씬 더 지난 셈이었다. 그가 왔던 때가 겨울과 봄이 갈리는 길목쯤이었는데, 이제 가을이 완연한 추석 전날이 되었으니까…….

명절이라고 해보아야 무슨 남다른 감흥이 있을 리도 없었다. 식사 후 평상시처럼 숙소에서 책을 보고 있는데, 추석 음식이라며 미스 황이 송편을 들고 왔다. 그러나 그녀는 책상 위에 송편 접시를 놓아주고 나서도 방을 얼른 나가지 않고, 등 뒤에 서서 한참이나 꾸물대고 있었다. 그래서 무슨 할 말이 있어서 그런가 하고 뒤를 돌아보자, 그녀는 방을 나가려다 말고 예전에 혜진이 선물했던 커다란 그림을 열심히 들여다보는 중이었다. 그러면서 입을 딱 벌린 채, 그림과 민우를 번갈아 쳐다보며 말했다.

"한혜진 씨가 그린 거예요? 세상에! 어쩜 이렇게 잘 그렸을까요? 꼭 실물 같네요. 이 선생님 모습도 그렇고."

그는 그녀와 그림 쪽으로 고개를 돌려서 일별했다. 그러자 불현듯 혜진이가 생각났고, 갑자기 그녀에게 전화를 한번 해보고 싶었다.

미스 황이 방을 나가기가 무섭게 혜진의 학교로 연락을 해보려고 전화기에 손을 갖다 댔다. 그러자 그 순간을 기다렸다는 듯 갑자기 벨이 요란하게 울렸다.

"여보세요? 민우 씨? 주리예요."

"아! 주리 씨! 그날 잘 들어갔어? 응, 웬일?"

웬일은 무슨 웬일일까마는 인천에서 헤어진 후로 통 연락을 못 하다가 갑자기 전화를 받고 보니 말이 그렇게 나온 것이다.

지난번 서울에 가서 두 과장을 모두 만나지 못하고 왔던 터여서 혹시 그 때문에 전화했나 싶어서 그녀의 목소리를 듣는 순간 갑자기 긴장되었다. 혜진의 경우와는 달리 그녀는 아직도 이성 친구로서보다는 병원 동료로서 기억되고 있었다.

그러나 그녀의 말은 그게 아니었다. 명절을 맞아 지금 울산 집에 와 있는데, 내일쯤 H 면으로 그를 방문해도 괜찮겠느냐는 이야기였다.

가족도 없는 사람에게, 더구나 명절날 찾아오겠다는 것은 더없이 고마운 일이었다. 그런데도 솔직히 말해서 그런 그녀가 부담스러웠다. 그녀 편에서 너무 일방적으로 접근해오는 것 같았기 때문이다. 그녀가 너무 잘생기고 예쁜 만큼 그는 자신을 억제하기가 무척이나 어려웠다. 만약에 그녀가 다 가오는 속도만큼 그가 다가가게 된다면 당장에라도 무슨 일이 벌어질 것만 같았다.

"글쎄…… 고맙긴 한데. 내일 일찍 고향엘 한번 가볼까 하고."

"어머! 그래요? 민우 씨 고향이 어딘데? 나도 한번 따라 가볼까? 농담이 지만……."

그녀는 그가 고향도 모르는 고아인 줄 알았던 모양인지 고향 간다는 말을 하자 무척이나 놀라는 어조였다. 그러나 사실 더 놀란 사람은 그녀가 아니라 당사자인 민우였다.

왜 갑자기 고향엘 가겠다는 말이 튀어나왔을까?

일단 고향에 가보겠다는 생각을 하자, 가족들의 묘소가 온전하게 잘 보존되어 있는지 새삼스럽게 걱정되었고, 돌아가신 할머니나 어머니가 사무치는 그리움으로 다가왔다.

그렇다! 이제는 고향엘 한번 찾아가봐야겠다.

그동안 고향은 생각조차 못하고 살았다. 오로지 졸업이었고, 졸업 후에는 또다시 오로지 수련이었다. 작년 인턴 때조차 사랑하는 가족들이 묻혀 있는 묘지에 가볼 생각은 꿈에도 하지 못했다. 살아 있는 사람도, 그래서 기다리는 사람도 없을 고향이었다. 그런데도 마음은 그게 아니었고, 당장 줄달음을 쳐서 가보고 싶었다.

당장 실행에 옮길 양으로 이미 퇴근해버린 육 선생에게 전화했다. 퇴근 때까지도 아무 말이 없다가 어떻게 그렇게 갑자기 생각이 바뀌었느냐면서 육 선생은 적이 놀라는 어조였으나, 다행히 흔쾌히 허락해주었다. 다만 명절이므로 그 역시 계속 병원을 지킬 수는 없고, 집에 있다가 만약 어쩔 수 없는 환자가 오면 적당히 해결하겠다는 식의 애매하고 어정쩡한 대답이었다.

하지만 어쨌든 일단 허락을 받아낸 것이라서 망설이지 않고 수녀님에게도 허락을 청했다. 그녀 역시 육 선생만 허락했다면 다녀오라는 대답이었다.

추석날인 다음 날 새벽같이 포항으로 갔다. 더도 덜도 아니고 딱 10년 만의 귀향이었다. 아직은 금의환향이라고까지 할 수는 없겠으나, 그래도 자생력을 갖춘 한 사람의 헌헌장부가 되어 가보는 첫 고향 길이었다.

간혹 가족인 듯싶은 사람들만 드문드문 보일 뿐 명절 아침이라서 세상은 쥐죽은 듯 조용하기만 했다. 저마다 가족끼리 무리를 지으며 지나쳐가는 사람들을 보며 새삼스럽게 할머니와 어머니 생각으로 마음이 심란해졌다.

명절이고 차를 3번씩이나 갈아타야하는 먼 길이라서 새벽에 출발했음에도 불구하고 고향 마을 입구에 도착한 것은 밤 8시가 넘어서였다.

유일한 친척인 외가가 근동에 있긴 했으나, 들르고 싶은 마음이 없었으므로 찾아갈 만한 곳은 아무 데도 없었다. 박대 받았기 때문만도 아니고, 항상 부담스러워하던 외가 식구들을 다시 만날 일이 우선 싫기 때문이었다.

할머니의 장례를 치른 후 사람이 그리워서 외가를 찾아갔었다. 그때 외숙 부부의 난감해하는 표정이란! 그 후로 그는 그 일을 결코 잊을 수가 없었다. 외숙 부부는 그가 무슨 성가신 벌레나 되는 양 그를 경계하는 것 같았는데, 그때를 떠올릴 때면 언제고 헛구역질이 났다.

차를 내려서 처음에는 동네 구경이라도 하면서 옛날을 회상해보려다가 곧 귀찮고 의미 없는 일이라고 느껴져서 그만두고 말았다. 그럴 바에야 차라리 가족들의 묘소를 찾아가서 술이라도 한 잔 부어놓고 실컷 우는 편이 더 나을 일이었다.

묘소를 찾아 어둠에 묻힌 고향 동네 뒷산 자락을 더듬거리며 올라가기 시작했다. 그러나 묘소는커녕 길조차 찾을 수 없었다. 어두운 산길에서 천신만고 끝에 결국 다시 들길로 내려오고 말았다.

동네 앞으로는 시내가 있었고, 묘소는 그 시냇가를 건너 산 쪽으로 약 1.5킬로미터를 가면 되었는데, 그 중간쯤에는 도깨비산이라는 곳이 있었다. 그러나 말만 산이지, 실제로는 커다란 노송 몇 그루 들어차 있는 정도의 작은 구릉에 불과한 곳이었다.

가족묘지와 밭이 함께 있었으므로 밭일을 하러 간 할머니를 만나려면 꼭 그 도깨비산을 지나야 하는데, 그것은 죽기보다 더 싫은 일이었다. 그곳에는 늘 발정 난 말이나 황소가 메어 있다가 몇 번이고 힘껏 땅에 몸을 굴러서 고삐를 끊고 달려들기 일쑤였고, 실제로 그는 고삐를 끊고 달려드는 말에게 쫓기면서 죽을 고비까지 맞은 적도 있었다.

어두운 밤이었지만 도깨비산은 예전 그대로라서 금방 알아볼 수 있었다. 그러나 이제는 그렇게 무섭던 발정 난 말도, 황소도 없었다.

도깨비산에 궁둥이를 붙이고 앉아서 담배를 꺼내 물고 멀리 마을의 불빛을 바라다보았다. 고향에서 지내던 어린 시절과 서럽고 고단했던 청소년기가 주마등처럼 떠올랐다.

할머니를 묻고 나서도 그는 집으로 돌아갈 생각을 못하고 사흘간이나 할머니 묘소를 붙들고 엎드린 채 절망하고 있었다. 그러나 그렇다고 해서 죽은 할머니가 다시 살아날 리는 없었다.

눈물샘이 메말라 눈물조차 나지 않았고, 목소리가 쉬고 갈라져서 절규는커녕 말소리를 내기조차 어려웠다.

당장 앞으로 어떻게 살아야 할 것인지 그것이 가장 큰 문제였다. 이제는 자랑이나 하소연은커녕 의지할 사람이나 의논할 사람 하나 없었다.

살아도 혼자 살아야 하고, 죽어도 혼자 죽어야 할 것이었다. 그것은 절망이었다. 기댈 곳은 오직 한 군데, 할머니의 무덤밖에 없었다. 그는 거의 사흘 동안 밥알 한 톨, 물 한 잔도 입에 대지 않고 할머니의 무덤만 붙들고 엎드려서 지냈다. 그대로 엎드린 채 굶어 죽기를 얼마나 바랐던 것인가? 혼자서 세상에 외롭게 남아 있으니 차라리 죽어 저승의 가족들과 함께하고 싶기만 했다.

사흘째 되던 날 밤, 꿈에 할머니가 나타났다. 할머니는 거리를 가늠할 수 없는 위치에서 구름처럼 공중에 선 채로 그에게 산에서 내려가라며 자꾸만 손사래를 쳤다.

말할 기운도, 손가락 하나 까딱할 기운도 없었지만 할머니를 꿈에 보고 나서는 새벽 달빛을 받으며 동네로 내려왔다. 하릴없는 비렁뱅이 신세였다.

할머니가 없는 집에 들어가기가 죽기보다 싫었고, 이제는 사람이 그리웠다. 체온만 느낄 수 있다면 아무라도 상관없을 것만 같았다.

동이 트기를 기다리며 동네 밖 빈 동각에 누워 시간을 때우다가 떨어지지 않는 발길로 간신히 외할머니도 없는 외가를 찾아갔다. 그러나 부엌에서 아궁이에 불을 지피던 외숙모는 마당에 선 그를 발견하고서도 반기기는커녕 처음 보는 사람 모양 아는 척도 하지 않고 표정도 없이 망연자실 건너다보기만 했다.

16살이 되던 해의 추석이 갓 지난 초가을의 일이었다.

"배가 고파서 왔어요."

땟국이 흐르고, 황토로 뒤범벅된 형편없는 누더기 옷이라서 그랬던지 외숙모는 그를 방으로 들여보내지 않았다. 차가운 부엌 바닥에 밥 한술과 김치 한 보시기를 놓으며 말했다.

"아이고! 어쩌면 좋으냐?"

찬밥 한 술일망정 물 말아서 목 안으로 넘기자 눈에 힘이 돌기 시작했다. 그럴 엄두도 없었지만, 방안으로 들어갈 형편은 아니었다. 집안 부엌의 훈훈한 기운에 다시 잠이 쏟아졌다. 부엌 바닥에 그대로 쓰러져 곤한 잠이 들었던 모양인지 잠에서 깨어 일어났을 때에는 이미 외가 식구들은 아무도 없었다.

그때 꿈속에서 다시 할머니를 만났다. 할머니는 엄마와 달리 죽은 후에도 꿈속에서 말을 잘했다.

"민우야! 니가 누군디 노메(남의) 집 정지(부엌) 바닥서 잠을 잔단 말이냐? 얼렁 일어나 집으로 가그라. 보리쌀이 뒷박이라도 남아이씰텅께 어여 밥을 해묵어라. 머덜라고 노메 집 구석을 들어간다냐? 이 자석아! 빌어먹지 말고 니 집으로 가서 니 양석 묵어야제……. 옷도 빨아야 쓰겄다. 민우야! 니가 누구냐? 왕손 전주 이 씨 자손이 아니더냐? 어여 일어나 집으로 후딱 가그라."

자리에서 벌떡 일어나 주위를 살폈으나, 이미 할머니는 온데간데없고, 그의 눈치를 살피며 나뭇단 뒤에 생쥐 두 마리가 숨어 있는 것이 보일 따름이었다.

부엌을 나오자 집 마당 앞 텃밭에서 가을보리 일을 하는 외숙 부부가 보였다.

"잘 먹었습니다. 한결 기운이 납니다. 제 집으로 가겠습니다. 안녕히 계십시오. 다시는 외가를 찾아와서 성가시게 하지 않겠습니다. 안녕히 계십시오." 물론 앞 말은 생략한 채, '안녕히 계십시오.'가 고작이었다.

외숙 부부는 잘 가라고도, 더 있으라고도, 하지 않았다. 가을철 소슬바람이 잠시 외가 부엌을 들렀다 나가는 식으로 그는 그렇게 외가를 나왔다.

짐을 벗은 듯이 시원섭섭해하던 외숙 부부의 표정이 오래도록 떠올랐다.

집으로 돌아온 그는 먼저 옷을 벗어 던지고, 방과 부엌 청소부터 하기 시작했다. 그 사이에 밥을 지을 요량으로 할머니가 남긴 보리쌀을 꺼내어 물에 불렸다.

이젠 누구도 없었다. 모든 것이 고스란히 자기 혼자만의 몫이었다. 스스로 밥을 지어야 밥이 생기고, 청소해야 누울 공간이 생길 터였다.

반찬이라고는 독에 든 된장 한 가지뿐이었다. 눈물 절반에 밥 절반을 섞어서 목구멍 안으로 부지런히 쑤셔 넣었다. 목이 메고 눈물이 나서 밥알이 잘 삼켜지지 않았지만, 정말로 오랜만에 먹어보는 감개무량한 더운 밥이었다.

다음 날에는 앞 냇가로 나가 비렁뱅이 옷도 스스로 빨았다. 그리고 그 다음 날에는 구장을 찾아가서 자기 집과 밭을 팔아달라고 부탁했고, 그것을 담보로 그에게서 벼 다섯 가마 값을 얻어들고서 다시 K시로 나왔다.

담임선생은 무단결석을 했다고 호통부터 쳤으나, 대강의 이야기를 듣고 나다니 용기를 잃어서는 안 된다며 한참 동안이나 긴 설교를 해주었다. 그러나 그것은 쥐더러 고양이 목에 방울을 달라고 하는 말이나 똑같았고, 전혀 소용도 없을, 말 그대로 설교였을 따름이다.

어떻게든 돈을 아껴야 했으므로 월세 대신 전세로 살기로 하고, 자취하던 방주인에게 벼 다섯 가마 값을 치렀다. 사실 학업을 계속하는 것은 두 번째 문제였다. 우선 당장 먹고 살 일이 더 시급하고 큰 문제였다. 예전처럼 적당히 아르바이트 식으로 일해서는 굶어 죽기 십상이고, 이제는 먹고 살려면 아무래도 직업적으로 나서야 할 것이었다.

기차역으로 '땅꼬마'라는 별명을 가진 깡패 오야붕을 만나러 갔다. 신문 팔이든, 아이스케키 장수든, 구두닦이든, 뭐든 간에 그의 휘하로 들어가야만 입안에 밥알을 넣을 수 있을 것이기 때문이다. 그러나 그는 학교를 확실히 그만둔 후 다시 찾아오라고 했다.

학교를 그만두려다 보니 죽은 할머니의 얼굴이 자꾸만 떠올랐고 고등학교만큼은 어떻게든지 마치고 싶었다. 2학년 2학기니까 절반 이상 지나갔고 이제 1년 조금 더 남아있지 아니한가? 연구에 연구를 거듭했다. 그러나 무슨 뾰쪽한 수가 나올 리 없었다. 할머니가 소원을 댔지만, 아무래도 공부는 팔자에 없는 일이었다. 그러나 어떻든 자퇴하는 것보다는 휴학하는 편이 훨씬 더 나을 거라는 생각이 들었다. 또 누가 아는가? 운이 좋으면 복학할 수 있게 될지도…….

마침내 휴학을 결정하던 날, 학교에서 종례를 마치고 교실을 나오면서 옆자리의 박영기에게 아듀를 고하며 말했다.

"야! 영기야! 나 내일부터 학교 관두게 됐어. 그동안 너무 고마웠다. 잘 있어라. 언제 또 만나볼 순 있을 거야……."

"그게 무슨 소리냐?"

"학굘 관두게 됐어. 여하튼 긴 설명은 못 하겠고……. 그동안 여러 가지로 너무 고마웠다."

"학굘 그만둬? 왜? 이유가 뭔데?"

창피하게도 자꾸만 눈물이 나는 통에 말을 다 마칠 수 없었다.

"잘 있어. 새꺄! 나중에 또 만나자."

그날 밤 하굣길에 박뚱과 그의 집 골목 앞에서 헤어졌다. 그동안 한 책상에 나란히 앉아서 지냈지만, 그와는 이제 사뭇 다른 인생이 될 것이었다.

그러나 박뚱은 걱정이 돼서 밤새 한숨도 못 잤다면서 다음 날 새벽같이 그의 자취방을 찾아왔다. 그가 무엇 때문에 그러느냐고 꼬치꼬치 캐묻는 통에 다시금 서러움이 북받쳤다. 그래도 세상에서 아직 자신을 걱정해주는 사람이 한 사람이라도 남아있다는 것이 믿어지지 않을 정도였다.

"야이, 시발놈아! 가시나덜(여자애들) 겉이 울지만 말고, 똑똑허게 말을 좀 해봐라."

대강 이야기를 들은 박뚱은 그런 일이 있으면 자기에게 먼저 말하지 왜 안 했느냐며 생트집부터 놓았다. 그러고는 다짜고짜 그의 다섯째 해당화 집으로 민우를 끌고 갔다. 아침 8시도 안 된 이른 시간이라서 누나네 집에는 그의 매형이 출근 준비를 서둘고 있었다.

그는 누나들이 많았고, 의사에게 시집간 누나가 다섯 명이라고 했다. K 시에 있는 대학병원에만도 매형이 두 사람이나 과장으로 있었다. 그의 다섯째 매형도 그중 하나였다.

물론 초면이었지만, 그의 다섯 번째 해당화 역시 무척이나 아름답고, 왕비만큼이나 품위 있는 모습이었다.

이른 아침부터 찾아온 것이 못마땅했던지 얼굴을 마주치는 순간부터 그의 누나는 눈살을 찌푸렸다. 그러나 그의 매형은 별다른 표정 없이 그를 맞았다. 그는 말없이 박뚱의 이야기를 다 듣고 나더니 간단히 말했다.

"그래? 알았다. 내 한번 알아보마."

그의 매형이 나가자마자 그는 제 누나에게 넉살 좋게 두 사람의 아침밥까지 부탁했다. 그녀는 그런 자기 남동생이 미워죽겠는 모양이었다.

"언니네는 아침밥도 안 먹는다냐?"

그는 그때 그의 셋째 해당화네 집에서 기숙하고 있었다.

초등학생과 유치원생 정도일 아이가 식탁에서 일어서기가 바쁘게 박뚱이는 민우를 빈자리로 끌어다 앉혔다. 누나네 아이들조차 박뚱을 별로 좋아하지 않는 눈치라서 민우는 좌불안석이 되었다. 그러나 박뚱은 누나네의 그런 태도에 이골이 난 모양인지 제 손으로 직접 밥을 퍼다가 민우와 자기 앞에 놓더니만 민우를 재촉했다.

"야! 빨리 먹어. 우리 누나는 돈 쓰러 다니기도 바빠."

어쨌든 마침내 민우는 박뚱의 그 다섯째 해당화 남편 덕택에 대학에서 임시직 한 자리에 채용되었고, 학교도 다시 다닐 수 있게 되었다. 그래서 생각해보면 그에게 가장 큰 은혜를 베푼 사람을 꼽으라면 단연 영기일 것이었다.

민우가 취직해 들어간 곳은 의과대학 병리학교실이었는데, 여기에서 그의 역할은 그야말로 다목적용으로 건물 청소에서부터 조교를 포함해서 정식 직원 여섯 명의 개인 비서 노릇까지 모조리 도맡아서 했다.

주임교수가 한 분, 조교수가 둘 그리고 그 밑으로 조교가 세 사람이 있었고, 실험실, 교수실, 연구실, 작업실 등 크고 작은 방이 가운데로 나 있는 긴 복도를 따라 여섯 개나 되었다.

잠은 학생들 실험실 작업대로 쓰는 탁자 위에서 잤고, 새벽 여섯 시쯤 일어나서 침구를 정리한 후 교실 전체 청소부터 시작했다. 하루 한 번씩만 하는 청소라서 바닥뿐만 아니라 책상, 의자, 탁자, 책꽂이, 유리창, 창틀에 이르기까지 교실 전체를 빈틈없이 쓸고 닦았는데, 조교들이 출근하기 전인 8시 전까지는 반드시 완전히 마무리를 지어야 했다.

거기에다 겨울철에는 더욱 힘들고 귀찮은 일이 한 가지 더 있었는데, 그 것은 석탄 난로를 방마다 피워놓는 일이었다. 그래서 겨울철에는 네 시 통 금해제 사이렌 소리를 듣자마자 벌떡 일어나 일을 서둘러야만 8시 전까지 대체로 마무리를 지을 수 있었다.

하지만 무엇보다 다행스러운 것은 숙식할 장소와 정해진 급료가 보장되 어 있다는 점이었다. 그리고 명절 때나 휴가철이면 여러 사람으로부터 비 록 개인적이긴 했으나 적잖은 돈을 받기도 했다. 그래서 학교에 돈을 내고 도 남을 만큼 항상 저금통장에는 상당한 잔액이 들어 있었다. 신발값도 안 되는 돈을 받으며 신문을 돌리느라 새벽부터 뛰어다니던 때와는 비교 도 할 수 없을 만큼 좋은 일자리였다.

그의 공식적인 업무는 학생들 실습을 준비하는 일과 조교들을 도와 여 러 복잡한 단계의 조작을 해서 병리 표본들을 만드는 일이었지만, 그것뿐 만 아니라 청소하기, 난로 당번, 편지 붙이기, 회람 전하기, 담배 사오기, 커 피 끓이기 등등 온갖 잡다하고 자질구레한 일 전체가 다 그의 몫이었다.

그토록 힘든 일과였으나, 다행히 감기 한번 앓아본 일도 없었다.

학교 수업은 오후 5시부터 시작되었으므로 오후 네 시가 되면 작업실로 가서 간밤에 남겨둔 냄비 밥을 늦은 점심으로 대충 때우고 등교했다. 그러 고는 수업이 끝나고 학교 교실청소가 끝나는 밤 10시 반이면 칼같이 정확 하게 직장이자 숙소인 병리학교실로 돌아왔다. 취침 전 두어 시간 동안이 복습과 숙제를 하면서 밥을 지어먹는 개인적인 시간이었고, 아침에 일찍 일어나야 했으므로 새벽 1시에는 반드시 잠자리에 들었다.

부식은 주말이나 하굣길에 가끔 시장에 들러서 사왔다. 시장 아줌마는 그의 식성을 잘 알고 있었고, 돈을 주면 김치도 담가주었다. 그 외에 된장, 젓갈 등이 그의 주된 부식이었다. 김치도 중요하지만, 뭐니 뭐니 해도 주리고 차가운 배 속에는 뜨거운 된장 국물이 최고였다. 낮에는 바쁘기도 했지만, 그걸 끓일만한 장소도 없었고, 더더구나 냄새 때문에 안 될 일이었다. 그러나 밤만 되면 마음 놓고 무슨 음식이라도 끓일 수 있었다. 뜨거운 된장 국물에 밥을 말아 먹으면 씹지 않고도 술술 넘어갔다. 배가 부르면 책을 펴고 공부를 시작했다. 아무도 없는 밤만큼은 그가 세상의 왕이었다.

그때부터 민우가 되고 싶었던 것은 의과대학 병리학교실 주임교수였다. 병리학 주임교수야말로 세상에서 제일 훌륭하고, 제일 높은 분이라는 것을 실감했기 때문이다.

교실의 모든 일은 그분 말씀 하나로 일사불란하게 꾸려져 갔고, 그분의 말씀은 곧 법이었다. 설령 민우가 맡은 일을 다 못해냈다 할지라도 그것이 주임교수님의 일 때문이었다면 기꺼이 용서되었고, 청소에서부터 난로에 이르기까지 모든 일에서 주임교수실은 항상 제1순위였다.

어떤 상황, 어떤 시간이라 할지라도 절대로 주임교수실 난로를 조리용으로 사용할 수는 없었다. 또한 설령 아무도 없는 한밤중이라 할지라도 주임교수실에는 일 없이 들어가는 법이 없었고, 낮과 똑같이 걸음걸이조차 조심스럽게 걸었다.

그러나 딱 한 번 그가 망령을 부린 일이 있었는데, 그것은 그가 의과대학에 입학하고 난 직후 직장에서 마지막 밤을 보내던 늦은 밤과 새벽 시간이었다.

고교 졸업과 대학 진학의 꿈을 가능하게 해준 병리학교실 건물 전체를 한밤중부터 구석구석 깨끗이 쓸고 닦으며 꼬박 밤을 새워 마지막 청소를 했다. 그동안의 하고많은 일들이 주마등처럼 떠올랐다. 하지만 모든 것이 결국 다 잘되었고, 다행스럽기 그지없는 일이었다.

만약 이 병리학교실이 없었다면 어땠을까? 학교는커녕 목구멍에 풀칠하기도 어려웠을 것이다.

손길을 놓을 수가 없었다. 그는 마치 무슨 경건한 의식을 행하는 사제라도 된 것처럼 교실 전체를 닦고, 닦고, 또 닦았다.

주임교수실 집기가 윤기가 나도록 몇 번이고 닦다가 마침내 그는 평생 처음 불경스럽게도 교수 집무 의자에 한 번 앉아보았다. 회전의자의 푹신한 감촉과 함께 주임교수로 가는 첫 관문을 통과했다는 자긍심이 일었다. 죽은 할머니와 엄마가 저승에서라도 이 사실을 안다면 얼마나 기뻐하실까?

날이 새면 일요일 아침이었다. 일요일엔 어쩌다 조교들이 출근하기도 했지만 대체로 아무도 없었다. 그런데도 그는 마치 무슨 중대한 의식을 치르는 사람처럼 밤새 자지도 않고 아침 아홉 시가 될 때까지 청소를 계속했다. 끝도 없이 쓴 데를 또 쓸고, 닦은 데를 또 닦았다. 그러고는 아무도 없는 아침 시간에 다시 한 번 주임교수 의자에 앉아보며 굳은 결심을 했다.

이민우, 넌 의과대학을 정말 잘 들어갔어. 조교들은 네 처지에 의과대학에 간다는 것은 무리라고 했지만, 아냐! 넌 정말 잘 갔어. 여태껏 잘해온 것처럼 앞으로도 잘해낼 수 있을 거야. 넌 무슨 일이 있어도 의과대학 졸업을 해야 해. 그래서 주임교수가 되는 거야.

기쁨과 새로운 각오로 흥분되어 눈물까지 솟았다. 죽은 할머니와 엄마에게도 단단히 마음을 먹고 말했다. 이제 꼭 난 주임교수가 될 거예요. 그땐 할머니처럼 가난한 사람들은 내 돈을 들여서라도 입원시켜 치료를 받게 하겠어요. 암을 낫게 할 수 있는 약을 연구하겠어요. 그리고 돈을 벌면 제일 먼저 넓은 집을 사겠어요. 그래서 뜰에다 장미꽃밭을 만들고, 거기에다가 가족들의 묘지를 만들어 드리겠어요. 아니면 지금 밭 자리에 집을 짓고서 묘지가 있는 별장을 만들거나……. 난, 꼭 그렇게 하겠어요. 아시겠어요? 그때까지 꾹 참고 기다려주세요.

그러고서 며칠 후, 지금처럼 어두운 밤에 가족 묘지로 와서 똑같은 말을 했고, 재삼 스스로 결심을 굳혔다. 그랬다. 그때가 딱 10년 전 대학 등록을 마친 2월 하순경의 일이었다.

의과대학에 진학하게 된 이상 병리학교실에서 더 이상 일할 수는 없었다. 민우만큼 운이 좋은 후배에게 자리를 인계해야 할 시기가 온 것이다.

시골에서 정리한 재산과 그동안 병리학교실에서 받은 월급은 저축으로 고스란히 남아 있었다. 그는 그 돈을 조금씩 꺼내어 등록금을 해결했다. 물론 숙식은 가정교사 자리와 이런저런 일거리를 얻어서 해결했으나, 물론 그건 말같이 그리 쉬운 일은 아니었다.

다른 사람들처럼 군의관 장학금만 받을 수 있다면 등록금, 책값에서부터 하숙비까지 모든 게 다 저절로 해결될 것이었으나, 군에서조차 받아주지 않는 고아의 처지로서는 그림의 떡이었다. 결국 두 해나 쉬면서 학비를 벌어야 했다. 그래서 6년이 아닌 8년 만에야 간신히 졸업할 수 있었다.

밤기운이 차갑게 느껴졌고, 몸이 으스스 떨렸다. 살고 있지 않은 곳으로 오면 추워지기부터 하는 것이 그의 버릇이었다. 한여름철이라 해도 낯선 도시라거나 떠나버린 동네로 들어서면 우선 으스스 떨리기부터 하는 것이다.

여기까지 왔는데…… 그리고 싫든 좋든 외가인데, 안 들를 수는 없다는 생각이 들었다. 눈앞의 시골 구멍가게에서 간단한 선물을 몇 가지 사들고 외가 동네를 향해 느릿느릿 걷기 시작했다.

집 구조도 여전했고, 나이만 더 들었을 뿐 외가 식구들 역시 모두 여전했다. 반기는 것도 아니고, 그렇다고 해서 예전처럼 냉대하는 것도 아니었다. 다만 이번에는 부엌 바닥이 아닌 방안에서 늦은 저녁을 얻어먹고, 사촌 동생이 군대 가기 전에 썼다는 골방 한구석에 가서 잠을 청했다.

그날 밤에는 오랜만에, 정말 오랜만에 꿈속에서 할머니를 다시 만나보았다. 할머니를 감격스럽게 끌어안으면서 주위를 살펴보니, 엄마를 포함하여 죽은 식구들 모두 그런 둘을 건너편에서 지그시 바라보며 서 있었다. 할머니는 살아생전처럼 여전히 누더기 옷을 입고 있었으나, 흔치 않은 환한 웃음이었다.

가족들 모두의 얼굴을 이번 기회에 자세히 보아두려고 했으나, 그러면 그럴수록 식구들의 얼굴은 더욱 불분명해졌고, 마침내는 형체조차 사라져버렸다. 안타깝기 그지없었다.

"아들딸 낳고 잘살아야 헌다, 잉. 알것냐? 억척스레 일 잘허고 건강헌 여자럴 얻어야 쓰고……. 우쭈께던(어떻게든) 생산해서 잘살아야 허는 거여. 알것냐?"

꿈속에서도 할머니는 장가가서 잘살아야 한다며, 아들딸 낳아서 다시금 가족을 옛날만큼 불려야 한다며, 그러려면 억척스럽고 건강한 여자와 결혼해야 한다며 거듭거듭 말했다.

이튿날 동도 트기 전에 다시 묘소를 찾아 나섰다. 신새벽이지만 밝았으므로 어젯밤과는 달리 쉽게 찾을 수 있었다. 오래된 묘지들은 풀이 죽고 더러 황토가 드러나 있었으나, 할머니 묘소만큼은 풀도 잘 자라고 있었고, 누가 했는지 벌초까지 잘되어 있었다.

묘지마다 술을 붓고 절을 했다. 그리고 앞으로는 될 수 있으면 1년에 한 차례씩은 꼭 들르겠다고 말씀드렸다. 또한 할머니 제삿날을 택해서 다른 가족 모두 합동으로 제사를 지내 드리겠다는 말씀도 드렸다. 그러고는 예전에 할머니가 그랬듯이 묘지에 따른 술을 땅에다 세 번씩 흩뿌리고서 남은 술은 죄다 마셔버렸다.

할머니는 묘지에 차렸던 술을 조금씩 세 차례 땅에다 흩뿌린 다음 끝까지 다 마셨다. 그리고 어린 민우 역시도 한 모금일망정 반드시 마시도록 했다.

"그래야 허는 거여. 이렇코롬 음복을 혀야 조상에게 복을 받는 거여. 알겄냐?"

그때마다 그는 으레 술에 취해 묘지에서 잠이 들었다. 그러고 나서 정신을 차려보면 할머니의 등에 업혀서 집으로 돌아가는 길이었다.

할머니는 명절 때마다 차례상을 차렸다. 할머니는 그에게 홍동백서니 좌포우육이니 하는 등의 제사상에 음식을 배열하는 방법을 자세하게 가르쳐주고 싶어 했고, 그 역시 잘 기억해두려고 애썼다. 그러나 할머니가 돌아가시고 나자, 제사 따위는 깡그리 잊고 지낼 수밖에 없었다.

초등학교 6학년 때였던가? 추석이 며칠 남지 않은 2학기 수업시간이었는데, 담임선생님이 한번은 난데없이 제사에 관해서 물었다.

"자기 집에서 제사를 지내는 사람?"

무슨 일인가 싶어 아이들은 서로 주위를 돌아보며 거의 다 손을 들었다.

"모두 다 제사를 지낸다는 말이지……. 좋아! 그럼, 제사상에 반드시 밤과 대추와 감을 놓는 이유를 아는 사람?"

선생님의 질문에 아이들은 모두들 어리둥절해서 대답을 하지 못했다. 그런 건 어떤 책에도 나오는 내용이 아니기 때문이다. 선생님들은 대체로 공부를 잘하는 순서로 묻기 마련이었다.

"자! 이민우! 너부터 한번 말해봐!"

정답은 아니더라도 비슷하게는 답을 맞혀야 할 것이었다. 공부를 제일 잘한다는 체면도 있지 않은가?

"네, 정확히는 잘 모르겠습니다만, 아마도 우리나라에서 얻을 수 있는 가장 흔하고 대표적인 과일이기 때문일 것 같습니다."

"또 다른 사람?"

그러나 그게 아닌 모양이었다. 선생님은 이번에는 거두절미하고 누구를 지명하지 않고 대답할 사람을 직접 찾았다. 아이들은 저마다 누가 손을 드는지 사방을 살피며 선생님을 주목하고 있었다. 그러자 맨 뒷줄에 앉아서 평소에는 잘 나서지 않던, 나이 많은 아이가 손을 들었다.

"그래! 김복동! 말해봐!"

"감에는 씨가 여섯 개 있습니다. 그건 6판서를 뜻한다고 합니다. 밤에는 대개 세 쪽의 밤톨이 있는데 그건 3정승을 뜻하고, 또 대추에는 씨앗이 하나 있으므로 영의정을 뜻한다고 합니다. 제사를 지내면서 자손들이 높은 벼슬을 할 수 있게 해달라고 비는 기원의 뜻이라고 알고 있습니다."

역시 나이는 나이였다. 아이들 모두 그의 해박한 설명에 탄복하면서 그의 자신에 찬 표정을 바라보았다. 초등학교 취학 전, 할머니 등에 업혀서 큰 동네에 있는 서당을 다니면서 명심보감을 떼고 소학 시작 부분까지 한학을 배웠던 민우였지만, 그런 건 금시초문이었다. 아무래도 집안에 어른을 모시지 못했기 때문일 것이다. 그러나 그것 역시 정답이 아닌 모양이었다. "또 다른 사람?" 하고 선생님은 다시 물었다.

아무도 손을 드는 사람이 없자, 선생님은 엄숙하게 말했다.

"물론 여기에 어떤 정답이 있을 순 없다. 아마도 부모님께서 자기 자식들에게 설명하기에 따라 모두 달라질 것이기 때문이다. 그렇지만 내가 하려는 말은 따로 있다. 조금 어려운 말일 수도 있겠지만 잘 들어라."

그때 선생님은 이렇게 말했다.

"밤나무는 싹을 틔웠던 처음의 밤 한 톨이 몇 백 년 동안이라도 썩지 않고 그대로 나무와 함께 남아 있는데, 그것은 조상은 자손들이 세상에 남아있는 한, 몇 백 년이고 그들과 함께한다는 뜻이다. 또 감은 반드시 다른 나무와 접을 붙여야만 좋은 열매를 맺게 되는데, 그와 같이 사람도 반드시 다른 집안의 남녀끼리 결혼해서 가정을 이루어야 한다는 뜻이다. 대추는 다른 과일들과 비교할 수 없을 만큼 많은 열매를 맺는다. 그렇듯이 누구든지 자기 자손의 숫자를 불려서 집안을 키우라는 뜻이다. 그러나 이것 역시 사실 정답이 될 수는 없다. 왜냐하면 집안마다 설명이 다 제각각 다를 수 있을 터이고, 사실 그 답이 정식으로 전해 내려오지도 않기 때문이다. 즉, 사람들이 제각각 편리한 대로 그럴듯한 설명을 붙여놓았다는 뜻이다. 그러나 지금 내가 너희에게 말해주려는 것은 그런 이야기가 아니다. 내가 하고 싶은 말은 바로 어느 누구든지 조상이 있으므로 해서, 자기 자신이 있다는 것을 명심하고, 열심히 공부해서 훌륭한 사람이 되어서, 결코 조상을 욕되게 하지 않고 오히려 추앙받을 수 있게 해야 할 것이라는 뜻이다."

그때 그는 생각했다. 나도 자라면 결혼을 할 것이다. 그래서 아이들을 할머니가 그만 낳으라고 할 때까지 계속해서 낳을 것이다. 죽은 가족들을 위해서라도 난 꼭 그렇게 할 것이다.

잠시 초등학교 때 제사와 가족에 관한 수업시간의 일을 생각해보다가 묘지로 눈을 돌렸다.

어린 시절과 할머니가 더없이 그리워졌고, 눈물까지 났다. 묘지가 여럿이다 보니 조금씩 마신 음복술에도 취기가 심하게 올라왔다. 그 때문에 기분이 헤퍼졌는지도 모를 일이었다.

아침 해가 어느새 높게 떠올라서 양지바른 곳에 위치한 묘지를 포근하고 따뜻하게 비추어주었다. 어머니와 할머니가 잠들어 있는 어중간쯤에 겉옷을 벗어 깔고 누웠다. 눈이 시리도록 맑고 푸른 전형적인 가을 하늘이 올려다보였다.

신새벽에 인사도 없이 나왔던 것이라서 다시 외가에 들렀다. 묘소 벌초를 누가 했는지 물었으나 외가 식구들은 아무도 몰랐다. 궁금해서 어쩔 수 없이 마을 구장 댁에 들렀다. 구장은 아주 노인으로 변해 있었고, 성격조차 변했는지 무척이나 반갑게 맞아주기까지 했다. 평소와는 너무 딴판이라서 어리둥절해졌다. 외가에서조차 사양했던 아침밥이었지만, 그의 성의에 못 이겨 하는 수 없이 밥상까지 받았다.

묘소 일을 넌지시 꺼내 물었다. 그러자 구장은 당황해하며 야릇한 표정을 짓더니만, 대답 대신 묘소가 있는 밭을 자기에게 팔지 않겠느냐고 물었다.

할머니를 여의고 나서 얼마 지나지 않아 집안 정리를 모두 마쳤으나, 사랑하는 가족들 묘지가 있는 산허리 밭만큼은 누구에게도 결코 팔지 않았다. 그리고 그토록 어렵고 힘든 세상을 살면서도, 꿈에도 그런 생각을 하지 않고 살았던 것은, 그 밭이야말로, 그와 죽은 가족들과의 단 하나 남은 마지막 교통로이자, 보루요, 성지라는 생각 때문이었다. 그와 죽은 가족들 몫으로 조물주에게 허락받은 마지막 쉼터인데, 어떻게 팔 수 있다는 말인가?

"다른 뜻이 있는 건 아니고……. 물론 자네 씨 묘소는 우리가 다른 데로 잘 옮겨주기로 하고 말일세……. 거기 근처에다가 과수를 심었는데, 자네 씨 밭이 그 어중간에 들어 있어서 여간 불편한 게 아니라서 말일세……."

요는 그러니까 새로 조성한 자기네 과수원을 위해 민우더러 밭을 팔라

는 말이었고, 그렇게 해주면 민우네 묘소를 다른 곳에다가 다시 조성해주
겠다는 이야기였다. 그의 사정도 딱하긴 했으나, 묘소를 다른 곳으로 옮기
고 싶은 생각은 추호도 없었다.

그 밭에서 유일한 혈육인 할머니와 함께 어린 시절을 보내면서 잔뼈가
굵어졌고, 어머니에 대한 사무치는 그리움을 참아내던 곳이 아니던가? 얼
른 대답하지 못하고 머뭇거리자, 구장은 정색하면서 다시 대단한 액수의
돈을 말했다.

"내 그렇다면 자네에게 딱 천만 원 한 장 줌세. 아마 모르긴 해도 그 돈
이면 서울에서 대갓집 같은 큰 집을 사고도 남을 게야."

그러자 팔고 싶기는커녕 오히려 더럭 의심이 났다. 턱없는 값을 치르면서
까지 왜 이토록 집요하게 사려는 걸까? 구장이 체통을 잃을 정도로 사정
하기도 하고, 그에게도 그만한 돈이 있다면 매우 요긴할 것이기 때문에 처
음에는 그의 청을 들어줄까 싶기도 했다. 하지만 구장이 어떤 사람이던가?
아무래도 그가 잘 모르는 무슨 다른 사연이 필시 있을 것이었다.

"그러죠 뭐. 그러나 지금 당장은 안 되고…… 여하튼 한번 생각을 해보
겠습니다. 감사합니다."

적당히 얼버무리며 자리에서 일어서려는데 구장은 계속 졸랐다. 성가신
나머지 재빨리 그의 집을 나와 버렸다.

구장 댁을 나오자 자연히 자기 집터로 발길이 옮겨졌다. 어린 시절 할머
니와 함께 살던, 차마 꿈속에서조차 잊지 못할 곳이었다.

그러나 냇가의 밭 한 귀퉁이를 차지하고 있던 옛집은 이미 헐려 자취도
없었고, 대신에 붉은 지붕을 인 새마을 주택 한 채가 그 자리를 차지하고
들어앉아 있었다.

때마침 그 집 대문 곁에 50세 전후의 농부가 그를 건너다보고 있는 것이

눈에 들어왔다. 내친김이라서 집터를 더 자세히 둘러보려고 다가갔더니, 뜻밖에도 그는 민우가 누구인지 다 알고 있다는 듯이 오히려 먼저 말을 걸어왔다.

"저 머시냐, 여그서 살던 쩌그 산자락 묘지 임자시지라우? 잘 오셨구만. 자! 들어가십세다."

"저에 대해서 아십니까? 전, 선생님이 뉘신지……. 전혀."

그러자 그는 껄껄 웃으며 대답했다.

"자! 글지 말고 우리 들어가서 이야길 하십세다."

그의 말로는 그동안 민우네 집은 헐린 채 밭으로만 사용되고 있었는데, 그가 5~6년 전에 사서 다시 농가를 신축했다는 것이었다. 그 후 동네 사람들에게 민우네에 대해서 전해 듣고 잘 알게 되었으며, 기왕에 같은 집터에 집을 짓고 살고 있으니만치 묘소 벌초를 했던 것인데, 그게 무슨 대수냐는 것이었다.

아! 그랬구나! 그에게 큰절이라도 올리고 싶어졌다.

"고맙습니다. 이런 은혜를 어떻게 다 갚을 수 있을까요?"

"아, 서로 한 집터에 사넌 이런 인연이 어디 쉽겄소? 안 그렇소, 잉? 그라고 어디 벌초 한번 못 해주겄소? 은혜랄 것도 읍제……."

투박한 사투리라서 그런지 생면부지였지만 여간 정이 가는 게 아니었다.

"너무너무 고맙습니다."

하지만 갑자기 고마움이라는 천사 뒤편에서 난데없는 의심이라는 귀신이 따라 나왔다. 혹시 묘지 터에 어떤 내력이 있어서 그랬던 것은 아닐까? 애걸하다시피 부탁을 하던 구장도 그렇고…….

구장을 만났다는 말은 생략해버리고, 그에게 서울에서 살므로 이제 묘지를 서울 근교로 옮겼으면 하는데, 어떨는지 조심스럽게 물어보았다. 그러자 그는 대답 대신 눈을 지그시 감은 채로 잠시 침묵하고 있더니만, 이윽고 민우를 똑바로 바라보면서 물었다.

"혹 여그 오기 전에 구장 댁얼 먼차 들리고 오신 것언 아니오?"

질문의 의도를 이미 다 알아챈 듯한 반문이었다. 순간 가슴이 뜨끔했다. 그래서 사실대로 다 말하는 게 좋으리라 여겨졌다.

"그렇습니다. 어떻게 아셨습니까? 많은 돈을 주고서라도 어떻게든지 사고 싶어 했습니다."

"그래서 머라고 했일께라우?"

"생각해보겠다고 했습니다."

"그라면 그 댁에 양보럴 헐 생각이시다요?"

농부의 아내가 조촐한 술상을 보아왔다. 그네는 곤혹스러운 얼굴로 앉아 있는 그를 흘끔거리다가 곧 자리를 피했다.

민우가 얼른 대답을 못하고 있자, 눈을 지그시 감고 생각에 잠겨 있는 것 같았던 그가 마침내 이상한 말을 하나 해주었다.

"내가 이사럴 와서 살던 바로 그다음 해 정초였일 거시오. 하로는 허름헌 차림을 헌 시님 한 분이 와서 공양을 해달락해서 우리가 지끔 앉아 있넌 바로 이 자리에다 공양 한 끼를 차라 드렸지 않겠소. 그란디 식사를 마친 시님이 뜬금없는 소리를 하나 헙디다. '자녀분들은 모두 어딘 가고 아무도 안 계십니까?' 그래서 우린 생산을 못 했고, 그래서 식구 둘만 산다고 했지라우. 그랬더니 그 시님은 껄껄 웃으며 '그럴 것이외다. 이것도 다 인연인디……. 아매도 이 집에서 예부터 살던 분들의 묘가 저 산 어디에 있을 거신디……. 부지런히 그분들에게 정성을 다하면 틀림없이 생남생녀하리다. 내가 3년 후에 다시 올 터인즉, 그때에는 시줏님 후손들을 이 방에서 볼 수 있을 것이외다.' 그럼시로 그 시님이 안 떠나갔겠소? 미심쩍기는 했제만,

밑져봤자 본전 아니겠소? 그래서 부지런히 댁의 묘소를 돌보았던 거제라우. 식구덜 모두가 한날한시에 돌아가시고, 조모님만 나중에 돌아가신 것도 그래서 알았고……. 하여간에 우리 조상덜 제사처럼 정성껏 안 모셨소? 그때 나는 마운야답 살이고 우리 댁은 마운다섯이었제라우. 그런디 그 나이에 무슨 출산이것소만 고거이 아니었소. 고 시님 말씀처럼 고 담해에 아덜이 하나 생게났고, 고 담담 해에 연달아서 또 여식이 하나 더 생겼제라우. 혹 아까치메 바깥에서 보셨는지넌 모리겠으나, 둘 다 잘 자라고 있제라우. 근다…… 지끔 내가 하는 말이 믿기지 안체라우?"

그는 마치 전설의 고향에서나 나옴직한 터무니없는 이야기를 시작했다.

"그라고 나서 3년 후가 되는 디, 아! 영락읍시 고 시님이 다시 오셨소 그랴. 우리 내외넌 아조 극진허게 맞아들였제라우. 그라고 메칠이라도 더 유허시라고 간청을 했지라우. 우쭈꾸롬 고런 일이 있일 수 있냐고 묻고 싶기도 하고라우……."

그는 말을 잠시 끊더니 술을 쭉 들이켜며, 민우에게도 한 잔 들기를 재촉했다. 그러나 어디까지가 사실이며 어디까지가 아닌지를 알 수 없을 만큼 그의 이야기는 상식적인 수준은 아니라서, 넋을 잃은 채로 듣고만 있었다.

"그랬더니 고 시님께서 요런 말씸얼 허십디다. 앞으로 누구던지 묘지에 손을 대면 반다시 앙화를 입을 거이고, 4년 후 추석 때가 되면, 그라니께 영락없는 오늘 아니겠소, 잉? 묘지의 임자가 올 거이니께로 고 말을 꼭 전허라고 하십디다. 그래서 내내 아칙서부터 집 앞에서 댁을 기다리고 있던 거시제라우. 혹연 집으로 안 올지 몰라 묘지로 한번 올라가 볼라고 했는디."

귀신 아니면 도깨비였다. 장본인인 그 자신도 어제 주리의 전화를 받기 전까지는 고향에 오겠다는 생각을 꿈에도 하지 않았었다. 그런데 그 스님은 이미 4년 전부터 그가 올 줄 알고 있었다니!

너무나도 이상하고 확실한 예언에 놀란 나머지 그는 자기도 모르게 무릎을 꿇고 경건한 자세가 되었다. 한순간에 그는 하찮은 농부에서 갑자기 선생님으로 바뀌었다.

"선생님, 그 외에 저에게 하시는 다른 말씀은 없던가요? 혹 어디로 가면 그분을 만나 뵈올 수 있을까요?"

"난덜 우쭈꾸롬 알겠소? 그분언 고렇게 말씸얼 하시고는 금시로 마을을 떠나셨는디……. 동네서는 또 우쭈꾸롬 소식을 알았넌지 금방 소문이 돌았제라우. 묏자리가 대단한 명당 터이라고라우. 그라니 마을에서넌 걱다가 즈그덜 묘를 쓰려고 모다덜 혈안이 안 되았겠소? 고 이상은 나도 잘 모리겠소. 그라니께 더 물을 생각언 허덜 마시오. 아! 참, 그라고 한 가지가 더 있는디……. 한마트먼 빠터릴 뻔했구먼……. 댁한티 곧 좋은 일이 있일 거싱께 열심히 공부나 허고, 경거망동허지 말고 지달려보라고 허십디다. 누구헌티나 한사코 존 일해야씬다고 허심스롱……."

곧 좋은 일이 있을 거라고?…… 수련이나 혜진이에 대해서 하는 말은 아닐까? 그러나 그는 더 이상의 언급 없이 자작으로 술만 거듭하고 있었다. 애가 타는 나머지 혜진과 수련을 구체적으로 들먹이며 거듭거듭 물었으나, 소용없는 일이었다.

마침내 어느 한순간에 갑자기 그의 모습과 방안의 풍경이 흐릿하게 변하면서 안개처럼 스러져버렸고, 민우는 깜짝 놀란 채로 눈을 떴다.

그것은 한바탕 꿈이었다. 따사로운 아침 햇살과 음복술에 취해서 묘지에서 그만 잠이 들어 그런 꿈을 꾸었던 모양이다. 그렇지만 꿈이라고 하기에는 너무나 생생했고 확실한 스토리가 있었다. 그래서 어쩐지 무슨 이적이라도 보았던 것 같았고, 엄연한 현실처럼 느껴졌다.

묘지에 누워 있는 가족들에게 이번에는 정말로 하직인사를 드리고 마을로 내려왔다. 꿈 생각이 나서 재빨리 집터로 가보았다. 살던 집은 이미 헐리고 없었고, 꿈속에서와 똑같이 새마을 주택이 한 동 지어져 있었는데, 가만히 생각해보니 어젯밤 외가를 가면서 멀리서 보았던 풍경 그대로였다.

일부러 주인을 찾아서 인사를 나누었다. 그의 말은 주인 허락도 없이 민우의 밭을 부치는 것이 미안해서 대신에 묘지를 관리하고 있었다는 것이고, 꿈속에서와는 달리 그는 이미 장성한 아들과 딸이 있다는 60대 남자였다. 그는 스님에 대해서도 전혀 아는 바 없었고, 이사 온 지도 어언 10여 년이 다 된다고 했다.

묘지를 돌보아주셔서 고맙다고 거듭해서 감사를 표하자, 돌보는 사람이 없으면 아무라도 돌보는 것이 마땅하지 않겠느냐고 말했고, 그가 의사라고 했더니 그렇다면 자기는 병든 사람 돌보는 의사 일을 도운 셈이니 그 또한 얼마나 좋은 일이냐는 것이었다.

그 역시 조촐한 술상을 내왔다. 그도 마셨고 민우에게도 술을 권했다. 시골의 푸짐한 인심인데다가, 나이 든 사람들의 너그럽고 여유 있는 대접이라서 생면부지로 처음 보는 사람이었지만 신뢰감과 호감이 갔다.

묘지에서 꾸었던 꿈속의 남자와 닮은 곳이 있는지 유심히 살펴보았다. 물론 얼굴과 나잇대는 전혀 달랐으나, 인정 많고 잘해주는 것만은 틀림없이 똑같았다.

선물도 사지 못하고 경황없이 왔다며 돈 봉투를 내밀었다. 그러나 시골에서는 자급자족하며 살아가는 것이라서 돈 같은 건 필요 없다며 한사코 받지 않았다. 자꾸만 더 권하자 그는 정히 그렇다면 병원에 오는 사람 중에 어려운 사람이 있으면 써 달라는 것이었다.

처음에는 이름 없는 촌부라고 생각했었으나, 그게 아니고 세속에 찌든 채로 각박한 도시아이가 되어 살아가는 자신이 오히려 더 부끄럽고 어리석게 느껴질 정도였다.

성명을 묻자, 그는 '김이대'라고 한다면서 내년에도 벌초해놓을 테니 걱정하지 말라는 말도 곁들였다. 고맙다는 인사를 수없이 한 연후에 내년에 꼭 다시 찾아오겠다며 자리에서 일어섰다.

되돌아오는 차안에서 그가 하던 말이 몇 번이고 다시 생각났다.

"사램이 살먼 얼마럴 살겄소. 풀잎에 이슬 겉은 거제. 그렇제만 암칙개라도 살아도 좋다넌 뜻언 결코 아닐 거이, 열심히 노력도 해야 허고오, 또 사램의 본분을 다 허고 살아야 안 쓰겄소?"

젊은 민우는 그를 금세 인생의 스승으로 생각하고 있었다.

"자, 질도 멀고 오늘언 일찍 가셔야 쓰겄고, 담에 또 만날 기회가 또 있지 안컸소? 참, 내년에 오시먼 특별히 유하실 데가 있으먼 몰라도 의사 선생의 탯자리인 우리 집으로 와서 자고 가씨오. 존(좋은) 이약(이야기)도 나누고, 술도 한잔씩 허게……."

탯자리! 그랬다. 비록 부평초처럼 떠돌며 살고 있으나, 그 역시 탯자리가 있었던 것이다.

얼마 전 주리가 인천호텔에서 장기려 박사를 빗대어 하던 말이 생각났다. 결국 김이대 씨 말이나 주리 말은 다 같은 뜻일 것이다. 다만 굳이 차이를 둔다면 주리는 이상적인 생각을 말했던 것이고, 김이대 씨는 실제적이고 경협적인 실존 철학일 것이다. 여하튼 각박하고 이기적인 것보다는 여유를 가지고 가능한 한 이타적이며 보람 있는 삶을 살 수 있다면 얼마나 좋을 것인가?

주리 생각을 하면서 혜진 생각도 했다. 잘살고 있겠지. 지난번 서울에서 헤어진 이후로 근 한 달 이상 별다른 연락도 없이 지냈다는 것이 생각났다.

혜진! 그녀는 전혀 예상하지도 않게 이상하고 야릇한 방법으로 그를 찾아왔다. 숙명적이라고 해야 할지, 아니면 필연적인 인연이라고 해야 할지……. 그로서는 아무튼 그것이 숙명적이든 필연적이든 아무래도 상관없었다. 오로지 현실적이고 물리적으로 그녀가 그리울 따름일 뿐.

돌아오는 버스 안에서는 계속 잠만 잤다. 그러나 이상하게도 묘지에서 꾼 꿈과 현실적으로 만난 김이대 씨에 대한 기억이 두서없이 다시금 꿈속에서 헷갈리게 나타나는 통에 김이대 씨조차 꿈속에서 만난 것인지 현실에서 만난 것인지 혼란스럽기만 했다.

8. '세상'이라는 화투판

어느새 11월 중순이었다. 며칠 전부터 갑자기 조석으로 날씨가 쌀쌀해졌고, 새벽길에 보면 가을걷이가 끝난 들판에 된서리가 하얗게 내려앉아 있었다. 벼랑바위에서도 차가운 냉기 때문에 선뜻 엉덩이를 내려놓기가 싫었다. 해돋이도 점차 늦어져서 도착하고 난 후 한참 지나야지만 겨우 여명이 떴다.

벼랑바위에 오면 항상 혜진과 꿈같이 보냈던 지난여름이 생각났다. 불과 몇 개월 전에 불과했으나, 그녀와 지냈던 일들은 무척 오래전의 일로만 느껴졌다. 또한 죽은 가족과 고향에서의 어린 시절도 떠올랐다. 더러는 병리학교실에서의 사환생활이나 의과대학 시절이 두서없이 생각나기도 했다. 그러나 뭐니 뭐니 해도 최근 들어 부쩍 많은 생각을 하게 되는 것은 역시 수련에 관한 문제였다.

자기 일은 자기가 제일 잘 안다고, 개업의사로서 부나 명성을 쌓는 것은 자신의 성격이나 능력으로 볼 때 가능한 일은 아닐 것이었다. 그렇다면 결론은 수련이었고, 아직 희망을 걸 수 있는 곳은 J 대학병원 내과가 유일한 곳이었다. 박뚱이가 근무하고 있는 인천 K 병원도 생각해볼 수는 있겠지만, 거기는 말 그대로 '불확실' 그 자체였고……

그런데 설령 J대 병원 내과에 들어간다 하더라도 문제가 컸다. 수련을 마치려면 이젠 일 년 위가 되어버린 유 선생에게 틀림없이 날마다 시달리며 꼼짝없이 죽어지내지 않으면 안 될 것인데, 과연 그렇게 끝까지 잘 참고 버틸 수 있을까 하는 의구심 때문이었다.

그렇다면?…… 그렇다면 어떻게 해야 하는가? 수련에 대해서만큼은 생각하면 할수록 답이 없고 답답하기만 할 뿐이었다.

그러나 그건 세상일을 몰라도 너무 모르는 그의 머릿속 생각일 따름이었을 것이, 당장 그날 오후에 서울 J대 병원 내과 과장으로부터 전화를 받고 나자 그런 생각이 얼마나 사치스러운 꿈속의 환상이었는지를 한순간에 깨달았기 때문이다.

과장은 다소 까다롭고 권위적인 성격이었다. 항상 단계를 거쳐서 오더를 냈고, 당사자에게 직접 이야기하는 것은 극히 이례적인 일이었다. 그런 과장에게서 직접 전화가 온 것이다.

그는 전화를 받으면서 마치 과장을 대면하고 있는 것처럼 자리에서 벌떡 일어나 부동자세가 되어 "네, 네" 소리만 연발하고 있었다.

"지금 병원 돌아가는 게 말이야. 아무래도 영 낌새가 이상하단 말이야. 이번 졸업하는 J 대학 아이들이 학교와 병원 측에 미리 대단한 선수를 쓰고 있거든. 무슨 말인고 하면, 앞으로 수련의는 절대로 타 대학 출신은 안 된다는 거야. 처음부터 나쁜 선례를 남기지 않겠다는 거지. 아무튼 학생회에서 그걸 관철해내겠다고 야단법석이 났어. 하지만 말야, 다행히 내 잘 아는 사람이 병원협회에 있어서……."

과장 이야기의 요지는 자리 배정을 미리 비공식적으로 알아보았더니, 내과가 한 사람만 나왔고, 올해 처음 졸업하는 J 대학 학생들이 수련의는 이제 더 이상 타 대학 출신은 쓰지 말도록 학장을 비롯하여 각 과 과장들에게 압력을 가하고 있으므로 부득불 자리 조정하는 병원협회로 가서 시쳇말로 돈을 써서라도 내과 자리를 하나 더 개인적으로 얻어오는 수밖에 도리가 없게 되었다는 것과 자기가 잘 아는 사람이 마침 병원협회에 있으니

만나보라는 이야기였다.

그리고 이 사실은 공식발표 전에 자기가 민우를 위해 미리 비공식적으로 알아낸 것이고, 일단 공식적인 발표가 나면 죽었다 깨어나도 방법이 없으니 하루라도 빨리 서울에 와서 서둘러 일을 보라는 것이었다.

난감했다. 실망과 좌절감이 또다시 어려웠던 학창시절만큼이나 실감 나게 찾아와서 그를 희롱하고 있었다. 이제는 유 선생에 대한 걱정은 문제도 아니었다.

갑자기 가슴이 떨려오며 오한이 난다고 해야 할까? 아니면 갑자기 현기증이 나면서 머리가 터질 것 같다고 해야 할까? 식은땀이 나며 힘이 쭉 빠져버렸다.

한사코 맴을 돌며 떠나지 않는 불운이라는 운명의 사슬이 너무나 버거웠고, 오기와 함께 가끔씩 찾아오는 희망이라는 천사의 손은 얼마나 멀리 있는지 생각도 나지 않았다.

"어디 아파요?"

마침내 유 선생까지 일부러 찾아와서 성가시게 물었다.

"아뇨, 감기몸살 기운이 있는 건지…… 머리가 좀 아파서요."

다행스럽게도 진짜로 감기 기운이 있는 사람처럼 목소리가 쉬고 갈라져 나왔다. 본인은 깨닫지 못하고 있었으나. 슬픔으로 목이 메었던 것이다. 그렇지 않고서야 멀쩡한 사람 목소리가 그토록 순식간에 변할 리가 있었겠는가? 여하간 모든 것이 다 귀찮고 힘들었던 나머지 시간도 되기 전이었지만, 숙소에 들어가 누워버렸다.

머리가 깨질 듯이 아프고 어지럽기까지 했으나, 어느새 잠이 들었던 모양인지 저녁 8시가 될 무렵 방문을 두드리는 소리에 깜짝 놀라서 눈을 떴다. 육 선생이었다.

"별일 아닙니다. 죄송합니다. 머리가 아프고 좀 어지럽네요."

"죽이라도 부탁할까?"

"아니에요, 괜찮아요. 이따가 라면이나 끓여 먹으면 돼요."

"아픈 사람이 라면을 먹을 수 있나? 미스 황을 좀 시키던가?"

대답 대신 힘없이 웃어 보이자 그가 말했다.

"힘을 내요! 힘을. 자! 그럼, 우리 시내 나가서 모처럼 술이나 한잔할까? 감기에는 술이 최고라던데. 내가 낼 테니 자, 후딱 일어서요."

"아뇨…… 몸도 불편하구……."

"감기엔 쏘주가 최곤 거요. 자, 어서 일어서요."

강권하다시피 하는 그를 결국 따라나섰다.

육 선생은 자기 몫으로 커다란 대포 잔에 소주를 가득 채웠고, 민우에게는 보통 술잔에 반쯤 채워주었다. 그는 항상 대단한 주량이었고, 누가 권하기도 전에 자기 스스로 잔을 채워서 마시는 것이 습관이었다. 그러면서도 그는 술에 취하는 법도 없었다.

둘 다 고기에는 손을 대지 않은 채 술만 들이켰다. 한동안 말이 없다가 마침내 육 선생이 말문을 열었다.

"병원 일 때문이요? 여자 일 때문이요?"

"둘 다죠……. 모든 게 뒤죽박죽이라서……."

적당히 얼버무리려고 말꼬리를 흐려버렸다. 그러나 그는 다시 기상천외의 질문을 했다.

"여자는 부자요?"

"글쎄요."

"잘 모른다는 말씀이시오?"

질문의 뜻을 전혀 알 수 없어 그를 의아하게 쳐다보기만 하자, 그는 도리어 기가 막힌다는 표정으로 타이르듯이 말했다.

"이 선생, 기술만 있으면 이 세상을 살 수 있다고 생각하시오?"

훌륭한 수술 실력이 있지만, 의사면허가 없으므로 아무 소용이 없었다는 자기 신세타령인 줄로 생각했으나, 그것은 착각이었다.

"자! 내 말을 잘 들어보시오. 지금 이 선생은 자기 인생에서 매우 중요한 결정을 해야 하는 시점에 서 있을 거요. 그렇지요? 그래서 고민도 많고, 걱정거리도 많을 거요. 그렇지만, 뭐 그렇다고 해서 인생이란 게, 뭐…… 별거 있는 줄 아쇼? 아니요. 인생이란 사실 무척 단순한 거요."

그는 자작으로 다시 술을 따라 마시고는 말을 계속했다.

"그처럼 단순한 게 인생살이지만…… 그런데도 누구나 다 부와 명예를 얻을 수 있는 건 아니지요. 왜 그러겠소?"

"글쎄요…… 능력 부족이나 운두 있을 거구……."

"그렇소. 대충 그 이야기요. 이 선생 화투 잘하시오?"

그는 고개를 흔드는 민우를 빤히 쳐다본 후, 자작으로 다시 술을 따라 마시며 말을 이어갔다.

"화투의 원리를 잘 생각해보시오. 내 생각에 인생이란 사실 단순하기가 화투놀음과 똑같고, 그 이상도 그 이하도 아니라는 생각이오."

"인생이 화투놀음이라고요?"

"그렇소, 생각해보시오. 이 선생, 자, 화투가 되었건 트럼프가 되었건 인생살이 역시 그와 진배없는 것이오. 즉, 바닥에 깔린 패는 세상에 태어날 때의 자기 환경과 여건이라면 손에 쥐는 패는 본인의 타고난 능력인 셈이지 않겠소. 그렇다면 가져올 기리 패는 뭐겠소? 소위 운이라는 것 아니겠소? 그런데 말요, 이 선생! 어느 누가 자기에게 해로운 행동을 하겠소? 철저하게 자기에게 이롭게 하는 게 인간의 본성이 아니겠소? 그런데도 왜 세상일이 마음먹은 대로 안 되겠소? 결국은 깔린 패, 쥔 패, 기리 패 차이 아니겠소? 그런데 그중에서 제일 중요한 게 뭔 줄 아쑈? 바로 운, 기리 패요, 그래서 좋은 환경에서 태어났고, 재주 좋은 사람이라고 해서 반드시 성공하는 것도 아니고, 반대로 소위 개천에서 용이 날 수도 있는 것이오. 즉, 운이 인생의 삼분지 일을 결정하는 게 아니고, 실제로는 아마도 90퍼센트 이상을 차지할 거라는 게 내 솔직한 심정이오. 어려운 환경에서 의사가 된 이 선생도 환경여건이나 노력만으로는 그렇게 될 수는 없었을 거고, 어쨌든 운도 좋았기 때문이었을 거요. 자! 그러니 이 선생 내 말을 잘 들어보시오."

듣고 보니 확실히 그럴듯한 말이었다.

"그렇다면 운명적으로 이미 모든 게 다 정해져 있으니까 노력이란 아무 소용도 없는 것이냐? 물론 그건 아닐 것이오."

민우는 침을 한 번 꿀꺽 삼키고 육 선생을 똑바로 응시했다.

"그렇다면 환경여건, 능력, 운 이 세 가지 말고 뭐가 또 있느냐?…… 그건 무슨 일에 어떤 결정을 내리느냐 하는 것과 얼마나 열심히 노력하느냐 하는 것 아니겠소? 이 선생, 내 말을 잘 들으시오. 환경, 능력, 운 이 세 가지가 모두 다 신의 영역이라 해도 어떻게 할 것인가 하는 결정만큼은 우리 인간 자신의 몫이고, 이것이야말로 자기 운명을 바꿀 수 있는 유일한 방법이라고 나는 생각하오."

그러면서 그가 말하려는 결론은 대학병원에서 교수로 지내려면 또 모를까 뭐 하려고 그렇게 수련 받으려고 애쓰느냐는 것이었다. 그의 생각으로는 모두 다 대학병원 교수가 될 수 있는 것도 아니고 대다수가 결국 개업해야 하는데, 개업해서 성공하느냐 못 하느냐는 제일 흔한 병을 얼마나 잘 다룰 수 있느냐 하는 것이 관건이지 전문의냐 아니냐는 전혀 상관도 없는 일이고, 장담하건대 민우가 자기 말만 따른다면 성당병원 정도의 자기 건

물을 갖게 되는 건 정말이지 시간문제라는 이야기였다.

"물론 그렇다고 해서 이 선생이 지금 당장 어떤 결정을 할 수 있는 것도 아니겠고, 지금 당장 가부 간의 대답을 하라는 것도 아니오. 아마도…… 내년 2월 말이면 레지던트에 관해서는 거의 다 결정이 될 것 아니겠소? 그 때까지 천천히 연구해보라는 뜻이오."

그러고 나서 그는 의사 면허증을 담보로 잡히면 우선 약 500만 원에서 700만 원까지는 은행 융자가 가능할 것이고, 육 선생 자기 집을 담보로 잡히면 500만 원 정도는 더 구할 수 있으므로 도합 1,200만 원 정도는 될 것이니 그 정도라면 포항이나 근동에서 개업하기에 부족함이 없을 것이라는 이야기였다.

요는 자기와 합자해서 병원을 차리자는 이야기였다. 그러면서 만약 자기가 민우라면, 그러니까 20대의 몸을 40대의 생각으로 산다면 자기는 이렇게 하겠다고 구체적인 말도 했다. 즉 수련을 더 받고 대학병원 교수가 되겠다고 한다면 수단과 방법을 가리지 말고, 예를 들어 뚜쟁이를 동원해서라도 돈 많고 집안 좋은 여자를 물어서 처가의 돈과 배경을 철저히 이용해서 수련 자리도 사고, 교수 자리도 사고, 유학 자리도 사거나 그렇지 않고 오로지 자기 능력으로만 살겠다면 개업해서 지역사회에 좋은 일도 하면서 지방유지가 되어 살거나 그렇게 확실히 하겠다는 것이었다. 그러므로 의사 자격이 없는 자기 같은 사람이 문제이지 민우야말로 뭘 그렇게 쓸데없이 고민할 필요가 있겠느냐는 식이었다.

숙소로 돌아온 후에 그는 차가운 물로 샤워하면서 휘파람까지 불었다. 육 선생의 부추김 때문이었는지, 아니면 술기운 때문이었는지 몰랐지만, 어쨌든 아까 오후에 과장의 전화를 받고서 하늘이 무너지고 땅이 꺼지는 듯한 참담했던 일은 깡그리 다 잊었고, 언제 그랬냐 싶게 기분까지 사뭇 달라져 있었다.

　사람이 죽으라는 법은 없어.

　다음 날 새벽, 민우는 버릇대로 축산 벼랑바위에서 해바라기를 하면서 열심히 생각을 정리해보았다.

　이제 곧 겨울이 오고…… 그러면 금세 또 새해가 된다. 빨리 결정해야 할 텐데……. 어떻게 하는 것이 좋을까?

　육 선생의 제의는 최후의 방법일 것이고, 그보다는 아무리 힘들고 고생스럽더라도 어떻게든 다시 수련을 받아야 할 것이었다. 돈도 좋지만, 너무 젊은 초년부터 시골에 주저앉아버리는 것도 긴 안목으로 본다면 후회막심한 일이 될 수도 있고, 그건 혜진을 보아서도 똑 같았다. 화가로서 살아가려면 아무래도 시골 의사 부인으로서만 지낼 수는 없을 것이 아니겠는가?

　그렇다면 어쨌든 서울에 근거지를 두어야 하는데……. 서울 같은 대도시에서 수련도 받지 않고 개업할 수 있을까?

　자리를 개인적으로 받아와야 한다는 과장의 말을 상기하며 그는 현재 가능한 액수가 어느 정도나 될지 헤아려보았다. 그동안의 생활습관과 달리 여름철에 혜진과 지내면서 분수를 잊고 돈을 많이 썼었다. 그래서 전 재산이라고 해보아야 80만 원 정도가 고작일 것이었다.

　어느 병원에서나 수련의사는 정식 직원이 아니라 피교육생 신분이라서 일은 밤낮없이 다른 직원들보다 곱절이나 더 시켜먹으면서도 급료는 쥐꼬리였다. 그 역시 인턴 기간 동안 고작 매월 4만 원씩 받았는데, 병원에서 숙식을 제공해주었으니까 망정이지, 그 알량한 봉급만으로는 생활조차 어려울 일이었다.

　그러나 시골에서는 매월 20만 원씩 받고 있었다. 사실 이것도 정식 의사

봉급치고는 상당히 적은 액수였지만, 어쨌든 수련 시절에 비할 바 아니었다. 그렇지만 혜진과 여름 한철을 함께 보냈고, 서울을 몇 차례 오르내리다 보니 돈은 삼베바지에서 가을바람 새나가듯이 솔솔 다 새버렸다. 그래서 현재 가능한 80만 원도 사실은 무척이나 아끼고 아낀 결과였다. 그러나 아무리 생각해보아도 이 돈만으로는 병원협회 일이 잘 해결될 것 같지 않았다. 어떻게 해야 할까? 아아! 어떻게 하는 것이 좋을까?

그런데…… 설령 자리를 사온다고 치더라도 과연 유 선생 밑에서 내과 레지던트를 끝까지 제대로 마칠 수 있을지 그것도 문제였다. 아무리 생각해보아도 자신이 없었다. 그렇다면 다른 과라면 몰라도 내과 자리만큼은 턱없이 비싼 값으로 사서는 안 될 것이었다.

그렇다면 어떻게 해야 할까? 50만 원 이상 든다면 수련을 중도하차하게 된다고 정하는 것이 어떨까? 만약 그 이하로 된다면 반대로 좋은 징조라고 생각하기로 하고 말야…….

자, 그럼 그렇게 한번 도박을 해보자. 유 선생도 운이 90퍼센트 이상이라고 했었다. 그런데…… 외과 자리라면? 전 재산인 80만 원 더하기 2개월 가불금 40만 원 해서 120만 원까지라도 기꺼이 투자해야 할 것이었다.

그날 밤 주리에게 전화해서 다음 날 서울에 올라가겠다고 알렸으나, 혜진에게는 일부러 연락하지 않았다. 일이 마무리되었다면 모를까 그전에는 그녀에게 해줄 말이 없었다.

더 필요할 거라면 나중에 다시 전할 작정으로 돈은 우선 현금으로 30만 원 준비해서 새벽같이 포항으로 갔고, 서울에는 오후 3시쯤 도착하였다.

먼저 J 대학병원에 들러서 내과 과장을 만났고, 그 길로 바로 과장이 소개해준 사람에게 전화했다.

그러자 그 직원은 그렇지 않아도 기다리고 있었다면서 지금 당장 병원협회로 오라는 이야기였다. 일이 의외로 일찍 끝날 것 같아서 기분이 좋았다. 홀가분한 마음으로 즉시 병원협회를 찾아갔다. 그러나 그는 했던 말과 완전히 달리 퇴근 전이라서 밖에 나갈 수 없으니 근처에 있는 다방에서 기다리라는 이야기였다.

내심 자존심이 상하기도 했고, 어쩐지 신뢰성이 의심스럽기도 했다. 또 이상한 말이지만, 예감도 이상했다. 그러나 목마른 사람이 샘 파더라고, 어떻게 하겠는가? 더구나 하늘같은 과장이 소개해준 사람이 아니던가? 시키는 대로 시간을 죽이며 무료하게 기다리고 있을 수밖에 없었다.

3시간 이상을 기다리게 한 후 5시 반쯤 마침내 그가 나타났다. 그는 마치 병아리를 낚아채려는 독수리 눈빛을 하고서 두리번거리는 기색도 없이 민우를 한눈에 알아보고는 맞은편 자리에 와서 척 앉았다. 그러더니 상반신을 뒤로 한껏 젖히면서 이미 다 알고 있을 일임에도 새삼스럽게 찾아온 용건을 다시 물었다.

다방은 그가 평소에 자주 이용하는 곳인 듯 30대 초반으로 보이는 마담이 직접 자리로 찾아와서 서비스하며 아양을 떨었다. 그는 마치 기둥서방이나 되는 양 민우가 훤히 보고 있는데도 마담에게 아주 노골적인 음담패설을 반말 조로 휘갈기면서 여성적인 부분을 적당히 주물렀고, 여자 역시 그런 데에 이골이 나 있는 듯 젖가슴과 엉덩이를 그에게 다 내맡겨주며 간지럽다는 듯이 몸을 적당히 비비 꼬고 있었다.

민우는 민망한 것은 둘째 치고 걱정이 앞섰다. 위인의 하는 행투로 보면 웬만한 돈으로는 접대비 충당조차 힘들 것 같아서였다. 난감한 얼굴로 그가 하는 양태를 바라보고만 있었는데, 그는 점점 더 점입가경이었다.

"김 마담, 그동안 어느 놈을 품었는지 살이 많이 빠졌는데……. 나보다 더 열심히 해준 놈이라도 생긴 거야? 뭐야?"

"아이, 김 과장님도. 과장님 외에 만날 사람이 누가 또 있겠어요?"

그녀는 일견 몸을 비비 꼬고, 일견 민우의 얼굴을 살피면서 열심히 애교를 떨었다.

"그래? 그렇담 다행이구……. 참, 닥터 리! 내가 닥터 리를 도와 드릴 일이 뭐죠? 구체적으로 자세히 말해 봐요."

이런 제기! 몇 번씩 묻고 지랄이야? 여자에게 자기가 대단한 위치에 있다는 걸 과시하려는 의도로 느껴지긴 했지만, 우선 한 자리에서 똑같은 질문에 몇 번씩이나 대답해야 하는 것 하며, 닥터 리라고 호칭하며 사람을 깔아뭉개는 것은 견디기 어려운 수모였다.

여자는 기회는 이때다 하고 재빨리 일어서려고 했다. 그러나 남자의 손이 아직도 여자의 가슴속에 들어 있었으므로 쉽사리 일어설 수 없는 모양이었다. 여자는 민우를 쳐다보며 슬그머니 자기 가슴에서 남자 손을 빼내고는 겨우 자리에서 일어섰다.

"그럼 이야기들 나누세요."

여자는 느슨해진 한복 저고리 옷고름을 고쳐 매더니 재빠르게 주위를 살펴보며 카운터로 돌아갔다.

"내과 자리 이야기 아닙니까? 외과 자리라면 더 좋겠지만……."

말하면서 그를 만나기 전에 먼저 외과 과장을 만나고 왔어야 했다는 생각을 했으나 이제는 어쩔 수 없었다. 순서가 바뀌긴 했으나, 가능하다는 언질을 받으면 즉시 외과 과장을 만나야 할 것이었다.

그러나 그는 내과든 외과든 안 된다는 것인지, 아니면 어렵다는 것인지 도대체 알아들을 수 없는 모호한 말로 얼버무리며 자리에서 일어섰다. 물론 계산은 당연히 민우의 몫이라는 듯, 그는 마담과 눈짓만 주고받으며 계산대에서 멀찍이 서 있었다.

그러고는 마치 돈을 자기가 내기라도 할 것처럼 이번에는 의견을 묻지도 않고 그 근처 색시 집으로 민우를 데리고 갔다.

"다른 데 가면 바가지나 쓰고 오기 십상이거든."

일부러 저렴한 곳으로 가는 것이니만큼 그런 줄이나 알고 있으라는 식의 말을 듣고 보니 정말 어이가 없을 정도였다.

방으로 안내되어 들어가자, 20세 안팎으로 보이는 젊은 여자 둘이서 곱게 한복을 차려입은 채로 들어왔다. 하나는 그의 곁에 앉았고, 다른 하나는 민우의 곁에 앉았다.

"미스 성이에요."

"미스 강이에요."

그의 곁에 앉은 여자는 미스 강이라는 아가씨였다. 그녀들은 손님이 들어오는 순간 이미 누가 접대를 받는 쪽이고 누가 하는 쪽이라는 것을 훤히 다 알고 있는 모양이었다. 미스 강이라는 아가씨가 민우를 쳐다보며 물었다.

"음식이 늦거든요. 미리 시켜놓아야 하는데……. 뭘루 하실래요?"

하지만 민우가 무얼 알겠는가? 민우가 대답 대신 머뭇거리기만 하고 있자, 그는 민우와 여자들의 얼굴을 번갈아 살피더니만, 버럭 소리부터 내질렀다.

"야, 이년들아! 손님을 보면 모르냐? 싸고 맛있는 걸로 몽땅 가져와. 어제처럼 말이야."

그는 어제도 왔던 모양이고, 참으로 팔자 늘어진 사람이었다.

민우로서는 당장 돈이 문제였다. 메뉴는 어떻고 값은 얼마쯤인지 미리 알았으면 얼마나 좋을 일이었으나, 접대하러 온 이상 그럴 수도 없는 노릇이었다. 나오느니 한숨뿐이었다. 그러자 그의 곁에 앉은 미스 성이란 아가씨가 민우와 미스 강을 건너다보며 말했다.

"저 아저씨는 한숨 나라에서 왔나? 한숨 소리에 구들 꺼지게 생겼네. 야! 미스 강! 빨리 가서 음식이나 들이라고 해."

그러나 애시 당초 음식 주문 같은 것은 있지도 않는 일이었고, 여자들의 말은 순전히 거짓말이었다. 여자들의 말이 채 끝나기도 전에 문밖에서는 벌써 음식이 들어온다는 노크소리가 났기 때문이다. 두 여자는 재빨리 문을 열고 나가서 방안으로 요리상을 들고 들어왔다.

민우는 기가 막혔다. 어떻게 해서 시키지도 않은 음식이 벌써 나왔느냐고 따져 물으려 하자, 그는 벌써 민우의 의중을 눈치 챘던 모양으로 억지 호걸웃음을 만들며 구렁이 담 넘어가는 소리를 냈다.

"끄웅! 요년들이 이제야 나를 완전히 파악했구나. 오늘은 상이 빠른 걸 보니. 자! 어느 년이 먼저 술을 따를래?"

그가 빈 잔을 들자, 곁의 미스 성이라는 여자가 기다렸다는 듯이 술을 따르며 말했다.

"당연히 본처가 먼저 따라 드려야죠. 처첩은 하늘과 땅 사이라는데."

"그래? 네가 본처란 말이지?"

"당연하죠. 백날 마주 봐야 뭐가 돼요? 붙어 있어두 될뚱 말뚱 한데. 안 그래요?"

"그래? 그렇담, 자! 일단 한 잔 마시구서 붙어보자."

민우도 마지못해 여자가 따라준 술잔을 들었다. 결국 셋은 술잔을 받았으나, 민우의 파트너만 술이 없는 셈이었다. 그러자 두 여자는 이구동성으로 거센 항의를 했다.

"우린 뭐 입이 없나요? 여자는 사람도 아니라는 말씀이세요?"

"그래? 요년들이 위로 처먹구, 밑으루 처먹구, 아주 남자들 간을 뽑으려 하는구나. 자! 그렇담 내 술 한잔 받아라. 이분은 원래 주색을 가까이하지 않는 박사님이라서 그런 거니까, 이헬 하구."

그러면서 그가 미스 강의 술잔에 술을 따르려 했다.

"싫어요. 난, 내 남자한테 받아 마실래요. 박사는 뭐…… 남자가 아닌가? 호호호!"

여자들이 술과 요리를 다 먹어치우면서 매상을 올린다는 건 이미 익히 귀동냥으로 들었었다. 하지만 이렇게까지 노골적으로 나올 줄은 꿈에도 몰랐었다. 입맛이 났고, 꼼짝없이 걸려들었다는 생각뿐이었다.

에라! 될 대로 되라! 주는 대로 사양하지도 않고 술을 넙죽넙죽 받아 마셨다. 그러나 그건 생각뿐이었다. 여전히 한숨이요, 술도 취하지 않았다.

그는 술판이 다하도록 본론에는 전혀 관심도 없는 듯, 수련 자리에 대해서는 일언반구도 없었다. 여자들과 오로지 짙은 농담이나 하면서 마치 성에 굶주린 동물처럼 쉬지 않고 한 여자도 아니고 두 여자의 곳곳을 두루 답사하는 데 온 정신을 쏟고 있었다.

밀폐된 공간이긴 했지만, 여자 둘 다 몹시 대담했다. 그가 별짓을 다해도 아무런 저항도 없었고 오히려 응당 그래야 한다는 듯한 태도였다. 민우가 멀거니 바라보고 있었는데도 그녀들은 야릇한 신음 소리까지 내가면서 그의 희롱에 대해 즉각적인 반응을 해주었다.

술기운 때문이었는지, 아니면 여자들의 태도 때문이었는지 순진한 민우까지도 그녀들을 어떻게 한번 해보고 싶은 욕망이 들었고, 혜진의 육체를 탐하던 기억과 느낌이 새삼스럽게 되살아났다.

마침내 그의 끝도 없는 행락에 지친 여자들이 민우를 보며 말했다.

"밖엘 나가려면 마담 언니에게 미리 말해두어야 하는데."

또 돈 이야기였다. 그녀들과 함께 자러 나가려면 미리 현금을 달라는 것이었고, 어물거리면 다른 손님들을 따라갈 수도 있다면서.

돈도 많지 않은 처지에 더 이상 이런 식으로 끌려 다닐 수만은 없다는 생각에서 그에게 단도직입적으로 물었다.

"돈은 총 얼마나 들까요?"

"돈? 무슨 돈? 아! 이 애들은 아무래도 다섯 장 이상……."

"아니, 그거 말고 자리 말예요."

"아아, 그 일이요? 그러니까…… 그건 지금 뭐라고 말할 순 없고……. 아무래도…… 많으면 많을수록 좋겠지만……. 글쎄? 여러 사람을 거쳐야 허구……. 또 나 혼자의 힘으로 되는 것도 아니니까……. 그렇지만 닥터 린 지금 그게 확실히 필요하죠?"

몇 번씩이나 같은 말만 반복하는 그의 태도는 정말이지 고문이었고, 말 자체도 종잡을 수 없이 복잡해서 도무지 이해할 수 없었다.

볼이 부은 얼굴로 그를 쳐다보았다. 그러나 그는 여전히 구렁이였다. 민우가 묻는 말에 대답하기는커녕 계속 엉뚱한 소리만 지껄였다.

"자! 그건 그렇고……. 어떻게 하지, 닥터 리! 애들 맘에 안 들어요?"

"글쎄요, 난, 지금 인천을 가야……."

그건 사실이었다. 박뚱에게 가서 잠자리도 해결할 겸 그에게 조언을 얻으려 했기 때문이다. 그러나 이미 10시가 넘었다는 것을 깨닫고는 입을 다물어 버렸다.

"이 시간에 인천까지 간다고요?"

"진짜요?"

무슨 말도 안 되는 소리냐는 듯이 여자들이 먼저 이구동성으로 민우에게 반문했고, 그 역시 놀랍다는 어조로 재삼 되물었다. 그가 상당히 취했을 거라고 생각했던 건 오산이었고, 편의상 적당히 술에 취한 척하고 있는 모양이었다.

"아뇨, 거긴 내일 가도 되는 거고요. 촌놈이 모처럼 서울에 오면 갈 데가 많아서요. 오늘은 J 대학병원으로 가야겠습니다."

그러자 그는 미스 성에게 무어라고 귓속말을 했다. 그러자 미스 성은 다시 미스 강에게 무어라고 또 귓속말을 했다. 처음에는 무슨 비밀스러운 이야기를 자기들끼리만 하는가 싶어서 몹시 기분이 나빴는데, 나중에 계산하면서 알고 보니 별말도 아니었다. 그는 미스 성을 데리고 밖으로 나가겠고, 민우는 그냥 갈 거라는 것을 자기네들끼리 그렇게 귓속말로 했을 뿐이었다.

결국 민우는 술값과 여자출장비 명목으로 거금 10만 원을 썼고, 다시 여자들 팁으로 만 원을 추가로 지불해야 했다.

"아이! 이 아저씨 봐! 아저씨 같으면 5천 원씩 받고 그 짓을 다 당해내겠어요?"

두 여자는 이구동성으로 술값은 술값으로 끝나는 것이고, 자기들에게는 팁밖에 돌아오는 것이 없다며 한사코 떼를 썼다. 그러나 민우가 돈이 없다며 계속 뻗대자, 결국 그들은 포기했으나 오금을 단단히 박는 거였다.

"요다음에 올 땐 이렇게는 안 되는 줄 아세요. 에이 씨팔! 재수 없어. 어디서 샌님 짓만 하던 게 굴러왔나? 씨팔! 재수 옴 붙었네."

기분이 몹시 상했으나, 그렇다고 여자들에게 대거리할 수도 없었다. 그가 빤히 쳐다보고 있었기 때문이다.

그에게 다음 날 오후 다시 찾아가겠다는 말만 하고 돌아섰는데, 그는 여자를 잔뜩 껴안은 채로 비틀거리며 고개만 주억거렸다. 그의 행쪼로 보면 앞으로 돈이 얼마가 더 들지 알 수도 없는 노릇이라서 한숨만 나왔다.

주리도 만나볼 겸 하룻밤 신세를 져야 할 것이라서 그와 헤어진 후 J대병원을 찾아 들어갔다.

술기운이 아직 남아 있어서 얼굴이 붉을 터인데도 그건 생각도 하지 못하고 주리를 찾아 병동으로 올라갔다. 병동 입구에 들어서자마자 간호감독과 함께 앉아 있는 주리가 한눈에 들어왔다. 그녀는 아마도 간호감독으로부터 뭔가 꾸중을 듣고 있는 듯했다. 그렇다면 그녀의 기분도 그의 기분과 마찬가지일 것이었다.

층계를 다시 내려와서 응급실 앞마당 쪽을 찾아갔다. 그러고는 화단 가의 표석 위에 앉아서 담배를 피워 물었다. 응급실 마당은 응급환자들이 쉴 새 없이 들어오는 관계로 늘 많은 사람으로 들끓었다. 통행금지와는 아무런 상관도 없는 특별지구인 셈이었다.

담배를 힘껏 빨아서 길게 내뱉었다. 마치 불운을 있는 힘을 다해서 불어 내기라도 한다는 듯이……

응급실 앞마당에서 1시간가량 어정거린 후에 다시 병동으로 올라가 보았다. 다행히 중환자는 없었던 모양인지 그녀는 여전히 클래식 음악에 취한 채 스테이션에 앉아서 간호일지를 쓰고 있었다. 조금 전에 간호감독에게 야단을 맞아서 기분이 언짢을 터인데도 그녀는 전혀 내색하지 않고 반갑게 그를 맞아주었다.

"어머! 민우 씨!"

그녀는 벌려진 입을 닫을 사이도 없이 재빨리 주위를 살펴보았다. 닥터리가 아니고 민우 씨라고 불렀던 것을 혹시 누가 들었을까 봐 걱정스러운 모양이었다. 주위에 조무사가 한 사람 있긴 했지만, 다행히 그녀는 자기 일에 바쁜 나머지 신경도 쓰지 않는 듯했다. 안심되었던지 그녀는 표정을 풀더니만, 금세 질문을 쏟아놓기 시작했다.

"일은 잘되어 가고 있어요?"

"아직은……. 실력자와 방금 전 헤어진 길인데……."

"그러면 뭐가 문제죠?"

돈이 문제일 것이지만 그렇다고 그녀에게 사실대로 그 말을 해줄 수도 없었다. 술이 깨면서 갑자기 피곤이 몰려왔다.

"문제는 없지……. 참! 적당히 하룻밤 비빌 곳이 있을까?"

"511호실로 가세요."

그녀는 빈방을 일러주면서도 아쉬운 눈빛으로 계속해서 그의 눈빛을 쫓고 있었다.

그녀가 일러주는 대로 빈 병실을 찾아가서 눈을 붙이긴 했으나, 혹시 다른 간호사들이나 내과 의국 사람들에게 들킬까 봐 5시 전에 일어나서 주리에게 인천 간다는 말만 전하고 용산역으로 갔다.

민우가 인천 K 병원에 도착한 건 아침 회진시간 훨씬 전이었다. 하지만 박뚱은 바빠서 정신이 없는 모양인지 제 방에 들어가서 기다리라고 해놓고서는 도대체 점심때까지도 코빼기 한번 내비치지 않고 종무소식이었다.

인천 상황을 빨리 알아야 병원협회 일을 결정할 게 아닌가? 조바심만 일고 마음만 바쁠 뿐이었다. 또한 시골병원도 걱정이었다.

마냥 기다릴 수만 없어서 그의 방을 나왔다. 그러나 계단참을 내려가며 다시 생각해보니 이것도 안 될 일이었다. 가진 돈으로 병원협회 일이 잘될 거라는 보장도 없고, 인천을 자주 올 수 있는 처지도 아니지 않는가?

박뚱 방으로 되돌아가 시계만 들여다보며 좌불안석으로 앉아있었다. 마침내 오후 1시가 넘었다. J 대학병원 외과 과장을 만나고 병원협회 사람도 만나려면 이제는 더 이상 박뚱만 기다리며 앉아 있을 수도 없었다.

이럴 줄 알았으면 일찍 일어서버리는 건데 괜히 시간만 낭비했다고 수없이 후회하며 방을 나섰다. 바빠서 그냥 간다는 말을 박뚱에게 전해달라고 병동 간호사에게 부탁한 후 아래층 계단으로 뛰다시피 내려가고 있는 판인데, 녀석이 허둥대며 병동으로 올라오는 것이 보였다. 그는 민우를 보자마자 대뜸 욕부터 하기 시작했다.

"야! 이 시발놈아! 너 지금 어디 가는 거야? 방에서 기다리라고 했잖아! 좆거튼 새끼가 말도 되게 안 듣네."

원래 상당한 철면피에다 대단한 강심장인 박뚱이었지만, 가운을 걸쳐 입은 처지에 너무 심한 말을 내뱉어내었다고 깨달았던 모양으로 그는 고개를 내돌리며 주위부터 살폈다. 그러더니 금세 톤을 낮추고는 다시 씨부렁거렸다.

"이 시발놈아! 기다리라고 했잖아. 지금 형님께서 바쁘기도 하시지만, 네가 흉부외과 과장을 만나고 가야 하니깐 말야. 이번에 흉부외과가 새로 생겼는데, 다른 과보담 훨 수월할 거거든. 새꺄! 그러니까 조금만 더 기다리고 있어. 지금 과장이 인턴 데리고 수술 방에 들어가 있어서 그래."

"그럼, 금방 끝날까?"

"필옵이라니까 시발, 언제 끝날지 누가 어떻게 알겠냐? 여하튼 시발새끼야! 촐랑거리지 말고 좀 기다리고 있어! 지금 형님께서도 점심 쫄쫄 굶고 좆나발 불구 다니는 판이니깐 말야……"

서울 병원협회 사람을 만나야 할 거라서 마음이 급했다. 그러나 그는 자기 말만 속사포로 내쏘고는 또다시 순식간에 바람같이 사라져버렸다.

필옵이라는 수술은 비정상적으로 두꺼워진 늑막을 박리해서 얇게 만들어주는 수술인데, 고난도의 어려운 수술은 아니지만 수술시간이 엄청나게 길었다. 12시간이 넘는 수도 있었고, 어떤 경우에는 팀을 교대해서 수술을 끝내야 하는, 길이로서는 무지막지한 수술이었다. 또한 피도 엄청나게 많이 필요하므로 혈액이 충분히 비치되어 있지 않은 상황에서는 감히 시작도 할 수 없는 수술이었다.

어떻게 해야 할까? 박뚱 말을 미루어본다면 흉부외과만큼은 상당히 가능성이 있는 모양인데…….

물론 흉부외과보다야 일반외과가 훨씬 더 좋겠지만, 그게 어디 입맛대로 될 일인가? 하지만 다시 생각해보니 흉부외과도 그렇게 나쁠 것 같지는 않았다. 최근 들어 심장수술 등 고난도의 기술이 급속도로 발전하고 있지 아니한가?

병원협회를 하루 늦게 간다고 해서 막말로 될 일이 안 될 것도 아닐 것이었다. 문제는 돈이 아니겠는가?

바쁜 마음에 점심시간인 것도 잊고서 병원협회로 전화를 했다. 하지만 물론 병원협회 사람은 그 시간에 사무실에 붙어 있을 인간이 아니었다.

혼자서 병원 구내식당을 찾아갔다. 어젯밤 과음한데다가 종일 굶어서인지 속도 쓰리고 메슥거렸다.

'최소한 밥은 굶지 않을 사람.' 그건 어떤 경우에도 반드시 세 끼 식사만큼은 빠뜨리지 않고 잘도 챙겨 먹는 그에게 J대 병원 수련의 시절부터 붙여진 별명이었다.

식사를 하고 나자, 오히려 속도 편해졌고 기운도 났다. 다시 박뚱 방으로 올라가서 그를 기다렸다. 그러나 그는 여전히 종무소식이었다.

죄 없는 담배만 뻑뻑 빨아대고 있다가 1시간쯤 후에 다시 병원협회로 전화를 해보았다. 그러나 그는 아직도 부재중인 모양으로 여자의 목소리가 나중에 다시 걸라면서 일방적으로 전화를 끊어버렸다. 팔자 좋고 늘어진 놈들이 참 하고많은 세상이었다. 그런데도 자신의 한심한 꼴이란……. 생각할수록 자괴심만 일었다.

무료한 시간만 죽이고 있어서인지, 새삼스럽게 자기는 바닥에 깔린 패인 환경 요인도 형편없는데, 거기에다 가진 패, 곧 능력도 없다는 열등의식이

새록새록 생각나는 바람에 마음만 심란해졌다. 이제는 까보지 않은 운이라는 패만 남아 있는 셈인데……. 근데…… 박뚱이새낀 왜 이렇게 나타나지 않는 걸까? 피운 담배가 오늘 벌써 한 갑이었다.

방문을 두드리는 소리에 퍼뜩 정신이 돌아왔다. 나처럼 운 없는 어떤 멍청한 인간이 바쁜 박뚱이새낄 찾는 모양인데……. 자기 방도 아니라서 선뜻 나서지 못하고 있는데, 방 밖에서는 노크 소리가 계속되었다.

문을 열자 조무사 한 사람이 서 있다가 그에게 대뜸 말했다.

"이민우 씨죠? 지금 닥터 박이 수술 방으로 내려오시라는데요."

이해할 수 없는 말이었지만 자기 이름까지 거론하는 것을 보면 분명 잘못된 전달은 아닐 것이었다. 수술 방에 갇힌 박뚱이새끼가 연락할 수 없게 되자, 오라 가라 지랄을 떠는 걸까, 뭘까? 기약도 없이 기다리는 것보다 소식을 쫓아 그녀를 따라가는 편이 훨씬 더 현명할 일이었다.

수술실은 2층에 있었다. 조무사를 따라서 수술 준비실로 조심스럽게 들어갔다. 안내했던 조무사가 수술실 문을 빠끔히 열더니만, 민우를 데려왔다고 보고하자 수술 방 안에서 박뚱이새끼의 굵은 목소리가 들렸다.

"미스 김! 그 친구 스크럽시켜서 들여보내 줘."

경우가 몹시 이상하긴 했지만, 어차피 바쁜 그를 기다리며 무료하게 앉아 있느니 차라리 수술이나 돕는 게 낫겠다 싶었다.

스크럽을 하면서 생각해보니 박뚱이가 생판 엉뚱한 것 같지만, 사실은 엄청나게 똑똑하다는 생각이 새삼 들었다. 준비실 간호사 역시 이상하다는 표정으로 그가 스크럽하는 양을 말없이 지켜보다가 수술 가운을 입혀주었다.

뜻밖에도 수술은 정형외과 수술이 아니고, 아까 말하던 흉부외과 필옵수술이었다. 중소 병원이다 보니 의사는 적은데 길어진 수술시간 때문에 박뚱이는 상관도 없는 남의 과 수술에 지원 차 끌려왔다가 여러 가지를 생각해서 마침 방에 있던 그를 데려온 모양이었다. 그건 엉뚱하고 배짱 좋은 그가 아니면 절대로 생각해낼 수 없는 아이디어였다.

"야! 인사부터 드려라. 네가 그토록 모시고 싶어 하던 흉부외과 과장님이시다."

아무리 자기 과 과장이 아니라고 해도 그렇지, 이 새끼는 완전히 막가는 투로 그렇게 과장에게 수인사를 시켰다. 그러고는 민우가 과장에게 인사도 끝내기 전에 눈을 부라리며 말했다. 욕을 참고 있자니, 여간 힘든 게 아닌 모양이었다.

"시…… 빨랑 좀 와라."

박뚱이 자리로 곧장 들어섰다. 자리에서 빠져나온 박뚱이새끼는 과장님 잘 모시라는 말과 함께 또다시 바람처럼 사라져버렸다.

수술은 거의 중반으로 접어든 상황이었다. 다행히 J대 병원 인턴 때 서너 번 들어가 보았던 수술이라서 의외로 과장을 잘 돕게 되었고, 한결 속도가 났다.

마취하던 의사가 그런 민우를 보며 농담을 했다.

"편작께서 따로 계셨는데, 괜히 고생들 하셨구먼. 뚱땡이 말 듣기 잘했네."

긴 수술을, 그것도 인턴까지 내보내고 과장과 둘이서만 수술을 했지만, 민우가 워낙 영민하게 손발을 척척 잘 맞추어 주었으므로 지루한 수술에 신경을 곤두세우던 마취과 의사가 더 기쁜 모양이었다.

몸과 얼굴 전체를 수술복으로 감싸고 있어서 잘 알 수는 없었지만 과장은 비교적 젊은 사람으로 보였고, 인상도 좋을 것 같았다. 어쨌거나 과장과 첫 대면하면서 수술 보조까지 하는 행운을 얻었으므로 민우는 정말로

운이 좋고 뭔가 될 것 같은 기쁜 마음이 들었다.

"인턴만 마쳤다고? 믿어지지 않는데? 과장보다 한 수 윈데 그래?"

느긋해진 마취과 의사가 짓궂은 희롱까지 걸었다. 그러나 과장은 아무런 대거리도 하지 않은 채 묵묵히 자기 할 일만 할 뿐이었고, 수술은 마침내 민우가 참여한 지 두 시간 정도에서 끝났다.

원래 어느 병원에서도 피부를 닫고 마지막 마무리를 하는 사람은 레지던트였다. 민우는 레지던트를 대신 하는 자리라는 생각에서 과장에게 말했다.

"나머지 마무린 제가 할까요?"

과장은 그렇게 하라는 듯이 고개를 끄덕이긴 했지만, 여차하면 자기 손으로 하겠다는 듯이 자리에 그대로 선 채 예리하게 확인해보고 있었다. 물론 민우는 아주 자신 있게 수술 창에 체스트 튜브를 고정하고, 두꺼운 외부 드레싱까지 완벽하게 다 끝냈다.

민우가 하는 양을 꼼꼼히 지켜보던 과장은 마침내 만족스러운 눈길을 주며 밖으로 나갔고, 마무리중인 간호사들도 신뢰와 호의에 찬 눈빛들이었다.

인턴을 도와 수술 환자를 침대로 옮겨서 막 회복실로 밀고 가려는 민우를 보며, 수술복을 벗고 다시 수술 방으로 들어온 과장이 말했다.

"닥터 리라고 했지요? 수고했어요. 내가 이따 저녁 살 테니까 닥터 박과 다시 만납시다."

과장은 생각했던 것과 달리 아주 젊은 사람은 아니었고, 마흔 안팎으로 보였다. 그러나 온화한 인상만은 틀림없었다.

수술 방에서 나오자 어느새 오후 5시쯤이었다. 그러나 마음이 흡족하고 기분도 좋았다. 병원협회 자리 건은 이제 무시해도 될 것 같은 생각마저 들었다.

아침에 왔을 때와는 달리 계단을 올라가는 발걸음도 가벼워졌고, 박뚱의 방에 들어서면서 이제는 낯선 남의 방이라기보다 근무하는 병원처럼 친숙하다는 느낌까지 들었다. 단지 단 한 번 수술 보조했던 것만으로도 이처럼 사람 기분이 바뀔 수 있는지 스스로의 생각으로도 의아할 정도였다.

그러나 어느 쪽도 아직 확실한 것은 아니라서 병원협회로 전화를 해보았다. 오늘은 인천에서 일이 좀 있어 가지 못했고 내일 오전에 일찍 가도 되겠느냐고 물었지만, 그는 어제와 똑같이 영 이해하기 어려운 희미한 대답만 되풀이할 뿐이었다. 그만두라고 내쏘아주고 싶었지만 그동안 썼던 돈과 노력 그리고 일의 추이를 생각해보면 결코 경거망동해서는 안 될 것이었다.

퇴근 시간에 임박해서 박뚱과 함께 흉부외과 과장실로 내려갔다. 과장은 그의 훌륭했던 어시스트에 칭찬을 아끼지 않았으며, 호감을 보였다. 민우로부터 현재까지의 제반 사정을 대강 듣고 난 그는 과장으로 온 지 얼마 되지 않았으므로 병원에서의 선발기준이 어떠한지 잘 모르겠으나, 자기가 할 수 있는 데까지 협조를 아끼지 않겠다고 약속해주었다.

셋은 병원 앞에 있는 작은 식당으로 가서 간단한 저녁을 마쳤다. 과장이 저녁을 냈으므로 민우가 '그럼 제가 차라도 샀으면 좋겠습니다.' 라고 조심스러운 제안을 했으나, 과장은 미안하지만 바빠서 그런 거니까 이해해달라면서 협조만 재삼 확인해주고는 가버렸다. 장시간의 수술로도 피곤했을 터이고, 명색이 과장인데 예비 수련의가 사는 차 대접도 부담스러웠을 것이다.

"야, 이제 다 된 거 아니냐? 과장이 오케이를 했으니까 말야. 이 시발놈 이제 팔자 늘어졌구나. 야! 기분이다. 옐로하우스 가서 모처럼 목구멍도 축이고, 몽둥이 청소도 해보자. 가자!"

물론 아주 희망적이긴 했으나, 그렇다고 확실하게 결정 난 것도 아니라서 돈을 아끼고 싶었다. 그리고 솔직히 아직 그리 맘 편한 상태도 아니었다.

"어제 병원협회 새끼헌테 일 부탁하면서 거금을 빨렸거든. 씨팔! 일이 될지 안 될지도 모르면서 좆거튼 새끼 몽둥이 청소 값으로다 구렁이 알거튼 일금 십일만 원을 썼다는 거 아니냐? 쌔푼도 아껴야 허는데 말야."

"조꺼치 드럽게 징징 짜네. 그럼 시발놈아, 내가 낼 테니까 넌 따라오기나 해!"

그는 술과 여자 생각이 나서 도저히 병동으로 돌아가고 싶지 않은 모양이었다. 아무래도 더 이상 그를 거역할 수도 없었다.

"좋다! 씨팔, 가보자!"

말은 옐로하우스라고 했지만, 그가 안내한 곳은 고작 병원 근처 싸구려 술집이었다. 그렇지만 인천이라는 대도시답게 싸구려 술집이라 해도 작부들이 여럿 있었다.

박뚱이새끼는 전에도 몇 차례 와보았던 모양인지 대뜸 미스 홍부터 찾았다. 마담은 경상도 아지매였다.

"미스 홍이라카먼 주먹만 한 얼굴에 눈만 왕방울 같은 그 애 말인교?"

그러자 그 역시 아지매 말투를 흉내 내어 말했다.

"그렇타카이. 마! 꼭 그렁 건 아이고오. 가이 없으면 따런 이쁜 가시나 둘만 살짝 보내 주이소."

그가 찾는 여자는 없는 듯했다. 마담은 그의 말투 흉내가 재미있다는 듯이 깔깔거리고 웃으면서 알았다는 시늉을 했다.

"자주 와본 거냐?"

"자주 와보긴? 시발놈아! 내가 일 년 차 주제에 시간이 있냐? 돈이 있냐? 아무렇게나 한번 불러본 거지."

또다시 그의 임기응변에 탄복하면서, 새삼스럽게 존경심과 부러움까지 일었다.

술집의 내부에는 조그마한 밀실들이 여럿 꾸며져 있었다. 둘은 맨 끝에 붙어 있는 구석방으로 안내되었는데, 스물 안팎으로 보이는 여자 둘이 곧바로 뒤따라 들어왔다. 여느 사람보다 화장이나 좀 짙을까, 다행히 한복차림은 아니었다. 몹시 짧은 치마이긴 했으나, 흔히 보는 양장차림이었다. 여러 가지 정황으로 보아서 어제처럼 턱없이 바가지 쓰는 일은 없을 것 같아서 마음이 편했다.

"미스 주예요."

"미스 전이에요."

여자들은 선 채로 가볍게 목례를 했다. 그러나 그녀들은 보면 볼수록 한결같이 못생기고 체격조차 영 빈약해 보였다. 섭섭한 정도가 아니라 아주 실망스러웠다. 그중에서도 미스 전이라는 아가씨가 조금 더 나아 보였는데, 박뚱은 그녀를 민우 쪽으로 가서 앉게 하더니만, 여자들을 쳐다보며 씨부렁거리기 시작했다.

"웬 마른 북어 안주가 먼저 나왔냐? 시발, 술맛 떨어지게……. 야! 맥주나 가져오고 안주는 관둬라. 아저씨들은 금방 식사를 하시고 오는 길이라서 배가 부르다."

원래 어느 술집에서도 안주 값으로 매상을 올리는 법인데, 안주를 관두라고 하질 않나, 자기들을 마른 북어 안주에 비유하질 않나 여자들은 금세 뾰로통해졌다. 자리에 앉으려다가 말고는 선 채로 그에게 말했다.

"그럼 마른 북어 안주 두 마리는 나가 드릴까요?"

미스 주라는 아가씨가 눈에 쌍심지를 켜고 항의했다. 그러나 그는 그런 그녀의 성미는 거들떠보지도 않는다는 듯이 여자의 엉덩이를 손바닥으로 한번 철썩 때리더니만, 금방 목소리를 바꾸어서 눅어진 소리로 말했다.

"앉아라, 앉아. 시발! 이 덩치 밑에 깔리면 숨도 못 쉬고 마른 북어 될까 싶다는 뜻이지, 뭐 다른 뜻은 아니니깐…… 내가 올라타지만 않으면 그만 아니냐?"

말투가 거칠고 체격이 좋은 탓에 근처의 부랑배나 되는 줄로 알았던지, 그녀들은 그를 몹시 경계하며 그와 조금 떨어져 앉았다. 그러자 그는 미스 주의 허리를 쑥 끌어당겨 자기 곁으로 끌고 오더니만, 솥뚜껑보다 더 큰 두 손바닥으로 그녀의 얼굴 양볼을 쥐어서 입술이 새의 부리처럼 삐죽이 나오게 하고는 헛웃음을 웃었다.

"그래도 시발! 이팔청춘에다가 큰 구멍 하나가 더 있는 찢어진 동물인데, 내가 박대할까 봐서 그러냐?"

"이것 놔요."

그녀는 몹시 기분이 나쁜지 그의 손등을 손바닥으로 쳤지만, 솥뚜껑 위에 붙은 매미 날개였다. 그런 둘의 하는 모양이 하도 우스워 민우와 미스 전은 똑같이 폭소를 터뜨렸다.

이윽고 술이 나왔다. 넷은 각자 서로에게 한 잔씩 부어주며 부라보를 외쳤다.

"세상에 술이 완전히 없어지는 그날까지 시발 년놈들이 계속해서 붙어먹기 위하여! 위하여! 위하여!"

박뚱은 언제고 임기응변이 좋은 편이라서 말도 안 되는 소리를 하며 웃겼는데, 대체로 그의 주특기는 욕 절반, 말 절반이었다. 두 여자 모두 맥주를 입에 머금은 상태에서 웃음을 참지 못하고 결국 고개를 돌려 벽에다 술을 내뿜고 말았다.

"야! 웃는 건 존데, 이 시골 촌놈이 사는 돈국으로 벽 청소까지는 하지

마라."

그는 항상 술을 돈국이라며 즐겨 마셨다. 그날도 아마 맥주를 20병 이상 먹어치웠는데, 대여섯 병은 두 여자와 민우가 처리했을 거고, 나머지 15병 이상은 그의 위대한 배 속으로 들어갔을 것이었다.

그런데도 술값과 팁 모두 합해서도 이만 오천 원에 불과해서 전날 서울에서 바가지 썼던 것과는 비교도 안 되게 작은 액수였다.

여자들도 박뚱이가 말만 험했지 나쁜 사람이 아니라는 것을 금세 알아차린 모양으로, 뭐하시는 분이냐면서 또 오시라고 인사하자, 그는 다시 한 번 주둥이를 까며 웃겼다.

"좆무늬(전문의) 따려고 요 앞 뱅원(병원)에서 좆나발 부는 놈이다. 왜, 그렇코롬 안 배이(보이)냐? 또 와봐야 시발! 치와와 냄새 맡는 도사견 신세지, 이 체격에 너그덜허구, 엠병, 사이즈나 맞겄냐? 뼈따구가 내 전공인디 혹시나 뼈다구 손 볼일 있으면 뱅원에 와서 박뚱땡이만 찾아라."

"뼈다군 상관없구 그 사이즈는 맞추어봐야 알지? 어디 얼마나 큰 사이즌지 한번 꺼내기나 해봐요."

병원을 벗어났다고 취한 김에 주둥아리를 쉬지 않고 까댔으나, 여자들도 보통은 아니었다.

그를 재빨리 끌어내며 계산을 마쳤다.

"씨발, 허도 못 허고 양기만 올라서 안 되겄다. 야! 우리 다시 옐로하우스나 가자!"

물론 그건 말뿐이었고 둘은 다시 병원으로 돌아왔다. 오는 길에 민우는 그런 그를 위하여 다시 맥주 다섯 병과 오징어를 샀다.

"오늘은 입천장에 붙고 이빨 사이에 끼고도 목구멍으로 넘어갈 게 남아 있데?"

"오야! 동생새끼가 오늘처럼 형님 잘 모시면 앞으루다 네놈 신세는 괜찮을 것이다. 알겠냐? 헹님을 이렇코롬 잘 모시면 삼강오륜 모른다고 어디서 매 맞아 뒈질 일은 없을 테니까 말이다."

병원에 돌아오자 거의 11시 40분이었다. 민우는 술기운에 그랬겠지만, 혜진이 만약 이 시간에 자기 집에 있다면 인천 일이 아주 잘될 거라는 말도 안 되는 연관성을 만들고는 혜진의 집으로 전화했다. 흉부외과 과장의 허락이 거의 떨어진 상태인 데다가 술에 취해 있었으므로 기분이 좋았던 것이다. 또한 일이 이렇게 잘된 이상, 내일 내려가기 전에 어떻게든 그녀를 한 번 만나보고 싶기도 했다.

"여보세요? 네! 밤늦게 죄송합니다. 혜진 씨 친구 민우라고 하는데요……. 죄송하지만, 좀 바꿔주실 수 있겠습니까?"

"잠시만 기다리세요. 바꿔 드릴게요. 혜진 씨 전화 받아라."

혜진의 새엄마였던 모양인지 소프라노의 전형적인 서울 말씨였다.

"웅, 나야. 웅, 인천. 낼 시간 있어? 웅, 그럼 옛날 거기. 웅. 낮? 웅. 그래 1시경. 그래! 1시로 하자. 웅, 난 낼 내려가야 해."

목소리만 들어도 반가웠다. 내일 서울역 그릴에서 1시쯤 만나기로 하고서 아쉽게 전화를 끊었다. 술에 취했기 때문인지 그녀가 더욱 그리웠다. 전화를 막 끊으려는데, 박뚱이새끼가 재빨리 전화를 낚아채면서 말했다.

"시발! 나도 니 조개 목소리 좀 들어보자. 지난번 호텔에서 기다리던 그 깔치냐? 여보세요. 난 민우 친구 영기라는 사람인데요. 지난번에 인천 호텔에서 민우와 함께 계셨던 분인가요? 네! 원래 민우라는 친구가……."

혜진이를 주리라고 착각하고 있었고, 그가 무슨 소리를 지껄일지도 모를 일이라서 수화기를 뺏으려고 그의 손을 덮쳤다.

"그게 아냐, 쎄꺄!"

"그게 아니긴, 새꺄! 인천이 알구, 호텔이 알구, 내가 다 아는데, 이 시발놈아!"

그에게서 송수화기를 뺏지 못한 민우는 결국 전화 꼭지를 눌러버렸다. 민우의 갑작스러운 행동에 그는 머쓱해하더니 씩 웃으면서 한마디 했다.

"시발놈! 벌써부터 기는 꼴하고는……."

몹시 아쉬워하는 그의 모습이 고소하고 우스워서 어릴 때 그에게서 배운 욕을 한번 해주었다.

"좆까지 말고 잠이나 자자."

다음 날 새벽같이 일어난 민우는 코를 골며 잠에 취해 있는 박뚱을 깨워서 한번 다짐을 놓고 방을 나왔다.

"난 여기에 맘을 정했으니 그리 알아. 알았지? J대 병원엘 가서 최종결과를 더 들어봐야겠지만……."

"그러고는 조갯살 차례냐?"

"지랄 떨지 마! 아직은 조갯살인지, 대합살인지 알지도 못해."

"병신 지랄 떨구 있네, 야! 이, 멍텅구리 거튼 새꺄! 그게 젤 중요한 거야."

"간다."

"그래 가서 잘 처먹고 잘살다 와라. 시발놈아! 멍청한 새대가리 청소도 부지런히 해두고."

공부 게을리하지 말라는 조언이었다. 그러고는 누운 그대로 눈을 다시 감아버렸다. 하기야 아무리 장사라 하더라도 간밤에 퍼마신 술을 생각해보면 못 일어나는 게 당연했다.

서울 J대 병원에 도착한 것은 7시쯤이었다. 환자대기실 의자에 앉아서 외과 과장을 기다리고 있는 참인데, 퇴근하는지 고단한 하품을 하면서 주리가 병동 계단을 걸어서 내려오고 있는 것이 보였다. 눈을 감고서 일부러 못 본 척하고 있었는데도 그녀는 귀신같이 알아보고 다가왔다.

"어? 언제 왔어요? 어젠? 일은 잘됐어요?"

"인천에서 잤지. K 병원에 친구가 있잖아. 거긴 잘하면 될 것 같은데."

"그래도 대학병원이 낫지 않아요?"

그녀는 복장 터지는 소리만 연발했다.

"글쎄, 그렇담 얼마나 좋게? 아무 데라도 확실히 되기만 했음 정말 좋겠어."

그녀는 그와 사이를 두고 약간 떨어진 곳에 앉았다.

"병원협회 일이 어려워요?"

"그럴 것 같애."

"외과 과장은 만나보았어요?"

"아니. 지금 그래서 여기 앉아 있는 거야."

그녀는 고개를 돌려 주위를 재빨리 살펴보고는 다시 물었다.

"언제 내려갈 거예요?"

"오늘."

"어머! 아직 일이 안 끝났다면서요?"

그녀는 놀랍다는 듯이 그를 똑바로 바라보며, 몸을 가깝게 움직여 왔다.

"그래도 하는 수 없어. 아마 인천 K 병원은 잘될 거야."

그러자 그녀는 그의 얼굴을 찬찬히 훑어보며 말했다.

"그럼, 이따가 점심이나 같이할까요?"

"아냐, 안 되겠어, 병원협회에 가봐야 허구."

혜진과 만나기로 했다는 말을 그녀에게 실토할 수 없어서 엉뚱한 병원협회를 들먹이며 핑계를 댔다.

"같이 가줄까요?"

그는 놀라서 그녀를 바라보았다.

"어딜? 병원협회? 아냐! 그럴 필요는 없어. 가기 전에 다시 전화할게."

"그럼, 그렇게 해요."

그녀는 유치원 아이들이 하는 것처럼 그에게 한 손을 작고 가볍게 흔들면서 돌아섰다.

8시 반이 되자, 내과 과장과 외과 과장이 거의 동시에 복도 끝에서 나타났다. 그는 자리에서 벌떡 일어서 두 사람에게 인사를 하고 일단 내과 과장을 따라 먼저 그의 방으로 들어갔다. 과장은 웃옷을 벗어서 옷걸이에 걸면서 그에게 물었다.

"잘된 거야?"

어떻게 설명해야 할까? 민우는 난감해서 두 손을 맞잡은 채 엉거주춤 과장 앞에 서 있다가 간신히 입을 열었다.

"어려울 것 같습니다."

"어려워? 왜?"

"아직 확실한 말을 해주지 않거든요……."

"그래서?"

"오늘 다시 가서 만나보아야겠습니다."

그는 복도로 나오자마자 곧바로 외과 과장의 방으로 들어가서 간호사에게 외과 과장님을 뵈러 왔다는 말을 했다.

"그래 들어와! 들어와."

간호사가 보고도 하기 전에 벙긋이 열린 문틈으로 그의 말을 들었던지 과장이 직접 그에게 말했다.

"왜 나한테 무슨 할 말이 있어?"

외과 과장은 막 병실회진을 가려 했던 모양인지 가운을 걸쳐 입고 뻣뻣하게 선 채로 말했다.

"네, 병원협회에서요……. 혹시 내과가 안 되고 외과 자리를 받아올 수 있다면 저를 뽑아주실 수 있겠는지 여쭈어 보려구요."

"자넨 내과를 하기로 되어 있지 않나?"

외과 과장은 순간, 갑자기 엄격하고 딱딱하게 표정을 바꾸며 물었다.

"그렇습니다. 하지만 만약 내과가 안 되고……."

"이 사람이 무슨 소릴 하는 거야? 내과가 안 되면 당연히 외과도 안 되겠지. 그렇지 않아? 난 그렇게 생각되는데?"

그는 더 이상의 이야기는 시간 낭비라는 듯 민우를 빤히 쳐다보기만 했다.

"잘 알겠습니다."

잘 알기는 무엇을 잘 알겠다는 말인가? 어색한 자리를 빠져나오면서 중얼거린 뜻도 없는 말이었다. 다만 그가 확실하게 알게 된 사실은 설령 개인적으로 병원협회에서 자리를 사온다 하더라도 외과 과장은 그를 받아들일 의사가 전혀 없다는 사실이었다.

그렇다면? 그렇다면 병원협회는 가보아야 아무 소용도 없을 일이었다. 인천에서 흉부외과만 된다면야 유 선생에게 시달려가면서까지 J대 병원에서 내과를 하고 싶은 생각은 추호도 없었다.

결국 그 능구렁이 같은 병원 직원에게 알토란같은 재산만 바친 셈이었다. 이제부터라도 더 이상 돈을 들이지 말아야지. 그러나 다른 한편으로 다시 생각해보면 병원협회 사람을 만나기는 해야 할 것 같았다. 왜냐하면 이미 그에게 상당한 향응까지 베풀며 투자를 해둔 데다 최악의 경우 인천까지도 안 된다면 오직 한 군데, J대 병원 내과밖에는 그를 기다려주는 곳이 없을 것이기 때문이다.

병원협회 사람에게 전화했더니 지난번 그 다방에서 기다리라는 이야기였다. 그를 기다리며 애꿎은 담배 연기와 한숨만 푹푹 내뱉고 있는데, 마침내 11시쯤 그가 나타났다. 가능하겠는지 단도직입적으로 물었으나, 그는 입은 닫은 채 눈만 껌벅거릴 뿐이었다.

"제가 돈 여유가 많지 않아서요, 대충 얼마나 들까요?"

그래도 그는 계속해서 눈만 껌벅이며 민우를 쳐다보기만 했다. 그러다가 민우의 재촉에 어쩔 수 없다는 듯이 한참 만에 하는 말이 겨우 이랬다.

"나야 뭐…… 닥터 리나 그 과장 낯을 보아서라도 그냥 해주고 싶지만, 윗사람들이 워낙 많아서……."

예상보다 훨씬 많은 돈을 원하고 있음이 틀림없었고, 그것도 이 자리에서 당장 현금으로 쑥 내질러야 하는 상황이 분명했다.

되지도 않을 일을 가지고 더 이상 돈을 쓰고 싶은 생각이 싹 없어졌다. 인천 K 병원만 된다면야……. 일부러 없는 돈까지 들여가면서까지 하고 싶지도 않은 내과 자리를 살 필요가 있을까?

시계를 보았다. 혜진을 만나자면 아직도 2시간이나 남아 있었다. 그러나 그는 역시 노련한 능구렁이였다. 민우의 마음을 읽었던지 난데없는 제안을 했다.

"그제 닥터 리가 나에게 한 말도 있고 하니까……. 그냥 말 순 없고……. 어떻게든 국장과 다시 이야길 해볼 터이니까……. 돈을 더……."

그만큼 끌려 다녔으면 이제는 그가 어떤 사람이라는 것을 알고도 남았어야 했다. 그런데도 민우는 또다시 어리석은 판단을 하고 있었다. 그 사람이야 오늘 저녁 공돈으로 여자를 한 번 더 살 생각이었을 테지만, 미련을 버리지 못한 민우는 그에게 돈을 주는 게 수련이 결정될 때까지 여러모로 도움이 될 것으로 생각했던 것이다.

대략 현재 수중에 있는 돈은 10만 원 정도였다. 민우는 거기에서 오만 원을 꺼내어 그에게 주며 말했다.

"자, 잘 부탁합니다."

그는 돈을 받자마자 차 값조차 민우에게 떠넘기고는 유유히 사라져버렸다. 마침내 정신을 차린 민우는 한숨을 내쉬며 생각했다.

이것은 분명히 뭔가 잘못된 거야. 된다 안 된다 확답도 없이. 그를 만나는 데 15만 원, 국장에게 말 전하는 데 다시 또 5만 원…… 결국 난 멍청하게 돈만 쓴 거야. 물론 큰돈은 아니지만 분명히 잘못한 거야. 바보같이…… 물론 처음부터 그를 만나지 말고 박뚱에게 매달리는 것이 더 좋았을 거야. 아아! 나는 왜 이렇게 만날 바보 같은 짓만 하고 다니는 걸까?

마음 같아서는 그를 쫓아가서 오만 원을 도로 찾아오고 싶었으나 그건 못할 노릇이었다. 어차피 사라진 돈! 너무 그를 나쁘게만 보지 말고 긍정적으로 생각해보기로 하자. 이번 말고 내년에라도 그 직원에게 다시 부탁해야 할지 모르니까. 일단 누구라도 사람을 알아둔다는 것은 그리 나쁜 일은 아니겠지.

혜진을 조금 기다릴 셈으로 버스로 서울역에 갔다. 11시 반쯤 도착했는데, 혜진도 오늘은 30분이나 빨리 12시 반쯤 와주었다.

지난번 인천 호텔에서의 여자 친구냐고? 그게 무슨 말일까? 그렇다면 민우 씨는 미스 정과 인천에 갔다는 말인데……. 그런데…… 민우 씨는 어째서 그 여자와 함께 인천 호텔을 갔을까?…… 그리고 왜 갑자기 전화를 끊어버릴까?……

갑자기 미스 정이라는 여자의 존재가 현실감으로 다가왔다. 참! 그런데 어디서 봤을까? 낯선 얼굴은 아니었는데? 순간 미스 정이 간호사라는 생각으로 제복을 입은 모습을 상상해보자 섬광처럼 그녀에 대한 기억이 떠올라왔다. 아아, 생각난다. 맞다, 그곳에서 만났다.

혜진은 미스 정을 처음 만났던 때의 참담했던 기억을 떠올리면서 신음처럼 중얼거렸다.

그때 그녀는 정신과 병동에 입원해 있었고, 미스 정은 실습을 나왔다고 했다.

"어디가 아파요?"

"난 아픈 덴 한 군데도 없어요. 난 이제 집에 가야 해요. 근데?…… 새로 온 간호사세요?"

"아뇨. 아직 정식근무 아니지만 도와드릴 수는 있을 거예요."

"도와줄 수 있다고요?"

"그래요. 원하는 것을 다 말해보세요."

새삼스럽게 그녀를 살펴보았다. 그녀는 마치 서양 인형처럼 오뚝한 콧날과 시원스런 눈매를 하고 있었다.

"난…… 딱 한 가지뿐이에요. 날 울 엄마한테 보내주세요. 울 엄마는 지금 무덤 속에서 잠들어 있어요. 빨리 깨우지 않으면 안 돼요. 시간이 지나면 엄마는 영영 못 깨어날지 몰라요. 간호사 언니 제발 좀 도와주세요."

너무나 절박하다고 설명했지만, 그녀는 전혀 귀담아듣고 있지 않았다. 오히려 입고 있는 가운의 하얀 색만큼이나 차갑고 냉정한 눈초리로 관찰만 계속하고 있었다. 자신도 모르게 갑자기 울음이 터졌다. 어떻게든 참아보려 했으나, 그럴 수 없었다.

사실 세상에서 자기 말을 들어줄 사람은 엄마밖에는 없었다. 그러나 엄마는 무덤 속에서 이젠 세상과 철저하게 격리되어 있었다. 어째서 죽지도 않은 엄마를 무덤 속에 가두어버렸을까? 아아! 엄마는 얼마나 갑갑할까?

울음 끝에 갑자기 숨이 차며 가슴이 갑갑하게 조여오기 시작했다. 아무리 숨을 쉬려 해도 숨이 쉬어지지 않았다. 마침내 숨이 멎어버렸다. 이제 죽는 것이다. 눈물이 났다. 죽는 일도 두려웠지만, 현재의 고통을 참아내기가 더욱 어려웠다.

그뿐만이 아니었다. 시신을 안고 울어줄 엄마가 무덤 속에 잠들어 있는 것이다. 정말이지 이것은 말도 안 되고, 터무니없이 억울하기만 한 일이었다.

의사와 간호사가 달려왔다.

"과호흡 발작이야! 빨리! 빨리!"

미스 정은 호흡수를 세어 보는지 손목시계에 눈을 주고 있었다. 그녀가 마치 악귀처럼 보였다. 사람이 죽어가고 있는 것조차 아무런 감정도 없이 관찰할 수 있는 악귀! 그러면서도 건강하고 턱없이 방자한 눈길로 건너다보는 그녀가 샘이 나도록 부러웠다.

누군 지금 엄마도 없이 고통 속에 죽어가야 하고, 누군 저렇게 펄펄 날며 살까? 고통 속에 격렬하게 몸부림치는 팔에 누군가가 불같이 뜨거운 주사를 놓았다. 달팽이관과 같은 나선형의 긴 무의식의 터널 속으로 순식간에 빠져 들어갔고, 끝없는 추락을 거듭하는 동안 마침내 몸뚱이는 물처럼 변해버렸고, 머리와 다리와 팔이 팔레트에 풀어놓은 물감처럼 온통 한데 뒤섞여버렸다.

몸이 물처럼 녹아버려서 이제 더 이상 숨찬 것도 구토감도 없었지만, 몸뚱이가 여러 조각으로 쪼개지지 않도록 누군가가 온몸을 꼬챙이가 달린 철사 줄로 꽁꽁 얽어매었다.

얼마 후 마침내 다시 정신이 돌아왔으나, 움직이기는커녕 신음조차 낼 수 없었다. 손발이 꽁꽁 묶여 있고, 입안에는 개구기가 물려 있었기 때문이다. 눈을 뜨고 주위를 살펴보았다. 조금 떨어진 곳에서 미스 정은 여전히 알 수 없는 우월감과 고집스러운 눈빛으로 그녀를 관찰하며 서 있었다. 그러고서 다시 정신을 잃었는데, 그 후로 다시는 미스 정을 만나지 못했다.

2학기로 들어선 후로는 거의 수업이 없는 대신, 졸업예정자들은 너나없이 모두 졸업전시회 작품에 매달려 있었다. 혜진 역시 졸업 작품뿐만 아니라 동아리 전시회 작품 준비, 대학원 진학 준비 등등으로 정신없이 바빴다. 하지만 학교 작업실에서 거의 매일 붙어살다시피 했고, 덕분에 작품들은 대충 만족스럽게 완성되어가는 중이었다.

초저녁에는 학원에서 기초 불어를 포함한 대학원 시험에 필요한 몇 가지 학과를 더 수강하고 있었으므로 더욱 바쁘고 힘들었다.

어제는 옷도 챙기고 몇 가지 가져올 게 있어서 오랜만에 아파트엘 들렀는데, 민우의 전화를 우연히 받았다.

집에서 가져온 짐을 그대로 학교 작업실에 정리도 하지 않고 쌓아둔 채로 민우를 만나러 곧바로 서울역으로 나갔다.

"오늘은 왜 이리 빨리 나오셨을까?"

그는 보자마자 활짝 웃음을 터뜨렸다. 그런데 세상에! 그는 눈에 익은 그 여름양복을 그대로 입고 있었다.

수북이 자란 수염과 퀭한 눈도 그랬지만, 초겨울의 여름옷 차림이 그의 몰골을 더욱 기괴하게 만들어서 희극적이면서 동시에 비극적으로 보였다. 아무리 그렇더라도 그렇지, 옷 한 벌 살 돈을 아껴서 무엇을 어떻게 하겠다는 것일까?

"언제 온 거야?"

"사흘 됐어."

"레지던트일 때매? 잘된 거야?"

"안 될 것도 없고, 잘될 것도 없어."

그의 말투에 놀라 메뉴 판에서 눈을 떼고 그의 표정을 살피며 다시 물었다.

"그게 무슨 뜻이야? 레지던트 일이 젤 중요하댔잖아?"

"그건 그렇지……. 서울은 힘들더라도 인천은 될 것 같다는 뜻이야. 지금 인천 K 병원 흉부외과 과장을 만나고 오는 길이거든……."

혜진은 인천이라는 말을 듣는 순간 갑자기 미스 정이 생각났다.

"그 일 때매 주리 씨와 인천 갔던 거야?"

"?"

처음에는 혜진이가 그 사실을 어떻게 알 수 있었을까 하고 궁금했으나, 어젯밤에 박뚱이가 전화를 뺏어서 씨부렁거렸기 때문이라는 것이 금세 생각났다.

"주리 씨가 그 과장을 자기에게 소개한 거야?"

"무슨 소리야? 주린 그를 알지도 못해."

"그럼, 왜 주리 씨하구 인천엘 갔던 거야?"

"혜진이가 그걸 보았어? 박 선생이 술 취해서 괜히 헛소리한 거야."

그녀는 그의 표정을 가만히 살폈다. 그의 얼굴에는 지금 하고 있는 말이 거짓말이라고 쓰여 있었다.

그러나 더 이상 물어보았자 무슨 소득이 있을 것 같지 않았고, 그의 성격으로 보아 바람둥이 짓이라기보다 아마 어떤 피치 못할 사정이 있었을 것이었다. 다만 미스 정이 자신에 대해서 무어라고 했는지 그게 더 궁금했다.

"주리 씨가 나에 대해서 뭐래?"

주리는 혜진과 그가 절대 어울리지 않으며 결합도 힘들 거라고 했었다. 그런데 어째서 갑자기 이런 질문을 할까? 혹시…… 두 사람이…… 최근에 만났을까? 그럴 리는 없을 터인데…….

"주리와 만났던 거야?"

그러나 그녀는 그의 말을 싹 무시해버리고 웨이터를 불렀다.

"여기요! 주문 받으세요!"

"아니, 이봐! 혜진인 주릴 언제 만나본 거야?"

"뭘루 할 테야?"

혜진은 샐쭉해진 표정으로 평소와 달리 말도 없었다. 심기가 여간 불편하지 않다는 징조였다. 어떻게든 분위기를 만회해보려고 일부러 호들갑스럽게 그녀를 쳐다보며 말했다.

"비프스테이크로 하자, 여기선 그게 젤 좋더라."

"그러지, 뭐."

기분이 좋아야만 본래대로 따발총처럼 재잘거린다는 것을 잘 아는 민우는 몹시 불안했다.

"대학원은 어때?"

"아직 입학 안 했잖아."

그녀는 여전히 기분이 풀리지 않은 상태였다. 식사 내내 고개를 숙인 채 포크질만 하고 있는 그녀의 손을 덥석 잡았다.

"왜 그래애?"

순간, 혜진은 그에게서 손을 빼며 재빨리 주위를 돌아보았다.

"혜진일 만나니깐 난 너무 기분이 좋은 거 있지. 우리 정말 너무 오랜만에 얼굴을 본 것 같애. 그치? 그래두 혜진인 날 별로 보고 싶지도 않았겠지? 그래서 이렇게 시큰둥한 거지? 그치?"

"피이 그런 게 어딨어."

마침내 혜진은 어느 정도 표정을 풀었다. 그러고는 자기 몫의 고기를 반도 넘게 그의 접시로 옮겨주었다.

"왜 그래? 요새 너무 힘든 거 아냐? 식욕이 없어?"

"아냐, 민우 씨 주려구 그래. 너무 맛있게 먹는 걸 보면…… 민우 씬 그게 매력이야."

"그러니까 모두 날보고 최소한 밥 굶을 사람은 아니라잖아."

모처럼 그녀의 얼굴에서 작은 미소가 생겨났다. 꿈에도 잊지 못하던 매력적인 덧니가 웃음을 머금은 채로 깨물어주고 싶도록 귀여운 입술 속에서 환하게 드러나 보였다.

"혜진은 웃을 때 나오는 덧니가 정말 매력적이야."

그런 건 그가 말하지 않아도 본인이 더 잘 알고 있었다. 그녀는 언제고 외출 준비가 완료되면 마지막으로 거울을 보며 얼굴을 측면으로 해서 살짝 웃어보았다. 그래서 야실거리는 입술 안쪽에서 새하얀 덧니가 보석처럼 빛나는 것이 확인되면 비로소 만족스러운 눈빛으로 가방을 을러메고 방을 나서는 것이다.

식사가 끝나자 둘은 다시 종로의 한 극장을 찾아갔는데, 어두운 홀 안에서 그는 스크린보다 그녀의 체온과 체취에 더 정신을 쏟았다. 손만 만져보아도 서로 얼마나 그리워하고 있으며, 얼마나 사랑하고 있는 것인지 너무도 잘 알 수 있었다.

극장을 나왔을 때는 어느새 오후 4시 반이었다. 그러나 더 이상 함께 있을 수 없는 두 사람은 아쉬움만 잔뜩 안은 채로 학교와 고속버스 터미널로 각자의 발길을 돌려야 했다.

그가 탄 차는 오후 5시 반에 출발하는 포항행 마지막 버스였다. 겨울철의 짧은 해라서 출발하는 순간부터 날이 벌써 어둑신했다. 환하게 라이트를 밝히며 질주하는 자동차들의 흐름에 눈길을 주며 이런저런 상념에 젖어 있다가 곧 눈을 감고서 의자에 뒤통수를 묻어버렸다. 오늘 밤은 어차피 포항에서 1박한 후, H 면에는 내일 새벽차로 들어가야 할 것이었다.

"이 선생님! 이 선생니임! 서울 시외 전화예요!"

크리스마스도 지나고, 이젠 문자 그대로 한 해가 딱 사흘 남은 세밑이었다. 오후 퇴근 시간 무렵 병실에서 입원환자 회진 중이었는데, 일층 진찰실 쪽에서 미스 황이 큰 소리로 그를 부르고 있었다. 멀리 서울에서 온 전화라서 그런 것인지, 아니면 돈이 더 비싼 시외 전화라서 그런 것인지 서울에서 전화가 오기만 하면 그녀는 그렇게 호들갑을 떨었다. 그래서 병원으로 온 서울전화는 당사자인 민우뿐만 아니라, 입원환자를 포함해서 병원의 모든 사람이 다 알 수 있을 정도였다.

뜻밖에도 혜진이였고, 버릇대로 숨도 쉬지 않고 속사포처럼 말을 쏟아내었다.

"나야, 혜진이. 잘 지냈어? 응. 나두. 선물 받았어? 괜찮아? 응, 응, 이젠 졸업이지, 뭐. 응, 근데 나 대학원 됐다! 잘됐지이? 그러엄, 젤 먼저 자기한테 전화를 하는 건데……. 응, 다음 주 토요일. 응, 응, 참, 지난번 자기 병원 일은 잘된 거야? 그래? 그럼 이따가 밤에 다시 또 전화할게, 응, 끊어~"

대학원에 합격했고, 대학 연구실에서 생활해도 좋다는 허락을 자기 아빠에게 받았으며, 2주일 후 토요일인 오는 1월 11일 저녁에 자기네 동창회관에서 졸업생 전원이 남자를 하나씩 데리고 와서 졸업기념 쫑파티를 하는데, 그날은 별일이 있더라도 늦지 않게 시간을 맞추어서 오라는 이야기였는데, 얼마나 기쁜지, 그녀는 평소보다 훨씬 더 수다가 심했다.

그렇게 하고서도 그녀는 한동안 더 전화통을 붙잡고 있다가, 마침내 밤에 다시 전화하겠다면서 마지못한 듯 전화를 끊었다.

그녀와는 지난 11월 중순경에 만났지만, 그때는 서로가 너무 바빠서 점심 식사 후 극장 구경만 하고서 곧바로 헤어져버렸고, 그 후로는 이런 식의 전화 몇 번이 고작이었다. 그가 전화하는 일은 거의 없었고 언제고 그녀가 먼저 전화를 했는데, 그건 그편에서는 그녀와 직접 통화하기가 몹시 어려웠기 때문이다. 그래서 엊그제 그녀에게서 크리스마스 선물로 와이셔츠와 넥타이를 받고서도 그녀가 틀림없이 전화할 것으로 생각하고 그냥 지냈었다.

밤 11시쯤 샤워 중인데, 전화벨 소리가 요란하게 났다. 혜진인가 싶어 물기도 닦지 않은 벌거숭이 모습 그대로 마루로 나와서 전화를 받았다. 밤에는 항상 커튼을 내리고 있었고, 혼자서만 지내는 숙소라서 벌거벗고 지내든 옷을 입고 지내든 상관없었다.

서울 시외전화라는 교환원의 목소리가 끝나기가 무섭게 "여보세요?" 소리를 몇 번이고 내지르는 혜진의 목소리가 들렸다. 응답하자 혜진이는 마음 놓고 수다를 풀었다.

"응, 처음에는 아빠가 안 된다고 엄청 반대가 심했지만 내가 침묵과 소신으로 관철했지. 그럼, 그럼. 2월 초부터 아예 대학 연구실로 들어가 버릴려구. 응, 그렇지. 민우 씨도 내 선물 받아 보았댔지? 응, 지난번에, 응, 응, 민우 씨도 없는 크리스마스가 뭐가 좋았겠어? 언제? 그전엔 못 오는 거야? 그날은 꼭 와야 해! 시간 엄수하고. 안 그러면 나는 축제 날 완전히 망하는 거야. 알았지? 응, 응, 끊는다! 잘 있어, 그래, 안녀엉~"

그녀는 그렇지 않아도 빠른 말을 전화통에서는 더욱 빨리했다. 그래서 몇 번이고 되물어야 했으므로 말이 빠른 만큼 전화비가 늘어났으면 늘어났지 절대로 절약되지는 않을 것이었다.

혜진에게서 전화라도 받고 나면 며칠간은 한결 기분이 좋고 마음이 안정되었다. 기껏해야 목소리를 듣는 정도인데도 그녀의 총알같이 빠른 말을 듣고 있으면 그는 '아, 이것이다' 하는 편안한 마음이 되었다. 그녀는 몹시 당황하거나 흥분하면 오히려 말수가 적어졌다. 그래서 말수가 없어지면 그때야말로 마음속에서 크든 작든 갈등을 일으키고 있다고 보면 틀림이 없었다. 반대로 수다스럽게 재잘거릴 땐 행복하거나 기쁠 때가 확실한 것이다.

혜진과 주리에게 보낼 크리스마스 선물을 사기 위해 일부러 포항까지 갔었다. 그러나 시간이 촉박하고, 여자들에게 크리스마스 선물을 하는 것도 처음이라서 무엇을 사야 할지 알 수 없었다. 고심 끝에 고른 것은 결국 색만 다른 똑같은 지갑 두 개였다. 혜진에겐 검은 밤색을, 주리에겐 진한 청색을 골랐다. 좋아하는 색이 서로 다르다는 생각 때문이기도 했지만, 두 사람에게 색까지 똑같은 것으로 보낼 수는 없었기 때문이다.

크리스마스 전날 혜진과 주리에게서 동시에 소포가 왔다. 주리에게서는 개역 성서와 고급 만년필이, 혜진에게서는 와이셔츠와 넥타이 두 장이었다. 그리고 혜진이는 짤막하게 '혜진이가 민우 씨에게!'라고 달랑 쪽지 한 장 써서 넥타이 위에 올려놓은 반면, 주리는 깨알같이 작은 글씨로 장장 세 장의 장문의 편지를 써서 소포 속에 끼워 보냈었다.

'일은 잘되어 가느냐는 것, 요사이 J 대학 출신 인턴들끼리도 레지던트 자리를 놓고 경쟁이 치열하다는 것, 자리를 개인적으로 얻는 거라서 그래도 얼마나 다행이냐는 것, 그와 병실에서 밤을 밝히며 지냈던 일이 이젠 까마득하지만, 작년 크리스마스이브 저녁, 비록 선물 받은 케이크이긴 했으나, 캐럴을 들으며 둘이서 나누어 먹던 일은 아직도 어제 일처럼 수채화같이 아름아름 떠오른다는 것, 서울은 언제쯤 다시 올 거냐는 것, 오기 전에 미리 전화해주면 밤 당직을 바꾸어보겠다는 것 등등.' 그녀는 언제나처럼 혜진이나 자기 이야기는 단 한 줄도 쓰지 않았다.

그녀는 혜진을 철저하게 무시했고, 혹시라도 대화중에 혜진의 이야기가 나오면 즉시 화제를 돌려버렸다. '혜진 씬 민우 씨와 어울리지 않아요. 절대로 오래갈 순 없을 거예요.' 그녀는 인천 호텔에서도 그렇게 단정적으로 말했다. 그때 외에 그녀가 혜진이를 입에 올린 적은 정말이지 단 한 번도 없었다.

그는 요사이 일반외과와 흉부외과 교과서는 물론이고, 학교 때의 모의고사 시험문제집까지 꺼내어 두 과목을 집중적으로 공부하고 있었다. J대학병원 자리를 사오는 것은 사실상 실패였기 때문이다. 그 능구렁이 같은 병원협회 직원은 지금까지도 민우의 전화를 받을 때마다 '기다려 달라', '윗사람 결재가 문제다.' 하는 식으로 앵무새처럼 같은 말만 되풀이하고 있었다.

박뚱은 2월 말까지 기다릴 것이 아니라 신년 초부터 아예 인천 병원 흉부외과에 근무해버리라고 했다. 혹시라도 강력한 라이벌이 생기면 큰일 아니냐는 것이다. 그렇게 하면 정식 근무 전 두 달간은 완전 무급이겠지만, 물론 그것이 문제가 아니었다. 그가 갑자기 떠나게 되면 아직 후임 의사를 구하지 못한 시골병원은 당장 문을 닫아야 하므로 도저히 그럴 수는 없는 노릇이었다. 박뚱은 그런 그에게 정신 차리라면서 윽박질렀다.

"야! 이 시발놈아! 정신 차리고 형님 말씀 잘 들어봐! 니 새끼 앞날이 문제지, 아, 시발, 그깟 시골병원 한두 달 의사 못 구하는 거야 뭐, 지들 사정이지 그게 어디 니 사정이냐? 안 그래? 월급 받는 즉시 나가야겠수다 허구 그대루 짐 싸버리면 되는 거야. 새꺄! 쥐뿔도 없는 새끼가 의리는 되게 찾네. 그깟 의리 찾다가 이런 좋은 자리 뺏기면 이 시발놈아, 넌 국물도 없구 끝이다 끝! 그럼 그렇게 알고 니 새끼 일 너 알아서 해! 시발 이젠 난 모른다."

그 과장은 정확한 사람일 것 같았으나, 아직 확실하게 정해지지 않은 이상 불안하기만 했다. 그에게 가끔 전화라도 해서 자기 존재를 잊지 않도록 하고 싶었다. 하지만 달리 생각해보면 그것도 문제였다. 수술 어시스트 한 번 섰던 것을 가지고 너무 과욕을 부린다는 느낌을 주어 오히려 부담스럽게 느낄까 봐 망설여지기 때문이다. 그래서 얼마 전에 연하장만 한번 보내고 말았고, 신년 초에는 어떻게 하든지 그를 직접 찾아가서 인사하고, 재확인을 받아두리라는 생각을 하고 있었다. 그런데 때마침 혜진에게서 전화가 온 것이다. 혜진의 쫑파티 갈 때 겸사겸사 그 과장도 만나두는 게 좋지 않을까? 그는 즉석에서 곧 흉부외과 과장에게 간단한 문안 편지를 썼다.

'존경하는 과장님. 운운……. 돌아오는 1월 11일 잠시 과장님을 뵙고 싶습니다. 물론 저는 과장님 밑에서 어떻게든 수련을 받고 싶습니다. 운운…… 안녕히 계십시오. 이민우 배상.'

혹 결례가 될 말은 쓰지 않았는지 몇 번이고 자세히 살피고는 편지를 봉했다.

아직 박뚱에게 J 대학 외과 레지던트 시험을 치른다는 말은 하지 않았다. 인천 흉부외과 자리를 얻어주려고 자기 일처럼 애쓰는 그에게 미안해서 차마 입을 열 수 없어서였다.

병원협회 일이 틀어져버린 것을 과장도 이미 알고 있겠지만, 아직 직접 보고하지는 못했다. 과장이 소개해준 실무자에 대해서 설명하기도 난처했고, 더구나 외과에 응시하겠다고 알릴 일도 난감해서였다.

육 선생은 그때 이후로 동업에 대해서는 아무런 언급도 없었다. 아마도 민우가 스스로 제의해올 때까지 기다릴 작정인 모양이었다.

새해 벽두가 되었다. 그는 여전히 새벽마다 축산 해안으로 해바라기를 다녔고, 임기가 얼마 남지 않긴 했으나, 변함없이 환자들에게 성의를 다해

진료를 해주었다. 다만 달라진 것은 최근 들어 수술 건수가 눈에 띄게 줄었다는 점이었다. 웬일인지 육 선생이 수술환자를 예전과 달리 몹시 꺼려 해서 걸핏하면 포항이나 대구로 보내려 했기 때문이다. 육 선생의 달라진 태도는 누구라도 금방 알아차릴 수 있을 정도였다. 그러나 그 점에 대해서는 정 수녀조차 별로 말이 없었다. 오히려 전보다 더 그를 조심스럽게 대하는 것 같았다.

마침 한가한 오후라서 정 수녀 방으로 찾아갔다. 그녀는 각종 장부가 수북하게 쌓인 책상 앞에서 열심히 주판알을 굴리고 있었다.

"들어오세요. 웬일이세요?"

그녀는 일을 하다 말고 그를 구석에 놓인 소파로 안내했다. 그가 단도직입적으로 물었다.

"제가 언제쯤 떠나면 좋을까 해서요……."

"이 선생님 생각은요?"

"글쎄요……. 아무래도 전 2월 중순까지나 근무가 가능할 것 같거든요."

"그럼, 그렇게 하세요."

그녀는 좋을 대로 하라면서 가볍게 대답했지만, 병원 형편을 잘 아는 이상 그의 마음은 몹시 무거웠다.

"새로 올 의사는 구해졌나요?"

후임 의사를 구하는 일까지 그가 걱정해야 할 소관은 아니었으나, 의사를 구하지 못해 문을 닫게 될 최악의 경우는 없었으면 하는 것이 그의 바람이었다. 그러나 병원 수녀는 그의 가상한 마음을 알고 있다는 듯이 웃어 보이긴 했으나, 그의 물음에 대한 답변은 해주지는 않았다.

9. F. F. Jin

박뚱에게서 인천 K 병원 레지던트 전형 일자가 1월 11일 토요일로 정해졌다는 연락이 왔다. 그날은 혜진의 쫑파티 날이었다. 그렇지 않아도 혜진에게 가면서 겸사겸사 인천에 들르려고 했는데, 오히려 잘되었다 싶었다. 그러다가 같은 날에 두 가지 일이 겹친다는 생각에서 걱정도 되었다. 만약 시험이 예상보다 늦게 끝난다면 혜진에게 늦을 수도 있다는 걱정 때문이었다. 그렇지만 종일 시험을 치르지는 않을 거고, 토요일이니까 아무리 늦는다 해도 오후 3시 전에는 다 끝날 것이므로 혜진에게는 6시까지만 가면 되는 거니까 시간은 넉넉할 것 같기도 했다. 너무 촉박하면 택시를 타면 될 것이고.

또한 다행히 흉부외과 지원자는 아직 아무도 없다는 박뚱의 전언이 있었으므로 적이 마음이 놓였으나, 혹시라도 막판에 강력한 경쟁자가 생길지도 모르는 일이라서 공부만큼은 게을리 할 수 없었다.

1월 10일, 일과를 완전히 끝내고 나서 포항을 나가 20시발 청량리행 급행열차를 탔다. 청량리 도착은 새벽 5시 반이라는 안내방송이 있었다.

자리에 앉아 뒤편으로 내달리는 차창 밖 야경에 눈을 주고 있자니 온갖 상념들이 뒤죽박죽 떠올랐다.

그가 처음 H 면으로 오던 때…… 중환자가 오면 어쩌지?…… 텃세한답시고 괜한 생트집을 잡으며 못살게 구는 사람은 혹시 없을까?…… 밤낮을 가리지 않고 환자들이 밀려오면 혼자서 어떻게 다 감당하나?

불안하기만 한 마음에 온갖 근심 걱정으로 노심초사하던 것이 바로 일 년 전인 딱 이맘때쯤이었다. 그러나 지금은 그때와 정반대로 다시 도회로 나가는 첫발을 내딛고 있는 셈이었다. 다만 서울이 아닌 인천이라는 점만 다를 뿐.

인천! 꿈에도 생각하지 못했던 곳이다. 앞으로 또 얼마만큼의 방황이 필요할까? 다시 생각이 H 면에 처음 오던 날로 되돌아왔다. 눈이 시리도록 푸르고 넓은 바다, 끝없이 밀려오는 파도, 새벽마다 찾아갔던 축산 앞바다의 벼랑바위 그리고 거기에서 만난 혜진.

세상을 어떻게 살아야 하는 것인지 파도는 그에게 명료하게 가르쳐주었다. 땅 끝에 닿기만 하면 소멸해버릴 것임에도 한 치의 두려움이나 물러섬도 없이 육지를 향해 끝없이 달려드는 파도! 파도가 그렇듯이 그 역시 힘든 세상을 향해서 그렇게 쉬지 않고 힘껏 달려가야 할 것이었다. 그리고 하얀 물거품을 만들면서 바다의 표면을 지우개로 지우듯이 파도가 달려오는 것처럼 그 역시 아무리 인생살이가 고달프더라도 그와 똑같이 하루하루를 지우개로 지우면서 성실하게 살아가야 할 것이었다.

혜진과 H 면을 생각해보자 갑자기 인연이라는 말이 생각났다. 내과를 하지 않고 흉부외과를 지원하려는 것이나, 주리가 아닌 혜진과 가까워진 것 등등 모두 인연 때문이었을까?

인연과 팔자! 육 선생은 그에게 인생에서 90퍼센트는 미지의 기리 패, 즉 운이라고 했다. 그렇다면 운이란 추상적인 표현일 뿐 형상적인 표현으로서는 인연이나 팔자라고 할 수 있고, 확실하게 대상이 지칭되는 경우에 쓰는 동일한 의미의 말일 것이었다.

J대 병원에서와 K 병원의 인연, 고교 때부터 큰 도움을 준 박똥…… 박

뚱과는 어떤 인연이 있었을까? 그가 아니면 대학은커녕 고교 졸업조차 어려웠을 일이었다.

결국 유 선생 때문에 전공과도, 병원도 바뀌게 되었다고 보아야 할 것이다. 그렇다면 유 선생과는 어떤 인연의 고리가 있었을까? 알 수 없는 온갖 상념들이 두서없이 찾아와서 차창 밖의 풍경과 함께 흘러갔다. 어떤 것은 애틋한 느낌으로, 어떤 것은 그리움으로, 또 어떤 것은 슬픔과 회한으로……

만약 예상과 달리 만에 하나라도 수련이 어렵게 된다면 어떻게 하는 것이 좋을까? 육 선생과의 동업? 그러나 그건 문제의 소지가 많고, 영영 수련도 못 받고 평생 시골 의사로서 인생을 끝내야 할지도 몰랐다. 또한 혜진 역시 시골에서 함께 살아줄 것 같지 않았다. 그렇다면 그건 조금도 고려할 필요가 없는 일이었다. 그렇다면 어떻게 해야 할까? 아~ 인천 K 병원만 된다면 모든 게 다 해결될 터인데…….

새벽 5시 30분쯤 예정시간 그대로 청량리역에 도착했고, 인천행 첫 전철을 탄 후 병원에 도착한 것은 7시 30분쯤이었다.

박뚱을 찾아볼까 하다가는 그만두고, 대신 혼자서 병원 식당으로 갔다. 밥을 든든하게 챙겨 먹어야 하루가 잘 풀릴 것이고, 박뚱이도 아침 시간이라서 바쁠 것 같아서였다.

각 과에 한 명씩만 뽑는 시험이었는데도, 그 병원 인턴들은 물론이고 전국 각지에서 어떻게들 알고 모여들었는지, 시험에 응시한 사람은 50명도 넘는 것 같았다. 상당히 나이가 많아 보이는 사람도 세 사람이나 있었다. 나름 이유야 있겠지만 얼마나 딱해 보이는지 몰랐다. 그 나이에 개업이나 하지 뭐 하러 왔나 싶은 생각에서였다.

시험은 10시부터 시작되었고, 면접까지도 1시 안에 다 끝났다. 그가 치른 흉부외과 시험은 비교적 평이하고 기본적인 것들만 묻고 있었다. 시험에서 당락이 결정된다기보다는 면접에서 결정될 것이라는 직감이 들었다.

흉부외과를 지원한 사람은 그를 빼고도 네 사람이나 되었다. 5 대 1의 높은 경쟁률인 셈이다. 그런데 이상하게도 아침부터 흉부외과 과장이 보이지 않았다. 물론 면접조차 다른 과장들이 대신했다. 믿었던 유일한 지지자를 잃어버린 탓에 불안해서 견딜 수 없었다.

시험이 쉬웠으므로 그가 좋은 성적을 얻었다면 다른 지원자들 역시 마찬가지였을 것이었다. 나이가 많은 사람도 흉부외과를 지원하는 것 같았다. 그렇다면 혹시 그를 합격시키려고 일부러 시험을 쉽게 출제한 건 아니었을까? 흉부외과 과장이 온 지 얼마 되지 않았다니까 혹시 다른 과장들의 술수에 말려들어 버렸는지도 모를 일이었다. 그렇다면 혹 들러리만 선 채 김칫국부터 마신 것은 아닐까? 그런데 왜 과장은 아침부터 코빼기도 보이질 않고 있는 것일까? 혹시 그는 사직이 예정되어 있고, 다른 사람이 과장으로 오게 되어 있는 것은 아닐까?

온갖 생각이 다 들며 견딜 수 없이 불안해서 마음까지 심란해졌다. 박뚱을 만나자마자 하소연하듯이 오늘 흉부외과 과장을 보았느냐는 것부터 물어보았다.

"맞아! 그리고 보니 오늘 못 본 것 같네. 수술도 없었는데……."

그는 뭔가 잠시 생각하는 눈치이더니 곧바로 방을 나갔다. 그러고는 잠시 후 다시 돌아왔는데, 매우 심각한 표정이 되어 있었다.

"시발놈들이 말을 확실하게 해주질 않아서 말야. 확실하게 아는 사람이 없는 것 같애. 뭔가 사단이 붙은 것 같기도 허구 말야. 여하튼 조금 더 기다려보자. 과장은 오늘 아침에 급히 서울 S 대학에 간 모양인데……. 오늘

중으로 다시 병원으로 돌아와 주어야 할 터인데 말야……. 하여간 발표하기 전에 만나야 하는데 말야……."

박뚱이가 여간 불안한 기색이 아니라서 민우 역시 맥이 빠졌다. 가진 패와 바닥 패만 나쁜 게 아니라 운이라는 패도 역시 더러운 모양이었다. 쓴웃음이 나왔다.

"왜 웃어? 새꺄! 이 판에 웃음이 나와?"

"씨팔! 되는 일이 없네. 재수도 더럽게 없나 봐."

"좆꺼튼 소리 좀 집어치워! 니 새낀 만날 그렇게 나쁜 쪽으로만 생각허냐? 하여간 빨리 과장을 만나야 하는데 말야……."

그는 빽 소리를 내지르며 이마에 잔뜩 주름살을 세웠다. 그에게 미안해서 결국 입을 다물고 말았으나, 퇴근 시간이 다 되어 가는데도 과장은 끝내 나타나지 않았고, 혜진과 약속한 시간은 사정없이 다가오고 있었다.

혜진은 1시간 전까지는 와야 한다고 몇 번이나 신신당부했고, 6시는 완전 데드라인이라 했었다.

어느새 4시가 넘은 시간이었다. 지금 일어선다 해도 그녀의 학교에 도착하면 6시가 넘어버릴지도 몰랐다. 그런데도 사정을 알아보러 나간 박뚱은 도대체 소식도 없었다. 속이 탔다.

마침내 4시 20분이 되었다. 박뚱에게 간단한 메모만 남기고는 들킬까 봐 도망치듯 방을 빠져나왔다. 사실 일의 중요성이나 완급으로 보자면 혜진을 펑크 내고 어떻게든지 흉부외과 과장을 먼저 만나보려는 노력이 급선무일 것이고, 만약 그를 병원에서 만날 수 없다면 그의 집으로까지 찾아가야 할 것이었다.

하지만 그러면서도 민우는 수련만큼 혜진의 쫑파티 참석도 중요하다는 반대적 생각도 하고 있었다. 아니 어쩌면 당장 현재가 아니고, 먼 장래에 되돌아본다면 수련보다 더 중요한 일이라고까지 생각하고 있었다.

만약 가지 않는다면 그녀는 어떻게 될까? 그건 있을 수도 없고, 있어서도 안 되는 일이겠지만, 그녀의 성격으로 볼 때 틀림없이 울음을 터뜨리거나 실망에 차서 두고두고 원망할 것이 분명했다. 죽기나 하면 모를까 그전에는 어떠한 이유가 있더라도 그녀를 울리거나 슬프게 해서는 안 된다는 것이 그의 신조였다.

혹시라도 박뚱에게 들킬까 봐 조심스럽게 K 병원을 빠져나온 그는 '후유!, 하고 한숨까지 내쉬었다.

별안간 웃음이 났다. 왕도 여자에 미치면 정사를 돌보지 않아 나라가 망한다더니 내가 꼭 그 짝이로구나! 미쳤구나! 미쳐도 보통 미친 게 아니야! 아주 구제불능으로 단단히 미쳤어!

서울행 고속버스 안에서도 그는 혜진과의 약속시각이 늦을까 봐 시계에 눈을 주며 초를 재고 있었다. 제발 시간 안에 도착하였으면……. 이럴 줄 알았으면 아예 일찍 일어서버리는 건데…….

그러면서도 머리 한쪽 끝에서는 K 병원 수련 문제가 떠오르며 다시 그를 괴롭히기 시작했다. 오늘 밤에 흉부외과 과장한테 가본댔자 그의 능력 밖이라면 아무런 소용도 없을 거라는 생각과 설사 그렇다 치더라도 사람이란 끝까지 노력을 다해야 할 것이 아니냐는 생각, 남의 일에서조차 그토록 열심히 노력하는 박뚱의 성격을 본받아야 한다는 생각, 우선 자신의 가치관이나 성격부터 뜯어고쳐야 할 것이라는 것 등등……. 그렇게 생각해보노라니 그는 성격이나 가치관에서부터 뒤죽박죽이기만 한 듯싶었고, 기분이 우울하고 참담해지기까지 했다.

그러면서도 혜진은 자기 인생에서 이제 숙명적인 사람이라는 생각 때문에, 수련이야 다음 해에 다시 시작할 수도 있지만 혜진에게 슬픔이나 실망을 줄 수는 없다는 생각을 다시 또 되풀이했고.

이렇듯 수련과 여자, 두 가지 중요성에 대해 경중을 재면서 자신을 찬탄하기도 질책하기도 하면서 서울로 달려갔는데, 그렇더라도 그의 신경은 오로지 시곗바늘에 가 있었다. 퇴근 시간이고, 토요일이라서 그런지 차가 엄청나게 밀렸다. 아무래도 시간 안에 도착하기는 틀린 성싶었다.

마침내 그는 시곗바늘에서도, 수련 자리에서도, 혜진이에서도 신경을 몽땅 다 끊고 그만 걱정하자며 자신을 설득하기 시작했다. 버스 안에서 발버둥 친들 버스보다 앞서 갈 수 있는 것도 아니겠고, 수련을 받지 못할 팔자라면 아무리 쫓아다녀 본댔자 자리가 생기지도 않을 거라는 생각 때문이었다.

혜진은 민우와 약속했던 대학 동창회관 현관 앞에서 그를 만나 함께 입장하려고 계속 기다리고 있었으나, 어찌 된 영문인지 그는 영 모습을 보이지 않았다. 그토록 늦지 말라고 일렀건만……. 시작 시각인 6시가 다 되어 버렸다.

얇은 이브닝드레스 위에 코트 하나만 달랑 걸치고 있었기 때문에 처음에는 잘 몰랐으나 시간이 갈수록 추워서 견딜 수 없었다. 더구나 보이프렌드를 앞세우고 속속 도착하는 다른 친구들의 인사까지 받아야 했으므로 민망하기 짝이 없었다.

"야! 혜진이, 너! 입구에서 그렇게 서서 인사하고 있는 게 꼭 요릿집 마담 같다. 얘!"

그렇지 않아도 민우가 오든 말든 이제는 안으로 들어가 버리려고 했는데, 짓궂은 친구의 농담까지 듣고 나자 단 1초도 더 머뭇거리기 싫었다.

"보이프렌드가 아직 못 오는 거야? 길이 원체 막히긴 하더라……."

혜진이 건물 안으로 곧바로 뒤따라 들어서자, 농을 걸었던 친구가 민망했던지 다시 말했다. 그러나 혜진은 대답도 없이 뾰로통한 표정 그대로 자기 자리를 찾아가버렸다. 못 오게 되면 미리 연락이라도 해주던지······.

이미 파티가 시작되어 있었다. 늦을 사람은 아닌데······. 갑자기 무슨 일이 생기기라도 한 걸까? 별안간 장내가 온통 웃음바다로 변해서 이마에 잔뜩 주름을 세우고 있던 그녀는 이유도 모른 채 무심코 사회자에게 눈길을 돌렸다.

아니, 저 남자는?······ 뜻밖에도 그는 지난여름 시골 벼랑바위 위에서 자신을 탐했던 바로 그 남자였다. 순간, 그동안 잊고 지냈던 그때의 일이 수치심과 함께 순간적으로 되살아났다.

그는 그때와는 판이하게 세련된 언어와 몸짓으로 사람들을 계속해서 웃기고 있었다. 아마추어 사회자들이 흔히 그렇듯이 억지웃음을 강요하는 것도 아니고, 마치 텔레비전 프로그램에 나오는 노련한 사회자처럼 자신에 차서 능란하게 관중의 마음을 사로잡아가고 있는 중이었다. 민우를 기다리며 연신 출입구 쪽에 신경을 모으고 있던 그녀도 점차 그의 언변에 빠져들어갈 정도였다. 마침내 옛날의 그라기보다 전혀 다른 사람인 것처럼 생각되면서, 오히려 호의적으로 느껴지기 시작했다.

만인의 주목을 받으며 사회를 보고 있는 그가 너무나 멋져 보였다. 그가 전혀 딴 사람인데 자기가 잘못 생각하는 것은 아닌지 의구심이 갈 정도였다. 어쨌든 섬뜩하고 야비했던 망나니 같은 이미지는 간 곳이 없고, 그 남자 편에서 자기를 알아볼 수 있을까 하는 엉뚱한 생각까지 해보고 있었다.

마침내 학장의 축사 순서였다. 은백의 머리에 고운 한복을 입은 학장 부부가 나란히 앞으로 나와 머리를 숙였다.

그 순간, 느낌이 이상해서 출입구 쪽을 돌아보았다. 그러자 아니나 다를까, 엉거주춤 서서 열심히 그녀를 찾고 있는 민우가 보였다. 재빨리 손을 들어 그에게 신호를 했다. 그는 곧 허리를 조금 숙인 자세로 조심스럽게 다가와서 그녀 곁에 앉았다.

"왜 이렇게 늦은 거야? 늦지 말라고 했잖아."

그녀는 뾰로통한 표정으로 질책하듯 말했다.

"미안해. 인천 K 병원 일 때문에 늦었어. 만나야 할 사람이 영 나타나질 않아서 말야……."

"주지하다시피 우리 대학은 일찍이 구한말에 선진 서구 문명을 받아들이기 위해 개교한 이래, 그동안 사회 각계각층의 수많은 인재와 현모양처를 길러낸 민족의 대표적인 사학입니다."

격식에 찬 그만그만한 학장의 개회사를 들으면서 민우를 다시 살펴보았다. 세상에! 그는 몹시 우울한 표정으로 지난 11월 중순쯤 만났을 때 입었던 그 허름한 여름양복을 오늘도 그대로 입고 있었다.

화도 났지만, 우선 너무 창피했다. 그리고 학장의 인사말은 의례적인 것이라서 아무도 주의를 기울이지 않는데도 유독 그 혼자서만 무슨 중요한 강의라도 듣는 양 매우 열심히 경청하고 있는 꼴도 몹시 눈에 거슬렸다.

다른 친구들이 그런 민우를 눈여겨보며 비웃고 있지나 않은 것인지 불안해지기 시작했다. 미리 그에게 귀띔이라도 해주었어야 했는데……. 누가 이럴 줄 알았나?

속상하고 부끄러워서 어쩔 줄 모르고 있는 판인데, 그는 도대체 자기 옷차림 같은 건 안중에도 없다는 듯 상체를 뒤로 한껏 젖히며 주위 사람들을 이리저리 돌아보기까지 했다. 화가 나기도 했지만, 그런 그가 딱하기도 해서 따지듯이 물어보았다.

"민우 씬 춥지두 않아?"

무슨 이상한 말을 하느냐는 듯이, 그는 주위를 한 번 더 두리번거리더니 오히려 반문을 했다.

"혜진인 지금 추워?"

"그래, 난 추워."

"어디 아픈 거 아냐? 감기 기운이 있나?"

그가 의자에서 조금 일어섰다. 그러더니만 누가 의사 아니랄까 봐 손을 이마로 가져오려는 것이었다.

"무슨 짓이야! 이게! 됐어. 관둬."

어이가 없어서 황망히 그를 제지했다. 그러자 그는 주위를 다시 돌아보고 나더니 아는 체를 했다.

"나 때문에 혹시…… 추운데…… 밖에서 너무 오래 기다려서 그런 건 아닌가?"

"됐어. 이젠. 그만해."

그가 너무나 희극적으로 느껴졌다. 이제 어쩔 수 없는 일이라는 생각에서 연단의 학장에게 시선을 돌려버렸다. 그런데도 그는 계속해서 걱정스러운 눈빛이 되어 말했다.

"미안하게 됐는데. 앓게 되면 어떡허지?"

"아냐, 괜찮아. 이제 됐어. 나 앓지 않아."

"그러므로 학교와 자랑스러운 선배들 그리고 또한 여러분 자신의 명예를 지키며, 어디까지나 S대인으로서의 명예로운 자부심으로 사회에 나가 S대인다운 각자의 몫을 해나가기를 바랍니다. 감사합니다."

학장의 말에 전혀 귀담아듣지도 않았을 사람들이 일제히 우레 같은 박수로 지루한 연설이 끝난 것을 환영했다. 이어서 동창회장이 나왔다. 그녀는 짤막하게 활동 보고를 마친 뒤 부디 동창회를 위하여 회비도 잘 내주고, 특별 찬조회비도 있으니까 졸업생들, 동행한 보이프렌드 분들이 당장 이 자리에서 특별 찬조금을 내겠다고 한다면 절차에 상관없이 받아주겠다는 우스갯소리로 인사말을 끝냈다.

이윽고 마이크가 다시 사회자의 손으로 넘어갔다. 막간을 이용하여 자기소개를 한다면서 자세를 가다듬고 목소리를 깔아서 하는 품이 더욱 우스웠다. 벌써부터 여기저기서 까르르거리고 캑캑거리며 웃음보가 터졌다.

"물론 저는 이 학교 출신이 아닙니다. 그러나 그건 절대로 저의 탓이 아닙니다. 저는 고교 시절 성적이 좋았지만 남자라는 이유로 학장님의 말씀처럼 역사와 전통에 시달리는 위대한 S 여대를 들어오지 못했죠. 원서는 누나가 사다 주었으나, 시험 당일 경비아저씨에게 교문에서부터 제지당했고, 그래서 눈물을 머금고 S 여대가 아닌 S 대학……이 아니고 그 앞에 있는 저의 하숙집으로 발길을 돌리고 말았습니다."

장내는 또 한 번 웃음바다가 되었다.

"친애하는 가상의 동문 여러분, 대신에 오늘 저는 전 세계적으로 유일무이하고 오직 한국 S 여대에만 있는 김유미 씨라는…… 자아! 어디 계십니까? 잠시 일어서세요. 아아! 저기 앉아 계시군요. 박쑤우!"

순간 장내는 박수소리가 터졌고, 김유미라는 여자가 일어서서 주위를 돌아보며 목례를 했다. 다시 여기저기서 쑤군쑤군 대며 킥킥 웃어댔다.

그러자 그는 능란하게 좌중을 제지한 후 다시 말을 이어갔다.

"김유미 씨라는 분에게 그동안 딱 2년하고도 3개월간의 끈질긴 부탁과 협박 공갈과 마지막으론 읍소까지 했던 끝에 간신히 이 자리에 초청되었고, 정말이지 감개가 무량한지 무량이 감개한지 도무지 정신 차릴 수 없을 정도입니다."

재담을 늘어놓으면서도 그는 유심히 혜진을 눈여겨보았다. 그렇다면 벌써 그녀를 알아본 것일까?

"여러분! 그래서 K 그룹을 이끌어갈 K 그룹인의 한 사람으로서 저는 감히 이 자리에서……"

장내가 웅성거렸다. 혜진은 옆 좌석 동창 둘이서 들릴락 말락 하게 그가 K 그룹 회장 아들이라고 속삭이고 있는 것이 귀에 들어왔다. 순간 그가 벼랑바위 위에서 여자들을 쫓아다니는 성미는 아니고, 여자들에게 인기 좋은 몸이라고 했던 말이 생각났다.

"앞으로 저희 K 그룹과 S 여대 간의 돈독한 유대가 기대되며, 그럼 자리에 앉으신 그대로 저희 K 그룹에서 준비한 저녁을 맛있게 드시기 바랍니다. 그리고 잠시 후엔 즐거운 댄스 순서가 있겠습니다."

장내가 한동안 개인적인 잡담으로 소란해졌으나, 그의 마지막 인사말을 놓치지 않고 모두 박수를 쳤다. 그때 앞쪽에 앉아 있던 누군가가 큰 소리로 휘파람을 불며 말했다.

"노래 한 곡 부르고 내려와요. 노래! 휘휘~"

그러자 더욱더 박수소리가 요란해졌다. 결국 강철은 자기 자리로 돌아가려다 말고는 다시 마이크를 잡았다.

"아이쿠! 감사합니다. 제가 예체능에 조예가 깊다는 것을 어떻게 아셨습니까? 저의 이 태산 같은 몸에 예체능이 안 어울린다구요? 천만에요. 성악이나 유도, 스모, 하다못해 수영까지도 제대로 하려면 제 체격 정도는 돼야죠? 그런데 참, 여러분 수영들 잘하세요?"

수영? 시선을 자기에게 고정한 채 말하는 강철을 바라보며 혜진은 다소 긴장했다.

"사실은 제가 원래 수영 국가대표 선수……는 아니고 그 선수를 열심히 응원했던 사람 아닙니까?"

그러자 갑자기 민우가 혜진의 귀에 대고 속삭였다.

"혹시…… 저 사람…… 작년 여름…… 그 사람 아냐?"

"글쎄……"

혜진은 일부러 모른 척해버리고 그의 말에 귀를 기울였다.

"물론 저도 국가대표 선수는 아니지만 대한수영협회 이사를 하면서 서당 개 삼 년 풍월 읊는 식으로 물이 아닌 사무실에서 수영을 완전히 마스터했다는 거 아닙니까? 뭐라구요? 아뇨, 이건 진짜에요. 그런데 S 여대 여러분 중 한 분이 저와 막상막하의 실력을 갖췄다는 소문을 들었습니다. 그게…… 누구게~요?"

순간 혜진은 얼굴이 붉어졌다. 민우를 곁눈으로 살펴보았는데, 그는 아무것도 모르는 듯했다. 등 뒤에서 누군가가 큰 소리로 묻고 있었다.

"그 여자 분은 지금 이 자리에 있습니까?"

"당연하죠."

"에이! 그럼 너무 쉽네, 뭐. 김유미 씨잖아요? 점수 따시려구 되게 노력하시는구먼……."

그러자 싱겁다는 듯 모두 깔깔거리며 웃기 시작했다. 그러나 그는 엄숙한 얼굴로 혜진 쪽으로 눈길을 주며 말했다.

"틀렸습니다. 죄송하게도 그건 아닌데요."

순간 모두의 눈은 강철을 향했고, 여자들은 서로 둘러보기 시작했다. 그러자 그는 파안대소하며 말했다.

"아~ 딱하군요. 대한민국에서 앞으로 가장 뛰어난 인재들을 낳고 기르실 사임당님들과 그 보이프렌드들까지도 모르시겠다니. 등잔불 밑이 어둡다고 아마 아직 소문이 나지 않아서 그런 모양인데……. 시간을 절약하는 의미에서 그냥 제가 알려 드리죠. 쌍권총을 차고, 블루진을 입은 여자분,

그녀의 이름은 F. F. JIN이 되겠습니다아~. 혹시 본인이라고 생각되시는 분 즉시 이리로 나오세요. 제가 아주 공개구혼을 하겠습니다."

혜진의 얼굴이 다시 더욱 붉어졌다. 혜진은 사인을 H. J. Han 혹은 H. H. Jin이라고 하지 않고 항상 F. F. JIN이라고 휘갈겨 썼다. F. F. JIN이라는 사인을 그는 언제 보았을까? 벼랑바위 위에서?

그렇다면 그때 그는 우발적이 아니라 사실은 매우 침착하게 다가와서 시험했을지도 몰랐다. 바다로 떨어진 것도 떠밀려서 그랬다기보다 스스로 그렇게 했던 것이고…….

그토록 단시간에 그림의 싸인까지 알아볼 수 있을 만큼 치밀한 사람이었다면……. 그리고 이렇게 공개적으로 구혼할 만큼 용기 있는 사람이라면……. 왜 그가 그토록 못마땅하기만 했을까? 혹시 잘못된 편견은 아니었을까?

혜진은 다시 민우의 눈치를 살폈다. 그러나 그는 아직 전혀 이해하지 못하고 있는 것 같았다.

식사 후에는 식탁을 치우고 벽 쪽으로 의자만 옮겨 넓은 홀로 만들고는 그 자리에서 그대로 제2부 춤 순서가 시작되었다. 모두 자기 파트너와 함께 홀 중앙으로 나와 춤을 추었다.

그런데 강철은 예체능에 뛰어나다는 것이 결코 자화자찬만이 아니고, 가히 타의 추종을 불허할 정도였다. 그가 김유미와 라틴 댄스를 시작하자, 곧바로 모두 물러서 주며 두 사람의 춤을 구경했을 정도이니까.

마침내 춤이 끝나고 박수가 터져 나오자, 그는 서양식 제스처로 주위 관중에게 답례했는데, 그의 우람한 체격이 오히려 더 어울리고 멋져 보였다.

파트너를 바꾸어 추는 경우는 없었고 모두 자기 파트너하고만 추었는데, 민우가 춤을 잘 추는 것도 아니고, 더구나 그의 옷차림 때문에 신경을 곤두세우고 있었으므로 혜진은 그냥 의자에 앉아 다른 사람들의 춤만 구경했다.

마지막으로 하이라이트인 '행운의 여왕'을 뽑는 시간이 되었다. 선물은 K그룹의 자회사인 K 패션에서 제공하는 최고급 밍크코트였다. 어떻게 행운상을 뽑을 것인가? 주최 측에서 아직 결정하지 않았던 모양으로 중론을 구했으나, 모두 제각각이라서 쉽게 의견이 통일되지 않았다.

마침내 강철은 일련번호를 함에 넣고, 그중 한 장을 학장이 뽑는 것으로 하자고 제안했는데, 제공자의 의견이니만치 반대할 사람도 없었다.

졸업예정자들의 학교 출석번호를 써서 상자 속에 넣고, 그걸 여러 번 상하 좌우로 뒤흔들었다. 마침내 학장이 그중 한 장을 뽑아들었다. 모두 행운의 여왕이 될 기회를 확인하려고 숨을 죽였다. 학장이 고른 쪽지는 접어진 그대로 강철에게 넘겨졌고, 쪽지를 펼친 강철은 잠시 뜸을 들이다가 큰소리로 외쳤다.

"오늘의 하이라이트, 행운의 여왕은…… 47버언! 한 혜 진! 자! 한혜진 씨어디 계십니까? 앞으로 나오세요."

사방에서 휘파람소리가 나고 환호성이 이는 가운데 학장은 그녀에게 상품권을 증정했고, 모두 박수로 축하했다. 강철이 입으로 팡파르 음악을 흉내 내며 사람들을 다시 웃겼다. 얼떨결에 행운상에 뽑힌 혜진은 봉투만 받고 그냥 자기 자리로 돌아가려 하자, 강철은 그녀를 다시 돌려세웠다.

"오늘 최고의 영광, 행운의 여왕께서 상품만 챙기시고 슬그머니 사라지려는 판인데……. 어떻게 할까요? 그냥 이렇게 놓아 드릴까요? 아니면 노래라도 한 곡 부탁해볼까요? 아니면 춤이라도 한번 추게 할까요?"

모두들 이구동성으로 춤과 노래를 모두 시키라고 했으나, 혜진은 막무가내로 자기 자리로 돌아가 버렸다. 하지만 사람들이 계속해서 그녀의 출연을 끈질기게 부추기고 있었다. 아무래도 고집만 피울 수도 없었다.

광장한 상품이기도 했지만, 여왕으로 뽑힌 것이 너무 기뻐서 입이 다물어지지 않았다. 그런데 어찌 출연을 거부하겠는가?

마지못한 것처럼 앞으로 나갔다. 그러자 모두 이구동성으로 노래를 요구했다. 최근에 유행하는 〈비목〉이라는 가곡을 불렀는데, 여러 사람 앞이었고, 흥분 때문인지 자꾸만 목소리가 떨려 나왔다.

"네! 역시 대단한 실력이었습니다. 여왕께서는 행운뿐만 아니라, 실력까지도 아주 대단하시다는 것이 금세 다 밝혀졌습니다. 그런 의미에서 제가 감히 군신의 결례를 무릅쓰고 춤을 한 곡 신청해도 되겠습니까?"

그는 마치 여왕으로부터 작위를 받는 기사처럼 한쪽 무릎을 꿇고 두 팔을 벌린 채로, 도저히 어떻게 거절할 수 없도록 기교를 부리는 서양식 제스처로 춤을 신청했다. 춤을 못 춘다고 꽁무니를 뺐으나, 계속해서 열화같은 박수가 터졌다. 더 이상 사양할 수도 없었다.

마음의 준비도 안 된 상태인데 어느새 탱고 곡이 흘러나왔다. 하는 수 없이 시작 자세로 그와 마주 보고 섰다.

그와는 난생처음임에도 이상하게 스텝이나 호흡이 너무 자연스럽게 잘 맞았고, 동작도 아주 편해서 기분 좋았다. 그리고 사람들의 찬탄스러운 눈빛까지 느끼고는 진짜 여왕이라도 된 기분으로 행복하고 자랑스러웠다.

마침내 밤 9시 반이 되자 모든 순서가 다 끝났다. 차를 가져온 사람들은 차를 가져온 대로, 차가 없는 사람은 없는 대로 제각기 뿔뿔이 흩어져서 떠나갔다.

민우는 어디로 갈까 망설이다가 J 대학병원을 생각했다. 지금쯤 주리가 야간 근무를 하고 있을 것이고, 몇 시간 동안만 비비면 될 것이기 때문이다.

"내일 만나."

혜진은 택시에 오르면서 다음 날 12시쯤 서울역 그릴에서 다시 만나자고 했으나, 인천 일이 어떻게 될지 알 수 없어 그는 난색을 표명했다. 그러자 그녀는 오후 6시쯤으로 다시 시간을 늦추어 주며 말했다.

"내일은 꼭 만나야 해. 민우 씨랑 함께 갈 데가 있거든."

강철은 정말 춤을 잘 추었다. 또한 그녀가 갖고 있던 나쁜 선입견은 잘못된 편견이었음도 분명했다. 그는 민우와는 정반대로 거침없이 세상을 사는 것 같았다. 슬픔이나 괴로움 따위는 전혀 없고, 오로지 자신감과 풍요로움만 있는……. 그것은 그녀가 일찍이 경험해보지 못한 미지의 별천지와 같은 세계였다.

김유미는 얼마나 좋을까? 난데없이 김유미가 부러워지기 시작했다. 오늘밤 단 한 번 행운의 여왕이었던 자기와 달리, 김유미야말로 평생 별천지에서 살게 될 영원한 행운의 여왕이라는 생각 때문이었다.

그러나 다 부질없는 생각일 것이라서 그녀는 머리채를 흔들었다. 그러고는 100만 원도 넘는다는 밍크코트와 행운의 여왕이 되어 만인 앞에서 멋진 춤을 추며 무대를 독점했던 일, 대학원에 진학한 일 등등, 이를테면 현실적으로 그녀가 가지고 있는 좋은 일들만 생각해보려고 애썼다.

혜진과 헤어진 후 발걸음이 닿는 대로 아무렇게나 와보니 J 대학병원 앞이었다. 쓴웃음이 나왔다. 내과 병동으로 주리를 찾아 올라가려다 말고 지난번처럼 응급실 앞마당으로 갔다.

화단 표석 위에 엉덩이를 걸치고 앉아 담배 연기를 긴 한숨과 함께 내뱉으면서 인천 일을 돌이켜보았다. 희망이 컸던 것만큼 실망도 크다고 해야 할까? 마음이 혼란스럽고 몹시 흔들렸다. 아무래도 자기 대신 그 나이 많은 사람이 뽑힐 것만 같았다. 어째서 흉부외과 과장은 면접시험에 참여하지 않았을까? 그는 자기 불운을 한탄하듯, 또 한 번의 긴 한숨과 함께 신음을 토해내었다.

인천은 틀렸고, 그렇다면 이제 J 대학병원 외과만 남은 셈이었다. 이럴 줄 알았으면 병원협회 직원에게 좀 더 달라붙었어야 했는데…….

육 선생과의 동업은 아무래도 마음이 내키지 않았다. 그와 시골에서 동업하느니 차라리 대도시 병원의 상주의사로 들어가는 게 더 좋을 것 같았다. 수입은 더 적을지 몰라도 도시에 머물러 있어야 정보도 빠르고 발전이 있을 게 아닌가?

어쨌든 내일 아침에는 인천 가서 가부 간 결과를 확인해보는 것이 순서였다. 그다음은? 참, 정신없이 깜박 잊고 있었는데, 참, 혜진이가 만나자고 했었다. 혜진을 만나고는? 곧바로 밤기차를 타고 내려가야 할 것이다. 그런데…… 혜진에게는 어떻게 말해야 할까?

문득 K그룹 회장 아들이라고 하던 청년이 생각났다. 만약 혜진이가 그를 더 좋아하게 된다면? 갑자기 자신의 무력감과 함께 극심한 근심과 질투심이 일었다. 하지만 그게 다 무슨 소용이란 말인가? 어차피 부질없는 생각이었다.

연속으로 담배를 피워 물었다. 주리에게 인천조차 안 될 것 같다는 말을 하기도 두려웠다. 주리를 귀찮게 하지 않을 겸, 차라리 이대로 적당히 시간을 보내다가 통금만 지나면 인천으로 직행하는 게 어떨까?

하지만 그것은 현실성 없는 헛된 오기에 불과했다. 날씨가 너무 추워 벌써 온몸이 굳어가기 시작했고, 표석에 걸치고 앉은 엉덩이가 시리고 저린 통에 도저히 더 이상 버텨낼 수도 없었다. 배도 고팠다. 파티랍시고 나온 음식들이 너무 부실했기 때문이다. 환하게 불이 켜진 병동의 창문을 바라보다가 그는 더 이상 참지 못하고 주리를 찾아 병동으로 올라갔다.

실내는 무척이나 따뜻했다. 건물 안으로 들어서자 연달아서 재채기가 났고, 추위에 얼어 있던 얼굴과 다리가 한꺼번에 녹으면서 근질거리기 시작했다. 하품이 나면서 졸리기도 했다.

"늦었네요? 791호에 벌써 준비해두었는데……."

고맙다는 눈인사를 한 후, 누가 볼세라 재빨리 병실로 들어가서 피곤한 몸뚱이를 눕히고 눈을 감아버렸다. 얼마나 잤을까? 인기척을 듣고서도 눈이 얼른 떠지지 않아서 한참 애를 쓰고 있는 판인데, 마치 환자를 관찰하듯 주리가 침대 머리에 서있는 것이 올려다보였다. 시계를 들여다보았다. 어느새 새벽 3시 반이었다.

"몹시 피곤했던가 봐요?…… 인천에서 늦은 거예요?"

"아니, 혜진이 학교엘 들렀다가."

사실대로 말하는 것이 속 편할 것 같아서 그녀가 그토록 싫어하는 혜진을 언급하고 말았다. 물론 예상했던 대로 그녀는 곧바로 화제를 바꾸며 말했다.

"인천병원 일은 잘 된 건가?"

"아니."

"잘될 것 같다더니…… 왜?"

"아직 발표는 안 했지만, 자꾸만 그런 생각이 들어."

그는 침대 머리맡을 내려다보며 고개만 절레절레 흔들었다.

"그럼 앞으로 어떡해? 다시 시골로 내려갈 거예요?"

"당분간만. 당분간은 그럴 수밖에. 여기 외과엘 한 번 더 트라이해보고."

"그게 잘될까? J 대학 출신들도 힘들 텐데……."

그녀는 딱한 눈빛으로 그를 쳐다보았다. 그러자 그는 마치 열세의 전력으로 생사의 결전을 목전에 둔 병사처럼 비장한 목소리가 되어 말했다.

"어쨌든 하는 데까지 해봐야지. 지금은 어떤 기회도 그냥 지나칠 순 없으니깐 말야."

그녀는 그에게서 눈을 떼지 않은 채로 고개를 끄덕이다가 물었다.

"참! 커피 할래요?"

"커피? 좋지!"

잠시 후 커피를 들고 나타난 그녀는 살피는 눈초리로 침대 머리맡으로 다가와서 앉았다. 그녀의 눈길을 의식하며 뜨거운 커피를 훌훌 맛있게 다 마셨다. 정신이 한결 맑아지고 몸도 가뿐해졌다.

"어떻게 되겠지. 고마워. 커피도 잘 마셨고……."

통금해제 사이렌 소리가 나자, 자리에서 벌떡 일어나 그녀에게 고맙다는 인사를 하고는 떠날 채비를 했다.

"벌써 가려구요?"

"응, 정말 고마웠어. 주리 씨!"

방을 막 나가려는데, 그녀가 불러 세웠다.

"잠시만요."

그녀가 바짝 가깝게 다가섰다. 그러고는 고개를 조금 숙여 예전 소래포구에서처럼 그의 넥타이를 매만지기 시작했다. 그녀가 고개를 쳐들자 서로 눈이 마주쳤다. 나무랄 데 없이 조화롭고 완벽한 얼굴이었고, 눈빛도 너무 고왔다. 그때의 일이 은은한 장미향과 함께 순식간에 떠올랐다.

"시골 가기 전에 식사나 한 끼 사고 가요. 할 말도 있으니까."

갑자기 그녀를 한번 안아보고 싶다는 충동이 일어서 견딜 수가 없었다. 제복을 입은 간호사로서 근무 중이라는 사실도 잊고 덥석 그녀를 안으려 했다. 그러자 그녀는 와이셔츠 깃에서 손을 떼며 그의 가슴을 검지로 찌르듯이 그를 물러 세우며 말했다.

"그럼 오늘은 인천 가야 한다니까 내일 그 터미널 다방에서 만나는 게 어때요. 몇 시쯤이 좋겠어요?"

무안했지만, 그보다 아쉬움이 더 컸다. 그렇지만 싫어서라기보다, 결코 이런 식으로는 첫 키스를 하지 않겠다는 의미일 것이라서 다소 자위는 할 수 있었다. 잠시 시간을 헤아려보고는 다시 물어보았다.

"오늘 밤에 또 근무야?"

그녀는 고개만 끄덕였다.

"그럼 만약에 스케줄이 달라지면 밤에 다시 전화를 할게. 그때처럼 11시 경이 어떨까?"

"좋아요."

그녀가 먼저 방을 나갔고, 잠시 사이를 두고 민우 역시 그 방을 나왔다. 병원을 나선 그는 눈에 띄는 대로 근처 목욕탕부터 들어갔다. 수염이 더부룩한데다가 며칠째 목욕을 못했고, 이른 새벽 시간 보낼 장소로는 최적이었기 때문이다.

뜨거운 물속에 한동안 들어가 있다가 온탕과 냉탕을 교대로 들락거렸다. 탕 안에 누워 잠시 생각해보니 새삼스럽게 인제 와서 복잡하게 생각해보아야 아무 소용도 없을 일이었다. 하는 데까지 노력해보고 '안 되면 그만'이라는 단순한 결정을 내리기로 했다.

목욕이 끝나자 한결 개운했고 기분도 좋아졌으나, 기운이 달리고 배가 고픈 것이 탈이었다. 목욕탕 근처에서 눈에 보이는 대로 골목 식당을 찾아 들어갔다. 이른 아침부터 밥을 두 그릇이나 한꺼번에 뜨거운 국물에 말아서 거뜬히 비워냈다. 수련이나 모를까 이제는 세상에서 부러울 것도 없었다. 이제는 나른해진 몸으로 인천으로 가는 차 안에서 잠자는 일만 남아 있는 셈이었다.

차에서 정신없이 졸다 보니 어느새 인천 터미널이었다. 무거운 마음을 달래느라 일부러 차를 타지 않고 K 병원을 향해서 느릿느릿 걷기 시작했다.

아침 9시가 다 된 시간이었는데도 병원 게시판에는 아직 합격자 명단이 붙어 있지 않았다. 5층에 있는 정형외과 병동으로 박뚱을 찾아 올라갔다.

일요일임에도 불구하고 박뚱은 과장과 함께 아침 회진 중이었다. 그는 민우를 보자, 자기 방에 들어가 있으라고 눈짓을 하더니만 과장과 함께 다음 병실로 들어가 버렸다. 박뚱의 방을 찾아들어와 낡아빠진 의자에 몸을 파묻은 채 담배를 붙여 물었다. 이젠 어떻게 해야 할까? 사실 J대 병원 외과는 그냥 한번 시험을 치러보려는 것이지 절대로 될 것 같지 않았다. '자넨 내과를 하기로 되어있지 않나?'라고 말하던 외과 과장의 모습이 아직도 눈에 선했다.

한참 후 박뚱이가 제 방으로 들어왔는데, 그는 다짜고짜 흉부외과 과장 욕부터 하기 시작했다. 그러고는 덧붙여서 민우에게 자기 말을 듣지 않고 시골에 처박혀 있었던 일을 새삼스럽게 들먹이며 원망하기 시작했다.

"그러니까, 이 시발놈아! 일찍 와서 근무를 해버리라구 하지 않았어?"

예상대로 불합격인 모양이었다. 박뚱은 어젯밤 흉부외과 과장을 만나려고 그의 집에까지 찾아갔다는 것이었다. 과장의 말로는 병원에 온 지 얼마 되지 않아서 잘 몰랐는데, 원장 선에서 이미 내정된 사람이 있더라는 것이고, 그 때문에 원장과 대판 싸웠다고 하더라는 것이다. 대충 짐작하고는 있었으나, 막상 까발리는 것을 듣고 보니 맥이 풀리고 정신이 혼란스러워졌다.

"뭐 할 수 있냐? 새꺄! 내가 복이 없어서 그런 거지, 뭘…… 여하튼 그동안 여러 가지로 고마웠다. 어쨌든 네 은혜는 잊지 않겠다."

앞으로 어떻게 할 것이냐는 박뚱이의 질문에, 민우는 억지로 입을 떼며 무겁게 뇌까렸다.

"이곳저곳 더 쑤셔보고…… 정 안 되면 또 재수해야지, 뭐."

더 이상 그곳에 있고 싶은 마음이 없어서 그와 작별하고 방을 나섰다.

"잘 있어라! 고마웠다."

"잘 가라! 너무 실망하지 말고……. 시발, 수련이 뭐 대수냐? 참! 저녁때 옐로하우스나 갈까?"

허랑한 소리를 해주는 그에게 웃어 보였다. 한때는 K 병원도 낯설지 않고 마치 자신이 근무하고 있는 곳 같은 기분이 들었던 적도 있었으련만 오늘따라 이곳은 J 대학병원보다도 더 낯설고 살풍경했다. 뒤도 돌아보지 않고 그곳을 빠져나와버렸다.

서울에 도착한 것은 오후 2시쯤이라서 혜진과 약속시각은 아직 멀고 그 사이에 딱히 할 일도 없었다. 그런데 그 순간 갑자기 예전의 그 병원협회 직원 생각이 났다. 무료한 시간도 때울 겸 그에게서 무슨 좋은 정보를 얻을 수 있을지 모른다는 생각에 병원협회 근처의 다방으로 가서 그에게 전화를 걸었다. 그러나 그는 근무 중이라서 밖으로 나갈 수 없다면서 민우를 따돌려버렸다. 생각 같아서는 울적한 김에 싫은 소리라도 하거나 욕이라도 한번 해주고 싶었지만, 그래 보아야 아무런 소용도 없을 거였다.

다방을 나온 그는 오로지 시간을 보낼 요량으로 아무렇게나 내쳐 걷기 시작했다. 마침내 명동성당이 나왔다. 성당의 뾰족 첨탑을 보는 순간, 문득 시골병원이 생각났다. 그동안 병원을 너무 여러 날 동안 비웠다는 생각이 났다. 시외전화를 하려고 공중전화 부스를 찾아 들어갔다. 전화는 곧바로 육 선생에게 연결되었는데, 별일은 없으니 아무쪼록 일이나 잘 마치고 오라는 고마운 대답이었다. 내일 오후쯤 출발하겠다는 말과 함께 너무 여러 날 병원을 비우고 있어서 미안하다는 의례적인 인사를 하고 전화를 끊었다.

'아니, 혜진이 아냐?' 전화를 끝내고서 전화 부스 문을 밀고 밖으로 막 나오려는 순간, 코앞으로 뜻밖에도 혜진이 총총거리며 지나가는 게 보였다. 만날 시간도 아직 멀어서 지루했는데, 마침 잘되었다 싶고 예상치도 않은 곳에서 만나서 반가웠다. 그녀를 불러 세우려고 바삐 전화 부스를 빠져나왔다. 일부러 큰 소리로 부르는 대신에 그녀에게 슬그머니 다가가서 깜짝 놀라게 해줄 요량으로 뒷모습을 따라잡았다. 그런데 그녀는 뜻밖에도 혼자가 아니고 어제 파티에서 사회를 보던 강철과 함께 어디론가 가는 중이었다. 갑자기 숨이라도 막힌 듯 답답한 울화가 치밀었고, 오싹 온몸에 소름이 돋아났다.

다른 남자와 나란히 걷고 있는 그녀를 불러 세우기가 어쩐지 주저되었다. 그래서 아는 척도 하지 못하고, 그들의 모습이 멀어져 가는 것만 쳐다보았다.

둘은 아마도 어제의 상품 건 때문에 만났을 것이고, 별다른 일도 아닐 터였다. 나중에 그녀에게 물어보면 그만일 것이었다. 그런데도 생각과는 달리 좀처럼 마음이 가라앉지 않았다.

그들을 못 본 체해버리려고 해도 그것은 생각뿐으로, 몸은 어느새 탐정처럼 그들을 따라붙고 있었다. 어이없는 행동에 실소가 났다. 그들 둘은 한참 동안 어깨를 나란히 하고 걷더니만, 강철이가 건너편 건물의 2층을 가리키며 그녀에게 뭐라고 말하자, 둘은 그곳으로 들어가려는지 함께 계단을 올라가기 시작했다. 그래서 더 이상 그들을 뒤따를 수도 없게 되고 말았다.

다시 목표도 없이 아무렇게나 내처 걸었다. 한참을 걷다 보니 청계로의 전자상가가 나왔다. 그곳의 허름한 골목식당에서 나는 구수한 음식냄새에 갑자기 심한 시장기와 함께 오싹 한기가 왔다. 눈에 띄는 대로 아무 식당에나 들어가서 뜨거운 국밥을 훌쩍거리며 금세 비워냈다. 그러자 이번에는 자꾸만 졸음이 쏟아졌다. 근처의 다방을 찾아 들어갔다.

천천히 커피를 입안으로 흘려 넣으며 생각해보았다. 이젠 어떻게 하지? 당장 혜진에게는 뭐라고 대답해야 할까? 추운 줄도 모르고 정신없이 시내를 헤매고 다녔으나, 실내의 온기를 느끼고 나서야 비로소 밖이 몹시 추웠다는 것이 깨달아졌다. 더운 실내인데도 으스스 한 차례 전율이 왔다.

뒤통수를 의자에 바짝 붙이고 눈을 감았다. 슬그머니 졸음이 오려 했다. 이제 갓 4시가 조금 넘은 시간. 혜진과 약속한 시간은 아직도 2시간 이상 남아 있었다.

혜진과 강철의 뒷모습이 자꾸만 눈앞에서 아른거렸다. 인천 K 병원에서부터 뒤틀리던 불운이 실감 나게 다가오고 있었다. 하지만 이것들은 운이라기보다 전적으로 자신의 무능 때문인 것만 같아서 마음이 무거웠다.

만약 혜진이가 강철을 택하려 한다면 무슨 말로 어떻게 설득해야 할까? 하지만…… 하지만 그런 경우에 설득이 가능할까?

문득 새벽에 주리와의 일이 생각났다. 만약에 그녀가 거절하지 않았다면 틀림없이 안아버렸을 것이고, 아마도 입도 맞추었을 것이다. 그렇다면 혜진 역시 똑같을 것이라는 생각에서 마음만 조급해졌다.

10. 도로도로아미타불

다방 의자에 깊숙이 파묻혀 있다가 번쩍 정신을 차리고 보니 어느새 5시 40분이었다. 부랴부랴 택시를 주워 타고 서울역으로 갔다. 퇴근 시간이라서 차가 몹시 밀렸다.

6시 반쯤 도착했으므로 30분이나 지각한 셈이었는데, 다행히도 혜진 역시 그때야 부리나케 홀로 들어서고 있었다. 그녀는 아까 강철과 함께 있던 때와 달리 커다란 쇼핑백을 하나 들고 있었다.

"근데 어디서 오는 길이야?"

아까 강철과 함께하던 것을 생각하고, 이중 플레이를 하는 듯해서 비위가 상한 나머지 한번 떠보는 소리였다.

평소 못 보던 옷차림이라서 그런지, 딴 남자와 함께 있던 것을 보아서 그런지 그녀는 오늘 유난히 더 예쁘고 멋져 보였다. 단추를 채우지 않은 코트 깃을 쳐들고 앙골라 스웨터 속에서 두 가슴이 불룩 솟아올라 있었고, 짧은 치맛말기의 가느다란 허리선과 스타킹에 싸여 드러난 허벅지가 몹시 육감적이었다. 또한 꼭 끼게 입은 짧은 치마 속에서 약간 불룩하게 솟은 아랫배가 말하거나 웃을 때마다 움찔거리며 건강한 생명력을 요란하게 발산하고 있었고, 오늘따라 장미향도 너무 진했다.

살포시 모자를 얹어 쓴 긴 머리, 부드럽고 깨끗한 얼굴, 사과처럼 붉어진 볼, 야실거리는 붉은 입술 그리고 무엇보다 생글거리며 웃을 때마다 하얗게 내비치는 덧니…… 오늘따라 정신을 차릴 수 없을 만큼 뇌쇄적이었다.

"응, 명동…… 참! 민우 씨 코트를 샀는데, 맘에 들지 모르겠어."

그녀는 들고 왔던 커다란 쇼핑백을 내밀었다. 그녀의 성의를 생각해서라도 그 자리에서 패션쇼를 했다. 깔끔하고 정확한 그녀의 성격 그대로 마치 맞춤옷처럼 잘 맞았다.

최근 들어 유행하는 두꺼운 천으로 된 모직 옷이었는데, 검은색인 줄로 알았으나 햇빛에서 보면 청남색이라는 것이었고, 그건 그녀가 좋아하는 색깔이었다. 새 옷이라서 주머니나 모든 것이 다 풍성하고 촉감도 좋았다.

"꽤 비쌀 터인데?"

"그렇게 비싼 건 아냐. 존데? 아주 멋있어. 민우 씬 옷만 잘 받쳐 입으면 모델 감이야. 풋풋…… 근데, 참! 일은 잘된 거야?"

그녀 앞에서는 절대로 초라해지거나 실망스러운 모습을 보이긴 싫었지만, 거짓말로 적당히 꾸며댈 수도 없었다. 잠시 그녀를 쳐다보다가, 고개를 숙이고 나직이 한숨을 쉬며 말했다.

"아직 무어라고 말할 수 있는 단계는 아냐."

"그럼 아직도 발표를 기다려야 하는 거야?"

그는 고개를 저으며 무겁게 입을 열었다.

"쉽지 않네……. 인천은 틀린 것 같고. 아직 몇 군데 더 알아보아야겠어."

잠시 그의 얼굴을 살피다가 그녀는 곧바로 화제를 바꾸었다.

"참! 울 아빠가 민우 씨 만나 식사 사시고 싶대는데……. 어때? 내일 밤 우리 아빠를 한번 만나보지 않겠어?"

아직 수련이나 거취 문제가 확실하게 결정된 것이 없어 뜸을 들였다.

"병원이 결정된 다음에 찾아뵈려고 했는데……."

몸에 꼭 끼는 스웨터 속에서 두드러지게 봉긋 솟아 있는 그녀의 가슴을 눈여겨보다가, 이렇게 힘든 때에는 그녀와의 하룻밤이 필요하다는 생각이 들었다. 그런데 마침 그녀 편에서 먼저 묻는 것이다.

"오늘 밤엔 어디서 잘 거야? 인천엔 안 갈 거지?"

"혜진이가 오늘은 너무 예뻐 보여서 정말 헤어지고 싶지 않네. 오늘 밤 우리 함께 지내면 안 될까?"

그녀는 의외로 선선히 응낙했다.

"민우 씨 맘대로 해."

지난번에 묵었던 명동 입구의 호텔이 생각나서 버스로 소공동까지 왔다가 예전의 그 호텔 쪽을 향하여 천천히 명동 길을 함께 걸어가기 시작했다. 어느새 9시가 넘은 쌀쌀한 밤길이었지만, 인파가 아직 상당했고, 상가들도 대낮같이 쇼윈도를 밝히며 각종 색의 네온불빛을 흩뿌리면서 사람들을 유혹하고 있었다.

마침 길가에서 군밤장수를 본 혜진이가 팔짱을 낀 채로 그를 끌고 갔다. 군밤을 한 봉지 사서 서로 상대방의 입에다 넣어주면서 걸었다. 혜진은 무엇이 그리 우스운지 계속해서 깔깔거리며 웃었다. 한참을 걷다 보니 아까 혜진과 강철이 함께 들어갔던 2층 다방이 보였다. 그 다방을 올려다보며 그녀에게 물었다.

"저기 들어가 보았어? 우리 한번 들어가 볼까?"

그녀는 의아한 눈초리로 그를 쳐다보며 말했다.

"커피 더 하게? 먼저 가서 방을 잡아 두려구? 아냐, 출구 시간두 오래됐으니까 그냥 가지 뭐……."

그녀는 팔짱을 풀지 않고 내쳐 걸었다. 호텔 프런트에 도착한 두 남녀는 마치 결혼한 부부처럼 당당히 방을 청했다. 예전처럼 싱글 침대가 둘 있는 방으로 안내되었다.

항상 혜진은 입술과 가슴, 허리만 조금 허락했을 뿐, 절대로 그 이상은 허락하지 않았었고, 그 역시 더 이상 어떻게 해보려고 하지도 않았었다. 그러나 이제는 더 이상 그런 바보 같은 짓은 그만 하고 성인 남자와 여자가 종국적으로 하는 그런 일을 혜진에게 해보고 싶었다. 술에 취해서가 아니고 확실한 맨정신일 때 그녀의 몸 안에 자신의 생명의 씨앗을 불어넣음으로써, 더 이상 두 사람은 두 몸이 될 수 없고 완전하게 하나가 되었음을 서로에게 선포하고 싶었다.

예전과 같이 그녀의 눈과 입술을 가져보다가 결국은 그녀의 가슴으로 옮아갔다. 그녀의 가슴은 새하얀 복숭앗빛으로 언제나 따스하고 부드러웠으며, 한껏 부풀어 있었다.

의과대학 시절 해부학 교수의 농담이 생각났다.

"여기 여학생들이 없으니까 하는 얘기지만, 여자들 살이란 게, 뭐, 별 게 아냐. 남자들에 비해서 근육보다 지방세포가 더 발달해있기 때문인데 말씀이야……. 여자마다 지방세포의 숫자나 크기가 천차만별이란 말씀이야. 해서, 확실한 건 말야, 지방세포 크기는 작고 개수가 많으면 감촉도 좋고, 눈으로도 예쁘게 보인다는 말씀이야. 그래서 미인이라는 게 결국 지방세포 개수에 정비례하고, 그 크기에 반비례하는 셈이지. 내 말 알아듣겠나? 제군들!"

"네엣!"

"그러니까 말야, 애인 몸이라는 게 지방 덩어리이고, 뭐 별거 아니니까 신경쓰지 말고, 그 속에 묻혀 있는 근육에 대해서 신경을 좀 쓰란 말씀이야. 여기쯤이 '바이셉스', 여기쯤이 '트라이셉스', '오리고'는 이쯤이고, '인서션'은 이쯤……."

그의 이론대로라면 혜진의 유방조직과 피하지방은 세포 수는 많고 크기가 작기 때문에 이처럼 예쁘게 보이고 부드럽게 만져진다는 뜻인데, 그런 것은 학교 때의 이야기일 뿐이고, 현재의 그로서는 혜진의 체취에 완전히 사로잡혀 어쩔 줄을 모르고 있었다.

자기 자신도 갑자기 왜 이렇게 변했는지 참 알다가도 모를 일이었다. 그는 그녀의 거들을 충동적으로 벗겨 내렸다. 그녀는 방심하면서 몸을 내맡기고 있다가 그의 돌연한 행동에 움찔하면서 강력히 거부했다. 그러나 거기에서 그만둘 수는 없었다. 그녀는 죽는시늉을 하면서 안 된다고 애원했지만, 그는 끌어내리는 데에만 온 정신이 팔려 있었다.

"놔! 놓으란 말야! 왜 그래? 갑자기. 놔봐. 응? 진짜 난 이런 식으로 치르긴 싫어! 놔! 놔! 그리고 오늘은 안 돼. 놔! 아이! 놔봐! 왜 그래? 정말?"

"하지는 않고 그냥 한 번 보기만 할 테야. 응, 것두 안 돼?"

"안 돼. 안 돼. 안 된대두 그러네. 뭐가 있단 말야. 정말 왜 그래?"

혜진은 완강하게 계속 거부했다. 그는 끌어내리려 하고, 그녀는 끌어올리려고 하는 결과로 당연하게 꼭 끼게 입은 거들이 터지면서 일단 그의 승리 쪽으로 기울었다. 그러자 그녀는 그런 그를 두 팔로 힘껏 떼밀어버리며 기어코 울음을 터뜨리고 말았다.

그녀는 터진 거들 사이로 자기의 마지막 부분이 드러나 보일세라, 꿇어앉은 자세로 허벅지를 한데 꼭 붙이고는 두 팔로 무릎을 감싸 안다시피 해서 가슴과 무릎이 닿은 포즈를 하고 엉엉 울었다.

그녀가 그렇게 슬피 우는 것은 또 처음이었다. 울고 있는 그녀를 보자 그 역시 가슴이 저려왔다. 그녀에게 몇 차례나 용서를 구하며 달랬다. 그러나 그녀는 그를 외면한 채 계속 울기만 했다.

맨살 그대로 드러난, 어깨와 등이 만드는 부드러우면서도 유연한 곡선…… 그리고 하얀 허벅지 살……. 그리고 그 허벅지 위에 붙은 채로, 흐느낄 때마다 흔들리며 크게 출렁거리는 복숭앗빛의 미끈한 유방……. 그는 더 이상 자기 욕망을 참아낼 수 없었다.

욕실로 들어가 차가운 물줄기를 뜨거운 나신에 들이부었으나 허사였다. 욕실 바닥에 엎드려서 팔굽혀펴기를 했다. 그러나 그것도 허사였다. 아무래도 다 소용없는 일이었다. 욕망을 두 손으로 붙잡은 채 그는 절망을 했다. 자기 혼자서라도 어떻게든 숙명적인 욕망의 찌꺼기를 완전하고 철저하게 분출시켜야 할 것이었다.

혜진은 여전히 발가벗은 상체와 찢긴 거들 차림으로 가슴에 무릎을 잔뜩 붙인 자세 그대로 앉아 있었다. 다행히 울음은 그쳤으나, 다가가는 그를 의식하지도 않고 깊은 상념에 빠진 채 벽만 응시하고 있었다.

자신의 행동이 그렇게 후회될 수 없었다. 아아! 조금만 더 생각하고…… 조금만 더 참았더라면……. 잠시 그녀의 나신을 지켜보고 있다가 부드럽게 등을 어루만지며 말했다.

"미안해. 아까는 왜 그랬는지 나도 잘 모르겠어. 미쳤었나 봐. 이젠 안 그럴게. 아직도 울고 있는 거야? 자! 다시 날 봐."

등 뒤로 돌아앉아 두 손을 그녀의 가슴과 허벅지 사이에 끼워 넣었다. 탐스러운 유방이 두 손 안에 가득 들어왔다. 팔에 힘을 주며 천천히 안아 일으켰다. 부드럽고 따스한 유방 뒤쪽에서 심장 고동이 세차게 뛰고 있었다. 한동안 그런 자세로 안고 있다가는 이윽고 마주 보게 돌려 앉혔다. 그러고는 다시 힘껏 끌어안으며, 눈물이 얼룩진 두 눈과 입술에 입을 맞추어 주었다.

입을 맞춘 채 두 눈을 들여다보려 했으나, 그녀는 입술을 내주는 대신에 두 눈은 감아버렸다.

찢어진 거들을 여전히 그대로 걸치고 있는 것이 딱해 보였다. 그걸 벗겨 내려고 그녀의 허리 아래로 손을 가져갔다. 순간 그녀는 감았던 눈을 뜨고는 다시 놀란 눈이 되어서 그를 쳐다보았다.

"아냐, 이젠 안 그럴게. 다 터진 걸 입고 있으면 뭘 해. 벗겨 주려고 그런 거야. 참! 이 옷 비싼 거야?"

반쯤 일으켜 세우고 찢어진 거들을 벗겨 냈다. 그의 여유 있는 태도에 마음을 놓은 듯 그녀는 다리를 약간 오므렸을 뿐 별다른 저항 없이 그의 동작을 지켜보았다.

비싸냐는 질문이 우스웠던지 아직 물기가 남아 있는 눈이었지만, 살풋 웃음기까지 내비쳤다. 그러나 그녀는 두 다리에 잔뜩 힘을 주고 꽉 오므린 채로 자기 여성 쪽을 내려다보며 결코 양 허벅지 사이의 긴장을 풀지는 않았다.

마침내 팬티가 드러났다. 노란 바탕에 분홍색 꽃무늬가 찍혀 있는, 몹시 앙증맞게 생긴 물건이었는데, 너무나 얇은 천이라서 안이 훤히 다 내비쳐 보였다. 도드라지게 살진 비너스 언덕과 무성한 검은 숲, 그 아래쪽을 따라 여성의 문을 이루는 두툼한 두 입술까지……

그는 또다시 욕망의 불꽃에 휩싸여 어쩔 줄을 몰랐다. 결국 다시 욕실로 뛰어 들어갔다. 그러고는 지칠 줄 모르고 용솟음치는 욕망의 뿌리를 또 한 차례 사납게 흔들며 가라앉혔다.

다음 날 민우는 주리를 만나 북악재 근처의 고풍스럽게 꾸며진 갈빗집을 찾아갔다. 물론 안내한 사람은 주리였다.

울적한 기분 때문에 민우는 거푸 술을 마셨다. 주리 역시 오프(휴일)라면서 사양하지 않고 받아 마셨다.

"진짜 J대 외과 어플라이(응시) 할 거예요?"

"한번 해보는 거지, 뭐……"

제발 단 몇 시간 동안이라도 레지던트 들어가는 일이라든가, 세상일에 귀 막고 지낼 수는 없을까?

"올해두 못 들어가면 어떻게 할 거예요?"

"글쎄…… 서울로 일단 올라와야겠지……. 그리고 아무 데나 취직해 있으면서 한 일 년 버텨보는 거구……. 시골 육 선생은 포항 근교에서 자기와 동업하자는데……."

"일 년이면 긴 세월인데 민우 씨에겐 그게 더 현실적이 아닐까?"

그녀는 반짝이는 눈으로 빤히 그의 눈을 쳐다보며 말했다.

"너무 섭섭해 하지 말고 내 말 잘 들어봐요. 난 민우 씨 자신보다도 민우 씨를 더 잘 안다고 생각해요."

그녀는 잠시 말을 끊고 그의 표정을 살피듯 바라보다가 다시 말했다.

"본인도 잘 알겠지만, 현재 가장 시급한 것은 경제적 자립이잖아요? 어차피 없는 가족이나 배경을 어떻게 구하겠어요? 그렇지만 가족이나 배경은 경제적으로 자립하면 저절로 쉽게 생길 거구. 반대로 경제적인 자립 없이는 결코 가족이나 배경은 불가능할 거잖아요. 그죠?"

그녀는 계속했다.

"다행히 민우 씬 대한민국 사람들이 좋아하는 사짜 자격이 있잖아요? 배짱을 가져보세요. 나 같으면 수련 받으라고 해도 안 받겠어요. 시골에서 육 선생과 동업하는 것도 좋겠지만……. 차라리 봉급을 많이 주더라도 그를 고용하는 게 더 좋을 거예요. 일 년간 시골에서 지내보았으니까 개인병원이 어떻게 돌아간다는 것쯤은 이제 훤할 게 아니에요? 그리고 민우 씬 군대도 안 갔잖아요? 그러니까 3년 동안 개업해서 돈 벌고 그 이후에 다시 수련 받는다고 하더라도 다른 동기들보다 늦어질 것두 없을 거구."

그녀는 자기주장을 계속했다.

"물론 개업한다고 다 돈 벌고 성공하는 건 아니죠. 어느 정도 궤도에 오를 때까지는 정말 대단한 노력이 필요할 거예요."

그는 본인 생각으로도 너무 우유부단하고 너무 무능력하다고 느꼈다. 또한 그녀의 솔직한 충고를 들으면서, 그동안 부렸을 남자로서의 허세가 그녀로서는 얼마나 가소로웠을까 하고 부끄럽기도 했다.

"술 더 할래요? 오늘은 왠지 취할 것 같지도 않네. 민우 씬 정말 술이 나보다 더 약한가 봐."

진로에 대한 충고를 받은 데다, 술조차 약하다는 것까지 그녀의 입에서 거침없이 나오는 것이라서 우선 주눅부터 들었다. 그러나 어떻게 하겠는가? 현실이 그러한 것을!

겨울인데도 날씨가 그리 춥지 않아서 식사를 마친 두 사람은 음식점 뒤편으로 난 오솔길을 따라 산을 오르기 시작했다.

"민우 씬 꿈을 믿나요?"

"무슨 꿈? 밤에 꾸는 꿈? 희망?"

"둘 다. 하지만 특히 밤에 꾸는 꿈."

"프로이트 연구가가 되려고? 하지만 난 꿈속에서도 늘 고생만 하는 편이라 꿈이 싫거든."

"하지만 희한하고 이상한 꿈을 꾼 적은 없나요? 예컨대 중요한 사람을 처음 만나게 되는 전날 밤의 꿈, 뭐 그런 거 말이에요."

"중요한 사람을 처음 만나는 날?"

"그래요. 아니면…… 태몽이라던가. 혹시 자기 태몽 들어봤어요?"

'태몽?' 할머니는 태몽으로 보면, 그는 전생에 바다의 왕자였을 것이라면서 틀림없이 큰 벼슬을 할 거라고 했다. 그러나 지금 어떤 처지인가? 서른이 다 되도록 벼슬은커녕 수련 자리 하나 해결하지 못하고서 되는 일도 없이 천지 강산을 헤매고 있지 아니한가?

"커다란 잉어와 바닷물고기 떼였대. 커다란 고기라서 큰 벼슬을 하게 될 거라고 하셨는데……. 보다시피 요 모양 요 꼴이고……."

"잉어가 아니고, 혹시 가물치 아니었어요?"

병동에서 함께 근무할 때, 언젠가 그녀는 그에게 가물치라는 별명을 붙여주고 싶어 했다는 것이 갑자기 생각났다.

"모르겠어. 가물친지 잉언지. 어쨌든 그렇게 들었어. 근데 왜?"

둘은 함께 종로를 나와서 헤어졌다.

"그럼 시험 치른 당일 내려갈 거예요?"

"붙으면 병실로 가서 주리 씨 신세를 하룻밤 더 지고 다음 날 점심이라도 사겠지만……. 떨어지면 그냥 가야겠지, 뭐."

"발표가 늦어지면요?"

"그날 예감이 있을 거야. 그럼 그때 점심을 살 수 있게 나대신 주리 씨가 꿈이나 잘 꾸어줘."

"내가 꾸면 내 꿈인 거지 그게 어디 민우 씨 꿈인가?"

기다리던 84번 버스가 왔으므로 그녀는 손을 흔들어주면서 재빨리 버스로 달려갔다.

혜진의 부친은 혜진과는 이미지가 완전히 달랐다. 얼굴도 크고 몸집도 컸다.

"처음 만나는 자리이긴 하지만, 우리 혜진이 친구라고 하니까 말을 놓겠네. 지난번 시골에 있을 때, 그림쟁이 수술하느라고 애 많이 썼을 게야. 아프려면 서울에 와서 아플 일이지 말야."

그는 커다란 손으로 민우의 손을 힘껏 잡았다. 그 때문에 민우는 마치 박뚱의 손아귀에 잡혀 있을 때처럼 손이 아팠다. 그러나 그건 그만큼 신뢰감이 있다는 뜻일 것이라서 기분이 좋았다.

처음에는 무척 긴장되고 바짝 얼어 있었지만, 예상과는 달리 그는 농담도 잘했고, 시간이 갈수록 마음이 편해졌다. 혜진이 자기 부친에게 정을 붙이지 못하는 것이 오히려 이상할 정도였다.

민우는 얼굴이 붉어질까 봐 맥주를 반 컵도 마시지 않았으나, 그녀의 부친은 혈압이 높아서 의사가 술을 주의하라 했다면서도 계속해서 마셨다. 혜진은 전혀 술을 하지 않았다.

처음에는 민우가 그의 잔을 채워주었으나, 그녀의 부친은 이내 그것도 번거로웠던지 아예 자작으로 마셨다.

그가 앞으로 어떻게 할 거냐고 묻자, 민우는 수련을 받아야겠지만, 아직 확실한 것은 알 수 없다고 솔직하게 말했다. 혜진은 평소와 달리 거의 웃지도 않았고, 말수도 별로 없었다.

식사가 끝나자, 셋은 다시 근처의 커피숍으로 갔다.

혜진의 부친은 술을 상당히 했는데도 전혀 취한 기색이 없었고, 고향, 가족관계, 출신대학, 본관 등을 지나가는 말처럼 가볍게 물었다. 물론 민우는 시험 면접관 앞에서처럼 긴장되었다.

눈치로 보면 사윗감으로서 아주 흡족한 수준은 아니나, 일단 60점 정도는 받은 것 같았다. 아니면…… 자기 딸이 좋아하는 한 말릴 생각이 없달지…….

8시쯤 다방을 나왔는데, 그는 혜진이 건강을 돌보아준 답례라면서 양복을 사주겠다는 것이었다. 아마도 그를 불러낸 것도 그 때문인 모양인지 두 부녀가 똑같이 강권하는 통에 도저히 거절할 수 없었다.

"별다른 생각은 하지 말게. 부담될 정도는 아닐 테니깐 말야……."

"이미 어제도."

혜진에게 오버코트 선물을 받았다고 말하려는 찰나, 그녀는 말하지 말라고 재빨리 눈짓을 했다. 그러고서도 걱정되었던지 그의 신발코를 밟으며 신호를 보냈다.

혜진은 누가 미술학도 아니랄까 봐 같은 디자인이라 해도 얼마나 색과 모양새를 따지는지 몰랐다. 색을 골랐다가 다시 길이나 품 그리고 다시 색······. 그는 익숙하지 않은 패션쇼를 하느라 한 시간가량 아주 진땀을 흘렸다.

고르고 고른 옷은 진곤색으로 낙착되었다. 술을 마신데다가 옷을 고른답시고 더운 실내에서 스무 번도 더 입고 벗고 하느라 진이 다 빠질 지경이었으므로 민우는 땀을 닦으며 마침내 안도의 숨을 토해냈다.

헌 양복은 백에 담아 들고 새로 산 양복을 입고 밖으로 나왔는데, 추운 겨울밤 날씨였는데도 땀이 나서 견딜 수 없었다. 연신 흘러내리는 이마의 땀을 닦다가 마침내 어제 선물 받은 코트는 아예 벗어들고 말았다. 생각 같아서는 와이셔츠만 입고 양복까지도 죄다 벗어버리고 싶기만 했다.

그녀의 부친은 옷가게에서 나오자마자 곧바로 집으로 들어갔고, 혜진 역시 학교로 돌아가야 했으므로 그는 그녀를 바래다주기 위해 함께 택시를 탔다.

학교에서는 밤 10시가 넘은 시간이었는데도 아직 그림을 그리고 있는 학생들이 많았다. 그가 기억하는 학교란 살풍경한 의자와 책상이 전부였다. 그러나 그녀의 학교 안은 넓은 작업실이 있질 않나, 간이침대가 여럿 있질 않나 학교라기보다는 일종의 생활공간같이 느껴졌다. 그곳에 있던 학생들은 하급생들이었는지 그녀에게 언니라고 불렀다.

작업실을 잠시 보여주고 난 그녀는 그를 다시 복도로 안내했다. 그러고는 그의 새 양복 옷깃을 만져보며 말했다.

"J대 병원 시험이 5일 후랬지? 잘돼야 할 터인데……."

"어떻게 되겠지."

문밖까지 따라 나오려는 그녀를 만류하고 그 자리에서 그대로 작별했다. 그러고는 청량리역으로 가서 밤 11시 발 중앙선 열차를 탔다. 다음 날 아침 8시엔 포항에 도착할 것이고, 9시 전까지는 H 면에 도착할 터였다.

시골병원도 말이 아니었다. 의사가 자리를 자주 비우는데, 좋을 리가 있겠는가? 최근에 온 재진 환자나 모를까, 신환은 의사가 없다는 핑계로 육 선생이 아예 Y 읍으로 보내버리는 바람에 하루 진료 인원이 10여 명 선인 날들이 수두룩했다. 아무리 공익 병원이라지만, 수입이 있어야 급료도 주고 병원도 돌아갈 게 아닌가? 정 수녀 얼굴 보기가 민망했다.

다행히 일찍 도착했고, 마침 장날이라서 모처럼 많은 환자를 볼 수 있었다. 미안했던 나머지, 종일 점심시간도 없이 열심히 진료했다.

밤 11시쯤 주리에게서 전화가 왔다. 잘 도착했느냐는 것과 칭찬해줄 것도 많은데 너무 싫은 소리만 했다면서, 아무래도 미안해서 전화한다는 이야기였다. 그런 그녀에게 "무슨 말이냐? 오히려 감사하고 있다. 고맙다."는 말만 되풀이했다.

잠자리에 들기 전, 피곤을 무릅쓰고 그동안의 일들을 쪽지에 적으며 생각을 정리해보았다. 이처럼 근심, 걱정, 문제점, 희망 등을 기록하면서 생각을 정리해보는 버릇은 비교적 최근에 시작되었는데, 일마다 꼬이는 것이 그 발단이었고, 우연히 카네기의 《처세술》이라는 책에서 그런 식으로 노트에 하나하나 적어 순차적으로 해결해야 한다는 것을 읽었기 때문이다.

주리와 육 선생의 충고까지도 낱낱이 적어 나갔다.

1. 최우선; 수련 시작, 차선; 경제자립, 기타; 차차선

2. 수련 자리 정보; 서울이나 인천에서 취직자리를 구해야.

3. 수련의로 취직되더라도; 2년 안에 작은 전셋집, 그러자면 급료를 철저히 아껴야.

4. 여기를 당장 그만둘 경우의 대비.

　가) 수련 경우; 약속대로 2월 2\~일까지만 근무. 수련병원으로.

　나) 안 될 경우; 되도록 일찍(4월 안으로) 거취 다시 결정.

5. 혜진; 결혼 예정자?

혜진을 결혼 예정자라고 적으면서 그 말이 확실할지 갑자기 의심이 들었다. 하지만 그것은 오직 운명의 신이나 알 일이었고. 생각을 다시 주리에게로 옮겼다.

6. 주리; 저극적. 미인, 총명. 제일 잘 이해해줄 사람. 혜진의 차선.

그런데 어째서 주리는 혜진의 차선이어야 할까? 판단에 장애가 생기는 것은 운명의 신의 몫이라고 생각하기로 했다.

7. J대 병원; 내과는 불가/ 외과는? 기적, 꿈의 실현.

8. 인천 K 병원; 올해는 잊는 것이 무병장수에 도움.

9. 병원협회 직원; 사기 당하려고 스스로 노력함. 그것도 두 번씩이나.

10. 유 선생; 역시 무병장수를 위해 잊어야 할 기피인물 제1호.

11. 육 선생; 불가. 왜? 어쨌든 맘이 내키지 않고 자신도 없음.

메모지에 하나씩 적어가면서 골똘하게 생각을 거듭해보았다. 하지만 어쨌든 당면과제는 수련이었다. 정리한 내용을 거듭해서 읽어보다가 자리에 들었다. 그러나 쉽게 잠이 들지 못했고, 메모지에 적었던 내용을 몇 번이고 다시 곱씹어 보았다.

그는 수련 자리를 위한 마지막 희망으로 다시 서울행 야간열차에 몸을 실

었다. 밤 10시 40분에 출발해서 새벽 4시 반에 도착하는 청량리행 열차였다.

제발 인턴시험 때처럼 천운이 다시 찾아오기를! 그는 마치 전쟁터로 가는 병사처럼 결연한 마음으로 차에 올랐다. 그러고는 믿지도 않는 예수와 부처, 하늘과 땅에 수없이 간절한 기도를 드렸다.

언제고 기적은 기적만큼 드물었다. J대 병원에 도착해보자 대학병원답게 엄청나게 많은 지원자가 몰려와 있었다. 외과 지원자는 본교 1회 졸업생만도 다섯 명이나 되었으며, 민우를 합하여 타교 출신들도 10명이나 되었다. 정실이 전혀 없다 해도 15 대 1이라는 힘든 경쟁률을 뚫어야 할 판이었다.

아무래도 내과 과장의 오해부터 풀어야 할 것이라서 시험 전에 내과 과장을 찾아갔다. 그러나 그는 설명 들을 필요가 없다며 등을 돌려버렸다.

"자네 좋을 대로 다 하구서 인제 와서 나더러 어떻게 하라는 건가? 난 이제 자네와 아무 상관도 없는 사람이야. 내가 자네에게 용서하고 자시고 할 게 뭐가 있겠나! 어서 가보기나 하게!"

"아닙니다. 과장님, 제 탓으로 결국 과장님 말씀을 따르지 못했습니다. 부디 용서해 주십시오. 과장님의 은혜는 평생 잊지 못할 것입니다."

"어허! 이 사람이 왜 이러나? 자! 나가서 소원대로 시험이나 잘 보게. 난 이제 자네와 아무 상관도 없는 사람이야. 나 바쁘네. 자! 나가세."

과장은 그를 용서하지 않았다. 병원협회 일만 해도 민우가 일부러 내과 대신 외과를 부탁했기 때문에 자기가 연결해준 병원협회 직원이 일을 보아주지 못했다고 믿는 모양이었다. 과장은 인사도 받지 않고 성큼성큼 걸어가 버렸다. 하릴없이 그의 뒷모습만 눈으로 쫓다가 서둘러 외과 시험장으로 들어갔다.

시험지가 나누어지기 전에 먼저 외과 과장의 훈시가 있었다.

"우리 과뿐만 아니라 모든 과에서 이처럼 지원자가 많은 데 대해 기쁨과 자부심을 느낍니다. 욕심 같아서는 여러분 모두를 죄다 합격시켜서 우리 대학의 식구들로 만들었으면 좋겠지만, 그럴 수 없는 게 현실입니다. 여기에는 우리 J 대학 출신도 있고 타교 출신도 있습니다. 그러나 우리 일반외과 의국원 영입 방침은 이렇습니다. 학연이나 지연 등 어떠한 연고도 인정하지 않을 것이며, 오직 실력 있고 성실한 사람을 뽑겠습니다. 이것은 과장으로서 시험을 치르기 전 확실하게 공표하는 바입니다. 그리고……"

항간에는 돈이 얼마면 된다느니, 누구누구는 병원협회에서 자리를 직접 사왔다느니 하는 이상한 말을 하는 사람도 있다고 들었으나, 설령 사온 자리라 할지라도 절대로 인정할 수 없고, 특히 올해 새로 졸업하는 J대 출신들에게는 미안한 말이지만, J대 병원이 신설 병원이니만큼 당연히 학연을 떠나서 실력 위주로 뽑아야 병원 발전이 있을 것이라는 당위성까지 설파했다.

너무도 지당하고 당연한 말이라서 J 대학 출신들조차 숨소리도 내지 못한 채 듣고 있었다. 그러나 사실 일이 이렇게 된 연유는 과장의 고귀한 정직성 때문만은 아니었다.

J대 병원은 어디까지나 J대 출신이 우선이다. 여태껏 과장들의 독단적인 결정에 의해서 (수련의가) 적당히 선발되었으나, 이것은 어디까지나 본 대학 졸업생이 없었을 때의 일이고, 본교 출신들이 배출되는 올해부터는 어림도 없는 일이다. 만약 타교 출신을 쓰는 과장이 있으면 동맹휴업해서라도 내쫓아버리겠다. 올해는 본 대학 1회가 나오는 만큼 절대로 나쁜 선례를 허용하지 않겠다는 것이 학생들의 주장이었다. 그래서 과장들도 이제는 자기들 입맛대로 할 수 없게 되었고, 결국 대책회의가 열렸다. 그 결과 학생들의 말에도 일리는 있으나, 신설 대학이므로 앞으로 명실상부한 중견 의과대학으로 만들려면 무엇보다 실력 위주로 해야 한다는 것 그리고 만약 타교 출신으로서 본교 대학원에 진학하는 경우에도 본 대학병원에 취직할

수 없다는 불합리성이 발생하므로 학생들의 요구를 그대로 다 들어줄 수 없다는 것, 그래서 무조건 성적순으로 뽑자는 것으로 낙착되었던 것이다.

과장의 말을 듣고 보니 병원협회고 나발이고 자리를 사왔더라도 경을 칠 뻔했다는 생각도 들었으나, 일단 지원자가 많고 보니 주눅부터 들었다.

더구나 시험문제도 인천병원과는 하늘과 땅 차이로 까다로웠다. 문제 해결 형식으로 출제되어 첫 문제에서 오답을 내면 뒤이은 문제들은 자동으로 무조건 틀리게 되어 있는데다 감점까지 있어서 자신 없으면 아예 빈칸으로 남겨 두어야지 안 그러면 그나마 받은 점수조차 감점으로 깎아 먹는 식이었다.

시험이 끝나자, 모두 이구동성으로 어려웠던 시험문제를 놓고 불만에 차서 투덜거렸다.

"제길헐, 시험 어렵게 내서 지네들 실력 자랑한 건가, 뭔가? 전문의 시험보다 더 어렵게 출제해서 뭘 어쩌겠다는 거야?"

그러나 모두 똑같은 조건이라서 병원 당국에 이의를 달 수도 없었다. 정실이 끼어들 시간적 여유를 배제하기 위해 합격자 발표는 시험 직후 곧바로 하겠다는 예고가 있었다.

민우는 포기 90퍼센트, 희망 10퍼센트의 심정으로 병원 앞 게시판 앞에서 애꿎은 담배만 연속으로 피워 물었는데, 모두 똑같은 눈치들이었다.

시험이 끝난 후 2시간도 채 안 되어 마침내 합격자 명단이 게시판에 붙었다. 기다리던 사람들은 실망 반, 예상 반으로 불합격을 확인하고 병원 밖으로 뿔뿔이 흩어져 갔고, 민우 역시 그들 중의 하나가 되어 J대 병원을 나섰다.

어디로 갈까? 마땅히 갈 만한 곳을 찾지 못하고, 병원 근처만 뱅글뱅글 돌았다. 박똥을 만나러 인천으로 갈까 하는 생각도 했으나, K 병원 역시 이제는 정나미가 떨어질 데로 떨어져서 다시는 가고 싶은 생각이 없는데다가, 창피하기까지 해서 누구도 만나고 싶지 않았기 때문이다. 물론 혜진이나 주리를 만나고 싶은 생각 역시 전혀 없었다.

자신의 불운과 한계의식이 느껴지면서 심한 피로감이 밀려왔다. 길가에 놓인 빈 벤치에 노숙자처럼 길게 드러누워 버렸다.

겨울 석양 햇빛이었으나 몹시 눈이 부셨다. 햇빛을 가리려 얼굴을 두 팔로 감싸다가 마침내 눈물을 흘리며 울고 말았다. 받은 패나 바닥 패가 나쁜 것은 어쩔 수 없다 하더라도 가져올 딜러 패라도 좋아야 어떻게 세상을 좀 살아볼 게 아닌가?

할머니를 여의고 난 이후로는 그는 눈물을 잊고 살았다. 운다고 해서 안 될 일이 될 리도 없으려니와 함께 슬퍼해줄 사람도 없기 때문인지 몰랐다.

그런데도 눈물은 그칠 줄을 몰랐다. 며칠 전 메모했던 쪽지를 꺼냈다. 가로등의 불빛으로 쪽지를 읽어가며 2, 4, 7, 10번의 수련에 관한 항목과 J대병원, 유 선생 등의 항목을 볼펜으로 죽죽 그어버렸다.

마침내 벤치에서 일어섰다. 점심도 거르고 6시가 되어 가는 어두운 시간이었지만, 배도 고프지 않았다. 누구를 만나고 싶은 생각도 없었다. 오로지 세상에서 그를 필요로 하는 유일한 곳, H 면의 성당병원으로 가기 위하여 그는 청량리역으로 직행해서 늦은 밤의 중앙선 열차를 탔다.

열차 안에서도 울었다. 승객이 별로 없다는 점을 기화로, 마음껏 울고 나서 벌겋게 충혈된 눈을 씻느라 뻔질나게 화장실을 드나들었다.

손님이 없어서인지 열차 판매원조차 한참 만에 찾아왔다. 안줏거리조차 귀찮았던 나머지 맥주 세 캔만 달랑 샀다. 그러고는 어두운 야경을 배경으로 슬픔을 안주 대신 질겅질겅 씹으면서 밤새 홀짝이다가 잠이 들었다.

11. 죽음 뒤에 오는 것

시골의 겨울은 서울보다 확실히 더 추운 것일까? 벼랑바위에서 새벽 해 바라기를 하는데, 갑자기 으스스 한 차례 전율이 왔다.

그러나 날씨 외에 달라진 것이라곤 아무것도 없었다. 새벽 갈매기 떼……. 바다표면을 훑듯이 끝도 없이 밀려오는 파도……. 시뻘겋게 솟아오르는 둥근 태양……. 모든 것이 다 여전했다.

그동안 적잖은 돈과 바쁜 시간까지 축내가며 하루도 마음 편한 날이 없이 번민과 걱정으로 서울을 오갔던 것이었으나, 돌이켜 생각해보니 아무런 소용도 없는 한낱 헛수고요 도로아미타불이었고, 이젠 수중에 남은 돈조차 얼마 안 되었다. 수련 자리 구하는 일도 다시 또 일 년을 더 기다려야 할 것이고.

모든 일이 다 완전한 헛수고로서 정확히 일 년 전 H 면으로 오던 작년 이맘때로 완전하게 원점 회귀가 된 셈이었다.

이젠 어떻게 해야 할까? 한동안 웅크린 자세로 생각을 거듭해보디가 추위를 못 이겨 결국 일어서고 말았다. 언제고 일어설 즈음이면 대강 생각을 정리하는 것이 상례였으나, 오늘은 정리는커녕 지끈거리며 머리만 아팠다. 당장 15일 앞으로 다가온 거취 문제에 대해서도 그는 아직 아무것도 생각해둔 것이 없었다.

종일 머리가 아프더니만, 결국 저녁때부터는 오한과 함께 신열이 나기 시작했다. 식욕도 없었다. 저녁도 거른 채 그대로 누워버렸다.

억지로 몸을 일으켜 열을 재보니 39도가 넘었다. 검사하는 본인이 아파 있으니 피검사고 소변검사고 없었다. 감기겠지……. 아니라면 최근에 너무 무리해서 그렇거나…….

미스 황에게 해열제 주사와 항생제 주사를 양쪽 엉덩이에 한 대씩 맞고는 기다시피 방으로 들어와 다시 자리에 누워버렸다. 혼자인 그로서는 아프면 여러 가지로 불편이 따를 일이었으나, 희한하게도 그는 여태껏 아파본 기억이 없었다.

밤새 끙끙 앓으면서 할머니의 죽음을 생각해보다가 만약 자신이 죽는다면 어떻게 될 것인가를 생각해보았다. 최소한 혜진이나 주리는 달려와서 울며 슬퍼해줄까?

그녀들 둘 다 절대로 오지 않을뿐더러, 설령 온다고 하더라도 시신을 붙잡고 울기는커녕 보기도 전에 질겁할 터였다.

터무니없는 욕심이고 바램이었다. 또한 설령 그렇다고 한들 죽은 사람이 그녀들의 노고와 설움에 대해서 무슨 볼일이 있을 것인가?

그러나 그는 결국 그날 밤, 단 하룻밤을 채 넘기지 못하고 죽고 말았다. 그래서 그가 본과 1학년 해부학 실습실에서 다루었던 시체들처럼 그 역시 실습재료가 되어 눕혀져 있었다.

그런데 이상하게도 죽은 몸뚱이와 별개로 의식을 가진 또 하나의 실체가 있었고, 그것은 형체를 알 수 없는 존재였다. 구름인 듯, 먼지인 듯 전혀 파악할 수 없는 단지 의식의 실체일 따름으로, 천장 아래를 낮게 날아다니면서 마치 다른 사람 것인 양 자신의 시신을 내려다보았다.

이렇게 쉽게 죽어버릴 줄 알았으면 차라리 수련 문제로 고생이나 하지 말걸! 의사라고 하질 말지……. 제 몸 하나 지키지 못하고 결국 죽고 말았구나.

그래도 고통 없이 죽어 천만다행이었다. 다만 할머니가 그토록 당부했던 후손도 남기지 못하고 죽어버린 것이 억울하고 딱했으나, 이미 죽어버린 몸, 이제는 어떻게 해볼 수도 없었다.

두 번을 거듭 죽어야 앞서 죽은 영혼들을 만날 수 있기 때문에 죽은 가족을 만나지 못하고 혼자서 외롭게 허공을 떠다니는 중이었다.

실습이 시작되는 첫날이었는지 과일과 술 등 간단한 제물이 교탁에 차려져 있었다. 그가 학생일 때의 그 교수는 아직껏 늙지도 않고 옛날 모습 그대로 제관처럼 경건하고 엄숙한 태도로 학생들에게 당부하고 있었다. 그는 먼저 학생들에게 묵념을 시켰는데, 학생들은 누구도 경건한 마음은커녕 시신들을 무슨 흉한 물건 보듯이 눈살을 찌푸리며 거만하게 내려다보고 있었다.

슬프고 화가 났지만 하는 수 없었다. 죽은 몸을 가지고 권리 주장할 수 없는 일이 아니겠는가? 아니, 사실은 죽어 있으므로 권리주장을 할 수 없었다. 다른 영혼들과 함께 실습실 천장을 가볍게 날아다니면서 이제는 재료로 전락해버린 자신의 몸을 회한 반 연민 반의 기분으로 내려다볼 수밖에 다른 도리가 없었다.

"이분들은 여러분을 훌륭한 의사로 만들기 위해 자의로 혹은 타의로 실습재료가 되어 지금 여러분 앞에 누워 계시는 것입니다. 이분들도 살아 계실 때에는 여러분과 똑같이 고귀한 인간으로서 여러분처럼 희로애락을 겪었던 분들이며, 이분들 중에는 오히려 지금 여러분이나 교수인 나보다 월등하게 더 훌륭한 삶을 살았던 분들도 계십니다. 나는 이 자리에서 분명히 여러분들에게 경고합니다."

첫째는 시체를 목적 없이 훼손하거나 모독하는 일이 없을 것, 둘째는 앞으로 순서에 따라서 한 꺼풀씩 살을 벗겨가며 근육, 신경, 혈관, 내장을 공부활 터인데, 학습 부분에 해당하지 않는 엉뚱한 곳에까지 칼질하지 말 것, 마지막으로 뼈는 골학 실험 때 다시 공부해야 하므로 손가락뼈 하나도 잃는 일이 없도록 할 것 등등……. 만약 이 경고에도 이를 지키지 않는 학생이 나올 경우, 이유 여하를 불문하고 1년 유급이 될 것이라는 선언이었다.

학교 때 경험했던 그대로 시체들에서는 하나같이 포르말린 액의 강한 소독약 냄새가 났고, 막대기처럼 전신이 굳어 있었다. 남자의 경우에는 음낭이 커다란 풍선처럼 부풀어 있었으나, 이상하게도 죽은 지 얼마 안 되었기 때문에 그런 것인지 그의 시체만은 살아 있을 때처럼 보였고, 그래서 유달리 도드라져 보였다.

교수의 말이 끝나기도 전에 그의 시신을 배당받은 학생 하나가 킬킬거리며 다가오더니 메스를 휘두르며 음경을 자르려고 했다. 그러나 음경은 잘리지 않으려고 마치 살아 있는 뱀장어처럼 꿈틀거리면서 그의 손아귀에서 벗어나려고 애썼다. 아무래도 잘라낼 수 없었던지 그는 다시 다른 남자의 시체로 다가갔다. 다른 시체의 음경은 죽은 지 오래되어 그의 시체와 달리 살아 움직이지 못했고, 그래서 손쉽게 잘렸다.

저런! 나쁜 놈…… 그는 잘라낸 음경을 손에 쥐고 돌아다니면서 여기저기 여자들 시체의 음부 속에 쑤셔 넣어보며 킬킬거렸다. 머리끝까지 화가 났으나 죽어 있기 때문에 어떻게 해볼 방도가 없었다. 교수도 그런 그를 보고 있으면서도 아까 했던 경고와 달리 아무런 제지도 하지 않았다. 마침내 그는 음경을 어느 여자 시체 음부 깊숙이 집어넣고는 킬킬거리면서 그의 시신으로 다시 다가왔다.

그의 음경은 잘리지 않으려고 발버둥쳤으나, 이번에는 결국 잘리고 말았다. 그러나 음경은 잘린 후에도 계속 꿈틀거리며 그의 손아귀를 벗어나려고 애썼다. 하지만 역부족이었다.

교수를 건너다보았다. 그러나 그는 신경도 안 쓰고 있었다. 화가 났다. 죽어 있기 때문에 아무런 행동도 할 수 없는 처지가 원망스럽기 그지없었다.

그는 발버둥치는 그의 음경을 들고 다시 대여섯 구 되는 여자들 시체 음부 속마다 집어넣어 보려 애썼으나, 뱀처럼 살아서 꿈틀거리며 한사코 빠져나와 버렸다.

마침내 화가 잔뜩 난 그는 꿈틀거리며 손 안에서 발버둥치는 그의 음경을 교실 바닥에 내동댕이치고 구둣발로 짓이기기 시작했다. "안 돼!" 그는 힘껏 고함을 지르며 그에게 덤벼들었는데, 순간 그는 자기 고함에 깜짝 놀라 번쩍 눈을 떴다.

꿈이었다. 맨 먼저 사타구니부터 만져보았다. 다행히 그의 남성은 예전 그대로 붙어있었다. 기분 나빴던 꿈에서 벗어나며 '후유-' 하고 한숨을 내쉬었다.

실제로 해부학 실습 첫날, 학생 중 한 사람이 그런 못된 짓을 한 일이 있었다. 해부학 실습실로 처음 발을 들여놓으면 누구나 포르말린의 역한 냄새와 강한 자극성 그리고 발가벗겨져 실습대 위에 눕혀진 시체들의 처참한 광경에 눈과 코를 싸매며 구역질을 참느라고 괴로워했는데, 그 학생만은 아랑곳하지 않고 한 남자의 시체에서 팔뚝만 한 크기로 불어난 음경을 잘라내어 여자 시체의 음부 안으로 쑤셔 넣고 낄낄거렸던 것이다.

남자 시체들은 백이면 백 모두 음경과 음낭이 부풀어 있었는데, 특히 음낭은 심한 경우에는 그 정도가 머리통 크기만 했다. 징그럽다 못 해서 처참하다는 생각뿐이었다. 반면 여자들의 시체는 외견상 별로 달라진 곳이 없는 것처럼 보이지만, 두 다리 사이의 소음순이 손바닥 크기 이상으로 흉측하게 부풀어 있어서 그것을 처음 본 그는 아이를 낳다가 죽은 여자 시체로 지금껏 죽은 아이가 그대로 음부 안에 들어 있는 줄 생각했을 정도였다.

그는 한 번의 장난으로 만족할 수 없었던지 킬킬거리면서 여자들 시체마다 모두 한 번씩 돌아가면서 잘라낸 음경을 쑤셔 넣어 보았다. 그러다 결국 그 사실을 조교와 교수에게 들켰고, 교수는 불같이 화를 내며 그를 정학처분 시키겠다고 공언했다. 다행히 그는 부모를 잘 만난 덕택에 정학까지 가지는 않았으나, 학년 내내 그 교수에게 시달렸다.

해부학 실습이 시작되는 첫 며칠간은 누구나 학교에서 점심은 말할 것도 없고 집에서조차 제대로 식사를 하지 못하고 헛구역질을 했고, 실습실에서는 시체에 밴 포르말린 때문에 눈과 코가 따가워 단 15분도 못 참고 실습실 밖으로 나가 담배를 피워 물었다.

그 역시 해부학 실습 때 담배를 얻어 피우다가 결국 담배를 배웠다. 또한 시체실의 독한 포르말린과 음침함 때문인지 해부학교실 앞 화단의 꽃들은 모두 암갈색으로 피었는데, 그 암울한 색의 꽃들을 보면 시체실이 연상되어 또다시 구역질이 났다.

실습이 끝나면 시체에서 한 꺼풀씩 벗겨져 나온 살점들은 누구의 살점인지 상관없이 푸줏간의 고기 부스러기처럼 서로 뒤섞인 채 포대에 담겨 소각장으로 들어갔고, 나중에 해부가 다 끝나서 뼈만 남게 되면 가성소다를 푼 물솥에 삶아내고 기름기를 완전히 제거해서 에나멜 칠을 했다. 더러는 철사로 이리저리 꿰맞추어 완벽한 한 사람의 골조를 재현하기도 했으나, 대부분의 경우에는 여러 사람의 뼈를 한꺼번에 종류별로 보관했다가 학생들에게 골학 실습용으로 대출했다.

나중에 안 사실이지만, 그 시체들은 수습해갈 가족이 없거나 거절당한 사람들이라는 것이었고, 혈혈단신인 그는 당연한 그 사실을 몹시 충격적으로 받아들였다. 그도 죽으면 시체를 수습해갈 가족이 없으므로 본인의 의사와는 상관없이 필시 그렇게 해부학교실의 실험대 위에 누워 있게 될까?

가족이란 살아가면서도 필수적이겠으나, 설령 죽은 후라 할지라도 이처럼 절대로 필요불가결한 것인 셈이었다.

기분 나쁜 꿈을 생각해보며 한동안 입맛을 다시다가 담배를 피워 물었다. 하지만 금세 구역질이 올라와 담배를 피울 수도 없었다. 다시 으스스 추워지기도 했다. 간단한 상황이 아닐 수도 있다는 불안한 마음이 들어 영 기분이 나빴다.

꿈 때문이었는지 자신의 외로운 처지가 더욱 딱하게 느껴졌다. 누군가의 따뜻하고 정성스런 간호를 받을 처지가 된다면 얼마나 좋을까? 그런데 간호해줄 사람으로 이상하게도 혜진보다 주리가 먼저 생각났다.

한동안 비몽사몽으로 꿈속과 현실을 분주히 오가며 열에 들떠 누워 있다가 전화벨 소리에 눈을 떴다. 뜻밖에도 주리에게서 온 전화였다. 별다른 사연은 아니었고, 지난번에 잘 들어갔느냐는 것과 이번 일요일에 다시 울산 올 일이 생겼는데, 별다른 일이 없다면 겨울 바다를 보러 그에게 오고 싶다는 것이었다.

이불 속에서 나오니 너무 추웠고, 어지러워서 전화 받는 것도 고역이었다. 전화 받는 태도가 감도가 좋지 않은 시외전화를 통해서도 심상치 않게 느껴졌는지 그녀는 어디 아픈 건 아니냐고 자꾸만 꼬치꼬치 캐물었다. 성가시고 힘들어서 적당히 대답해주다가 일방적으로 전화를 끊어버렸다.

잠시 이불 속에서 벗어났을 뿐인데도 또다시 신열이 나는지 사정없이 떨려서 견딜 수 없었다. 병원으로 인터폰 연락을 해서 미스 황에게 체온계와 해열제를 부탁했다. 세상에! 열이 40도였다. 미스 황에게 준비해온 해열제와 링거를 놓게 했다.

꿈속에서처럼 벌써 해부학교실의 실습재료로 들어갈 수는 없는 일이고, 무엇이든 먹고 살아나야 할 것이었다. 뜨거운 물을 한 컵 부탁해서 이불을 뒤집어쓰고 누운 채 억지로 다 마셨다. 자리를 뜨지 못하고 그를 근심스럽게 건너다보는 그녀에게 하는 수 없이 부탁했다.

"미안하지만 이왕 온 김에…… 라면이나 하나 끓여주고 갈래요? 주방 선반 위에 있는데……."

아픈 사람이 무슨 라면이냐며, 그녀는 죽을 끓여 오겠다면서 방을 나섰다. 그녀는 잠시 후 뜨거운 물과 함께 누룽지를 끓여왔는데, 방금 병원으로 서울의 정주리 씨라는 여자분한테서 전화가 왔는데, 많이 아픈지 묻더라는 것이었다.

구토가 나고 앉아 있기도 어려웠다. 그러나 끓여온 성의를 생각해서 간신히 절반 정도 꾸역꾸역 입속에 밀어 넣은 후 다시 드러누워 버렸다.

비몽사몽간을 헤매다가 미스 황이 와서 링거 주삿바늘을 뽑아내고 겨드랑이에 체온계를 끼워 넣는 것을 느끼면서 눈을 떴는데, 그래도 음식이 들어가고 링거가 들어간 탓인지 열은 아직도 39도 고열 그대로였으나, 한결 좋아진 느낌이었다.

샤워라도 해서 어떻게든지 정신을 차려보려고 버릇대로 찬 수돗물을 틀었으나 불가능한 일이었고, 뜨거운 물에서조차 온몸에 소름이 돋고 턱이 덜덜 떨리며 오한이 났다. 샤워고 뭐고 간신히 물기만 적시고는 다시 이불 속으로 쓰러지듯 누워버렸다.

주리는 출근길에 걱정스럽게 현관 게시판 앞으로 다가갔다. 그러나 민우의 이름은 눈을 씻고 봐도 없었다. 마침내 걱정했던 일이 현실로 드러난 것이다.

그가 개업에 동감하면서도 선뜻 나서지 못하는 이유는 자명했다. 젊고 경험이 없다는 생각에서 너무 겁을 내고 있는데다, 자금을 구하는 일이나 진료 능력에 대해서 몹시 비관적인 판단을 하고 있기 때문일 것이었다. 그러나 그것보다 더 원초적인 문제는 어쩌면 아직 수련을 포기하지 않고 있기 때문일지도 몰랐다.

그러나 졸업생이 계속 배출되는 만큼 J대 병원에서의 수련은 앞으로도 영영 어려울 것이고, 그건 다른 대학병원에서도 마찬가지일 것이다. 제발 한시바삐 어리석은 고집에서 벗어나 현실에 눈을 떴으면!

그러나 그는 시행착오와 실패만을 거듭할 것이 뻔했다. 그녀는 그동안 정형내의원에서의 경험을 살려 거기의 절반까지는 쉽게 만들 수 있을 것 같았다.

그런데도 그는 한사코 혜진을 고집하고 있었다. 그리고 학생이라면 딱 좋을 만한 사고방식에 젖어 현실적이고 어른스러워지기를 두려워하고, 오히려 그걸 거부하고 있었다. 그래서 어떤 때에는 그가 혹시 정신적으로 아이의 상태인 피터 팬 신드롬 환자는 아닌가 하는 의심이 들기도 했다.

혜진은 그와 전혀 어울리지 않으며, 실제로도 어려우리라는 것이 주리의 한결같은 생각이었다. 우선 혜진은 그보다 다섯 살이나 연하로서 나이 차이가 많은데다가, 아직도 언제 끝날지 모르는 학생신분이었다. 대학원에 진학했다는데, 그러자면 앞으로도 5년은 지나야만 졸업할 수 있을 것이고, 더구나 대학원까지 다니면서 미술을 했던 여자가 분야가 다른 자기 일을 하고 있으면서 어떻게 병원 운영이나 가정에 충실한 내조자로서의 아내 역할을 할 수 있을 것인가?

그리고 그보다 더 큰 문제는 처음 본 순간부터 혜진은 철이 없다고나 할까, 정서불안이라고나 할까 무척 예민하고 불안정한 성격을 갖고 있었다. 그렇다면 민우 역시 사회적으로 장애요소가 많은 처지이므로 둘이 결혼하기에는 문제점이 많을 것이었다.

또한 그녀가 가진 예감을 생각해보더라도 그는 혜진과 아예 인연이 없는 사람이었다. 그러나 그에게 그런 충고를 해줄 수 있는 사람은 아무도 없었다. 그렇다고 해서 그녀 자신이 까놓고 말할 수도 없는 노릇이며, 설령 그렇게 하더라도 그가 제대로 알아들을 수 있을지 의문스러웠기 때문이다.

그의 성격으로 미루어본다면, 올해에도 틀림없이 시골 H 면에 그대로 눌러앉은 채 수련 자리를 알아본다며 간혹 서울이나 오갈 것이 뻔했다. 그러고서도 만약 내년에도 수련 자리를 얻지 못한다면 결국 또다시 1년이라는 세월만 허송하게 될 게 분명하고.

그녀의 생각으로는 사실 레지던트로 들어가는 것도 그랬다. 급료가 많은가? 고생이 적은가? 4년 동안 박봉에 시달리면서 죽도록 고생만 하다가 제일 잘돼봐야 겨우 전문의 자격증 하나 따는 것인데, 그렇다고 해서 누구나 다 대학교수가 될 수 있다거나 개업이 잘되는 것도 아니질 않은가?

그녀 자신도 고교 시절 이후로 풍족하고 여유 있는 생활과는 거리가 먼 괴롭고 힘든 생활의 연속이었다. 그래서 고생이란 어떻게든 벗어나야 한다는 것이 그녀의 생각이었다. 그렇기 때문에 작금의 민우가 보여주는 행동은 안타깝기 그지없는 것이었다.

그녀가 고등학교 3학년 때, 갑자기 부친이 중풍을 앓아누우면서 가세가 급속도로 기울어, 대학은커녕 고교 졸업조차 불투명하게 되어버렸다. 그러나 그녀는 그럴 수 없다는 생각을 했다. 그래서 등록금뿐만 아니라 생활비조차 전혀 들지 않는 간호대학을 지원했던 것이다.

그러나 오빠 역시 대학을 다니던 중 돈을 번다며 월남전에 참전해버렸고, 누구 하나 똑똑하게 수입원이 있는 식구가 없었다. 학업보다 하루하루의 생활이 더 시급하게 되어버린 것이다.

그때 중 3인 동생 미리 역시 졸업도 하지 못하고 중도하차를 해야 할 상황이었다. 고등학교도 뭐한데, 중학교도 졸업하지 못한다면 정말 문제였다. 혹시나 어린 미리가 철없이 나쁜 사람들의 꾐에 빠져 길을 잘못 들거나 비관 자살이라도 해버린다면……

그녀는 세 살 아래 유일한 동생인 미리를 끔찍이도 아꼈다. 어렸을 때는 곧잘 다투기도 했으나, 터울이 훨씬 위인 오빠 한 사람이 있었을 뿐 같이 지낼 수 있는 형제라고는 오직 미리밖에 없었으므로 사실 미리가 가장 가까운 형제 사이였다고 해도 과언이 아니었다. 그래서 언니로서 해줄 수 있는 일은 모조리 다 해주며 살고 싶었고, 실제로도 그녀는 그렇게 하며 살았다.

가난 때문에 학교까지 중도하차해야 하는 상처를 동생에게 심어줄 수는 없었고, 설령 그녀 자신이 학교를 그만두는 한이 있더라도 어떻게 해서든지 미리만큼은 학교를 그대로 다닐 수 있게 하고 싶었다. 그러다가 하늘은 스스로 돕는 자를 돕는다는 말처럼 그 두 가지를 모두 할 기회가 왔다.

간호사가 아니라도 상관없고, 밤에 병원을 지킬 만한 사람이면 된다는 놀라운 말을 병원 집 친구에게서 들었던 것이다. 그녀는 즉시 그 친구를 따라갔다. 원장은 자기 딸의 친구라서 그랬던지 매우 친절하게 대해주었다. 승낙을 받자, 그녀는 뛸 듯이 기뻤다. 그러나 원장은 그녀가 간호학교에 입학했다는 말을 듣고는 여간 걱정을 하는 게 아니었다. 학교를 나가야 한다는 말에 낮이야 상관할 일이 아니지만, 너무 힘들어서 얼마 동안이나 버틸 수 있겠느냐며 고개를 갸우뚱거리며 미심쩍어했던 것이다. 그러나 자기 딸이 열심히 칭찬을 늘어놓는데다가 본인이 간곡히 부탁했으므로 결국 승낙했으나 걱정이 되는 듯 다시 말했다.

"생각같이 세상일이 쉬운 건 없다. 사람이 너무 욕심껏 살다 보면 몸을 망치게 되는 수도 있고. 하여간 조금 지내보고 나서 다시 이야기하자. 언제부터 올 거냐?"

"지금 당장요."

"지금 당장?"

하지만 걱정했던 것과 달리, 그녀는 잔병치레 한번 안 하고 성실히 학교와 병원 일을 해나갔다. 그리고 몇 달이 되지 않아 그녀는 그 병원에서 없어서는 안 될 중요한 사람이 되었다. 그래서 처음에는 수고비 정도 받던 돈도 점차 늘어나서 상당한 액수가 되었다. 미리가 고등학교에 들어가게 되자, 입원실 한 칸을 아예 허락받아 동생과 함께 지내게 되었다.

미리는 시내 병원에서 언니와 함께 살 수 있게 되자 좋아서 어쩔 줄을 몰랐다. 병중의 부친과 함께 변두리 좁은 방에서 살며 시내까지 통학할 필요도 없어졌기 때문이다.

그녀는 더 이상 바랄 것이 없이 만족스러웠다. 그래서 일이 힘든 줄도 몰랐다. 물론 낮에는 학교 수업을 충실히 받았고, 학교가 끝나면 즉시 직장인 개인병원으로 돌아와서 일했다. 그래서 그녀는 늘 잠이 부족했다. 코피도 수없이 쏟았다. 그러나 시간이 약이었다. 적응이 되면서 차츰 익숙해졌고, 청소나 허드렛일 등 웬만한 일은 동생이 거들어주었기 때문에 오히려일이 쉬워졌다.

마침내 두 자매는 같은 해에 나란히 고교와 대학을 졸업할 수 있었다. 미리 졸업식이 사흘 더 빨랐다. 둘은 미리의 졸업식이 끝난 후 중국집에 앉아 짜장면 한 그릇씩 시켜놓고 목이 메어 울었다.

오빠도 월남에서 다행히 살아서 돌아와 학교를 마치자마자 취직했고, 결혼도 해서 이제는 중산층의 그만그만한 가장이 되었다. 미리 역시 주리가다소 보조하는 가운데 자기 학비 정도는 스스로 해결하는 중이었다.

그녀가 근무했던 정형내의원은 민우가 그토록 따고자 하는 전문의 자격

중 없이도 시내 중심가에서 꽤 명성을 얻은 의원이었다. 주로 교통사고 환자들을 전문적으로 보았는데, 입원환자가 많은 편이라서 병실은 늘 만원이었다.

원장인 의사 말고도 수술이 있을 때마다 의사들이 초빙되어왔고, 상근하는 직원도 사무장 한 사람과 간호조무사 여섯 명에 물리치료사, 식당아줌마 둘 그리고 구급차 기사가 있는 다소 규모가 큰 의원이었다.

그래서 그녀는 자연스럽게 개인병원의 생리를 배워갈 수 있었다. 물론 혼자서 스스로 터득한 것도 있으나, 사무장이나 원장 또는 초빙 의사들의 대화를 통해서 알게 된 것도 많았다.

민우는 매우 건실하고 사리가 분명하며, 속물적이거나 편협하지 않았다. 그래서 그녀는 처음부터 민우가 결혼 상대자로서 괜찮다는 생각을 했다. 다만 늘 우울하고, 매사에 자신감 없이 행동하는 것 같은 점이 문제라면 문제였는데, 그거야 그녀 편에서 충분히 커버해줄 수 있을 것이었다.

한번은 명절이나 연휴 때마다 응급실과 병실 당직을 항상 도맡아 하는 그가 딱하게 보여 왜 이런 날 항상 당직을 도맡아 하느냐고 물었다. 그러나 그는 묻는 의중을 모르는 체하며 천연덕스럽게 대답했다.

"의사의 집은 병원 아니겠어요? 따라서 내 집은 서울시 영등포구 ○○동 J 대학병원이죠. 아시겠어요? 미스 정?"

나중에 알고 보니 놀랍게도 그는 고아였다. 누가 그를 의대까지 보내주었을까? 무슨 육영재단? 아니면 교회, 사찰? 어떤 독지가의 도움?

한번은 혼자 스테이션에 앉아 주사약 재는 작업 중에 넌지시 그에게 물어본 적이 있었다. 새벽 2시쯤으로 그는 응급실에 불려 갔다 온 후 하품을 줄달아 하며 다음 날 처방전을 쓰는 중이었다.

"종교는 뭐예요? 닥터 리는 무종교죠? 그죠?"

"종교? 전도도 해야 하겠고, 간호사도 해야 하겠고……. 여간 바쁘시지 않겠어. 하지만 미스 정! 다른 건 다 좋은데, 나에게 교회 가자는 말은 하지 마요. 난 딱 질색이니까. 시간도 없을뿐더러……."

일찌감치 의도를 파악했다는 듯 그는 설레설레 고개를 내저었다. 하지만 기실 그에게서 관심을 거두지 못했던 것은 그 때문이 아니고, 이유가 따로 있었다.

한번은 용하다는 점쟁이를 찾아간 일이 있었다. 두 남자 중 누구를 선택해야 하느냐는 문제로 고민하던 친구가 그녀와 함께 미아리를 가고 싶어서였다. 친구가 끝나자 당연히 그녀 차례였다.

"전, 그냥 따라왔는데요?"

"얘! 너두 한번 봐보지 그래?"

친구의 권유에 못 이겨 생각지도 않은 점을 보게 되었다.

"어디 보자……. 생년월일이?"

생년월일까지는 알려주었으나 시는 잘 모른다고 하자, 얼굴을 잠시 쳐다보더니 새벽 3시 반쯤일 것이니 인시가 틀림이 없다고 했고, 아마도 지금 두 군데의 병원에서 근무하고 있을 것이라고 했다.

사실은 출생시간을 알고 있긴 했으나, 점을 미신이라고 생각했기 때문에 일부러 말하지 않은 것뿐이었는데, 그는 출생시간뿐만 아니라 현재 두 병원에서 근무한다는 것까지 귀신같이 집어냈다.

"두 병원에서 근무를 하구 있는 게 맞지? 그렇지? 고등학교 때 집안이 망했구먼. 쯧쯧, 고생도 많이 했어. 부모는 살아 있으나 부모 노릇을 못하겠고, 여자동생 하나 있는데 당분간 돌보아야 할 팔자구먼. 오빠는 위로 하나가 있어야 하겠고……."

오빠가 하나 있다는 것이 아니라 설령 둘이 있더라도 그건 잘못된 것이고 하나뿐이어야 한다는 이야기였는데, 그것도 맞는 말인 것이 사실은 그녀와 지금 살아 있는 오빠 사이에 어릴 때 죽은 오빠가 하나 더 있었기 때문이다.

"내년 3월 안에 남편감을 만나겠네? 이제 얼마 안 남았구먼. 곧바로 결혼도 하겠어. 그렇구먼…… 병원에서 함께 일하면서 만나게 될 의사로구먼……. 아니 의사는 아니라도 여하간 병원 전문직종이야. 보자, 그런데…… 참, 이상하네……."

그는 밑도 끝도 없는 말을 주문처럼 외우다가 갑자기 고개를 갸우뚱거렸다. 궁금증이 일고 몹시 궁금했으나, 그는 거기에서 말을 끊어버릴 기세였다.

안 되겠다 싶어 복채를 더 내놓았다. 그러나 그게 아닌 모양인지 그는 여전히 고개만 갸우뚱거렸다. 그러다가 마침내 한참 만에 내키지 않은 표정으로 이렇게 다시 말했다.

"남편감을 만나기 전, 색시 꿈에 산 물고기가 한 마리 나타날 건데……. 음! 커다란 가물치로군. 팔딱팔딱 살아 있을 때 어떻게든지 그걸 그냥 삼켜버려야겠어. 만약 그렇지 못하면 그와 두 번째 결혼에서 만나게 돼. 음…… 그러니까…… 내 말 잘 들어. 여하간 언제라도 꿈속에서 가물치가 보이면 살아 있건 죽어 있건 그냥 그걸 통째로 삼켜버리는 게야. 알겠지?"

더 이상 다른 말은 없었고, 아무리 다시 캐물어도 소용이 없었다. 다음 손님이 기다린다면서 꿈속에서 처신이나 잘하라는 것이었다. 그 도사가 몹시 신통방통하다는 것은 잘 알겠으나, 말을 듣고 본즉 보통으로 난감한 것이 아니었다. 꿈속에서 삼키라니? 생시라면 또 모를까, 꿈속에서 어떻게 그럴 수 있단 말인가? 차라리 듣지 못함만 못했다.

그러다가 다음 해 3월 2일, 나잇듀티를 하고 집에 와서 낮잠을 자는데,

꿈속에서 정말로 잉어같이 생긴 커다란 물고기가 나타났다. 그 물고기는 거의 사람 키만큼 컸지만, 꿈속임에도 불구하고 그 도사 말이 생각나서 사력을 다해 덤벼들었다. 두 손으로 붙들자 물고기는 신기하게도 크기가 쑥 줄어들더니만, 결국 알약 크기만큼까지 작아졌고, 아주 쉽게 삼킬 수 있었다.

얼마나 놀랐던지 버럭 소리를 지르며 잠이 깨었는데, 마침내 해결했다는 생각에서 너무도 기쁘고 홀가분했었다.

그러고서 아닌 게 아니라 그날 밤 당장 나이트 듀티 때 인턴으로 첫 근무를 시작하는 민우를 만났었다. 그리고 더욱 신기한 것은 다른 인턴들은 모두 3월 9일 월요일부터 근무하기 시작했지만, 민우만큼은 꿈에 맞추려고 그랬던지 그날 밤부터 근무하기 시작했다는 점이었다.

아무래도 심증을 굳힐 수밖에 없었다. 궁금증을 풀 겸 다음날 즉시 그 도사를 다시 찾아갔는데, 그 자리는 이미 다른 사람이 대신하고 있었고, 예전 도사의 행방을 묻자 그는 고개만 설레설레 흔들며 입산수도를 떠나버렸다는 말만 되풀이할 뿐이었다.

사실 3월은 새 학기가 시작되므로 인사이동이 많은 달이라서 그 도사의 말이 100퍼센트 맞다 해도 엄밀히 말하자면 꼭 민우 한 사람일 수는 없었다. 그런데도 그녀는 꼭 민우일 것만 같은 생각이 들었고, 시간이 갈수록 그건 더욱 확실한 느낌으로 다가왔다. 그래서 아무리 민우가 혜진에게 관심을 둔다 해도 결국은 시간문제일 것이고, 혜진에 대한 사실 자체를 무시해버렸던 것이다.

울산이야 사실 시급하게 내려갈 일은 없었으나, 민우도 만나볼 겸 겸사겸사 가보기로 했다. 그녀는 이번 기회에 민우가 언급하던 육 선생도 직접 만나 그의 의견도 들어볼 생각이었고, 만약 개업 자리를 점찍어 놓은 곳이 있다면 직접 확인도 해보고 싶었다.

　고향 뒷산인 것 같았는데, 할머니가 아이들처럼 팔을 내돌리며 가파른 산길을 달려 내려오고 있었다. 넘어지면 어쩌나 근심스럽게 바라다보니 뜻밖에도 그건 할머니가 아니고 주리였다. 그녀는 손에 참혹하게 죽은 혜진이의 사진이 실린 신문을 들고 있었다.

　그녀는 숨이 차 어쩔 줄 모르면서도 미친 듯이 웃었다. 그가 신문을 빼앗으려 하자 그녀는 그의 얼굴에 신문을 냅다 던져버렸는데, 그러자 신문은 갑자기 새로 변해서 하늘 높이 날아가 버렸다.

　죽은 혜진이가 새로 변해 날아가 버렸다는 생각에서 몹시 상심해서 새가 날아간 하늘을 바라보고 있는데, 갑자기 무지개처럼 하늘에 F. F. Jin이라는 글자가 커다랗게 나타났고, 잠시 후 그 글자들은 무슨 애니메이션처럼 하나로 합쳐지더니 커다란 별똥별이 되어 하늘 저편으로 사라져버렸다.

　사람이 죽으면 이렇듯 하늘에 이름이 한 번씩 나타났다가 사라지는 법이라는 것이 갑자기 생각났다. 혜진도 죽었기 때문에 그녀의 이니셜이 그렇게 하늘에 나타난 것이다. 한 인간이 세상에 왔다 가는 징표로서 하늘에 이름이 나타나는 점으로 본다면 인생이라는 것이 그리 허망하다고 할 수만은 없겠지만, 어쨌든 짧은 인생을 살다가 덧없이 가버린 그녀가 무척이나 불쌍했다. 그리고 이제 다시는 만나볼 수 없다는 생각을 하자 참을 수 없는 슬픔이 일었다. 그는 애끓는 슬픔으로 번민하다가 잠에서 깨어났다.

　더 쉬었다가 나오라는 수녀님과 육 선생의 호의에 찬 배려에도 불구하고 병원에서 오전 근무를 하기 시작했다. 일을 하자 오히려 어젯밤처럼 심한 열이나 고통도 없었고 차라리 견딜만했다.

　오랜만에 자기 발로 식당을 찾아가 점심을 들었다. 하지만 음식에 대한 거부감은 여전해서 밥을 먹는 시늉만 했을 뿐이었다.

병세가 이상하고 기분 나쁜 생각이 들어 식사 후 간단한 혈액검사와 소변검사를 해보았다. 그러나 별다른 이상은 없었다. 물론 가슴 엑스레이 사진도 정상이었다.

설마 뭐 그렇다고 죽을병은 아니겠지 하는 생각으로 통상적인 오후 7시까지는 아니더라도 5시까지는 어떻게든 진료를 하려 했으나, 모두 한사코 들어가서 쉬라는 충고였다. 못 이긴 척 오후 3시쯤 숙소로 들어가 링거를 맞았다.

잠시 주사를 맞으며 누워 있는데, 미스 황의 안내를 받으며 뜻밖에도 주리가 방으로 들어왔다.

갑자기 무슨 일인가 싶어 물으려다보니, 엊그제 전화 왔는데 깜박 잊고 있었다는 것이 불현듯 생각났다.

"검사는 해봤어요?"

"씨비씨, 유린 췌스트 다 정상인데……. 엘에프티, 비달은 아직 못했고. 왜, 울산 가잖구?"

침대 머리에 놓인 탁자에서 체온계를 발견한 그녀는 익숙한 솜씨로 그의 겨드랑이에 끼워 넣었다.

"열이 대단하네……. 39도 5부네. 식산 해요?"

그녀는 물수건을 그의 이마에 대주며 말했다.

"울산 혜성병원에 친구가 있는데……. 글루 샘플링(검사재료)을 가져가 보는 게 좋겠어요. 결과가 나오는 대로 전화해줄게요."

미스 황에게 인터폰으로 샘플링을 부탁했다. 미스 황이 도구를 챙겨오자 주리는 아무런 설명도 없이 도구들을 가로채 손수 그의 팔에서 피를 빼냈다. 미스 황은 어안이 벙벙한 듯 그런 그녀를 바라보기만 했다. 채혈을 마친 주리는 미스 황을 올려다보더니, 갑자기 손을 내저으며 말했다.

"남자 냄새가 나서 도저히 못 앉아 있겠네. 민우 씨! 이게 뭐예요? 방 좀 비워서 환기도 시키고 청소도 좀 시키세요."

그러면서 주리는 코를 싸매는 시늉을 했다. 아닌 게 아니라 앓아누운 후로 청소나 샤워를 게을리했던 만큼 본인은 잘 모르겠지만 역겨운 환자냄새가 나지 않는다면 이상할 일일 것이었다.

"내일 다시 올게요."

"아냐! 바쁘고 힘들 터인데, 그냥 전화만 해주어도 돼. 고마워. 그럼 잘 가. 서울 가면 꼭 들를게."

링거 때문에 자리에 누운 채로 작별 인사를 해서 보냈다.

"내 걱정은 관두시구 환자분 몸 걱정이나 잘하구 쉬세요."

저녁 6시쯤 다시 또 열이 한 차례 났으나, 그 이후로 고열은 없었다. 저녁 8시쯤 링거가 끝나자, 미스 황이 갖다 준 밥을 조금 먹은 후에 샤워했다. 어제보다는 메슥거리는 것이 훨씬 덜했고, 샤워 중에도 덜 추웠다.

며칠 동안 피우지 못했던 담배와 커피 생각이 났다. 담배에 불을 붙여 한 모금 빨아보았다. 손끝, 발끝에 이르기까지 몸이 저릿저릿해지면서 기분이 몽롱해졌다. 그러더니 머리가 맑아지는 느낌과 함께 금세 몸이 가벼워지는 쾌감이 왔다. 구수한 담배 연기를 들이마시며 커피포트 물을 끓이기 시작했다. 커피까지 마시고 나자 이젠 다 나은 것 같은 기분이었다.

그동안 침대에서만 뒹굴어서 허리도 아프고 잠도 오지 않았다. 허리를 구부렸다 폈다 하면서 몸을 풀어보다가, 문득 아프다는 핑계로 최근 들어 병실 환자들에게 너무 소홀했다는 생각이 나서 즉시 병실로 올라갔다. 정 수녀와 미스 황이 스테이션에 있다가 그를 반겼다.

"괜찮으세요?"

정 수녀는 보통 때는 좀처럼 병실에 올라오는 일이 없었으나, 그가 최근 병실을 소홀히 하고 있어서 걱정스러웠던 모양이다.

입원 환자라야 고작 대여섯 명에 불과했다. 환자들에게 소식이 더 빨랐던 모양인지 그들이 오히려 의사 건강 걱정을 해주었다.

다음 날 오후 1시 반쯤, 주리가 검사결과를 가져왔다. 간 기능, 장티푸스 검사, 일반 혈액 검사 모두 다 정상 범위였다. 그동안 정신적, 육체적으로 무리했던 것이 병으로 나타났음이 틀림없었다. 물론 몸 상태도 급속도로 회복되어가는 중이었다.

여러 날 앓고 나서 답답하기도 했고, 모처럼 서울에서 찾아온 사람이라서 강구 항을 가려했으나, 그녀는 몸도 불편한 사람이 멀리까지 갈 필요가 있겠느냐면서 한사코 근처 식당으로 가자고 우겼고, 그러면서 육 선생을 만났으면 좋겠다는 부탁을 곁들였다. 내키지는 않았으나 시골까지 찾아온 성의를 무시할 수 없어서 하는 수 없이 자택에서 쉬고 있을 육 선생을 불러냈다.

육 선생은 처음에는 혜진이가 내려온 줄 알았던 모양인지 청춘남녀 두 분께서나 잘 드실 일이지 늙은 떡고물까지 끼우려고 하느냐면서 사양했으나, 그게 아니고 J대 병원 간호사인 미스 정이 한번 뵙자고 한다고 했더니, "미스 정이라뇨?" 하면서 영문도 모른 채 식당으로 나왔다.

쇠고기 로스와 함께 술을 좋아하는 육 선생을 위하여 술도 시켰다. 민우는 병후라서 술을 하지 않았고, 주리도 민우의 권유에 맥주를 홀짝거리는 시늉만 했으나, 육 선생은 역시 대단한 주당이었다. 혼자서 소주를 네 병째 게 눈 감추듯 비우고도 끄떡없었다.

예상했던 대로 대화는 주로 그의 개업에 관한 내용이었다. 주리는 마치 자기 일이나 되는 양, 동업할 경우에 생길 수 있는 문제점들에 관해서 상당히 세세한 부분까지 육 선생에게 의견을 물었고, 육 선생은 그런 그녀가 민우와 어떤 관계인지 여간 궁금한 게 아닌 모양이었다.

그녀는 개업에 대해서 정말 잘 알고 있었다. 그래서 아주 진지하게 이야기가 진행되었다. 그러나 정작 당사자인 민우는 대체로 듣고만 있었고, 그녀와 육 선생이 주로 대화를 했다.

육 선생이 포항 근처 홍해 읍에 좋은 자리가 있다는 말을 하자, 그녀는 이번 서울 올라가는 길에 육 선생과 함께 자리를 보기로 약속하는가 하면 개업자금에 대한 문제도 자세하게 물었다.

육 선생은 포항 농협 자기 친구에게 부탁하면 민우의 의사면허증만으로도 500에서 700만 원 정도는 신용융자가 가능하고, 다시 H 면에 있는 자기 집을 담보로 잡히면 또 500에서 700 정도가 더 가능할 것이므로 결국 1,000에서 1,400만 원 정도는 가능한데, 문제는 신용융자라서 누군가가 보증을 서주어야 한다는 이야기였다. 그러면서 그는 그렇게 해줄 만한 사람이 있는지 민우가 아닌 주리에게 물었다. 그건 두 사람의 관계를 떠보려는 의도가 분명했고, 물론 주리는 "알아보겠다."는 말로 얼버무렸다.

식사 후 육 선생은 먼저 들어갔고, 둘은 함께 바다 쪽으로 나갔으나, 아직 병에서 회복이 덜 된데다 겨울바람이 몹시 추웠으므로 곧바로 숙소로 돌아왔다.

마루에는 여전히 혜진의 그림이 걸려 있었다. 그러나 그녀는 그에 대해서는 일언반구의 언급도 하지 않았고, 대신에 보증을 설 만한 사람이 있는지 잘 생각해보라며 채근했다. 그녀에 대한 고마움보다 어쩐지 두렵고 무서움과 당혹감이 앞섰다.

다음 날인 일요일 아침 일찍, 주리는 홍해 읍에 들렀다가 서울로 가겠다며 육 선생과 함께 포항으로 갔고, 다시 12시쯤 휴게소라면서 전화가 왔다.

너무 시골이고, 자리가 좋은지 어쩐지 알 수 없으니 육 선생과 계약을 서두르지 말라는 조언이었고, 서울 가서 더 알아본 후 다시 연락하겠다는 것이었다.

전화를 끊고 나자, 마음이 더없이 심란하고 우울해졌다. 언제까지 여기에 있을 것인가? 여기에 있지 않을 거라면 앞으로 어떻게 해야 할 것인가?

주리 말대로 육 선생과 흥해읍에서 동업해버리는 것이 좋을까, 아니면 당분간 다른 봉급 자리를 알아보아야 할까? 생각할수록 가슴만 답답해졌다.

혜진도 그렇고, 수련 자리에 대한 정보를 위해서도 그렇고, 어떻게든 서울에서 자리를 구해야 할 것이다. 근무시한인 2월 25일까지는 이제 대략 열흘 정도밖에 남아 있지 않았다. 어떻게 해야 할까? 빨리 결정해야 하는데……

근심걱정 때문인지 모든 것이 다 귀찮고, 입이 소태처럼 써서 도무지 밥 생각이 없었다. 줄담배만 피우다가 쓰러지듯 자리에 누워버렸다.

그러나 자리에서도 편치 못했다. 쓸데없이 계속해서 성가신 꿈만 꾸어지고, 아침부터 종일 굶었으므로 배도 고팠다.

허기지고 기운이 없어서 이렇게 쓸데없는 꿈만 잔뜩 꾸는가 싶어 라면을 끓일 요량으로 부엌에서 물을 끓이고 있는데, 요란한 전화벨 소리가 났다.

"여보세요?"

전화기를 들자마자 뜻밖에도 박뚱이의 대갈일성이 터져 나왔다.

"야! 이 시발놈아! 전화나 빨랑빨랑 받아라. 시발새끼가 대낮부터 요상한 짓은 안 할 거구, 무슨 지랄을 떨다가 이제야 전화를 받는 거냐? 어제저녁에도 너 이 시발놈, 어딜 갔다가 이 형님 전화도 안 받은 거냐? 그건 그렇고, 넌 동생새끼가 왜 그 모양이냐? 형님께 가끔 문안드려야 하는 거 아니냐? 형님께선 불철주야로 니 새끼 걱정뿐인데, 도대체 넌 형님 생각을 하는 거냐? 마는 거냐?"

"미안하다. 요새 아파서……"

"시발눔아! 그딴 소리에 내가 넘어갈 것 같으냐? 너 종아릴 걷구 낼 당장 인천으루 와야겠다. 매두 맞아야겠구, 내과 과장덜 얼굴두 봐야 허니깐 말야……."

"내과 과장들?"

"그래, 새꺄! 위대하신 이 형님께서 동생새낄 위해서 내과 자릴 만들어놓았다 이거 아나냐? 니 새끼 생각허구 천신만고 끝에 얻은 자리야. 과장들에게 꾸벅 인사나 한번 허구 끝내버리자. 참! 그리고 네 조개한테서도 전화 왔더라. 내가 다 잘됐다구 말해주었지."

내과를 하겠다는 사람이 다른 곳에 자리가 생긴 바람에 오지 않게 되었으며, 그래서 박뚱과 흉부외과 과장이 내과 과장을 설득해서 자리를 마련했다는 놀랍고도 고마운 이야기였다. 오늘 밤 당장 서울행 기차를 타고 올라와서 내일 아침까지 인천 병원으로 오라는 박뚱의 말에 고맙다는 말만 되풀이하다가 목이 메어 전화를 끊었다. 그동안 쓸데없이 고생만 했다는 생각에서 억울하기도 했지만, 운명의 신이 아직 그를 버리지 않았다는 기쁜 마음에서 대성통곡이라도 하고 싶었다.

자리를 박차고 일어나 두껍게 드리워진 마루 커튼부터 활짝 열었다. 겨울 오후의 바른 햇살이 마루 깊숙이까지 순식간에 들어찼다. 담 밑 양지쪽 앞뜰이 시야에 가득 들어와서 건너다보았더니 세상에! 거기에는 벌써 푸릇푸릇한 새싹들이 고개를 내밀고 있었다.

봄은 코앞에서부터 이미 시작되고 있었던 것이다. 물론 할머니의 말처럼 아직 완전한 봄은 아니라 해도 어느새 봄이 시작된 것만은 틀림없는 사실이었다. 이제 곧 나무마다 겨우내 모진 찬바람과 추위를 이겨내며 마련했을 새싹들을 다투어 틔우기 시작할 것이고, 산, 들, 마을 할 것 없이 온 천지에 꽃들이 지천으로 피어나면서 생명력으로 가득 찰 것이다. 어디 그것뿐이겠는가? 동면중이던 온갖 동물에서부터 곤충에 이르기까지 세상의 모든 생명체가 기지개를 켜고 밖으로 나올 것이고, 그 생명 모두는 창조주께서 저마다 맡겨주신 역할들을 충실히 수행하기 위해 새로운 마음으로 한 해 동안 또다시 신명을 바치며 살아갈 것이다.

잘되었다. 인천 병원에 들렀다가 곧바로 혜진에게 가봐야지. 그녀는 아마 깜짝 놀랄 것이고, 기뻐서 어쩔 줄 모를 것이다. 그리고 틀림없이 폭포수같이 재빠르게 재잘댈 것이다.

어떻게 해서 그렇게 잘 해결되었느냐고, 서울은 아니지만, 서울 가까운 인천으로 와서, 또 얼마나 잘된 일이냐고…… 대답할 틈도 주지 않고 숨 가쁘게 물을 것이다.